莎士比亚研究丛书

中国莎士比亚演出及改编研究

张冲 主编

2020年·北京

图书在版编目(CIP)数据

中国莎士比亚演出及改编研究 / 张冲主编. — 北京:商务印书馆,2020
(莎士比亚研究丛书)
ISBN 978-7-100-17271-4

Ⅰ.①中… Ⅱ.①张… Ⅲ.①莎士比亚(Shakespeare,William 1564-1616)—文学研究 Ⅳ.①I561.063

中国版本图书馆 CIP 数据核字(2019)第063108号

权利保留,侵权必究。

中国莎士比亚演出及改编研究
张 冲 主编

商务印书馆出版
(北京王府井大街36号 邮政编码 100710)
商务印书馆发行
山东临沂新华印刷物流
集团有限责任公司印刷
ISBN 978-7-100-17271-4

2020年4月第1版　　　开本 640×960　1/16
2020年4月第1次印刷　　印张 28¾

定价:86.00元

"莎士比亚研究丛书"为
"东华大学莎士比亚研究所特色建设资助项目(2016—2019)"

莎士比亚研究丛书

编委会顾问

陆谷孙

屠　岸

辜正坤

斯蒂芬·格林布拉特

彼得·霍尔布鲁克

总主编

杨林贵

文集主编

聂珍钊　杜　娟

张　冲

李伟民

李伟民　杨林贵

杨林贵　乔雪瑛

"莎士比亚研究丛书"序

今年（2016年）是英国伟大的诗人剧作家威廉·莎士比亚逝世四百周年，世界各地隆重举行纪念活动。今年也是中国伟大的诗人戏剧家汤显祖逝世四百周年，世界各地也隆重举行纪念活动。莎士比亚是英国的骄傲，他同时属于全世界，因此莎士比亚与汤显祖一样，是中国广大受众所尊崇的艺坛骄子。

莎士比亚于19世纪进入中国，莎剧和莎诗的演出和吟赏，成为中国广大群众文化生活的重要组成部分。20世纪八十年代，具体地说是1986年，北京和上海两地同时举行莎士比亚戏剧节，一举演出莎剧二十五部，同时召开莎翁作品研究论坛。国际莎士比亚协会主席、英国伯明翰大学莎士比亚研究院院长菲利浦·布劳克班克（Philip Brockbank）惊呼："莎士比亚的春天在中国！"

中国的莎士比亚作品翻译、戏剧上演、改编演出、作品研究，几十年不衰，形成热潮。最近，商务印书馆将出版"莎士比亚研究丛书"，包括五本文集：《世界莎士比亚研究选编》《中国莎士比亚悲剧研究》《中国莎士比亚喜剧研究》《莎士比亚与外国文学研究》和《中国莎士比亚演出及改编研究》。其中除个别文集反映外国学者的莎翁研究成果外，大部分文集体现了中国学者和译家对莎翁作品的研究成果，充分表达了这项研究的中国特色和中国品位。收入这些文集的文章作者有卞之琳、孙家琇、方平、阮珅、陆谷孙、余上沅、黄佐临、梁实秋、李赋宁、曹未风等。这些人都是中国的一流莎学研究家和译家，他们是中国莎学专家的代表群体。

莎学在世界上是一门显学。中国学者们的莎学研究成果与英国和其他国家的莎学成果相比，水平相当，可以相互颉颃，东西媲美，一同汇入世界莎学的洪流。

"莎士比亚研究丛书"的总主编邀笔者为它作序。本人不揣浅陋，写了以上文字。请读者批评。

是为序。

屠　岸

2016年11月21日

于北京寓所，萱荫阁

―――― Foreword to the "Series of Shakespeare Studies" ――――

Reading the titles of the essays collected in these very welcome volumes of Western and Chinese Shakespeare criticism, one of the most striking things is how deeply historicist—or, to put it otherwise, political—the Western selections are. Of course, the choice of Western critics might have been made differently. But the line-up of critics here is a reliable guide to dominant trends in literary criticism and scholarship over the last few decades, and shows how profoundly ideological criticism in the Anglo-American academy has been since at least the 1970s and 1980s. It is a remarkably consistent story: the most influential and prestigious critics of the last three or four decades have been overwhelmingly preoccupied with issues of race, power, sexual identity or sexual difference, colonialism and imperialism (interestingly, they have not been concerned so much with the issue of class). And I daresay this turn towards politics is reflected in university curricula in the United States, Great Britain, and elsewhere. So, because at least some of one's students become the professors of the future, there is little reason to suppose that this political emphasis will completely disappear, even as new modes of criticism emerge.

There can be no question that this preoccupation with politics, broadly construed, has been salutary and important. It has shown us aspects of the plays that hardly registered on critical consciousness before. (The position of women in the plays—

indeed Shakespeare's very live interest in that topic—seems barely to have been noticed by critics prior to the emergence of radical cultural criticism in the sixties.) Nevertheless, numerous commentators have noted that it has come at a cost. There has been a tendency to think about the plays in a somewhat cold, suspicious manner— as if the main thing is not to be taken in by them. Culture itself has become an object of "interrogation" (a vogue word of much critical writing in the recent past, and one that speaks volumes). There has been a downbeat, disenchanted, grumpy tone to much critical writing. The unstated assumption has sometimes been that literature from the past cannot speak to us in any significant way, or rather any helpful way. Instead it is an object to be spoken to, about, or for. There is no requirement for us to listen to it.

My admittedly sketchy impression is that, in other countries, this particular mode of disenchantment has not occurred, or not to the same extent. In other places, there is still an idea that older literature might play a positive, emancipating role in the present. Canonical literature in non-Anglophone countries is still spoken about with a certain respect, even reverence. Humanistic or non-political kinds of criticism are still practised. It seems sometimes to be felt that the Judgment of Time is a meaningful or defensible concept—that significant works from the past survive because they deserve to (not just because certain institutions or groups have a particular ideological interest in ensuring that they survive). I don't find the same suspiciousness about towards high culture that has become almost de rigueur in the Western academy. My own feeling is that this attitude of openness towards the literature and art of the past is one we in the Anglophone academy need to reconnect with—but of course so much in our world now militates against this position.

What else can we Anglophone Shakespeareans learn from our Chinese colleagues? Perhaps the most important thing we need to learn is that Shakespeare is only a part of the literary culture of the planet. We still know very little about the ways in which

Shakespeare's plays and poems might be illuminated by the study of non-Western literary forms. We think of Shakespeare as part of "English Literature" (however broadly we want to define that), but is that really the best way to think of him? He was in touch with, and formed by, the literary traditions (medieval and Renaissance) of non-English-speaking lands—not to mention of course the enormous impact on his imagination of the works of classical antiquity. Shakespeare grew up reading, writing, and speaking a foreign tongue, Latin. His mental universe was in large part non-anglophone. All this suggests that a willingness to explore how Shakespeare's works might be understood as part of world literature—with affinities to some of the most unlikely literary and artistic traditions—will be one of the most important avenues of Shakespearean inquiry in the future. So it is very gratifying to see these volumes, bringing together some of the best Western and Chinese Shakespeare criticism, in print.

Peter Holbrook

Chair, Executive Committee, International Shakespeare Association

6th July, 2016

写在"莎士比亚研究丛书"之前（译文）

中西莎士比亚批评汇集成卷可喜可贺，有幸一睹各文集的论文题目，感觉一个最突出的特点是西方莎士比亚研究的历史主义或者说政治色彩相当浓厚。当然，选录西方批评家的成果还可能做出别样的选择。但是，就最近几十年的文学批评及学术研究领域的主导趋势而言，"莎士比亚研究丛书"选入的批评家阵容给了我们一个可靠的指南，指明了至少自20世纪七八十年代以来英美学术界的意识形态批评的深入程度。几乎毫无疑义的是，最近三四十年最有影响、最有名望的批评家都势不可挡地专注于种族、权力、性别身份或者性差异、殖民主义以及帝国主义等问题（耐人寻味的是，他们对阶级问题的关注不那么多）。我敢说这种政治转向也都反映在美国、英国及其他地方的大学课程中。所以，即使新的批评模式涌现了，也没有理由设想这种对政治的重视会彻底消失，因为至少某学派的某些弟子会成为未来的教授。

毫无疑问，这种对于政治的专注，如果广义上理解的话，还是有益并且重要的。这种方法给我们展示了莎士比亚戏剧的某些此前的批评几乎不关注的方面。例如，莎士比亚戏剧中妇女的地位——的确莎士比亚对这个话题兴味盎然——在20世纪六十年代激进的文化批评出现之前似乎很少有批评家注意到。然而，很多评论者注意到，这种批评不无代价。以冷峻、怀疑的态度来思考莎士比亚戏剧已经成了一种趋势——似乎不要被莎剧所蒙骗才是关键。文化本身成了"质询"的目标（"质询"这个词最近成了批评写作的意味深长的流行语）。很多批评写作中带着某种悲观、幻灭、乖戾的腔调。有时还透着这样的潜台词：过往的文学无法有效地或者更无法以某种有益的方式与我们对话。相反，它是个听从言说的客体，任凭人们谈说或代为言说。而我们没有必要听信于它。

本人有这样一个粗浅的印象，即在其他国家这类幻灭的批评模式还未曾发生，起码没有达到这种程度。在其他地方，人们仍然认为过往的文学还能在现今起到正面的、解放性的作用。经典文学在非英语国家还是得到相当的尊重甚至崇敬的。那里，人文主义的或者非政治的批评方法仍然行之有效。从这样的批评中你能时常感到，时间的仲裁是个有意义并值得守护的概念——过去的重要著作流传至今是因为它们实至名归（不只是因为某些社会机构或者群体对于确保它们的幸存而持有特定的意识形态偏好）。在这些国家，我没有发现西方学界几乎当成时髦的对于高雅文化的怀疑。我个人的感觉是，这种对于过往的文学艺术的开放态度，是我们英语国家的学界需要重新找回的东西——然而，当然现在我们的批评世界里阻挠这个立场的东西太多。

我们英语世界的莎士比亚学者还能从中国同行那里学到些什么呢？大概最重要的一点就是，莎士比亚只是这个星球的文学文化的一部分。对于莎士比亚戏剧和诗歌如何用非西方文学形式来研究阐发，我们仍然所知甚少。我们把莎士比亚当成是"英语文学"的一部分来思考（不管我们如何宽泛地限定英语文学），但是那真的就是思考的最佳方式吗？他写作过程中接触了非英语国家的文学传统（中世纪的以及文艺复兴时代的）——当然更不用说古典文学著作对他的想象的巨大影响。莎士比亚成长过程中读过、写过、说过一种外语，即拉丁语。他的精神宇宙很大程度上是非英语的。所有这些都提示我们，主动考察如何将莎士比亚著作理解为世界文学的一部分——令其与最不可能匹配的文学艺术传统发生某些联系——将是未来莎士比亚研究的最重要途径之一。所以，看到荟萃了中西莎士比亚研究杰作的中国"莎士比亚研究丛书"的出版付梓，是令人欢欣鼓舞的事情。

彼得·霍尔布鲁克
国际莎士比亚学会主席
2016年7月6日

致莎翁四百周年

——莎士比亚研究综述

1616年4月23日，一位名叫莎士比亚的戏剧家在他的故乡、英国的斯特拉福逝世，但他的不朽杰作已经成了世界文学的经典，传播至今。四百年后，全世界的莎士比亚爱好者和研究者仍然隆重纪念这个重要的日子。商务印书馆出版"莎士比亚研究丛书"适逢其时。这套由外国文学学者及莎士比亚研究专家主编的文论汇编，荟萃了世界莎学以及中国莎学的代表性成果。

以死亡为主题的作文往往带着某种沉重，但是对于纪念莎士比亚来说，我们大可不必垂头丧气。莎士比亚的名字还应该被不断提起，虽然在"作者之死"的论调下，作者不再是独立自为的主体，而是多变的社会历史环境的构成部分。然而，笔者认为这个说法反倒提高了他成为我们中的一分子的可能性，因为我们成了莎士比亚作品意义构造的参与者。在这个意义上说，作者叫什么似乎不那么重要了，他的文本的生命力和可供续写的兼容性才是让他继续拥有活力的源泉。事实上，四百年来人们都称莎士比亚为"同时代人"，都不断赋予他的作品以新的内涵。这样说的话，这位叫莎士比亚的作者之死有了新的意义，他在与我们互为创造的活动中实现了不朽："莎士比亚创造了现代文化；现代文化造就了莎士比亚。"因此，2016年4月23日仍然是值得热烈庆祝的日子。

全世界也都在2016年举办各种重要活动，以纪念莎士比亚给四个多世纪以来的人类文化生活贡献的不朽作品。最为盛大的是"世界莎士比亚大会"（World Shakespeare Congress），恰在这一年举办第十届盛会，按照计划于7月31日至8月6日在斯特拉福和伦敦两地举办，吸引了一千余位来自世界各地的莎士比亚学者参加。每五年一届的世界莎士比亚大会由国际莎士比亚学会主办，世界各国竞争承办，前九届分别在加拿大温哥华、美国华盛顿、英国斯特拉福、德国柏林、日本东京、美国洛杉矶、西班牙瓦伦西亚、澳大利亚布里斯班、捷克布拉格举办。国际莎士比亚学会投票决定在英国举办第十届大会，不无考虑天时地利的因素，让莎翁在这个重要的年份"回家"——斯特拉福是他的故乡、他生长和安息的地方；伦敦是他事业发展的舞台。然而，这样的安排并不只是满足"朝圣"的热情，更重要的是让更多的人能够有机会到他的剧场去体验一下他的戏剧的魅力，比如在重建的环球剧场观看莎剧表演。

重要的是，来自全世界的莎士比亚学者能够在莎翁故乡汇聚一堂，充分阐发"莎士比亚的创造与再创造"（Creating and Recreating of Shakespeare）这个核心议题。莎士比亚既是创造的天才又是再创造的天才；他的作品体现出非凡的创造性、创造力、创新性。要对他的作品做出有创见的再创造，同样需要创造力和创新精神。这样的精神已经渗透到四百余年来的莎士比亚在世界各地传播和接受的实践中——在舞台上、影院里、课堂中；这些围绕莎士比亚的活动也让他的作品的创造性得以延伸。虽然莎士比亚的创造内涵不是这样简单的概括能够穷尽的，但是现代生活确实见证了他的艺术的活力，也部分地说明了我们今天为什么还需要莎士比亚。西方马克思主义文学理论家特里·伊格尔顿（Terry Eagleton）预言的我们不再需要莎士比亚的时代，在资本全球化的今天离我们不是更近，而是更远了。事实证明，我们还需要莎士比亚，因为他的创造性的光芒能够穿越时空，照射到不同时代的人生社会。他的作品探析了人类迄今为止仍然无法解决的人性困惑和社会问题。莎士比亚和那个时代其他巨人一起开启了现代文明,他们的作品注重人文精神,制造了近现代与中世纪文化的分野。从20世纪开始,现代主义和后现代思潮都纠结于如何看待人文理性。似乎从哲学上分别现代和后现代的关键,还是在于如何对待人文主义的问题。后现代主义论者对人文主义的内涵表示怀疑,分析能指和所指之间的裂痕,借以挑战传统的人文观。这时,他们也从蕴含了深层矛盾的莎士比亚文本中找到例证。这就更证明了莎氏创造内涵的灵活性、复杂性和多面性。

上述几个方面中涉及了曾是莎士比亚接受史和批评史中的一些热点话题,有些仍然是热点。这些话题在第十届世界莎学大会上,围绕莎士比亚的创新、创造主题更深入地展开。总之,莎士比亚是创造的载体和媒介,是创造的成果和源泉,既承继又开启,既是经典又是流行。我们应当将他置于不断创新的过程当中,才能充分体验他的兼容性、创新性、多元性、时代性、历时性与共时性。著名莎剧演员、导演布拉纳在2012年伦敦奥运会上朗诵《暴风雨》中的台词,又给追求生态文明的21世纪生活注入了莎士比亚元素。凯列班的与自然和谐相处的梦想与我们的生态梦想相吻合。莎士比亚的亚登森林里不仅住着超自然的精灵,那里也是戏剧人物回归自然的避难所,那里更有地球村远景规划中必不可少的那片绿草地。

作为中国学者,我们也关注绿色的莎士比亚,更关注莎士比亚在中国的学术生态以及中国莎学作为整体对于世界莎士比亚大会等国际莎学活动的参与。中国学者最早有规模地参与世界莎学大会,是1996年在美国洛杉矶召开的第六届。在原"中莎会"会长曹禺先生的关照下,文化部及教育部联合委派了以方平为团长的中国莎学代表团,成员包括孙福良、孟宪强、曹树钧、刘炳善、何其莘、辜正坤、张冲、杨林贵(兼任代表团秘书)等。其后孟宪强、张冲、杨林贵、罗益民、吴辉等先后出席了第七至第九届大会。笔者应邀在第九届大会上主持一个特别研讨会,并被选为国际莎士比亚执行委员会委员。由此可见，中国莎学前辈一贯重视中国莎学界和世界同行的交流，特别是鼓励年轻学者积极参与国际学术活动。可喜可贺的是，中国学者在第十届大会上有更出色的表现。据笔者了解，有空前规模的中国学者群体参加了本届盛会。辜正坤教授得到特别邀请，与一位英国学者共同主持关于莎士比亚十四行诗的研讨会。笔者作为国际莎士比亚学会执委，参与本届大会委员会的工作。郝田虎和刘昊与其他学者合作，分别担任两个小组研讨会的主持人。经过他们的积极努力以及有关方面的密切合作，他们提交的研讨会提案得到了高度认可。另外还有十余位中青年学者参加大会交流和小组讨论，极大地提高了中国莎学在国际学术圈的可见度。中国学者在此次大会上有无愧于前辈、无愧于中国莎学的出色表现。

中国莎士比亚研究的进步，离不开一批学贯中西的前辈学者的引领，他们不仅通过翻译和著述为莎士比亚在中国的传播和研究做出了杰出贡献，而且积极组织学术活动，奖掖并带动后进，推进中国莎士比亚研究的发展。他们创建的"中莎会"，在组织中国莎学工作以及国际交流活动上起了重要的促进作用，在中国莎学史上具有独特的意义。原中国莎士比亚研究会（后更名为"中国莎士比亚学会"），简称"中莎会"，在文化部的领导和支持下成立于1984年12月，首任会长为曹禺，副会长为卞之琳、王佐良、孙家琇、李赋宁、张君川、杨周翰、陆谷孙（1989年增补）等。从1998年9月起，中国莎士比亚研究会组织机构发生重大变化，会长为方平，副会长为荣广润、孙福良、孟宪强、曹树钧、辜正坤。2003年6月因未按期进行重新登记被民政部宣布取消活动资格。2012年10月经民政部批准，"中莎会"重新登记成立，隶属于中国外国文学学会。2013年4月"中莎会"正式恢复成立并在北京大学召开会议。辜正坤当选新"中莎会"会长，副会长为张冲、李伟民、杨林贵、罗益民，秘书长为刘昊、北塔。

在原"中莎会"的领导下，我国曾经成功举办过两届莎士比亚戏剧节，出版会刊《莎士比亚研究》，联合一些省级莎士比亚学会或者协会，主办了一系列重要的国内莎士比亚研讨会，也组织了一些和国际莎学界的学术交流活动，促进了中国莎学的发展。在推进中国莎学研究以及"中国莎学走向世界"方面，新的"中莎会"肩负了更重要的使命。在祝贺"中莎会"恢复成立的信中，中国社会科学院外国文学研究所所长陈众议希望学会"在传承、借鉴、团结、创新中为中国莎学、中国学术、中国文化的繁荣进步做出巨大贡献"。国际莎士比亚学会主席彼得·霍尔布鲁克（Peter Holbrook）在贺信中也期待"中莎会"促进和提高中国莎士比亚研究以及与国际同行的交流。中国莎学同仁应该相互支撑协作，共同努力以取得丰硕成果，同时积极参与国际莎学活动。希望通过当今的外国文学工作者和莎士比亚研究者的努力，更好地完成前辈学者提出的"中国莎学走向世界"的光荣任务。"中莎会"未来的另外一个重要目标应该是促进中外文化的交流和对话。我们还有一个梦想，就是将来争办一届世界莎士比亚大会。这将有利于宣传中国莎学，有利于扩展中国学者和国际莎学界交流的机会。

这套"莎士比亚研究丛书"的出版既是为了纪念莎士比亚、为世界莎士比亚盛会献礼，也是为了让对莎士比亚研究感兴趣的年轻一代更多了解世界莎士比亚研究的发展趋势以及中国莎学所取得的成就，为中国莎学向更广阔的空间拓展做好准备。"莎士比亚研究丛书"包括如下五本文集：

《世界莎士比亚研究选编》：本文集延续《莎士比亚评论汇编》（杨周翰选编）的重要工作。该汇编自1979年出版以来一直是中国莎学研究的重要参考书；但遗憾的是由于出版较早而且主编过世，该汇编收录成果截止于20世纪六十年代，没能跟踪其后的莎学研究的研究成果。实际上，西方莎学自七十年代以来发生了重大变革，后现代研究如新历史主义、文化唯物主义等，已逐渐取代了"新批评"等传统流派的重要性，成了新的主流研究。所以，本文集在考虑早期传统研究的同时，力争弥补汇编的缺憾,材料更新,理论探讨更深入,收入六十年代以来的主要研究成果。其中选录的一些名家名作是某些文学批评流派或者研究方法的开山之作,例如斯蒂芬·格林布拉特(Stephen Greenblatt)等大家的经典研究成果。

《中国莎士比亚悲剧研究》:莎士比亚的悲剧是世界戏剧艺术的精华,对莎氏悲剧的研究汗牛充栋,其中不乏莎学研究的经典之作。本文集精选20世纪以来中国在莎士比亚悲剧研究方面最有代表性的研究成果,分悲剧研究总论、四大悲剧以及罗马悲剧研究等部分。本文集选文既有出自中国莎学名家的经典论述又有莎学新秀的新观点的阐发。选文囊括了方平、张天翼、孙家琇、张泗洋、盛宁、张隆溪等名家的研究力作。

《中国莎士比亚喜剧研究》:莎士比亚的喜剧这个精彩的世界,给人带来的不仅仅是笑声,也常常在给人愉悦的同时,以喜剧形式深刻讽刺社会人生中的种种丑恶和不公,对后世的喜剧创作影响深远。因此,莎士比亚喜剧研究分量不亚于悲剧研究。我国莎士比亚喜剧研究涌现了成就显著的学者。本文集收录了几代著名莎士比亚喜剧研究名家的代表成果。作者有颜元叔、曹未风、吴兴华、孟宪强、裘克安、陆谷孙、彭镜禧等。

《莎士比亚与外国文学研究》:把莎士比亚放在外国文学研究这个大的背景下研究是《外国文学研究》对于莎学研究的一大贡献。该刊的"莎士比亚专栏"发表的中英文研究成果在国内外影响很大,而且代表了国内莎学研究的最高成就,为外国文学和莎士比亚研究树立了学术质量的榜样。本文集精选莎学专栏中最有影响的论文,覆盖了中国莎学研究的各个方面,分三个部分:莎士比亚总论,悲剧研究,历史剧、喜剧、传奇剧研究。著名作者包括杨周翰、戚叔含、陈嘉、朱维之、王忠祥、阮珅、顾绶昌等。

《中国莎士比亚演出及改编研究》:本文集探讨莎剧演出和改编的各

种重要问题，分如下几个部分：1. 综合研究：收入莎剧演出、改编所涉及的理论问题以及关于跨剧目、跨媒体、跨界演出实践的研究；2. 莎士比亚话剧演出研究和评论；3. 莎士比亚戏曲及歌剧改编的理论和实践研究；4. 莎剧影视改编以及演绎等方面问题的研究。本文集既有中国戏剧史上的著名戏剧大师关于莎士比亚演出的经典论述，也有新时期杰出研究专家的代表性成就。收入的文章作者包括中国戏剧教育家、理论家余上沅；著名戏剧、电影艺术家、导演黄佐临；外国语言文学专家、莎士比亚学者陆谷孙等。此外，还包括戏剧及外国文学研究领域的中青年学者宫宝荣、程朝翔、张冲、李伟民、杨林贵等。

可以说，这套"莎士比亚研究丛书"在内容方面有如下特点：兼收国际国内莎学研究的精华；把莎士比亚研究放在文学文化批评的大背景下审视；重视理论研究和教学应用的结合；考察文学批评和演出改编实践的互动和相互影响；提倡跨学科和跨领域交叉研究（所收入的研究成果吸收了文艺美学、哲学、社会学、语言学、历史学、心理学、文化人类学等学科的优势）。另外，本套丛书的出版从中国视角为世界莎学的重大事件做出贡献，让世界更加了解中国莎学。因为丛书的上述特色和学术价值，也因为莎学的重要性和丛书的跨文化和跨学科方法，希望这套丛书为我国外国文学研究的发展提供借鉴，为文学文化研究领域的学者和师生群体提供参考，在人文教育课堂以及人文素质方面发挥积极作用。希望外国语言文学研究、文化人文研究、戏剧艺术研究的专家学者，以及在上述领域求学的从本科学生到博士研究生的群体，能够从丛书中获益。

当然，这些题目不能完全展现中外莎士比亚研究的全貌，我们原来设计的丛书方案还包括其他很多重要选题，但因为种种原因无法在本套丛书中体现，例如"莎士比亚诗歌研究"以及莎士比亚主要戏剧作品的专题研究等，我们希望条件成熟的时候继续出版下一个系列。

还需要说明的是，由于"莎士比亚研究丛书"所收录的文章选自不同的期刊和书籍，发表或出版的年代不同，其注释方法有一定的差异。各集主编和出版社编辑做了大量工作，尽量保证全丛书在总体上的统一；然而，依然有个别文章，其所引用文献的信息无法补全。

＊　＊　＊

组织出版这样一套丛书离不开来自各个方面的支持和帮助，借此序文向他们表示深深的谢意。首先，感谢编委会及其顾问的积极配合和有效工作。一贯支持中国莎学事业的本届"中莎会"理事会的几位顾问——屠岸、陆谷孙、斯蒂芬·格林布拉特、彼得·霍尔布鲁克等——也是丛书编委会顾问，他们以不同方式关注了丛书的编辑出版并肯定了编委会的工作。辜正坤会长就顾问委员会构成以及编辑工作做了重要指示，提出了中肯的建议，并奉献了墨宝。最重要的是，各个文集负责人通力合作，特别是聂珍钊、张冲、李伟民等几位主编，他们愿意和总主编分担责任。他们在确定选文的过程中与总主编密切沟通，认真讨论选文以及编辑标准等问题，保证了选文和编辑的质量。同时，编辑工作还得到了其他人员的得力辅助。这里应该特别提到两位优秀的青年学者杜娟和乔雪瑛，她们参与了有关文集的繁杂的编辑工作。

必须感谢选入文集的论文作者以及发表原文的学术期刊及出版机构，他们不仅为莎士比亚研究贡献了重要成果，而且授权让我们共享这些成果。其中涉及大量的外文论文的翻译和审校工作。感谢所有参与翻译工作的署名和未署名的译者。原文中的理论内容和复杂的文字结构，给理解和翻译造成很大的挑战，译者们不畏困难，出色地完成了翻译工作。乔雪瑛除了翻译，还对部分译文做了认真细致的初步审校，付出了大量时间和精力，为译文的进一步完善做出了杰出贡献。

感谢商务印书馆的领导，感谢栾奇博士对选题的大力支持、对丛书结构的指导性建议以及对全部书稿的认真审读和缜密考证；同时感谢出版社的编审、版式及封面设计和校对人员的精细工作，他们为丛书文字的准确性提供了可靠保障。

感谢东华大学党政领导以及科研处和外语学院对莎学研究的重视，特别是对于莎士比亚研究所的政策和经费支持！

最后要对其他所有关心和鼓励莎士比亚研究以及丛书编辑出版的各方人士致以衷心的感谢！

杨林贵

"莎士比亚研究丛书"总主编

2016年9月29日初稿

2017年10月28日修订

目 录

序言一
"莎士比亚研究丛书"序　　　　　　　　　　　　　　　/ 屠　岸 / 001

序言二
Foreword to the "Series of Shakespeare Studies"　/ Peter Holbrook / 003
写在"莎士比亚研究丛书"之前（译文）　　　　/ 彼得·霍尔布鲁克 / 007

总主编前言
致莎翁四百周年
　　——莎士比亚研究综述　　　　　　　　　　　　/ 杨林贵 / 011

本集主编前言
莎士比亚演出在中国　　　　　　　　　　　　　　　/ 张　冲 / 001

特　稿
我们为什么公演莎氏剧　　　　　　　　　　　　　　/ 余上沅 / 003

莎剧演出及改编的理论研究
莎士比亚剧作在中国舞台演出的展望
　　——在首届中国莎士比亚戏剧节学术报告会上的发言　/ 黄佐临 / 003
帷幕落下以后的思考　　　　　　　　　　　　　　　/ 陆谷孙 / 021

莎剧"现代化"漫议 　　　　　　　　　　　　　　　/ 汪义群 / 047

经典的改编与改编的经典
　　——论莎士比亚电影改编及改编研究的意义　　/ 张　冲 / 057

莎剧改编与接受中的传统与现代问题
　　——以莎士比亚的亚洲化为例　　　　/ 杨林贵　乔雪瑛 / 067

中国话剧舞台上的莎士比亚

出演《亨利四世》浮想 　　　　　　　　　　　　/ 李家耀 / 085

论中国莎剧舞台上的导演艺术
　　——1980年以前的导演成就与当代演出的起点　　/ 姜　涛 / 093

香港话剧团的莎剧演出 　　　　　　　　　　　　/ 杨世彭 / 113

皆大欢喜
　　——中戏舞台上的莎士比亚 　　　　　　　　/ 吴　兹 / 130

真善美在中国舞台上的诗意性彰显
　　——论莎士比亚戏剧演出 　　　　　　　　　/ 李伟民 / 143

"人人都是哈姆雷特"
　　——论林兆华对《哈姆雷特》的主题再创 　　/ 孙艳娜 / 166

中国戏曲及歌剧改编莎士比亚

中西文化在戏剧舞台上的遇合
　　——关于"中国戏曲与莎士比亚"的对话 　/ 叶长海（主持）/ 181

莎士比亚·黄梅戏·《无事生非》 　　　　　　　/ 蒋维国 / 206

莎剧歌剧化的首次尝试
　　——我导演歌剧《特洛伊罗斯与克瑞西达》　　/ 郭小男 / 225

从《欲望城国》和《血手记》看戏曲跨文化改编　　　　　　/ 徐宗洁 / 237

莎翁四大悲剧戏曲编演的成就与不足　　　　　　　　　　/ 曹树钧 / 260

《奥赛罗》与京剧：双向的文化借用　　　　　　/ 费春放　孙惠柱 / 280

梆子莎士比亚：改编《威尼斯商人》为《约/束》　　　　　/ 彭镜禧 / 304

从《哈姆雷特》到《王子复仇记》
　　——一则跨文化戏剧的案例　　　　　　　　　　　　/ 宫宝荣 / 324

莎士比亚电影改编研究

莎士比亚的文本、电影与现代战争　　　　　　　　　　　/ 程朝翔 / 337

人这织成梦幻的材料：《普洛斯佩罗之魔法书》　　　　　/ 张　琼 / 368

从《哈姆雷特》到《喜马拉雅王子》
　　——一系列跨文化的移植和浸润　　　　　　　　　　/ 俞建村 / 384

改编的艺术
　　——以莎士比亚为例　　　　　　　　　　　　　　　/ 吴　辉 / 391

跨文化电影改编
　　——从《哈姆莱特》到《夜宴》　　　　　　　　　　/ 张　瑛 / 409

莎士比亚演出在中国

《中国莎士比亚演出及改编研究》共选收二十五篇论文，除"特稿"一篇之外，其余均发表于20世纪八十年代至21世纪前十四年的三十余年时间，文章作者包括学养深厚的老一辈学者、编导演领域的著名艺术家，以及活跃于当前莎士比亚改编研究与编导演艺术实践领域的中青年学者及艺术家。这些论文较全面地体现了这一时期我国莎剧改编研究者与实践者在这一领域的理论思考、学术研究和实践经验的发展与成果，也从一个侧面反映了我国莎士比亚改编演出的艺术成就。文章在收录时，编者根据具体情况，对其中一些的注释方式等做了调整，以保证全文集格式的规范统一。

中国的莎士比亚改编与演出，起于20世纪二三十年代的民国时期，紧随着莎士比亚翻译、介绍而开始的。著名戏剧教育家、理论家余上沅先生发表于1937年的《我们为什么公演莎氏剧》一文，标志着中国莎士比亚改编及演出的实践与理论思考的开端。将其收录于"特稿"中，一方面是为了纪念余上沅先生的开拓性成就，另一方面是希望以此为标杆，更全面地认识到这一领域在其后的长足进步与发展，以告慰当年宏图在心的余先生。

事实上，自20世纪八十年代以来，我国学者和艺术家在莎士比亚改编演出的研究领域内，成果相当可观，特别是在改编研究及跨文化改编研究的理论思考、中国戏曲及电影改编莎士比亚等方面，中国学者和艺术家为国际莎士比亚改编研究提供了独特的、有价值的实践经验与理论思考。不少学者和艺术家在此领域耕耘已久,成果丰富。但由于本集的篇幅及编选原则(一人一篇)所限,编者无法将众多的优秀成果一一收入本集中,实为憾事。唯愿读者能以此管而得见一斑,见一斑而得寻全豹,继续推进此领域的研究和实践,为全球化的莎士比亚改编和演出研究提供更多的中国学者艺术家的视角与成果。

张　冲

2017年12月5日

我们为什么公演莎氏剧[1]

余上沅

我们国立戏剧学校举行公演的目的，已经好几次对大家说明过。因为这是一个戏剧教育机构，我们要使学生得到各种演剧的经验，虽然也时常顾到演剧在社会教育上的效用。表演莎士比亚剧本是世界各国（不仅是英国）认为极重要的表演之一，甚至是演剧的最高标准；近代最有成就的演员也都以能担任莎氏剧中角色而得名。莎士比亚早已神圣化，莎氏剧的表演也很有神圣化的意味。

在英美编演莎氏剧，不像在中国那样困难。小学学生就见过莎氏剧的表演，中学和大学学生就熟读莎氏剧本并亲自参加表演，各处剧场不断地有莎氏剧的公演；大家从小到老，有意无意都多少知道莎氏剧的表演是怎么一回事——犹之乎住在北平的人多数都会哼几句皮黄一样。但是，惟其如此，在北平皮黄艺术的标准就高些，出众的人才也就多些了。恐怕除了德国、法国对莎氏剧格外努力的之外，其他各国就不容易跟英国、美国的比较。因为演莎氏剧之历史的长短、次数的多寡、从事者的多寡，以及其他各种原因，都能叫表演的成绩彼此相差。

中国对于莎士比亚的认识还很肤浅，这是一个事实；根本上就没有几篇莎氏剧译成了中文。从前的中学生常常称道莎士比亚，仿佛很知道

---

[1] 原文刊登于国立戏剧学校编：《介绍莎士比亚特刊》，1937年6月，第61—66页。本次收录尽量保持原文风格，不做过多改动。

他似的,其实他们只看了一些《莎氏乐府本事》罢了——知道点莎剧的故事和知道莎士比亚绝对不是一件事。

因为东西方语言文字的差别,翻译莎剧不知道有多少困难。日本的坪内逍遥博士费了毕生之力才完成了莎氏全集,而究竟翻译得如何,非精通英日两种语言和文学的人不敢妄断。中国翻译莎氏剧的事业,十年来虽有人偶做试验,但是决不能称为成功。最近几年,中华教育基金会编译委员会在胡适之先生的主持之下,才起始作有计划的莎氏剧之翻译,担任这件工作而又最努力的是梁实秋先生。梁先生翻译莎氏剧之努力,极令人钦佩,数年之间,已成者听说有了八种。梁先生完成莎氏全集是一件很有希望的事。

我们为了作莎氏剧之演出上的试验起见,为了试验莎氏剧之中文译本起见,这次选了梁先生翻译的《威尼斯商人》(场次的剪裁和归并,又经梁先生费了一番功夫)。当然,我们的能力很薄弱,准备欠充分,这种试验不见得可以成功:在演出上、在表达译文上,都很难成功。

但是,不经过多次的试验,那就永远不能成功了。我们愿意开始作一个尝试。

在这初次尝试的时候,有几点我们必须声明。第一,关于剧本的本身。梁先生的译本,在信达雅三个条件上看来,都是很成功的。但是无论如何,有许多句子在书本上尽管读着十分舒服,但是在舞台上说出来还不免也有不少的地方不能叫我们一听就懂。这不能怪译者,只能怪英文和中文的距离太远,许多字句不容易那么恰当;并且原文有很多地方根本上就不是容易一听就懂的东西,它需要我们仔细地咀嚼,时间越久,意味越长。所以我们不能不有相当的牺牲,把原译本稍加修改——当然往往改得不如原文。但是,以现代人而演三百多年以前的剧本,大胆的修改是许可的——欧美各国对莎氏剧之演出,也常作这种修改。

第二,关于剧本的读法。莎氏剧大多是无韵诗体,照英美的标准演出,应该读得铿锵抑扬,听来十分悦耳(虽然在英美已然有"今不如昔"、"诵读艺术堕落"之叹）。梁先生的莎氏译本用的是有节奏的散文，可是我们对于诵读"有节奏的散文"之方法还没有一个标准。所以我们对于莎氏剧之读法所感的困难很多。当它是旧戏的韵白，当它是文明戏的调子，当然都不对，当它是随口说话也不对。我们研究的结果：与其咿唔嗯哼，不如从从容容地说下去，让观众听得明白，并且听得不生厌；节奏、音乐等等高深的希望，我们暂时还不敢期其可以达到。

第三，关于演员的动作。在西洋表演古典剧和莎氏剧，差不多也有一种程式——那是经过长期训练的，好比中国旧戏的身段、台步等等一样。我们还没有这许多时间来充分地做这一步功夫，我们只愿意守定表演技术里的一条金科玉律——与其多动，不如少动。在稳静的姿势之下，让观众少分精神，而多注意于听清楚剧中的词句。在必须做动作的时候再用动作，还来得更有力量。

第四，布景问题也不是好解决的。在欧美各国，近三十年来不知做过多少试验，可以说没有一种是完全无人非议的。但是有一件事我们必须注意，莎士比亚时代的舞台是和中国旧戏舞台大致相仿的，那时的演出方法也大致相仿——不用布景。用少量的写实方法演出莎氏剧的也很多，也很有趣味，可是中国没有相当的设备，我们办不到。所以不如老老实实地用极简单的布景来指明故事的所在地点，而尽力用灯光来衬出某一场面应有的气氛。我们这次的试验就是如此，只用绒幔子，只用几件必要的大道具。

第五，服装问题也很有趣味。根本上，在西洋演莎氏剧所用的服装就是一种程式化的东西，犹之乎中国旧戏的服装之不合历史一样。现代演莎氏剧的服装多数是根据莎士比亚时代的服装的；譬如，《威尼斯商人》的故事是在14世纪的，而剧中人的服装却往往就用了16世纪英国的——在历史上看，两百年原不算一回事。我们根据这种程式化的办法，参考图书，而又因受经费的限制，不能不再加以简单化。至于中国人要化装成西洋古代人，那更是勉强得很了。

总而言之，我们这次的尝试，希望并不奢：我们不能同英美的莎氏演出专家相比，比起来我们只能算初次登台的"票友"；我们只是诚诚恳恳，小心翼翼，尽量用我们在书本上所得到的知识，和在英美各国所见到的方式，不夸张地把这个戏演出，来希求达到提起许多人研究莎士比亚的兴趣。并且，我们希望这部戏观众不但看得明白听得明白，而且还看得舒服听得舒服。假使根据这次的试验，将来逐渐养成了莎氏剧之演出的标准，并且梁先生也更加兴奋而把莎氏全集早日译成，全部舞台本早日改编成，那岂不是一个走向成功的起点吗？

我们生怕单是一个莎氏剧本的演出，甚至在国内有几个莎氏剧本的演出，对于介绍莎士比亚还很不够，所以同时才邀请了好几位先生担任公开演讲，并且撰述文字，来加增介绍莎士比亚的力量（让我们在这儿对这几位讲演和撰文的先生表示钦佩与感谢之忱）。可惜有几位国内研究莎氏的专家都没有如期把稿子寄来，不免令人失望。但是无论如何，我们举办的公开演讲和编印出版的这本《介绍莎士比亚特刊》是值得有心人参加或阅读的。

最后，我们希望大家多加指示，让我们将来再演莎氏剧的时候，可以得到进步，那就不只是我们一校之幸了。

莎剧演出及改编的理论研究

莎士比亚剧作在中国舞台演出的展望
—— 在首届中国莎士比亚戏剧节学术报告会上的发言[1]

黄佐临

威廉·莎士比亚是世界戏剧史上的杰出天才。近四百年来，他的剧作始终在全世界受到青睐；可以说，除了17世纪清教徒曾统治英国十八年、禁演任何戏剧的这段时间外，莎剧的演出从来也没有中止过。至于莎翁的戏剧节，就世界范围来讲，也是年年都有；但在我们中国，像这次这样举行专门的莎士比亚戏剧节，还属首创。

在这次中国首届莎士比亚戏剧节中，我们可以发现一个"奇特"的现象，即别的国家举行莎翁戏剧节，至多只不过演出六七台莎剧，而我们中国不演则罢，一演就是二十五台（北京十一台，上海十四台；广播剧、木偶剧等还未计算在内）。我在想，如果再举行一次莎士比亚的戏剧节，而且又限定必须是新排剧目的话，那么下次就只剩下十二台莎剧可演了。由此，也可见此届莎翁戏剧节的盛况。它充分显示了我们中国这个近十亿人口大国的气派！仅此一点，就可喜可贺！

在引入正题之前，我还想先来一番"自报家门"。按说，我接触莎

---

[1] 本文选自中国莎士比亚研究会编：《莎士比亚在中国》，上海：上海文艺出版社，1987年。

士比亚还是比较早的。六十二年前——也就是在1924年，当时我还在天津的一所教会学校念中学，在毕业前夕，曾参加了莎翁的《威尼斯商人》的原文演出。我在该剧中扮演了夏洛克的女婿罗兰佐——也就是和杰西卡私奔的那个年轻人。这个角色，用今天的语汇来说就是个"奶油小生"；而今天，我除了这头发是"奶白色"的之外，已同这角色毫无共同之处可言了。

我第二次接触莎士比亚戏剧是在1927年。那时，我正在英国中部的伯明翰大学读商科。说实话，读商科只是为了遵从父命，我本人的兴趣，当时已转向了戏剧和社会的改造。记得在那年暑假，英国牛津大学办了一个莎士比亚研究班，集中了全英研究莎氏的老学者和名教授来讲课。这对我来说，无疑是个福音，旋即报名参加了这个班。正是在这六个星期的暑期研究班里，我正规地接受了莎学的启蒙教育。就此，我深深地迷上了莎士比亚和他的不朽剧作。1929年我毕业回国后，研究莎士比亚的兴致亦有增无减；直至1935年，我再度留英，进入剑桥大学成了专门研究莎士比亚的研究生。那时我的论文是选了《莎士比亚在英国的演出简史》这一命题。记得当时恰好是莎剧在英国上演三百八十周年，因而我论文的主旨，便是考察莎剧在这三百八十年间在英国舞台上的遭遇，比如：历年来人们是怎么改编的、怎么删节的、以什么样式上演的，等等。

必须声明，我今天在这里讲这么一大串"履历"，并不是想炫耀自己对莎学有多深的研究，也不是想标榜自己在排演莎剧上有何建树；恰恰相反，我只是想说明，我乃"学非所用"。是的，过去我学的是莎士比亚，也教过莎士比亚，但在我从事戏剧工作的五十年中，却从来没排过莎士比亚。自英国回国后，先是"八年抗战"，之后是三年"解放战争"；中华人民共和国成立以后的前十七年无暇顾及，接着便是十年动乱，始终没有获得排莎剧的机会。现在，莎翁走红了，而当了五十年导演的我——"黄翁"，却已垂垂老矣！已经导不动了！由此我想说，莎翁有四大悲剧，而作为艺术家的我们，出于种种原因，错过了时机，流逝了年华，堪称"第五大悲剧"！当然，这只是就个人的遗憾而言，是不足道的；从我们整个国家的文化艺术事业的发展看，从莎士比亚戏剧在中国的前景来看，却又是令人振奋、令人乐观的。这次莎士比亚戏剧节所出现的种种盛况，就是一个强有力的佐证。

正因为我是"学非所用"，所以严格讲来，我是没有资格参加莎士比亚学会的，更没有资格在莎士比亚戏剧节上作什么学术报告。我虽说曾学过一些莎士比亚，也教过一阵莎士比亚，但那都已成了历史；中断既久势必荒疏，这是毋庸讳言的，可今天既然来了，也就只好从箱底里翻出一篇旧稿，稍作补充，求教于诸位。

这篇旧稿是一份英文发言稿，写于"解放"初期。那是在1950年4月23日纪念莎士比亚的诞辰，英国文化协会经夏衍同志同意、陈毅市长批准，组织了上海莎士比亚爱好者的集会。在这个集会上，先由曹未风同志谈了《莎士比亚在中国的翻译》，又由李健吾同志谈了《莎士比亚在我国的改编》，最后由我讲了《莎士比亚在中国的演出》。记得会后还由石挥、丹尼演出了《马克白斯》（由李健吾改编，我导演，用中国古装演出）的片断，受到了与会者的欢迎。

下面，我就以这篇旧稿为基础，加上一些新的补充，向各位作个汇报。

作为一个导演，我始终认为，要想了解莎士比亚，最好的办法，莫过于将他的作品搬上舞台。因为在我们搞实际戏剧工作的人看来，只有当演员在剧场里为满怀兴趣的观众演出某个剧本时,才能赋予这个剧本真正的生命。如果仅仅将莎士比亚及其剧作作为一门纯粹的"学问",由教授先生们在课堂上进行一般化的讲授,那肯定是枯燥无味的;因为,即使教授的水平再高,也无法通过一般化的讲述,能使这位天才戏剧诗人的智慧和才华生动地得到重现。当然,我并不想否定所有的课堂讲授(其中也确有精辟独到的论述),我只是说,一般化的课堂讲授,极难引起人们的兴趣和想象力,而且弄得不好甚至会引起人们的反感。据我所知,在英国连小学里都教莎士比亚,可不少小学生听课时兴味索然,觉得比吃蓖麻油还腻味。为什么?道理很简单,就像我本人小时候厌恶读《论语》之类的古文一样,是教师的教授方法不对所致。确实,无论中国还是外国,人们都厌恶枯燥无味的说教,愿意接受生动而形象的启迪。以我个人的经验而言,去埃文河畔的斯特拉特福镇(莎翁故乡)参加一次戏剧节,就要比在剑桥大学研究几年莎士比亚所学到的东西还要多!这是因为,演戏和讲课不同;戏,一演就活了。所以,要想充分了解莎士比亚,不仅要在课堂上听课,更需要在舞台上看到莎剧的演出。

如果对上述看法表示赞同的话,那么紧接着的问题便是:我们到底应该以什么样的方式来演出莎剧?

回顾近四百年的莎剧演出史,可谓是一条色彩斑斓的画廊;在不同的历史时期,人们曾以各种不同的方式将莎剧搬上舞台;而在这各种各样的演出方式里,又寄寓了人们种种的奇思怪想。你看:

有穿现代服装演出的莎剧;

也有穿黑白服装演出的莎剧;

有彼特鲁齐开了T型福特汽车带走"悍妇"的《驯悍记》;

也有驾着摩托车回到艾尔西诺的《哈姆雷特》……凡此种种，不一而足。据说，还各有"理论根据"：哈姆雷特既是从英国回来，那他就应该乘坐（20世纪三十年代）英国的土特产——摩托车。其实，这完全是所谓帝国出口贸易和殖民地思想在作祟。至于在大西洋的彼岸，情况就更糟。因为在美国，首先考虑的是票房价值。我记得在芝加哥的博览会上，有个小剧场专演莎士比亚的戏，然而在那里，莎翁的杰作都被砍头去尾，20分钟就能演一个。这种"省时间"的演出，实际上是专为那些急于得到一些"文化知识"以掩盖其不学无术的暴发户们服务的。他们只要花上一笔钱，在两个小时里便可一下子看到六个莎剧，而且事后可以煞有介事地向人夸耀说他也懂得莎士比亚！这就同我们看了几本《红楼梦》的小人书便以"红学家"自居一样可笑！为了招徕观众，米兰达在洛杉矶演出《暴风雨》时竟让女主角穿了上下身分开的游泳衣上场！更有甚者，还有穿着所谓"刚从娘胎里出来呱呱坠地时的那套衣服"——即光着腚上台演莎剧的！当然，这演法可以省钱，用不着花服装费，"节约"的精神甚可赞许。但比起我们这次戏剧节上的昆剧《血手记》来，它就黯然逊色了；因为这次昆剧也没花服装费，服装全是从旧行头箱里翻出来的，同时还做到了不光腚！

我介绍这些例子，主要用意倒不在于褒贬，而是想说明，近四百年来，曾有过各种各样的莎剧演出。特别应该指出的，其中还有很多严肃的（美国称之为"合法的"）演出。就拿我们上海这次演出的十四台戏来看，也是包含了多种风格的样式。我要提出的问题是，在这众多的方式里面，我们能否选择一种或几种方式来演，使之更能适合中国观众的审美习惯又更能展现莎剧的精华？或者如果一下子找不出一种现成的方式，是否能尝试一下新的演出方式——我们中国的演出方式，作为我们中国人对表现莎士比亚戏剧的一种贡献？

我以为，是有这种可能的。

事实上，以往的戏剧史学家曾多次指出，中国的戏剧（主要指我国的传统戏剧）同伊丽莎白女王一世时代的戏剧有着许多相似之处。他们注意到：两者在剧场结构的特征上非常相似，两者都是将舞台伸展到观众席中，观众同样都可以从三面观看演出。而且，两者都很少用布景。伊丽莎白女王一世时代的演出，地点的变换是用钉在柱子上的字片来标明的，如"花园"、"岩石"、"山口"等等，有时甚至连这种设计也被认为太麻烦而干脆由演员自己宣布这是什么地方。在《皆大欢喜》中就是如此。罗瑟兰和赛丽娅从宫廷出发到亚登森林去会见被放逐的公爵时，场地的变换并不是让观众坐等5分钟或10分钟来更换布景，而是由罗瑟兰口里说："好，这儿是亚登森林了。"这手法，已同中国的戏曲非常接近。当然，在中国戏曲中，处理的方式更简单，演员只要在舞台上转个圆场说声"啊，到了。"便可表示环境已经更换，连上下场的麻烦也一概省却了。

而在目前的舞台上，为莎士比亚戏设置布景却是一件十分复杂的事。由于现代的观众已习惯写实的布景，很难设想如何在没有这类布景的情况下演出。可以说，这是一个使全世界的布景师都为之伤透脑筋的问题。即使是戈登·克雷这位伟大的戏剧天才，虽然他的著作在理论上获得了极高评价，但在实际演出上却不尽如人意。据说，有一次史坦尼斯拉夫斯基曾邀请克雷为莫斯科艺术剧院导演《哈姆雷特》并兼任舞美设计。他接受了邀请，来到了莫斯科，和剧院的主人讨论了他的设想后，便又返回佛罗伦萨，花了一年的时间完成了他的设计。然后，他满载了气氛图、模型之类的东西，去莫斯科进行排练。克雷的设计主要是利用一套十分复杂的屏幕，这是用木头、铜、铁及软木制成的，以各种不同的方式拼接缝合，目的是让演出可以在不用传统方式落幕的情况下持续进行。这在理论上来说，当然是很不错的，但它的实际效果又如何呢？且听史坦尼斯拉夫斯基在《我的艺术生活》(*My Life in Art*)中对当时的演出情形所做的叙述吧：

> 在第一个夜场开演前一小时，发生了一次真正的灾难。我坐在观众席中监督最后一次排练景的迁换。排练结束了，第一场景已经搭好，工作人员在演出之前都去休息、喝茶，舞台上空无一人，观众席中也寂静无声。但是，忽然有一块布景向边上倾斜了，渐渐斜下来倒在旁边的布景上，于是整个布景就像纸牌搭的房子那样全都塌倒在地板上，只听见木框折断的声音，帆布撕裂的声音，舞台上顿时散满了断裂和毁损得不成形的布景。观众已经在进入剧场了，工作人员只能在幕后紧张地重新搭建起布景来。

也许人们要问，在这杂乱无章的时刻，克雷在哪里呢？原来，这位大师在戏上演的前几天已悄悄地回到了他在佛罗伦萨的工作室。他肯定已经预感到了近在眼前的灾难；而这场灾难是应该由他负责的。

我重提这件往事，并非是出于对名家的不敬，我只是想说明：设计莎剧布景的立足点应该是"简单"，而不是"复杂"。确实，要正确地演出莎士比亚剧作，保持演出的连贯性和流畅性是绝对必要的，因为莎剧剧本的结构就是一场接一场，中间容不得片刻中断。问题在于，这种连贯性和流畅性，应从更为空灵、简洁的舞台手段中觅得，而不应求助予繁杂的机械装置。否则，很可能弄巧成拙。

如果我们稍作深入的研究，还会发现，莎士比亚时代的演出尽管不用布景，但它的剧场和舞台的构造，较之我国的戏曲舞台，却有更多的优越性。莎士比亚舞台的结构是固定的，主要演区有台唇，即伸展到观众席的部位，人们可从三面观看。在台唇后边还有上下两层。下层叫内台，一般室内的戏在此演出；上层表示楼上，城楼、阳台的戏则可在此演出。另外，在左右两侧还有四个演区：两边的下层是上下场用的，两边的上层是楼上书房等场所，演出时上下可以对话。此外还有天顶，总共有七八个演区，这用现代语汇来说，称得上是个"多功能舞台"。事实上，我们现代的多功能舞台，就是由此推陈出新的。尽管莎士比亚舞台较之我国传统戏曲舞台优越，但两者在总体上却是相近的，都不用布景，在舞美上都极其简单。

但是，两者在服装上都十分讲究。都是经过精心设计、精心制作的。这可以说是两者的又一共同之处。

据我所知，在莎士比亚时代，一件长袍的价格要高达十七英镑十三先令，一件斗篷的价格为十九英镑，而莎士比亚本人当时写《哈姆雷特》的报酬则只有五英镑。从这悬殊的比值中，我们不难想象，当时演出的服装是多么考究！我是在1937年写论文的过程中发现这一问题的，然而在答辩时主考官问我："你说莎士比亚写《哈姆雷特》只有五英镑报酬，依据何在？"而我，认为这是大家都知道的事，所以根本没记出典。但后来我又发现了新材料，证实当时剧本的报酬确实很低，甚至有时一个剧本只有六便士的报酬，这只相当于一个劳动者半天的工资！而当时去剧场看戏，一张站票也得一便士呢！有个和莎士比亚同时代的叫笛卡尔的剧作家写了八个大戏，结果平均每个剧本只得六英镑。还有个叫壮逊的剧作家抱怨说："我写了二十年戏，只得了二百英镑，比泥瓦匠的工钱还少！"也许有人会说，莎士比亚的生活相当富有，在伦敦和故乡都买了房子，包括他退休以后，日子也过得很富裕，这和那么低的报酬岂不矛盾？是的，莎士比亚并不穷，但那主要是靠当演员、当剧团老板的收入，而不是靠写剧本。我们今天的剧作家也很清苦，经过呼吁，现在已恢复了首演报酬和上演税。在文艺复兴时期，尽管剧本报酬极低，但戏剧最兴旺，仍有不少人在写戏。除莎士比亚外，还有不少大学才子（他们是看不起莎士比亚的，认为莎是"戏子"；可莎有实践经验，写出了不朽的传世之作）也写戏。因为那时写戏是时代的需要，是社会政治斗争的需要，是为了宣扬人文主义，而不是为了向钱看。这在莎士比亚来说尤为突出，他在剧中宣扬人文主义是一贯的，他在《哈姆雷特》中就大声疾呼"人是一件多么了不起的杰作啊！"他写剧本，意在肯定人的价值，阐发人文主义的政治理想，而不在于换钱。那时写戏赚不了几个钱，但服装却要费很多钱，这就同我国传统戏曲极其相似。中国的戏曲演员在服装上的花费也是不少的。有些著名的表演艺术家（如梅兰芳先生）还亲自设计绘制服装上的图案花纹，单是绣花就要送到苏州去绣好多天，其代价就可想而知了。但这种花费，从另一个角度来讲，又似乎是"节约"的。因为一旦制成一件服装后，它就将伴随演员一辈子，直到他（她）艺术生命的结束。不仅如此，现在证明演莎剧也能用。前面已讲过，这次演出的昆剧《马克白斯》(《血手记》)所穿的服装，就是行头箱里翻出来的，没花一文钱！应该指出：同是服装讲究，但莎士比亚时代的演员同我国戏曲演员是有着基本差别的。对中国演员来说，穿戴及运用好服装，是必备的一项基本功，是融入整个表演艺术的一个有机的组成部分。因此，在中国戏曲里，服饰已不仅是用以区别不同角色外部形象的"符号"，而且还同演员的动作、身段、舞蹈等糅合在一起,创造了种种精彩、美妙的艺术语汇。它们既能生动地刻画人物的内心活动,又能给人以美的享受。这就不是莎士比亚时代的演员所能比拟的了。这里,不妨摘录一段艾迪逊(1672—1719)在《观察家》(*The Spectator*)中的一篇论文里,论述王政复辟时期的演员的一些片断:

> 塑造英雄人物的普通方法是在头上插一根羽毛[1],高高耸起,从下巴到羽毛顶端的长度,往往比下巴到脚跟的长度还要长。人们以为我们是把伟大人物和高大的体形当作一回事的。
>
> 这样的装扮使演员十分为难,因为演员在说话的时候,不得不使头部始终保持僵直平稳的状态,不管他的心情是多么忧虑重重。人们从他们的行动中可以看出来,他所最注意和关心的事情还是怎样使羽毛不从头上掉下来……
>
> 闺阁千金则经常由拖在衣服尾部的那些附加累赘物来显示她的雍容华贵。我说的"累赘",是指她在走动时拖在身后的宽阔的裙裾,而且后面总有一个孩子跟着;为她把裙裾铺拉开来。

对比之下,中国戏曲舞台上的男性英雄人物,同样也插有翎子,其用意也是为了增加人物身材的高度和显示地位的卓越;但中国戏曲演员在舞台上决不会出现上面引述的那种狼狈相。因为熟练地戴着翎子演戏,是包括在中国戏曲演员的严格训练之中的。所以,翎子在舞台上不但不会妨碍演员的动作,反而会加强演员动作的表现力和美感。凡是看

---

[1] 如同我国戏曲中的翎子。——译者注

过叶盛兰扮演周瑜的人，都会对他通过摇晃翎子来表达周瑜那微妙感情的精彩表演留有深刻印象。熟悉中国戏曲表演的人都懂得，在摇晃这些翎子时，对肌肉动作的要求是非常严格的。至于女角色的裙裾，只要想想梅兰芳的任何一出戏，就会浮现那挂着飘带流苏的服装怎样优美地随着音乐节拍而跳动、飘扬的情景。可见，同样是注重服装，在具体运用上，中国戏剧要比莎士比亚时代的戏剧高明得多。

下面，让我们撇开布景和服装，探讨一下其他方面的问题。

先谈音乐。我常想，在莎士比亚剧本中经常出现的那些"急急风"、进军曲、花腔和喇叭声，如果由中国戏曲的乐队来表现，将会更有效！同样，用中国的打击乐器来为莎剧中的决斗场面伴奏，一定也会有极强的表现力！说到战斗场面，又使我想到了中国戏曲的处理方式。不论在什么地点、什么时代，又有哪个剧场能像中国的全武行——一种高度程式化的舞蹈和杂技的方式；它在掌握时间、控制身体及构成图案等方面，都是极其完美、天衣无缝的——那样把搏斗的场面处理得如此熟练、如此有效呢？倘若应用于莎剧之中，肯定能增添异彩。

舞台效果亦同样如此。中国舞台上能用最简单的设备解决最复杂的问题。就以火、雷和闪电来说吧。中国戏曲舞台上的雷是以雷神来表现的，雷神的出场就是由音乐伴奏的舞蹈。火神也一样，他穿一件红袍，向上翘的胡子也是红色的，嘴里喷出火来——喷的确实是火，那是用一根装着燃烧的炭的小竹管插在嘴里，由演员吹出的。所喷火点的多少及快慢均由伴随着动作的音乐所节制，时而表示飘荡的火星，时而表示大片熊熊烈火。确能叫人看得喘不过气来。

然而在伊丽莎白女王一世时代的舞台上，火和雷都是用一种非常麻烦的方式来处理的。我们不妨将他们的操作方式描述一下：

必须有一个人待在幕后或脚手架的高处,手里拿着一根管子,管口的遮盖物上打满了洞,管中装满了朱砂或硫磺粉末,中间放一支点燃的蜡烛,他握着管子向上撒,在烛火中燃着的粉末飞舞起来就好像闪电。但要表现闪电的光束,就必须在布景上画一片火,布景必须挂在上面,向着下方,在上面还必须放一个爆竹,当子弹爆炸时就如同爆竹起火一样,其预期效果即可达到。

这段描述是从意大利建筑大师塞巴斯蒂安·塞洛(Sebastian Serlio)的《建筑学》(*Architecture*)一书中摘抄的,伊丽莎白女王一世时的戏剧就是借用了这种方式。这方法似乎十分复杂,事实上它的复杂性是我这个头脑简单的人所无法完全理解的。但伊丽莎白女王一世时代的人显然十分喜欢使用这种方式,并为之感到自豪和高兴。他们是如此地心向神往,以至第一个"环球剧院"在演出《亨利八世》时,由于操纵火炮时的疏忽而引起火灾。火灾是在第一幕亨利八世上场时因鸣礼炮而引起的,操纵火炮的是个中国人(他本是法国宫廷请去为路易十三放焰火的,后来莎士比亚将他请到了伦敦)。当年我在英国写论文时,没敢将这段内容放进去,怕英国人会找我这个中国人算账,而我这个穷学生是赔不起一座"环球剧院"的!我揣测,这位中国人说不定还是我的老乡。因为广东焰火早就有名,加上广东人同国外接触较早。事实上,在许多问题上我们都不必妄自菲薄,要看到在我们中国传统演出中的优越性。比如,要在舞台上出现一片"大火",只需让检场人手拿一把火彩,里面装满松香粉末,往空中一抛,便可造出一场真火的意象,而绝无任何危及人或建筑安全的险情。

又如神仙的出现,这也是莎士比亚戏剧演出中经常遇到的。在

《辛白林》中，神中之王朱庇特是通过在"天顶"上操纵精心设计的舞台装置而上天下地的。这在我国的戏曲舞台上，则要简便得多。但凡神仙降临人间，只要手执一根拂尘即可表明。人们从演员摇动马尾拂尘时轻盈、飘逸的姿势中，一看就知道他（她）是从天上下来的。

是的，我们在中国戏曲舞台演出中，可以举出许多具有惊人应变能力的技巧，倘将它们应用到莎剧演出中，便能以极简单的办法解决那些很复杂的问题。不妨妄举几例：

——把一束白纸飘带挂在演员的耳上，一直垂到膝盖处，便可获得鬼魂的效果。这是其他任何方法都难以如此有效地表达的。

——让朱丽叶站在桌子上，前面围上一块红色布幕，那就是一堂绝妙的"阳台会"的布景。

——同样，叫两个检场人拉平一块画有城墙图案的深蓝色布，便可让哈姆雷特同他父亲的鬼魂在这儿相会。

——如果把中国戏曲脸谱的象征性技术移用于《奥赛罗》或《暴风雨》中的凯利班脸上，那么，关于莎士比亚戏剧化装中争论得最多的问题，都可以迎刃而解。

还可以举出许多。总之，我认为在中国戏曲舞台上演出莎剧，将具有惊人的应变能力。不管表现什么，无论是鬼怪还是神仙，也无论是火或雷、格斗或求爱，在中国戏曲的舞台技术中总能找到体现的方法，而且是方式简单，效果强烈；即使是最棘手的难题也会像挥舞魔杖似的能毫不费力地予以解决。

我很高兴地看到，在我们这次演出的二十五台莎剧中，有五台是戏曲，占总数的五分之一！确实很可观！我是一贯主张戏曲也演莎士比亚的，那天俞振飞先生就提起，早在三十多年前我们几个人就提倡用戏曲演莎剧了。但在这个问题上，是有许多人持反对态度的。首先演员就有抵触。他们认为："我从小学戏，教师爷从来没给咱说过这出戏，我怎么演？"这像阿甲同志当年排京剧时遇到的情形一样，演员不愿按他的导演要求做，说："马先生、梅先生从来没这么演过。"此外，有些剧团的领导也反对。他们说："这剧种本来就没有人看了，这种'四不像'的演法，岂不是把一个完整的传统破坏了吗？"最奇怪是一位园林专家也对此坚决反对，他认为东是东，西是西，这一对孪生姐妹永远不能相会。在这里我倒要反问一句：我们有个苏州园林的建筑物不也到纽约的摩天楼里去"落户"了吗？为什么我们中国的戏曲就不能演莎剧呢？当然，戏曲演莎士比亚，这次只是个试验；但有五分之一的剧目是戏曲，这很能说明问题，它表明戏曲在这方面有着很大的潜力和宽阔前景。因为，比起莎士比亚时代的表现手法来，我们的戏曲要丰富得多。我们不但有唱、念、做、打这"四功"，还有手、眼、身、法、步这"五法"。它就好像中医里的"四诊"（望、闻、问、切）、"八纲"（阴阳、表里、寒热、虚实）一样，不是头疼医头，脚痛医脚，而是主张"整体治病"，讲究整体的丰富的表现力。比如计镇华这次在《马克白斯》中的表演，在表现角色的心理活动时，头盔上所有的珠子、绒球都在颤抖，可以说每个细胞都调动了，很有表现力。又比如，我们一直说演员的眼睛很重要，是心灵的窗户。但在中国戏曲表演中你单用眼睛是不够的，还要调动其他手段。杨小楼的眼睛很小，但由于他在演出时全身都调动起来了，同样很有魅力。可在我们话剧、电影界，有不少演员很喜欢开刀整容，不但女演员开，男演员也开，为的是变成双眼皮。我常劝他们，上帝赐给你那么好的"丹凤眼"，为什么非得开成双眼皮？只要你把各方面的基本功练扎实了，根本用不着开刀。由中国戏曲和中医学上的这种"神似",倒是给了我很大启示。既然能提倡中西医结合,为什么不能提倡中西戏剧的结合?当然,中西医结合的问题提倡多年尚未完全实现,中西戏剧结合的阻力也就可想而知。应该说明,我提倡用中国戏曲来演莎士比亚戏剧,并不想提出这样一种理论,即莎士比亚戏剧只能是全部按照中国戏曲的方式来演出。我只是说,在莎剧和中国戏曲这两者之间,有着许多共同的特征,也有着许多可以互相取长补短之处;如果我们在向中国观众介绍这位戏剧诗人的作品时,能借用一些中国戏剧的技巧,无疑可以为世界剧坛作些贡献。同时我们可以通过中国式的莎剧演出,让世界各国对我国戏剧的优秀传统和精湛技艺有所认识。

关于这个问题,我还想多啰唆几句。大家都知道,莎士比亚诞生于1564年,逝世于1616年。而我们的戏剧家汤显祖要比莎氏早生十六年,晚逝世一年,可以说他们是同代人。更巧的是,汤显祖的"四梦"之一——《牡丹亭》——写于1598年,与莎翁的《皆大欢喜》同年问世;比莎翁的《仲夏夜之梦》只晚了三年。可是,对于同一个时期出了两位伟大剧作家这个事实,以前却为多数西方人所不知;他们既不知我们有汤显祖,更不知我们有关汉卿。记得美国的一位戏剧教授曾写过一本《戏剧大师史》(*The History of Drama Masters*)的书,对全世界的优秀剧作家都进行了介绍分析。但在论及我国戏剧时,他竟将该章命名为《菲薄的中国戏剧》,评价极低,仿佛简直就不屑一顾!另一位写世界戏剧史的权威,他在《三千年的戏剧》(*The Drama of Three Thousand*)[1]一书中,提到中国戏剧时则尽是污蔑,说什么音乐是单调、刺耳、不堪

---

1 这里,黄佐临先生提到的这本书为谢尔顿·沃伦·切尼所著。参见Sheldon Warren Cheney, *The Theatre: Three Thousand Years of Drama, Acting and Stagecraft*. New York: Tudor Publishing, 1935。——编者注

忍受的噪音，表演粗糙、虚假，矫揉造作，甚至说："中国的戏剧文学从来没有达到西方像索福克勒斯或莎士比亚的重要地位，中国人自己也等闲置之，在文学修辞上也没有什么价值，他们的剧本顶多只是歌剧的脚本或雇佣新闻记者的陈词滥调罢了。"当我在20世纪三十年代读到这些"权威性"著作时，我的民族自尊心曾受到了极大伤害。事实上，我们的传统戏曲有不少比西方戏剧优秀的地方，关汉卿、汤显祖完全可以同莎士比亚相提并论。之所以会产生上述状况，原因之一，是我们对外的宣传工作做得不够。日本在这方面就做得比我们好，西方人都知道能乐与歌舞伎，而且给予的评价也很高。所以，在中国已发生了巨大变革的今天，我们不仅要介绍莎士比亚，同时也应积极出口我国优秀的戏剧艺术。

现在，还是回到我今天发言的主题上来。我们这次所以要集中演出莎剧，举行莎士比亚戏剧节，除了是向国人说明莎士比亚之所以成为一位伟大的诗人，不仅仅是靠他的天赋，而是他所处时代的产物（关于这个问题我已写了一篇短文发表在1986年4月12日的《劳动报》上，这里不再赘述）外，另一个理由——我认为是最大的理由，就因为莎剧是诗剧。而诗剧，是我们的时代最需要的体裁：唯有诗剧才能把我们汹涌澎湃的时代精神，把我们建设四化的满腔豪情淋漓尽致地表现出来！可是在我们的戏剧创作中，这方面是有缺陷的。这里，我想念一段已故的研究莎士比亚的专家林同济教授的话。林教授在他花了二十多年时间翻译的《哈姆雷特》的《例言》中这样写道：

诗歌要格律，主要在于制造节奏感。押韵的作用，说到底，毋宁也是表达节奏的媒介。英语发音，较轻重分明。不押韵，仍可维持一定程度的节奏感。素韵诗即是其例。素韵诗并不押韵，开始却使用了特别严谨的一行五步的抑扬法，以保证一定明显的节奏感。但到莎翁手里，由于戏剧内在的需要和听众要求的影响，充分发挥阴尾的作用。我的看法：应当使用等价的形式，把每行五步的格律妥予保留，借以保存那普在的基层节奏感。同时顺随汉语文字的特性，运用韵脚散押法来机动表达那流动应机的段的波浪起落。汉语发音的轻重差别，不似英语那样明显，音步有律之外，补之以韵脚散押法，在实效上正是把译文中的节奏感，恰好提升到莎剧素韵诗原有的强度。从另一角度看来，运用散压法这办法也还符合中国诗歌重韵传统的要求，一面继承了元曲、京剧的古典形式而进一步解放押韵的形式，一面也适应了我国当前一般自由体歌咏发展的大势而易于得到听众的接受。

林教授还写道：

中国文艺史上有了悠长的歌剧传统——从元曲到近代的京戏、地方戏曲。在另一端，则也有现代话剧的产生。但在二者之间，却完全没有可供朗诵的诗剧一类型。这是一个大缺陷。我们是否有理由可以展望，通过认真的莎译，诗剧作为一种文艺类型、文艺体裁，可以有效地介绍到中国，再通过一个时期的改造适应，还可以在中国扎根结果，填补了中国文艺史上的一块大空白？

诗剧特别适用于表达英雄时代的气息的。在当代的西方，有些作家曾企图复兴莎式诗剧，但颓废的资本主义社会却注定了这些尝试的失败。反之，今日的新中国正提供培植诗剧的沃土，理应当会见到一种相应的诗剧之诞生！企予望之。

我完全同意林教授的观点，也同样热切地盼望能有一种相应的诗剧诞生！我希望这次莎士比亚戏剧节不仅能引起上演莎剧的繁荣，而且能促成中国诗剧的诞生；我认为，搞诗剧的时候到了！

总之，中国演出莎士比亚戏剧的前景十分宽广。不仅我们的观众肯定会被其中错综复杂的情节和形形色色的人物所吸引，我们戏剧工作者也必将在排演过程中获得不少有益的启迪。这次莎士比亚戏剧节就是明证，规模如此盛大，艺术质量很高，都超出了我们的预料。遗憾的是，这次只有少数几个外宾来看，我们的宣传工作做得还不够。为此我想建议，能否从这次上演的二十五台戏中再精选十台八台，明年再举行一次戏剧节；而且要早做宣传，让全世界都知道。我们山东潍坊的风筝，曾吸引了六十七个国家。我相信，我们中国演出的高质量的莎剧，也完全可以有这样的吸引力！我的发言，就到此结束。

帷幕落下以后的思考[1]

陆谷孙

1986年4月23日下午,在上海戏剧学院的实验剧场里,鼓角大作,第一届中国莎士比亚戏剧节(上海)的帷幕徐徐降下。莎士比亚头像以那含意深的目光注视着人们鱼贯出了剧场,走远,离去。

深邃的目光蕴蓄深邃的思想。这会儿,四百二十二岁的莎翁大概会觉着荣幸同时又大为感奋吧。历时两星期,他的戏剧作品在中国舞台上作了一次多姿多态的"饱和"演出,其规模和声势在中国固属空前,即便在英语国家也是罕见的;而中国艺术家们认真求索的精神和虚怀若谷的态度更说明一个历史悠久的东方文化群落正以宏大的气魄实行开放,正在奋发精进之中从外部世界汲取营养,充实并更新自身。有这么一个洋人,不知是出于偏见抑或因为无知,曾经断言:"(莎剧在中国的)演出则进一步受到中国古老礼仪的约束,譬如说男子不得去碰一个女人的手。"[2] 这次中国舞台上丰富多彩的莎剧演出,对于破除这一类偏

---

[1] 本文选自中国莎士比亚研究会编:《莎士比亚在中国》,上海:上海文艺出版社,1987年。
[2] F. E. Halliday, *Shakespeare Companion: 1564—1964*. Penguine, 1964, p.101.

见，对于振聋发聩，想来是有作用的。

莎翁深邃的目光之中似乎同时还透露出一种殷殷的期望。用他剧本里的话来说，就是"过去的只是篇开场白；续下文，你我责无旁贷"（《暴风雨》，第二幕第一场第257行）。本次戏剧节的帷幕落下之后，如何把莎士比亚这篇业已破题的文章继续做下去，这一点值得我们作一番思考。

"莎味"和"莎意"

戏剧节期间，在上海共演出了十四台莎剧。对于每台演出，或多或少，都已有具体的评论文字检讨得失。精细评论之余，从微观超脱出来，跳到宏观，重提一下在中国舞台演出莎剧的目的问题，也许并非无益。

目的自然不在于把一尊洋"菩萨"请进中国戏剧的殿堂，吸引香火，借此增强自信，促使自省；甚至也不单单是把排演莎剧作为提高我们编导、表演和舞美队伍文化素质及修养的一个途径。十数个剧团耗资巨大，兴师动众排演莎剧，我以为应该也必定有一个超越功利主义的目的。这个目的，质而言之，当然离不开"洋为中用"四个字；具体一点说，是不是在于把莎剧以璀璨陆离的风致呈示在成千上万中国观众面前，用砰訇的激情大波去冲击他们，以幽深的理性灵光去启迪他们，吸引他们来品尝、体味、共鸣、认同，看看欣赏莎剧这一特定的审美经历能不能以及如何服务于社会主义精神文明的建设。

这中间就产生了一个吸引中国观众品尝、体味什么的问题。不少同志谈到"莎味"。这个"味"字有点儿玄，不好捉摸，好比品橄榄，入口之初酸涩，咀嚼再三，始得微甘，及至渣出津生，尤难说准究竟是怎样的一种滋味。要说莎剧有什么特别的味儿，恐怕首先是莎诗的诗味。从形式看，莎诗（这儿指的是莎剧中的诗）是按照抑（弱）—扬（强）节奏模式在每行容纳五个音步、一般不押尾韵[1]的白体诗，与我国自《诗经》以还无韵非诗的诗的音乐特征相去甚远。再从诗风看。莎诗情词铺张，议论淋漓，思辨精微，典喻络绎；有时，特别在他创作的早期，诗人写着写着，兴之所至，不能自已，双关语迭出，流于藻绘，以辞害意的毛病也是有的，就连诗人的朋友本·琼森在赞美他的同时忍不住也要揶揄两句：

> 我记得演员们时常称道莎士比亚，说他写作时（不论写什么）从不删削一行。对此，我总是这样回答："但愿他曾删去一千行！"……有时实在有必要叫他打住。[2]

比之莎诗，我国的诗风，从粗线条的总体看，似乎更多讲究神韵、空灵、简约、含蓄。两种诗风，一浓一淡，差异是显著的。诗的迻译，本来就难——倘若还不是完全不可能的话[3]。而要把上述特定体律和品格的莎诗译成中文又不招致以文代诗之哂和失尽"莎味"之咎，委实会遭遇双倍的困难。至于在舞台上演诵译成了中文的莎诗，由于受着其他一些

---

1 莎剧中的诗时而也押尾韵，对此有兴趣的读者可读《仲夏夜之梦》第五幕第二场。
2 Ben Jonson, De Shakespeare Nostrati. quoted in. J. B. Priestly et al., *English Literature*. Harcourt, Brace & World Inc., 1963, p.187.
3 钱锺书：《七缀集》，上海：上海古籍出版社，1985年，第125—126页。钱先生这样写道："关于译诗问题，近代两位诗人讲得最干脆。弗罗斯脱给诗下了定义，诗就是在翻译中丧失掉的东西。摩尔根·斯特恩认为诗歌翻译'只分坏译和次坏的两种'。"

因素的制约[1]，要传达道地的"莎味"，难度更是不言而喻的。

有鉴于此，与其吸引观众去品尝"莎味"，倒不如引导他们去体会"莎意"。这儿提出"莎意"，不是标新立异，也不是玩弄形而上学的拆字游戏，着眼点只不过是试图找到一个更加合适的方位，中国观众由此去接近并捉摸莎士比亚，兴许可以少费些气力而多得些教益。换句话说，提出"莎意"，是想把人们的注意力较多地引往实处，诸如莎士比亚抨击什么，歌颂什么；他从美学的高度对人性作了何种概括，从哲学的深度对人生作了何种思索；而莎剧这种种意蕴又能给现代人以什么样的启示。

说到"莎意"，其精髓大抵就是人们谈了又谈的人文主义。诚然，作为欧洲文艺复兴时期西方资产阶级的人生观，人文主义与科学共产主义思想体系的距离是显而易见的。但是，正像恩格斯所说："给现代资产阶级统治打下基础的人物，决不受资产阶级的局限。"[2] 用历史唯物主义的观点去评价人文主义，我们就不会撇开这种思想体系借以形成的特定的客观条件，也不会把晚于人文主义四五百年的科学共产主义作为参照框架，进行比较，从而指责人文主义讳避阶级的对立和剥削的实质而侈谈博爱。上引恩格斯的话自然适用于莎士比亚。莎剧在今日仍有巨大的震撼力和穿透力，正是因为莎剧集中体现着人文主义思想的积极内容，包含了不少能被现代人认同并接受的精华，例如，以反神权和反封建为主要特征的批判精神，以实际存在的宇宙人道否定子虚乌有各种迷

---

1 诸如莎士比亚笔下的双关语和其他形式的文字游戏。对于这些，文字翻译难则难矣，但至少还可利用脚注等辅助手段差强人意地传达原意。演诵时要传达这种精微的妙处，则几乎不可能。

2 恩格斯：《自然辩证法导言》，《马克思恩格斯选集》（第三卷），第445页。

信的科学态度，对真善美热烈而执着的追求，对人的尊严和价值充分的确认，对自我孜孜不倦的探索，对自我弱点（如贪欲、愚昧）勇敢的反省和犀利的洞察，对人的变形和异化所做的哲理思辨，等等。共产主义世界观之所以是科学的、进步的、博大的，原因之一在于这个世界观既勇于否定和批判，也善于借鉴和容纳，从而得以滤析并凝聚人类文明智慧的全部精华，在无止境的吸收、改造并升华过程中向着大同理想接近。同样，20世纪八十年代社会主义中国的精神文明绝不是向着偏狭去求优越，绝不以牺牲繁荣或甘居贫乏去换取纯洁。从这个意义上说，我们演出莎剧，阐释"莎意"中包含的积极内容，让饱受封建迷信荼毒的中国观众在莎士比亚当年的呻吟和呐喊中得到感情的宣泄（对观众中间一些身在社会主义时代而思想还停留在封建主义时代的人说来，提出补上人文主义启蒙的一课甚至也不为过），并从莎剧瑰丽的风致和深沉的思辨中获得美学和哲理的陶冶，对于社会主义精神文明的建设，对于全方位开放过程中文化"软件"的丰富，将是大有益处的。

写实与象征

继目的之后，谈谈演出手法。

这次在上海舞台演出的莎剧，从基本手法看，带有倾向性的特征似乎是写实仿真，讲究浓烈的剧场直观效果胜于淡远含蓄的美学追求，讲究畅尽地解释性的表演胜于暗示和象征，讲究戏剧语汇激起的视觉印象胜于莎剧文学语言所提供的"超以像外"的各种可能性。写实仿真当然不是唯一的表演手法。然而，鉴于戏剧的本质在于直观，鉴于我们的观众在现阶段对莎剧还知之不多的客观实际，写实仿真的演出手法往往比较容易奏效。这次戏剧节始料不及的巨大成功恰恰证明了这一点。

试以中国青年艺术剧院演出的《威尼斯商人》为例。导演着眼演出效果,大刀阔斧删去夏洛克在第四幕法庭上从文字角度看颇有力度的两段台词[1](当然,删节的另一目的可能是有意稀释犹太人和基督徒的矛盾。对此,下文再评);又把第五幕起首处罗兰佐和杰西卡在贝尔蒙特的一段月夜抒情前移到这对情人从威尼斯出发的私奔途中(即原剧的第二幕第六场),从而使第五幕的剧情自始至终向着"戒指纠纷"汇聚。这一删一改,使剧情从第四幕"法庭断案"起直到剧终,峰回路转,戏剧悬念更为突出,演出节奏非常之流畅,收到了很好的效果。换了别的导演,如果过分注重原剧文学潜在的象征意义,可能会不肯割爱,特别是两段台词中的前一段,因为在这一段中夏洛克颇多地用了一些"买卖奴隶"、"驱遣骡马"、"使用"、"重压"、"流汗"等给人沉重压迫感的字眼,同时又反复渲染"主仆婚姻"、"精致美食"、"柔软床席"之可望而不可即,如此感喟再三,最后终于迸发出激烈的心声:"我一定要得到它。"从心理学角度去挖掘或引申,一个醉心于象征的导演可能会在这儿发现夏洛克身上存在一种受抑制的"里比多"(libido),以此解释他的暴戾比较方便,于是也就必然要保存并充分利用这段台词;同样,拘泥于象征意义的导演可能会刻意表现贝尔蒙特这片"净土"与威尼斯这个"人肉市场"的对立,因此,罗兰佐和杰西卡的抒情诗可能还得在贝尔蒙特而不在威尼斯吟诵。中国青艺的《威尼斯商人》在"选彩"这条线索上是做足了戏的,分别由三名侍女捧持金匣、银匣和铅匣,以不同风格的舞蹈把三种金属的象征性内涵形体化。舞蹈这一直观

---

[1] 指第四幕第一场第90—100行和第295—298行。

的戏剧手段用在这儿十分贴合，既强化了表象和实质相悖的哲理意念，又增加了喜剧气氛。要说这场表演还有什么不尽如人意之处，那就是银匣女穿的是冷色调的衣服，跳的却是热烈的西班牙舞，冷暖似不协调；铅匣女的扮相，以写实求真的角度要求，好像还缺少一点南欧地中海沿岸的特征，倒是更像一个俄罗斯村姑或北欧的贫女。

戏剧节期间不少演出都使用了烟雾、马嘶、呐喊等仿真效果；有的还以尸横舞台或由残兵败将在背景天幕前踽踽而过等直观手段烘托战争的惨烈与残酷；饮宴、歌舞、斗剑、自尽、断手、剜眼，甚至枭首之后送上断头等场面在大多数演出中都是以直笔白描的；此外也还有若干仪仗浩荡、队列齐整的群众场面。与此同时，艺术家们似乎也感受到写实仿真手法的局限，因此开始在象征手法方面作了一些颇有成效的试验。譬如，以中国传统戏曲的搓滑舞步象征在威尼斯水城行舟；以牵扯虚拟的情丝象征玉成相爱的男女；以金属镜面多视角地映衬《驯悍记》各色人等，点化由歪曲的自我到发现真实自我的主题；用既像王冠又像囚笼的粗大木结构覆盖着李尔王的天地；把带有构成主义意味的高台边缘作为奥赛罗的表演区，以此指向人物岌岌可危的内心平衡和行动的偏激性；让演员们穿练功衣上台，渐次入戏，入戏之后再出戏，激起"世界即大舞台，舞台即小世界"的观赏意识；充分利用中心舞台提供的可能性，放手使古今交叉，赋予"爱的徒劳"这一隽永的人生课题以强烈的现实感；等等。这些象征性的技法虽则尚未形成系统的主流，多数只是辅助性的点缀而已，其中有些可能还失之草率或生硬，但毕竟都在不同程度上扩大了演出的容量，使旨趣趋于多元化。

可以这样说，写实仿真手法的局限性首先表现在这种手法本身，因为从严格的意义上说，要写实仿真，就得追求历史的逼真和细节的精确,甚至还得钻钻牛角尖,考究伊丽莎白时代乃至中古欧洲各国的民俗:婚礼时应撒哪一种花的花瓣,撒于何处,又该如何香薰新房?为什么当时的贵妇淑女忌穿金黄色和淡红色(接近肉体本色)的衣裙?英国式和大陆欧洲的佩剑有什么区别?猎鹰用哪种方法驯化?古罗马人的餐桌上用银匙吗?……从18世纪后期开始,由于大陆欧洲特别是法国戏剧美学的影响,英国的莎剧演出曾一反莎士比亚当年在"可怜巴巴的戏台子"上"凭着假冒的模仿设想实物真面目"(《亨利五世》开场白)的传统演法,出现过追求历史逼真和细节精确的倾向,不少舞台艺术家完全摒弃象征,不惜物力人力,一味沉溺于一万五千平方英尺的布景、一百五十名演员的浩大阵容,[1] 以及"真马上台"[2] 之类的招数;有的人更因此而潜心考古,真个是十年寒窗。[3] 不言而喻,生活在20世纪的艺术家们(不论国籍)不会再有这种考古的耐心和拟古的雅兴,更何况细节的逼真绝不是莎剧的精髓,过分拘泥于精确反而可能分散观众的注意力,以形害神。

另一局限是写实仿真往往导致时间、空间、意境和意念上的限定性。莎剧之所以久演不衰,奥秘在于莎剧的容量(或称承载力)。莎士比亚不喜欢用"休止符"来封闭自己的剧本,宁可把结尾敞开。结果,各个时代和各个国家的人,甚至同一时代同一国家的各别读者和观众,常常从同一出戏里得到不同的审美感受。拿莎士比亚几部成熟的悲剧为例,内涵和外延都不限定。丹麦王子临终的喟叹:"倘若我有时间……

---

[1] 此处说的是1847年英国一个莎剧团赴美演出时的阵容。参见Louis Marder, *His Exits and His Entrances: The Story of Shakespeare's Reputation*. J. B. Lippincott Company, 1963, p.74。

[2] 此处指18世纪英国以此《亨利五世》的演出。参见John W. Blandied, *Time & the Artist in Shakespeare's English Histories*. Associated University Press, London & Toronto, 1983, p.207。

[3] 此处指查尔斯·基恩。这位著名演员为以考古的准确性演出《约翰王》,潜心研究达十年半之久。参见Louis Marder, *His Exits and His Entrances: The Story of Shakespeare's Reputation*。

呵，我可以告诉你们——不过，还是随它去吧"（第五幕第二场第338—339行），"此外唯沉默而已"（第五幕第二场第359行）。《奥赛罗》中伊阿哥被拿获之后拒供作恶动机说的一席话："你们知道的，知道就得啦；此刻起，我只字不吐了。"（第五幕第二场第299—300行）《李尔王》幕落前埃德加4行终场诗中所指模糊的"So much"两词（第五幕第三场第328行）（朱生豪先生译作"一切"）。这些都令后人煞费猜想，纷纷去挖掘自己认为切题的教益。正是由于莎剧这种特殊的容量，写真仿实的手法有时只能取得差强人意的效果。可能也正是有鉴于此，现当代西方的莎学界已基本上摒弃把莎剧人物置于生活真实之中一味作性格分析的传统（这一传统可以上溯到德莱顿和蒲伯等新古典主义的批评家，后经19世纪浪漫主义批评家柯勒律治、赫兹列特等人进一步发扬，到20世纪初在布莱德雷手中可以说是发挥到了登峰造极的地步），转而越来越注意莎剧文本提供的模糊而潜隐的寓意，越来越重视象征的功能。1919年，试图把文学评论从专门研究作者引往作品文本本身的T·S·艾略特发表论文《哈姆雷特和他的问题》，对以往浩如烟海的哈姆雷特评论来了一个大否定，引进一个叫作"客观关联因素"（objective correlative）的新概念。[1] 继艾略特之后，有人提出应该钻研莎剧的"深潜意象"（sunken image）[2]；有人使用统计学方法对莎剧作逐个考察，致力于"复现意象"（iterative image）[3] 的剖析。这样，到了三十年代终于形成一个强调象征的学派。这个学派的代表人物奈特对于仿真和象征说过几句宣言式的话：

---

[1] T. S. Eliot, "Hamlet and His Problems" (1919). quoted in. *Selected Essays*. Faber & Faber, 1951, pp.141-146.

[2] Henry W. Wells, *Poetic Imagery*. Methuen, 1939, p.66.

[3] Caroline Spurgeon, *Shakespeare's Imagery and What It Tells Us*. Macmillan, 1935, p.48.

> 我们不应去寻求对生活惟妙惟肖的仿真，而应把［莎士比亚的］每一部戏当作一个扩展了的隐喻……剧中人，归根结底，绝不是真实的人，而纯粹是诗的想象的象征。[1]

20世纪在莎学研究方面十分活跃的心理学派同样重视象征。撇开他们津津乐道的表现于莎剧各别人物身上的性象征及由此衍生的情意暂不谈，即便对于戏剧应负什么使命和戏剧如何解释人生这类重大的戏剧美学命题，心理学派在提供答案时也离不开象征。参与编纂一部心理分析学派莎剧论文集的美国纽约州立大学（水牛城分校）英语教授M·M·施沃特就说过：

> 对于我所了解的莎士比亚来说，戏剧的伟大功能——可与梦的功能相提并论，虽然戏剧活动发生在由多人共享的文化空间内——在于重现象征的连续性……如此说来，［戏剧的］解释无非就是发生在各种双重性叠合之上的象征活动。[2]

就连一味关注结构、机制、符号、代码的当代评论家也把象征放在不可或缺的地位。[3] 说到莎剧的舞台演出，除去受学术界上述诸种新概念的影响之外，戏剧艺术家们还得努力，与现当代戏剧的新潮流保持同步，这几股新潮流中既有世纪初M·梅特林克的象征主义，也有布莱希特的

---

[1] G. Wilson Knight, *The Wheel of Fire* (1930). World Publishing, 1957, p.16.

[2] Murry M. Schwartz, "Shakespeare through Contemporary Psychoanalysis," quoted in. *Representing Shakespeare*. The Johns Hopkins University Press, 1980, p.26, p.25.

[3] Northrop Frye, *Fools of Time: Studies in Shakespearean Tragedy*. University of Toronto Press, 1967.

寓意剧和当代F·迪伦马特、S·贝克特等人的荒诞论。受新潮戏剧美学的影响，波兰裔评论家J·考特认为，《李尔王》所表现的残酷"乃是一种哲理性的残酷"，"不论是浪漫主义的还是写实仿真的戏剧手法都不能表现这种残酷，唯有新潮戏剧才能表现"；他还拿《李尔王》与贝克特的《终局》作比较，主张以同时讥嘲施害者和受害者的典型荒诞手法演出莎士比亚的这出悲剧。[1]

上面不厌其烦地引述了西方莎学界和莎感界的一些看法，提供的只是一个旁证，而绝不是规范，希望有助于我国艺术家对写实和象征形成一种比较平衡的看法。原来，在莎剧演出中采用象征也有它内在的合理性甚或必然性，并不是哪一个导演福至心灵，玩弄几手哗众取宠的雕虫小技的结果。象征的含义是深广的，手法是多样的，绝不像我们中间某些同志想象的那样，只是简单化地让莎剧演员穿上牛仔裤或超短裙，上台蹦跶一通而已。综观我国莎剧演出的历史和现状，结合着我国莎剧研究工作的进度和观众需求的特点考虑，可以预料，在相当一段时间之内，我国舞台上演出的莎剧仍将以写实仿真为主要的手法，同时辅以一些象征的点缀；另一方面，鉴于我国整个文化艺术界日趋活跃的态势；同样可以预计：莎剧演出中象征的比重将会逐步增大。

书斋与舞台

关于莎学界和莎剧界（即书斋和舞台）的关系，上段实际上已部分论及，这儿仅拟对两者关系作一个简略的历史回顾，以期我国从事书

---

[1] Jan Kott, "'King Lear' or 'Endgame'?" *Modern Shakespeare Criticism*. Harcourt Brace Jovanovich, Inc., 1970, p.32.

斋研究的莎学学者和莎剧舞台艺术家进一步携手，共同开发一个兴旺的中国"莎士比亚行业"（Shakespeare industry）。

不管是醉心于研读还是热衷于表演，每个尊重客观事实的人都得承认，莎士比亚在大约从1590年开始的二十多年时间里写成三十七个剧本，目的只有一个，就是为了他本人供职其中的宫内大臣戏班（后更名为国王戏班）演出的需要。正因为有一个专供演出的明确目的，莎士比亚写戏时常常因演员设角色。《亨利四世》（上、下）里脍炙人口的福斯塔夫一角何以到了《亨利五世》便绝迹？据说原因就是那位名噪一时的喜剧演员威廉·坎普离开了戏班子。演员一走，干脆把角色也删了，这说明剧作家对舞台演出效果的考虑是很多的。莎士比亚在世之日，颇不乏关于莎剧演出的文档记录，至于文字剧本，虽说也陆续刊印了十数部莎剧的四开本，但这些本子讹误迭出，主要供演员使用，研读价值不高，而收入了三十六个剧本的比较完整的莎剧第一对折本则要等到莎士比亚死后七年才问世。由此看来，在当时，舞台演出对于莎剧说来确是第一位的。

莎士比亚逝世之后二十多年，亦即17世纪中叶，英国爆发清教徒革命，剧场悉遭封闭。又过去二十年光景，待到王政复辟，剧事重振，莎剧虽得以返回舞台，但时过境迁，原先伊丽莎白时代那种比较开放的戏剧观被法国古典主义严格的条条框框所取代，结果，从剧名、台词到人物、情节，莎剧常被窜改得面目全非，就连德莱顿这样的大师以及有莎士比亚"精神之子"之称的威廉·德伐纳恩特爵士也都跻身莎剧改编者行列。窜改的时尚一直持续到18世纪。以《驯悍记》为例，当时在伦敦舞台上先后出现过五个改编本，其中一个本子只花了一天时间改成，排练三天即上演。演过一千三百余场莎剧的名演员盖立克虽然声称忠实于莎剧原作，改编起来可也一样大刀阔斧：给临死的麦克佩斯加上一大段独白；让朱丽叶假死醒来从容说上一篇长达65行的台词；使哈姆雷特的母后只身出走，把丹麦王国交由霍拉旭和莱阿提斯共同治理。此外，演出的场面，如朱丽叶死后出丧一场，日趋铺陈华丽；歌舞穿插以及"戴帽子"、"穿靴子"（指增加序幕和尾声）的情况屡见不鲜。有一次伦敦演出《一报还一报》，剧终时莎士比亚的鬼魂上了台，说出下面几句台词：

> 死后为何还遭迫害？
> 在舞台被窜改，
> 灵魂忍无可忍，怒从中来……
> 文人摇笔杆，伶人动丹田，
> 让我别再受此等冤孽。[1]

在整个18世纪，莎剧在伦敦有案可稽的演出共有七千二百场，其中剧本经过改编的是绝大多数。

17世纪后半期到18世纪的这一股改编风引起了一种反作用，学者们为还原莎士比亚的面貌，开始以各种各样的莎剧校勘本、注释本和评论文字把人们的注意力引往文本。一部第一对折本在问世之初仅卖一英镑，到了18世纪末的拍卖市场上售价竟昂达一千英镑。莎剧文本的增值可以被认作是对"贬值"的演出的一种反作用，在这个过程中，一个游离于舞台之外甚至排斥舞台的书斋开始形成。

1　Louis Marder, *His Exits and His Entrances: The Story of Shakespeare's Reputation*. 1963, p.52.

早在18世纪初，作为英国报刊始祖之一的约瑟夫·艾迪生就开始强调研读："与其看一场处处拘泥于舞台技规的演出，谁不宁可读读他［莎士比亚］那从不遵循任何舞台技规的剧本？"[1] 到了19世纪，查尔斯·兰姆等批评家进一步主张莎剧只供研读欣赏，不可演出，柯勒律治还在伦敦开设莎学系列讲座，大振莎士比亚的文学威名，甚至提出一应演出该由议会明令禁止。受这类舆论的影响，以举办学术讲演和朗诵会为主要活动内容兼顾纪念品和版本收藏的莎士比亚俱乐部纷纷出现；同时，莎士比亚研究陆续进入学府，成为必修课程。戏剧界自然不太理会书斋文人的鼓噪，继续对莎剧本子大砍大削，一部《辛白林》在搬上舞台时被删达两千行之多！而为了适应维多利亚时代观众喜好壮观的口味，演出越来越富丽堂皇，以至排一台《罗密欧与朱丽叶》耗资竟达五万英镑；为演出《亨利八世》，作为戏服的主教袍子还非得运到意大利的作坊去染上红色不可。就这样，书斋和舞台进而分道扬镳了。

同其他学科一样，莎学研究在20世纪呈现出流派衍生以及研究方法和层次日趋多元化的纷繁局面。历史学派继续考证莎士比亚其人其事，并结合民俗学研究莎士比亚时代剧场舞台的形体结构以及演员和观众的组成；校勘学派比较不同的文本，分析莎剧故事来源和在当时的针对性；主题学派以"伊丽莎白时代的世界图画"[2] 为线索，发掘莎剧的道德寓意；性格学派由醉心于人物传记的印象主义逐渐转向心理分析；象征学派由统计方法发展到结构主义的神话基型论；还有自称以马克思主义为指导思想把《科里奥兰纳斯》改编成阶级斗争剧上演的尝试；还有以荒诞手法表现莎剧中与现代集中营迫害和原子弹威胁相通内容的实验；等等。把这些五花八门的流派糅合在一起作纵向的考察，我们似乎

1　*The Spectator*, No.592, December 11, 1712.

2　E. M. W. Tillyard, *The Elizabethan World Picture*. Macmillan, 1943.

可以发现在莎学领域内存在这么一条发展的轨迹。从以作家莎士比亚为重点研究对象的历史主义发展到以作品莎剧文本为重点研究对象的现代主义"新批评";又进一步发展到以研究莎剧在观众和读者中产生的当代意义为重点的接受美学的批评。20世纪莎学研究的进展促使许多表演艺术家对学术研究发生了浓厚的兴趣,出现了像哈莱·格兰维尔-巴克这样集表演和评论才能于一身的杰出人物,又给舞台表演提供了前所未有的丰富的可能性。像《麦克佩斯》这么一出悲剧,既可处理成巫术戏或鬼戏,也可把超自然因素排除出去,把班柯的鬼影改作麦克佩斯本人的阴影(另一个自我),使全剧变成一出心理剧;当然,同是心理剧,侧重点仍然可以有所不同:麦克佩斯夫妇的无子嗣是不是导致弑君篡位的心理创伤?全剧反复出现的麦克佩斯"不合身的衣服"的意象是不是某种情意综的暗示?麦克佩斯夫人有无恋父情绪?梦游的潜意识内涵是什么?

一个以实验创新为特征的活跃的20世纪莎剧舞台(应该附带把电影和电视计入)反过来也给学术研究提出一连串新的课题。像《泰特斯·安德洛尼克斯》这么一部从18世纪约翰逊博士到现代派T·S·艾略特始终不大为评家所重视的早期悲剧,由于1955年劳伦斯·奥列维埃和费雯·李搭档极为成功的演出,方始引起广泛的兴趣,导致研究的深化。上述格兰维尔-巴克基于丰富的舞台经验写成一部《演员的莎剧序言》[1],书成之后,学术界瞩目,被牛津大学教授J·D·威尔逊称之为"引往新的批评方法的一组论文"[2]。

---

1 《演员的莎剧序言》(*Player's Prefaces to Shakespeare*)这部著作共分五卷,从1927年到1947年历时二十年始出齐。E·M·摩尔把五卷本未收进的散篇汇集起来,复于1974年编成第六卷。
2 *The Elizabethan Shakespeare.* quoted in. *Aspects of Shakespeare, British Academy Lectures: 1923-1931.* Oxford, 1933, p.212.

学者将会修正演员的解释，演员又回过头去修正学者的解释，这是一个无穷无尽的互相调节的过程。[1]

美国西北大学教授J·L·斯塔恩教授这么说。为了探究这位教授所谓的"本质的莎士比亚"，书斋和舞台在本世纪确有交融的趋势。莎剧的校园演出空前繁荣；在莎学领域处于领先地位的学术机构（如英国伯明翰大学莎士比亚学院和美国的福尔嘉莎士比亚图书馆）在注重研究工作的同时兼顾表演活动；这些都是书斋和舞台交融的明证。

在我国，莎学研究和莎剧演出跟在莎剧翻译之后，起步是比较晚的。不过，后来者可能居上。美国虽是英语国家，但在立国前后由于处在同英国为敌的地位，兼之移民中清教势力强大，莎士比亚在很长时间之内一直名不见经传；远不能与卢梭、孟德斯鸠、伏尔泰等大思想家相提并论；哈佛大学只是在建校八十七年之后才有了第一部莎士比亚的作品；[2] 由土生土长的美国演员从事的莎剧演出业，直到19世纪中后期方粗具规模。然而时至今日，无论研究或演出，美国都极为活跃，且更在莎评的多样性、莎学的文献索引工作和大学校园的演出活动等方面表现出一种英国望尘莫及的能动性。（英国人一般不愿承认这一点。）当然，由于用英语写作的莎士比亚对于美国人有一种天然的亲和力，美国后来居上的例子未必适用于我们。不过，即使在非英语世界，我们也可以看到莎士比亚的研究工作不但在莎评历史悠久的德、法、苏等欧洲国家继续开展，同时也正在一些民族文化渊源与莎士比亚较为疏远的国家（如日

1　*The Shakespeare Revolution*. Cambridge University Press, 1977, p.30.

2　Alistair Cooke, *Shakespeare in America*. 参见 David Bevington and Jay L. Halio. eds., *Shakespeare Pattern of Excelling Nature*. Associated University Press, 1978, p.18。

本、印度、肯尼亚、埃及）引起重视，逐步勃兴。中国首届莎士比亚戏剧节的规模和声势同样证明了我们对莎士比亚的兴趣和重视，显示出我们在这方面具有的潜力。

应当承认，我国对莎士比亚的研究和评论工作还比较薄弱。在一些莎学论文中粗线条的印象主义尚占相当比重；有些从比较文学角度撰写的论文往往满足于寻找莎剧同我国某一出戏在人物、情节等方面的"形似"，不太去触及埋在两种文化沉淀深处的东西；某些研究工作者迄今仍得借助中文译本去熟悉莎剧、了解国外的莎评；在若干高等院校的外语专业，莎剧课程尚未用英语开设；我国的莎学队伍人数有限，在这些学者中间，有的沿用传统的性格分析法，有的师承别、车、杜，有的——特别是近年来派出留学或在国内由美、英、加等国专家授课的中青年学者——则比较熟悉并倾向于现当代西方的评论方法，因此在莎评领域似乎还缺乏一个"公分母"，常常是各说各的，就像永不相交的平行线；由于难得交锋，引不起争鸣，真正的繁荣局面尚未出现。上述种种缺憾显然已为我国莎学界的有识之士所感知，他们或以精益求精的莎剧中文译本奉献于公众，或针对中国读者特殊的需要为莎剧作详尽的注释，或密切注意国内外莎学界动态，千方百计搜集莎学近著，从事信息积累，都比较注重我国莎学研究的基本建设。在这一方面，杨周翰教授选编的《莎士比亚评论汇编》（上、下集）是项极有意义的工作。为了进一步拓宽我国莎学研究工作者的视野，这样的工作有必要持之以恒，由汇编而至补编或续编，由目前的综合性精选本衍生出着重介绍某一流派甚至个人的分册。

近年来，我国的莎剧演出十分活跃，而且开始由话剧舞台溢引到戏曲舞台。在整个戏剧事业迫切有待振兴的形势之下，这是令人鼓舞的。学界和剧界开始有了一点交流，剧团排演莎剧时邀请学者去讲上一课好像也成为一种惯例。不过，要表演莎士比亚，贵在培养一种整体上的"莎士比亚意识"。单个的剧本固然要钻研，对于莎剧的全貌，从戏剧艺术审美的角度和非艺术的知识审美角度，最好也有所了解。世人都称赞劳伦斯·奥列维埃饰演的莎剧角色。这位艺术大师从十五岁开始就演莎剧，由舞台到银幕，又从银幕转到屏幕，既演又导，演悲剧英雄和历史巨人固然出色，就是演喜剧中的小人物（如《第十二夜》中的马伏里奥）同样非常精彩，表现出惊人的才能。奥列维埃在总结自己艺术经验的时候曾着重谈到莎剧的个性和共性问题：个性充实共性，共性又深化个性。[1] 奥列维埃这番经验之谈值得我国有志于莎剧的艺术家们注意。

　　莎士比亚意识首先表现为对莎剧独特性的认识，也就是说，要找出莎士比亚不同于拉辛、席勒、莫里哀、易卜生、萧伯纳的特点。在这次戏剧节期间演出的莎剧中，上海青年话剧团的《安东尼与克莉奥佩特拉》删节最少，演出长达三个半小时；但由于导演和演员对节奏张弛掌握得比较适度，并不使观众觉得疲劳。特别值得一提的是，扮演凯撒的娄际成同志。他常常疾步登场，用沉稳的语气和流畅的语速，干净利落地说出一段台词，绝不作过分的戏剧化渲染，绝不拖泥带水，立即把戏引往下场。这样的演法于质朴中见功力，把凯撒这个人物的目的感和深沉的理性力量表现得相当充分。我们有理由相信，这个戏的导演胡伟民同志和娄际成本人对于莎剧疾风暴雨式的气势以及一气呵成的原始演法一定作过比较认真的研究，业已把握住一种独特的莎士比亚节奏。而这种节奏感正是他们的莎士比亚意识的一个组成部分。

1　BBC关于劳伦斯·奥列维埃生平的电视片：*My Life*（1984）。

莎士比亚意识还应该容纳非戏剧和超戏剧的因素。诚然,莎士比亚所以吸引我们,首先在于莎剧给我们带来艺术审美的愉快。与此同时,我们也不可忽视莎剧的另一个功能——给人以知识审美的满足。每个研读莎剧的人都不能不为莎士比亚百科全书式的博大所折服。宫闱禁苑的密谋,封建王朝的交替;贵族同平民的对立,政权与教会的纠葛——这些不正是莎士比亚百科全书政治或历史分册的内容?阿克辛壮烈的海战、阿琴考残酷的厮杀——这可以算一个军事分册;温莎新兴的市民、破落失势的骑士、虚张声势的巡丁、醉梦暴发的村夫、酒肆饭庄的老板娘、贪生怕死的雇佣兵——这可以算是民俗学分册;总数超过钦定本《圣经》的四万三千五百六十六个词的莎剧语汇[1],数以百计为后代引用不尽的警句格言——这可以说是语言分册;近二百种植物花果,一百三十余种飞禽走兽,二十多类金石矿物——多么丰富的博物分册!此外,炼丹、奏乐、星象、成衣、纹章、烹饪……莎剧触及的知识门类远不止百种。对于莎剧的知识审美价值,学者当然要研究,表演艺术家们似也应注意发掘和利用。这次戏剧节期间中国青艺演出的《威尼斯商人》对夏洛克这个犹太高利贷者的身份动了一番手术。倘若原剧的夏洛克是六分犹太四分高利贷,经过"整容",出现在我们舞台上的夏洛克已经是八分高利贷加上两分残余的犹太色彩。听说此中有改编者讳避宗教和种族纷争的苦心。殊不料这么一改,《威尼斯商人》的知识信息价值打了一个不小的折扣:夏洛克这个人物也失去了自1741年2月14日英国名伶麦克林饰演此角以来固有的三维丰满,显得比较脊薄。慎重处理敏感问题无可非议,但是杯弓蛇影也大可不必。围绕夏洛克这个艺术形

---

[1] E. Ekwall, *Shakespeare's Vocabulary*. Ams Press, 1966.

象，争议是有的，¹然而要说如实表演夏洛克就会惹起什么了不得的轩然大波，既无先例，也着实有点危言耸听。

综上所述，为了培养整体上的莎士比亚意识，书斋与舞台必须沟通，研究工作者和表演艺术家必须携起手来，共图精进。这儿提一个理想主义的建议：中国之大，也许值得各方努力，建立一个以演出莎剧为主的学术性实验剧团，性质上类于英语国家拥有莎剧保留节目的专门化的演出团体，并与莎学界保持制度化的合作关系。这样，学界和剧界两股力量汇合，加上相对说来历史比较悠久、实力比较雄厚的莎剧译界，我国莎士比亚行业的兴旺发达当是指日可待的。迄今为止，我们的莎士比亚纪念活动尚未吸引音乐工作者参与，这不能不说是个缺憾。其实，莎剧谱乐之多，为古今中外所罕见。如贝多芬的《考利奥兰》序曲、柴可夫斯基的《哈姆雷特》序曲、门德尔松的《仲夏夜之梦》配乐、威尔第的歌剧《福斯塔夫》，等等。希望不久的将来在我国的莎士比亚表演事业中也将出现一支活跃的音乐界的方面军。

中国传统戏曲与莎士比亚诗剧

用我国传统戏曲的样式表演莎剧是这次戏剧节令人瞩目的一大特点，观众中的外国人对这类尝试尤感兴趣。上文说过，莎剧具有不同一般的承载力，就剧本本身的审美价值而论是这样，从表演样式或形式的潜在可能性来看也是如此。16世纪以来，后世为挖掘、拓展莎剧的表演潜能作过一系列的努力，我国戏曲艺术家的实验正是这一系列努力的符

---

1 参见 Gerald Friedlander, *Shakespeare and the Jew*. Ams Press, 1921。

合逻辑的继续，值得称颂。事实也证明，像安徽黄梅戏剧团的《无事生非》和上海越剧院的《第十二夜》，不但为中国的老戏迷所喜闻乐见，英美观众也一样可以看懂，甚至还能品味。美国《新闻周刊》派驻我国的一位记者这么说：

> 中国的传统戏曲实际上就是中国人的歌剧。只需加入一支双簧管，中国的戏曲音乐就能淋漓尽致地表现莎士比亚。

区区一支双簧管有无这等神奇的力量，恐怕不宜说得太玄乎；然而，只要我们的戏曲工作者在移植莎剧的时候，慎于选择精于匹配，"中国人的歌剧"照样可以生动地表现莎士比亚，且能基本上保证宏旨无损和真谛不失。一些同志看到演员穿着中国古装演出莎剧，总觉得格格不入。其实，服装纯粹是个形式问题。英国人可以穿上哥萨克军大衣，戴上现代德国钢盔演莎剧，美国人可以穿印第安服装，加拿大人可以穿爱斯基摩服装，我们的演员何以就一定不能穿中国古装？还是这句话：只要宏旨无损，真谛不失，中国古装的莎剧演出会进一步证明莎剧超越时空的隽永价值，并将以令人耳目一新的风致使全球性的莎剧表演事业呈现更加璀璨的面貌。

但是，在几场实验性的戏曲演出之后，听到一种"莎剧戏曲化"和"莎士比亚中国化"的提法，这不免使人觉着隐隐的不安。问题出在这个"化"字。也许，创议这个提法的同志原意在于"洋为中用"，既要为我所用，就要把莎士比亚彻头彻尾"化"入个性极其顽强的中国传统戏曲中去。这样，在"戏曲化"和"中国化"提法的背后，我们不难看到一种"以夏变夷"的僵硬态度。倘若以这样的提法作为指导我国莎剧表演事业的全局性方针，传统戏曲的表演路子固然可望有所拓宽，莎士比亚则有失落的危险。

"戏曲化"和"中国化"这一提法的主要论据在于：我国传统戏曲与莎士比亚诗剧有不少重合或相通之处。关于这种重合或相通，不少同志（包括笔者本人）撰文介绍过，诸如时空的开放性，简化到最低程度的布景和道具，能拆能接、流转自如的结构，虚中见实的象征表演手法，诗（或饶有诗趣的唱段）胜于戏的艺术效果，等等。但是，两者的重合或相通多数发生在舞台空间的范畴，很难通过引申来证明两者在思维空间上也一定那么相似。换句话说，我们只有在一个开放式的舞台（open stage）上方能发现两者的近似点；而若以开放型戏剧（open drama）的尺度来衡量，则会更多找出两者的迥异。莎剧这一艺术形式，从意向性到过程性，都首先表现出一种应变的弹力，能够同时激起动情和思辨双重审美效果，且有比较宽绰的余地供后世注入时代意识或容纳代代递嬗的戏剧观念。我国的传统戏曲，特别是某几个历史悠远的老剧种，似乎更多地具有一种艺术张力，所谓"四功五法"的终极目的不外乎激起尽可能浓烈的效果，以动人五内的激情（其表现形式可以是澎湃奔放的，也可以是委婉细腻的）和泾渭分明的说教判断，作用于观众，而从题材的模式到脸谱、唱段、台步、龙套、锣鼓的程式，或多或少都显示出一种传统文化形态封闭式的惰性。这儿还有必要指出：对英国来说，好些文学门类是从域外引进的，如意大利的十四行诗、法国的散文和西班牙等欧陆国家的小说；而戏剧这一样式却是深深植根于本土的，不存在一个归化问题，因此也就不免带上某些顽强的个性特征。像"快活的英格兰"就是一个典型的英国主题，表现了其他文化群落无可取代的一种特定环境、氛围、心态和情绪的总和。正因为我们面对的是这样两种个性都比较强的文化形态，在融合两者的时候就尤其需要审慎，最好拿一个一个的剧种和一部一部的莎剧反复进行实验，实事求是地评估得失，以极大的坚韧探索两者之间最大的匹配可能，寻求最强的亲和反应。

指出迥异点，绝不是为了提出孰优孰劣的武断，而是试图引起对两种性质不同的文化遗传因子的注意。中国文化始受儒道两家意识形态的统制，以后又引进一个佛家，三家渐次合流，终于形成一种在静与动、阴与阳（或称牝与牡）、入世与超脱、进取与无为之间的平衡与和谐。人们常把中国文化的这种中和精神归结到孔丘的孙子子思所作的《中庸》。实际上，《中庸》首先是伦理道德范畴的说教，带有明白无误的社会功利性，而中国文化所体现的中和远不止于儒家的《中庸》，应当说是儒道佛三家互相渗透复经再三化学反应的精神产物，从此深埋在民族文化审美的和心理的沉积层中。记得儿时背诵过一首《半半歌》，内中有这么几句把中和精神说得很透彻："饮酒半酣正好，花开半时偏妍；帆张半扇免翻颠，马放半疆稳便。"在人生观和生活方式方面，中和精神表现为陶渊明式的恬淡、洁志、质朴、和谐；既有"引壶觞"、"扶孤松"、"命巾车"、"棹孤舟"之类热爱生活的现世性，又不甘"自以心为形役"，重神游寄托胜于躁动追求；既有"登皋舒啸"、"临流赋诗"的敏感，又能作"今是昨非"的反思。在艺术审美方面，中和精神大抵表现为一种锋芒隐藏的节制，一种不走极端的平稳。从古琴漓箫若近若远的乐声，从山水翎毛亦浓亦淡的色调，从芝兰松柏似有似无的幽香，从由个体奇崛的笔锋烘托整体匀称美的书法，从小桥流水和曲径通幽的建筑，或多或少，我们都可以感受到这种中和精神。在戏剧领域，中和精神同样顽强表现着自己，从曲、剧到传奇，除去屈指可数的例外，一般剧目情节的发展都离不开悲欢离合的模式，悲终于欢，离终于合，即使在现世达不到欢与合，剧中人可以去阴曹地府打一个来回（如《牡丹亭》），或者通过某种异化（如《梁祝》中之化蝶），总得争取一个团圆的结局。实在无法团圆的，往往还有遁世一途，在晨钟暮鼓声中达到一种与世无争的谐和境界（如《桃花扇》）。说到西方文化的遗传因子，影响最大的当推基督教思想和古希腊神话。基督教从灵与肉对立的角度出发，谴责"原罪"，警告"末日"，规劝"赎罪"；而希腊奥林匹斯山活泼的诸神完全像凡人一样撒谎、吵架、私通、酗酒（名义上是由花蜜酿成的琼浆），酒色财气一样也逃不脱。这两种文化遗传因子各自走着极端，断无中和的可能，以至到了文艺复兴时期发生不可避免的大决裂。把莎士比亚的剧本——特别是他笔下的几个陈尸累累全无节制的悲剧——放在这样的背景下来考察，莎剧与我国传统戏曲在精神实质方面的差异委实一目了然。有鉴于这样的差异，"戏曲化"和"中国化"又谈何容易！

　　从这次戏剧节数场戏曲演出的实验效果看，"戏曲化"的提法同样也还值得商榷。就拿融汇得比较自然又颇受观众欢迎的越剧《第十二夜》来说，演出成功的前提在于编导注意匹配，选了一部比较适合越剧抒情样式表现的莎剧。很难设想，如果把《李尔王》或《理查三世》搬上越剧舞台，演出还能取得同样的成功。另外，倘若我们以更高的要求作一番推敲，我们还是能发现在这场基本成功的演出中莎士比亚也已有部分失落。例如，薇奥拉对奥西诺公爵一连串的爱情暗示一概不为对方所领会，在莎士比亚笔下这是喜剧中的悲剧性因素，而且同全剧哲理性的变形主题（即剧中主要人物都在失落自我之后经过变形发现自我）紧紧附着在一起。由于这一段情节颇与《梁祝》的"十八相送"类似，越剧的个性这时便会顽强地表现出来。结果，我们看到的只是一个调皮挑逗的薇奥拉和一个"笨头鹅"式的奥西诺公爵，而爱的徒劳、落花有意而流水无情的辛酸、扭曲自我的痛苦、愚昏蒙昧的悲剧则基本上都失落了。这么说并非苛责演员，而是想说明越剧这一样式纵然相对说来还比较年轻，也有不足以准确而充分表演莎士比亚的程式限制；再说，还有越剧观众顽强的习惯审美心理的作用。

我国传统戏曲如何表演莎士比亚笔下的弄人和小丑是另一个大难题。像《第十二夜》中费斯特这么一个角色，其职能绝不限于弹弹唱唱、插科打诨，更重要的是既在剧中，又时常超然剧外，以一种众人皆醉唯我独醒的姿态，通过夸张、荒诞、悖理的方式，道出真知灼见，寓大智于大愚。然而，这类弄人和小丑与庄子所谓的"弃智"和疯僧之类又很不一样，评判人生多于介入人生。因此，往费斯特的唱段掺入一点洋味并不太难，棘手的是表演一个货真价实的莎士比亚笔下的丑角，并使之和谐地纳入越剧。

综上所述，用我国传统戏曲形式表演莎剧涉及比较文学、接受美学乃至民俗学、社会心理学等领域的诸多问题。两种文化形态的融汇更是一件极其复杂的工作，让域外文化销蚀、吞噬民族文化的自我固然不足为训，顽强地扩展自我致使域外文化的个性失落，也是不可取的。

最后，说几句题外话。

德莱顿说过：

> 在所有现代的或许还包括古代的诗人中间，此人〔莎士比亚〕的心灵最为宽广，包含一切而无遗。[1]

---

[1] John Dryden, "An Essay of Dramatic Poesy," quoted in. J. B. Priestly et al., *English Literature*, 1963, p.262.

研究或表演莎士比亚戏剧的人理应有这样一种宽广的莎士比亚心灵或襟怀。在某种意义上说，我国的莎剧研究工作和表演事业能不能持续繁荣，中国莎士比亚戏剧节能不能一届胜似一届地办下去，将是对学者和艺术家有无莎士比亚襟怀的测验。可以相信，专家的睿智、学者的风度和艺术家的良心终将克服偏狭，我们将会以无愧于祖国古老文化的莎剧研究成果和精彩演出贡献给世界。

莎剧"现代化"漫议[1]

汪义群

随着我国对外文化交流的日益频繁，国外各种形式的莎士比亚演出陆续地传入我国。其中最令人感到新奇乃至诧异的，便是莎剧的现代化演出，也就是一种将莎剧的故事背景搬到现代社会，让剧中人物穿着现代化服装，乘坐现代化交通工具，出入于现代化的都市设施的演出。近年来，我国的莎剧演出中也出现了这类尝试。在1986年的第一届中国莎士比亚戏剧节上，就有好几台类似的演出。

这种新的演出形式的出现，在我国观众和剧评界中产生了不同的反响。有表示首肯的，认为这样的演出缩短了莎剧中人物与观众的距离，更容易激发起观众的共鸣；也有持反对意见的，担心这样的演出会使莎剧失去其原有的韵味。更激烈一些的意见则认为，此类演出非驴非马，很不严肃，颇有哗众取宠之嫌。尤其是将汽车开上舞台一类的做法，实在让人无法接受。

对此，笔者想谈谈自己的一些不很成熟的看法，就教于莎士比亚

---

[1] 本文选自《戏剧艺术》1994年第1期。

的爱好者与专家们。

还是先从莎剧"现代化"演出的历史谈起吧。其实，莎剧的现代化在西方并不是什么"新鲜事物"，它已有半个多世纪的历史了。这一形式的发明者，是英国戏剧演出史上大名鼎鼎的巴里·杰克逊（Barry Jackson）。说他大名鼎鼎，是因为他是英国著名的伯明翰轮演剧目剧院的创建人。关于该剧院的创建，涉及20纪初在英国戏剧界兴起的一场运动，即所谓的"轮演剧目剧院运动"（Repertory Theatre Movement），由于篇幅的限制，在此不准备深入讨论了。杰克逊创建了伯明翰轮演剧目剧院以后，先后成功地主演了莎士比亚、博马舍、谢立丹、易卜生、萧伯纳、皮蓝得罗等许多著名作家的作品。这些演出以其精妙的构思和上乘的表演轰动一时，正是由于杰克逊的不懈努力和重大贡献，他于1925年被乔治五世国王授予爵士称号，并于1945年受聘为斯特拉福纪念剧院的导演。这无疑是一大殊荣。

杰克逊怎么会产生用现代服装演出莎剧的念头的呢？说来纯属偶然。有一次他看到伯明翰的一群穷孩子不用任何正规的服装和道具在演出《仲夏夜之梦》的一个片断。孩子们演得很认真，效果也出乎意料的好。杰克逊从中受到很大启发，觉得孩子们的演出之所以成功，是因为它使观众的注意力从一切装饰性的东西中被引开，使他们专注于演出本身。于是他便决定在自己的剧院里上演一出穿现代服装的《辛白林》。该剧在当时并没有引起很大的反响，有些评论家们不以为然地将它戏称为"穿灯笼裤的莎士比亚"（Shakespeare in plusfours）。然而，这次演出却开了"莎士比亚现代化"的先河，一种新的形式从此诞生了。

看来，对于莎剧的现代化演出的成功与否，不能一概而论。其中确实有失败的尝试。上面提到的《辛白林》的演出，以及1925年由霍勒斯·利夫莱特（Horace Liveright）在纽约小棚剧院上演的《哈姆雷特》就是例证，这两个演出都没有达到预期的效果。但是，成功的演出也不少。几乎与利夫莱特同时，杰克逊在伦敦的金斯威剧院上演的《哈姆雷特》便大受欢迎。有一篇评论是这样描述该剧的首场演出的：

> 第一个晚上，许多观众是抱着看热闹的态度来的，结果却屏息静气地看完全剧，对它表示出莫大的惊叹和赞赏。[1]

有的剧评家则把该演出称为自己"所见到过的最丰富、最深刻的《哈姆雷特》"，并认为在欣赏这场演出时，有一种类似欣赏契诃夫这样的现代杰出作家的作品的感受。[2] 而牛津大学教授约翰·威尔逊（John Wilson）则表示，他对这次演出接连看了四遍，"每遍都有新的收益"[3]。

在《哈姆雷特》之后，杰克逊的《驯悍记》（1928年）、亨利·卡斯（Henry Cass）的《裘力斯·凯撒》（1939年）、蒂龙·格思里（Tyrone Guthrie）的《哈姆雷特》（1938年）、迈克尔·麦克欧文（Michael MacOwan）的《特洛伊罗斯与克瑞西达》（1938年）等的现代化莎剧演出都赢得了多方好评。

由此看来，演出莎士比亚的作品，用古典的形式还是现代的形式并不重要，重要的是如何在演出中体现莎士比亚的人文主义精神，或通过演出在莎剧中不断发掘出新的含义。

那么，时代背景的改动是否会影响莎剧的"原味"呢？根据我的

---

1 *The Saturday Review*, 29 August, 1925. quoted in. J. L. Styan, *The Shakespeare Revolution*. Cambridge University Press, 1977, p.148.

2 *The Observer*, 30 August, 1925. quoted in. *The Shakespeare Revolution*, p.148.

3 J. W. Mackail, ed., *Aspects of Shakespeare*. London, 1933, p.214.

了解，当今欧美各国上演莎士比亚，尽管导演对剧本有很多解释权和二度创作权，但也并不是完全随心所欲的。比如，对莎士比亚的台词就不能随意改动。当然，适当的删节是必要的，因为莎剧一般都比较长，倘若一字不漏地演出，至少要四个多小时。这显然不适合现代社会的节奏。所以，当前一般的演出，在一出两千五百多行的剧本中，总要删去二百行以上。至于如何删节，删掉些什么，保留些什么则大有讲究，从中可以看出导演的艺术修养与功力。记得1984年在英国斯特拉福参加国际莎士比亚会议时，一位美国导演曾告诉笔者，他每导演一部新的莎剧，都要专程前往斯特拉福莎士比亚纪念馆，借阅收藏在那儿的各种演出本，并一一对照研究，以便从中获得启示。由此可见，对于莎士比亚剧本的删节，一般都采取慎重态度，不敢掉以轻心的。更重要的是，导演尽管有权删节，却无权增添。这已是当代演出莎剧的一种不成文的惯例了。现代化的演出当然也不例外。因此，不管导演将剧情发生的地点移至何处，将时代背景作了多大的改动，让人物穿上什么服装，甚至将摩托车、溜冰鞋搬上舞台，台词却必定是莎士比亚的。这就保证了我们所欣赏的演出，不至于过分走样。

当然，有人会问，把那些发生在古代的故事搬到现代，有什么依据吗？从莎剧的演出历史来看，这一做法不是毫无依据可循的。我们知道，莎士比亚的演出，从来就不怎么推敲其历史真实性的。那种追求历史的逼真和细节的精确的倾向，是到了19世纪才出现的。也就是说，在此之前，16世纪的演出基本上用的是16世纪的服装，17世纪的演出基本上是17世纪的服装，18世纪亦然。就拿伊丽莎白时代来说吧，当时上演的《裘力斯·凯撒》、《科利奥兰纳斯》、《安东尼与克利奥佩斯拉》等莎士比亚写的所谓"罗马戏剧"，剧中人穿的并不是罗马服装，而是伊丽莎白时代的服装，也就是当时的"现代服装"。而莎士比亚的同时代人并没有觉得有何不妥之处。对此，我们很自然会提出这样的问题：既然伊丽莎白时代可以用"现代服装"演出罗马戏剧，那么我们今天为什么不可以呢？

依据之二是，莎士比亚本人并不太拘泥于"历史的真实"。相反，他的作品中经常出现一些所谓的"时代误植"（anachronism）现象。

我们且以《威尼斯商人》为例。在该剧的第一幕第三场中，夏洛克讲起安东尼奥的商船抵达墨西哥与西印度群岛一事。然而根据史料，即使到17世纪末期，中美洲和南美洲的贸易仍被西班牙和葡萄牙所垄断，他们不允许任何其他商船进入这一海域。因此意大利商人安东尼奥是不可能把生意做到墨西哥和西印度群岛的。再如，该剧第三幕第四场中，鲍西娅对尼莉莎说："来，车子在林苑门口等着我们，我们上了车，我可以把我的整个计划一路告诉你。"这里的"车子"在原文中是"coach"这个词，指的是那种四个轮子的大马车。这种交通工具出现得较晚，直到伊丽莎白的统治末期，仍属罕见之物，而当时的鲍西娅是不可能乘坐这种车子的。

这类的"时代误植"还很多，如《裘力斯·凯撒》第二幕第一场中出现闹钟敲了几下的"舞台提示"，而这种能发出声音的闹钟是13世纪以后才出现在欧洲的，罗马时代的布鲁托斯家中绝对不可能有此物。再如，《科利奥兰纳斯》第三幕第二场中谈到的那种把人绑在车轮上鞭打至死的"车刑"，实际上是伊丽莎白时代而非罗马时代的刑罚。

莎剧中的时代误植当然远不止这些。由此可见，在涉及不同时代、不同国度的故事时，莎士比亚不去过多地考虑哪一处符合或不符合时代特征。美国耶鲁大学出版的《耶鲁版莎士比亚》就指出：

> 根据这些时代的误植就责备莎士比亚，这是用历史学的准则而不是用文学的准则来评判莎士比亚。[1]

我们是否可以这么说，莎士比亚对历史的精确性不甚苛求，也为我们提供了广阔的再创作空间。

更何况，莎士比亚不同于后来的易卜生和萧伯纳。易卜生和萧伯纳二家非常重视舞台的细节真实，他们常常在舞台提示中对环境做出详尽的描写：台上出现的应该是怎样一个房间，哪儿是门，哪儿是窗，沙发放在什么位置，钢琴是靠门还是靠窗，上面要不要摆个花瓶，花瓶应该是巴洛克式的还是维多利亚式的，等等。对于人物穿什么服装，甚至梳什么发式，也都一一做了极为具体而精细的规定。莎士比亚则完全不同，他的舞台提示十分简短，往往只是几个词，或是"教堂"，或是"街道"，或是"亚当森林"，或是"威尼斯广场"。对人物的外貌与服饰也从不着一字。这就给导演提供了更多的自由度。相反，倘若对于剧作家本人并不刻意求真的舞台细节，我们今天倒要去一一考证，甚至为了一件服饰、一个发型是否符合历史真实而争论不休，岂不有点舍本求末了吗？

陆谷孙教授在《帷幕落下以后的思考》一文中说了一段很有见地的话：

> 从严格的意义上说，[莎剧演出] 要写实仿真，就得追求历史的逼真和细节的精确，甚至还得钻钻牛角尖，考究伊丽莎白时代

---

[1] Alvin Kernan, ed., *The Yale Shakespeare: The Tragedy of Julius Caesar*. Yale University Press, 1959, p.108.

乃至中古欧洲各国的民俗：婚礼时应撒哪一种花的花瓣，撒于何处，又该如何香熏新房？为什么当时的贵妇淑女忌穿金黄色和淡红色（接近肉体本色）的衣裙？英国式和大陆欧洲的佩剑有什么区别？猎鹰用哪种方法驯化？古罗马人的餐桌上用银匙吗？……不言而喻，生活在20世纪的艺术家们（不论国籍）不会再有这种考古的耐心和拟古的雅兴，更何况细节的逼真绝不是莎剧的精髓，过分拘泥于精确反而可能分散观众的注意力，以形害神。[1]

确实如此，莎剧演出成功与否的决定因素并不在于服饰、布景与道具如何逼真地还原于历史，而在于如何将莎剧的精神发挥得淋漓尽致，如何对莎士比亚这座藏量极丰的矿山不断进行发掘，不断阐发它深蕴的丰富内涵，不断赋予它新的含义，越来越多的现代导演对此达成了共识。

在笔者有限的观剧经验中，有两台现代化莎剧给我留下深刻的印象。一台是1985年英国斯特拉福莎士比亚戏剧季上演的《温莎的风流娘儿们》。剧中就出现汽车开上舞台的场面。当时对于这样的处理我虽然并不觉得有什么特别的妙处，但也完全没有觉得格格不入之感。总的感觉是和全剧的格调还是相符的。而剧中第二幕第一场的处理却让人拍案叫绝。这场戏讲的是培琪大娘收到福斯塔夫的求爱信，于是她找了个机会把这事透露给福德大娘，没料到福德大娘也收到了他的情书。于是，两人便商量着如何捉弄他一番。导演别出心裁地将这场戏放在一家现代化的理发店里进行，让两位风姿犹存的半老徐娘坐在大镜子前烫发。由于她们坐的是两只相邻的座位，在烫发时又闲着无事，这就使她们有足

---

[1] 中国莎士比亚研究会编：《莎士比亚在中国》，上海：上海文艺出版社，1987年，第24页。

够的时间交换彼此收到的情书,嘲笑福斯塔夫一厢情愿的痴心,数落自己丈夫的醋劲,并约定时间对付那个色鬼。妙的是整场戏中人物所说的台词句句出自莎翁之手,而又句句恰好如彼时彼地的情景,演员也演得得心应手,妙趣横生。记得这一演出在当时极为轰动,理发店的剧照在多家报刊上登出,并被制成大幅广告贴在戏院门口,一时颇有满城争说温莎娘儿们的盛况。

在谈到莎剧的现代化演出时,有的评论家认为,服装的现代化往往能使演员从传统的表演模式中摆脱出来,重新去审视人物的性格,去理解人物对话的真正含义,而避免那种不加思考的手势和动作。同时,也能使演员意识到莎士比亚戏剧不仅仅是讲述那些生活在遥远的过去,说着和我们不相同的语言、穿着和我们不相同的服装的人的故事,而是揭开了人的本性。尽管岁月流逝、世纪更迭,人类的这种本性却并未发生很大的变化。[1] 1985年斯特拉福莎剧季上演出的《温莎的风流娘儿们》正证实了这一说法。

另一场演出是我在英国肯特大学进修时,从图书馆借出的录像上看到的英国国家剧院演出的《威尼斯商人》。已记不清是哪一年上演的作品了,只记得饰演夏洛克的是我国观众所熟悉的大明星劳伦斯·奥列维尔,饰演鲍西娅的是他的妻子,著名女演员琼·普洛莱特。

这也是一次被称作现代化的演出,演员穿的是19世纪的服装,室内外的布置也都是现代的。剧本一开始,巴萨尼奥向安东尼奥借钱的场景被安排在一家现代化的豪华餐馆里,两人戴着礼帽,西装革履地从马车上下来,推开装潢考究的玻璃门进了餐馆。桌上摆着酒菜和咖啡壶,侍

---

[1] Norman Marshall, *The Producer and the Play*, London, 1957, p.189.

者彬彬有礼地上前为他们斟酒，巴萨尼奥那段关于射箭的有名台词就是一边喝酒一边说出来的。

这个演出给人总的印象是十分严肃的，对人物的刻画也有独到之处，例如第一幕第三场安东尼奥向夏洛克借钱的那场戏，夏洛克并不是那么张牙舞爪、咄咄逼人，而是用一种冷嘲热讽的语调说话，给人的感觉是志得意满，甚至有点轻松自在，说话中带有较强的幽默感，似乎立一张割肉还债的契约不过是开个小小的玩笑而已，这样的处理给人的感觉是更加合情合理。因为安尔尼奥那时并未潦倒，他的商船和货物仍在大海上安然无恙，夏洛克是没有理由那么趾高气扬，仿佛马上就可以置他于死地似的。但是，他毕竟感到有点得意，这位平时傲慢不逊的"商人王子"，今天居然会低首下心地向他伸手借钱，这本身就让他出了一口恶气。演员的表演正是和人物此时此刻的心境相符的。

《威尼斯商人》是一出戏剧性很强的戏：巴萨尼奥选匣定亲、安东尼奥割肉还债、鲍西娅巧扮律师，等等，剧情波澜迭起，险象环生。在剧情本身戏剧性很强的情况下，表演倒更应避免太"露"和太"作"。因此，在法庭一场，鲍西娅朗诵那段关于"慈悲"的大段独白，就一反通常的做法，不是把它处理成鲍西娅一人站在律师席上居高临下地发表这最后通牒式的宣言，而是让她坐在夏洛克的对面，情真意切地娓娓而谈，给人的感觉是规劝多于说教，耐心的开导多于严厉的指责，这样的处理更能体现出作为人文主义者的莎士比亚所宣扬的仁慈与博爱的精神。

另外，当夏洛克最后被击败时，一般容易处理成欢庆胜利的热闹场面，但该剧导演却有意识地将调子压低。夏洛克败诉后痛哭着离去，他的哀号声却仍然透过几座大门传进了法庭。此时全场沉默，鲍西娅、安东尼奥、威尼斯公爵等相对无言，给人一种压抑感。当然，我们不是说演成欢庆场面有何不妥，而是说对于一个剧本可以而且应该有不同的处理和解释。而现代化的演出正是有利于导演拓宽思路，摆脱旧的框架。

波兰当代莎学家扬·科特（Jan Kott）写了一本相当出名的书，题为《我们的同时代人莎士比亚》（*Shakespeare of Our Same Age*）。他的观点影响了彼得·布鲁克等一代著名导演。可以这么说，在整个莎士比亚批评史中，从本·琼生到扬·科特，始终贯穿着这样一个思想，即莎士比亚不属于一个时代，而属于所有的世纪。这种对于莎士比亚具有超越时空的普遍意义的认识，也将随着莎剧的现代化演出而得到进一步的确认与加深。这正是我们所希望的。

然而，莎剧的现代化演出，只是莎剧多种演出形式的一种。而多样化本身就意味着艺术家思想的解放，创作个性的弘扬，以及自由创造意识的觉醒。因此，在论述莎剧现代化的时候，我们特别需要指出的是，和任何其他艺术一样，莎剧的演出也应该提倡多种风格与流派的尝试，并不存在某种"最高的形式"。只有坚持风格的多样化，避免那种将艺术创作定于一尊的做法，才能促使莎剧演出的繁荣与发展。

经典的改编与改编的经典
——论莎士比亚电影改编及改编研究的意义[1]

张 冲

经典文学的电影（视觉化）改编几乎与电影诞生同步，第一部"触电"的经典文学作品就是1899年的默片莎士比亚《约翰王》，距电影的诞生不过四五年时间；此后，与此相关的议论（讨论、辩论、研究）随之展开。在我国，以《红楼梦》为代表的经典文学历来是视觉产品改编的热门，这样的改编一出现，也立刻成为一时的热门话题。但令人失望的是，迄今为止的讨论，有逐渐从认真的争辩向娱乐事件，甚至意气用事发展的趋势，而且基本上是学者（经典作品研究者）与艺术家（电影改编者）各执一词，近年来又明显加入了网络力量。无论是文学、艺术还是学术上的，大部分的讨论缺乏共同出发点或基准，从而使这样的讨论缺乏娱乐新闻之外的意义。而与此形成鲜明对照的是，作为欧美乃至世界文学经典的莎士比亚作品，其电影改编本身、对莎士比亚电影改编的研究，以及改编研究本身，在国际上经一个多世纪的发展，现已形成一个蔚为壮观的电影艺术、文学、学术及教育现象，莎士比亚电影不

---

[1] 本文选自《艺术研究》2011年第1期。

仅成为娱乐业的重要内容和话题，也成为学术研究和高等教育的重要内容，在一定程度上成为经典文学作品改编的标准和典范。因此，回顾莎士比亚电影改编的历程，审视围绕莎士比亚电影改编而展开的各种研究，了解国际上改编研究的兴起和发展，对我们具有十分重要的意义。

如前所述，莎士比亚戏剧与电影的"缘分"几乎和电影本身同步。根据不完全统计[1]，从1899年到1926年间，欧美主要国家共出品约九十部默片，包括了《哈姆莱特》、《威尼斯商人》等近二十部莎士比亚戏剧。自1929年有声电影出现到2006年，上述地区共出产近七十部莎士比亚电影，特别值得一提的是被称为"莎士比亚电影黄金十年"的20世纪九十年代，从1989年到2000年，仅英美两国就出产了近二十部莎士比亚电影，其中1996年就有六部。21世纪以来，每年也有一两部新的莎士比亚电影问世。

20世纪六十年代之前的莎士比亚戏剧改编的电影大多基本再现原作的内容，而近四十年来的改编作品，则在内容和形式上都呈现出十分丰富的变化，即使是旨在表现"原汁原味"的莎士比亚戏剧，改编者也会在细节上加入个人和时代的理解，从而使作品具有更强的时代感。如布拉纳（Kenneth Branagh）在《无事生非》（1993年）中，调动各种电影元素，不时以妙趣横生的视觉效果，预告着莎士比亚的这出"欢喜冤家"间浪漫情爱的故事，将在镜头中表现为一场"性别之战"；而帕西诺（Al Pacino）2004年的《威尼斯商人》则通过一系列细节，刻意把原作中

---

[1] 本文的数据统计只包括以莎士比亚原作品名称出现的大银幕影片。详细情况请参见下列著作中的有关附表：Kenneth S. Rothwell, *A History of Shakespeare on Screen*. Cambridge: Cambridge University Press, 1999; Russell Jackson, ed., *The Cambridge Companion to Shakespeare on Film*. Cambridge: Cambridge University Press, 2000; 张冲和张琼：《视觉时代的莎士比亚》，北京：北京大学出版社，2009年。

基督徒安东尼与犹太人夏洛克之间的短暂的"口水仗",强化成为威尼斯民众对犹太人的歧视和围攻,使人联想起犹太人在第二次世界大战时期在纳粹德国的遭遇。这一场景被认为是莎士比亚戏剧改编电影的经典镜头之一。

将莎士比亚当代化,让莎士比亚的故事情节发生在当代社会,让莎士比亚的人物穿上现代人的服装,似乎是20世纪六十年代以来莎士比亚电影改编的主流,但这不仅是"标新立异"的手段,而是在更深的层面反映了编导对当下社会和生活的思考,也体现了莎士比亚作为经典文学的普遍意义,而经典作品参与当代生活,这实际上也是经典作品生命力的根本体现。例如,2000年美国出品的《哈姆莱特》(阿尔莫雷达导演),将悲剧从丹麦搬到了纽约曼哈顿的"丹麦控股公司",把当年宫廷里的猜忌、争夺、阴谋、仇杀,搬进了当代的跨国企业,通过莎士比亚和哈姆莱特,审视当今社会商业暗战中的道德沦丧,审视被滥用和误用的高科技成果(如秘密摄像、监听设备),等等,用当今社会天天在发生的事实,印证着"莎士比亚属于所有时代"那句话。相比较之下,我国的经典文学改编中,鲜有"当代化"的尝试,这在一定程度上造成了"经典总离我们很远"的观念。究其原因,是在于那些经典作品本身的内在因素缺乏当代化可能,还是我们其实对那些经典的研究和认识还有待深化和丰富化,而这本身就是一个值得探讨的话题。

自觉的莎士比亚电影改编研究[1]起步相对虽晚,却在很短时间里发展成为一个主要的、充满活力而且成果丰富的莎学分支,研究内容涉及莎士比亚电影改编史、莎士比亚电影改编综合研究、莎士比亚电影编导

---

[1] 这里未将莎士比亚戏剧改编的电影公映后的影评考虑在内。

演研究、具体作品改编研究、改编理论研究等，而且每一时期的研究都或多或少地影响了下一时期的电影编导和演员，以及学术研究。1968年的《默片莎士比亚：一部奇妙而内容丰富的历史》、1971年的《莎士比亚与电影》和1977年的《胶片上的莎士比亚》三部著作[1]，标志着莎士比亚电影正式进入学术视野。此后，《银幕上的莎士比亚：国际电影及录像片名录》、《银幕莎士比亚史》、《电影中的莎士比亚：从默片时代到"恋爱中的莎士比亚"》、《银幕上的莎士比亚》等综述及资料性著作相继问世，为我们描述了莎士比亚电影改编的整体图景，并提供了到2000年之前的比较完整的资料信息。[2]

学术研究方面的成果更呈现出向深和广两个维度的发展：分别出版于1997年和2003年的姐妹篇《电影莎士比亚：通过胶片、电视和录像普及剧作》和《电影莎士比亚：通过胶片、电视、录像和影碟普及剧作》[3]，研究了莎士比亚改编以及这些改编作品的载体，在普及莎士比亚时发挥着什么样的特殊作用。研究的意义显然已超越了文学和艺术的范畴，进入到文化、娱乐和社会的领域，特别是这几个领域之间的互动关系。剑桥大学出版社的文学指南系列，不仅在关于莎士比亚的两本指南（1986年，2001年）中辟有专门章节讨论莎士比亚的电影改编，还

1　Robert Hamilton Ball, *Shakespeare on Silent Film: A Strange Eventful History*. London: George Allen & Unwin, 1968; Roger Manvell, *Shakespeare and the Film*. London: Praeger, 1971; Jack Jorgens, *Shakespeare on Film*. Bloomington: Indiana University Press, 1977.

2　Kenneth S. Rothwell & Annabelle Henkin Melzer, eds., *Shakespeare on Screen: An International Filmography and Videography*. London: Mansell, 1990; Kenneth S. Rothwell, *A History of Shakespeare on Screen*, 1999; Douglas Brode, *Shakespeare in the Movies: From the Silent Era to Shakespeare in Love*. Oxford: Oxford University Press, 2000; Daniel Rosenthal, *Shakespeare on Screen*. London: Hamlyn, 2001.

3　Lynda Boose & Richard Burt, eds., *Shakespeare, the Movie: Popularizing the Plays on Film, TV and Video*. London and New York: Routledge, 1997; *Shakespeare, the Movie, II: Popularizing the Plays on Film, TV, Video and DVD*. London and New York: Routledge, 2003.

于2000年专门出版了一本《剑桥文学指南：胶片上的莎士比亚》。而更早些，世界性莎士比亚出版物之一《莎士比亚年鉴》的1997年刊，就以《银幕上的哈姆莱特》为专题，对这部经典之经典的银幕历史和改编作品所体现的各种问题进行了研讨。1999年的《莎士比亚与挪用》[1]一书，更具理论思考的特点。该书的各个章节从改编学视角对莎士比亚改编和摹写的各种形式及成果进行深入独到的分析和评论，将莎士比亚电影研究与更广泛的改编研究联系了起来。此外，关于莎士比亚电影的改编技巧与实践经验总结、在高等院校教学中运用莎士比亚电影讲授莎士比亚等问题，也有不少的著述成果。至于我国的莎士比亚电影研究，目前尚处于起步阶段，主要成果有《视觉时代的莎士比亚》、《影像莎士比亚》等学术专著，以及散见于学术期刊的单篇论文；《文本与视觉的互动：英美文学电影改编的理论与应用》一书中，也有论述莎士比亚电影改编的内容。[2]

事实上，莎士比亚电影改编在一定程度上为身处经济和商业活动迅猛发展境况的文学经典的出路与机遇提供了有意义的启示。当前，社会和个人生活节奏处于前所未有的快节奏状态，"快餐文化"包括"快餐文学"在一定程度上成了时代的文化特征，但经典文学所传达的对人类生命、命运和生存境况的深刻思考、对社会和时代本质的揭示、对人类社会和生活发展的预示，又恰恰是当代所急需的。从另一方面看，经典文学之所以能成为经典，恰好是因为它们具有丰富的当下意义，能给

---

[1] Christy Desmet & Robert Sawyer, eds., *Shakespeare and Appropriation*. New York: Routledge, 1999.

[2] 张冲和张琼：《视觉时代的莎士比亚》，2009年；吴辉：《影像莎士比亚》，北京：中国传媒大学出版社，2007年；张冲主编：《文本与视觉的互动：英美文学电影改编的理论与应用》，上海：复旦大学出版社，2010年。

当下的人们以启示、教益、滋养、振奋。经典中的精粹，不仅属于历史既往，也具有当代性和未来意义。正是在这一点上，莎士比亚电影改编及其相关的学术研究不仅证明，经典文学与当代社会没有矛盾，我们完全可以借时代所能提供的各种技术和艺术支持，在更高层次上实现自身的当代意义和经典性，而且也向我们展示，严肃的、自觉的学术研究在推动和推广经典改编中具有十分重要的意义。

莎士比亚电影改编还提出了视觉艺术产品中文学经典改编的尺度问题，这同样是一个既有理论意义又有实践意义的课题。围绕《红楼梦》电影电视改编而起的争论绝非个案；事实上，无论中外，经典文学的电影改编向来是学术界和艺术界争论不休、"公婆各有理"的问题。学术界往往指责艺术界"过度改编"，甚至是"恶搞"，是为艺术牺牲文学；反之，改编者又以电影艺术的特殊性和商品性为辩词，强调电影作为视觉艺术产品的特殊性。正是在这样的问题上，莎士比亚电影改编不仅能标示经典文学改编的"度"，更能说明并非所有看似"真实"的改编都体现了原作的"精华"，也并非所有看似"恶搞"的作品都是纯粹的胡闹。成败的关键在于改编者的文学修养、时代敏感度和艺术造诣。成功的经典改编，往往不仅能使经典文学大众化（通俗化），也能使大众更为接近经典文学所传达的情感、意境、品位，更愿意接近经典文学。

从更深一层的理论意义上看，目前在国际上正在逐步发展的"改编研究"（adaptation studies），正是在莎士比亚等经典文学改编的研究、电影研究等发展到一定阶段而出现的一门崭新的跨学科理论，它直接应对被称为视觉艺术产品对21世纪社会文化生活的前所未有的渗透和影响，直面这一视觉时代提出的各种挑战，并试图回答"文本与影视改编的关系究竟如何？文本产品与视觉产品的关系是什么？改编的原则与理念是什么"等一系列问题。[1]

改编研究初起时是"电影研究"（film studies）的一部分，20世纪六十年代起进入欧美学术界。2000年以来，对各种类型改编的研究开始具有了自觉和系统性，改编研究或改编学开始进入国际学术视野。代表这一学科初起时主要成就的，是1985年的《电影与文学改编》。从那时起到今天，国际上的改编学研究已成果斐然，主要著述包括：《小说/电影辩论再思考》、《文学与电影手册》、《电影中的文学：现实主义、魔幻及改编艺术》、《文学与电影：电影改编的理论与实践指南》、《改编理论》、《改编研究》、《改编研究与反改编研究》，等等。[2] 剑桥文学指南系列也于2007年出版了《银幕上的文学》（Literature on Screen）专集。与之相呼应，国际学术组织"文学与银幕改编研究学会"于2006年在英国成立并召开第一届年会，会议论文集《银幕上的文学》成为学会的学术刊物。2008年第三届年会（荷兰）决定将学会更名为"改编研究学会"（Association of Adaptation Studies），学会刊物也更名为《改编研究》（Adaptation），主要发表各种影评与书评，包括从文本到银幕、银幕到文本的改编，大众及"经典"文学的改编，剧场及小说的银幕、电视、动画、音轨的改编，文学作品银幕改编的产品问题和文学类型问题，等

---

[1] 参见张琼：《从文本述说的时代到述说文本的时代——论改编研究的跨学科视野》，《国外文学》2009年第4期，第40页。

[2] 《电影与文学改编》（L'adaptation cinématique et litérature，法语中译本，2005年）；Kamilla Elliott, Rethinking the Novel/Film Debate (2003); Robert Stam, A Companion to Literature and Film (2004); Robert Stam, Literature through Film: Realism, Magic, and the Art of Adaptation (2005); Robert Stam, Literature and Film: A Guide to the Theory and Practice of Film Adaptation (2005); Linda Hutcheon, A Theory of Adaptation (2006); Julie Sanders. Adaptation (2006); Thomas Leitch, Adaptation and Its Discontents (2007).

等。这一系列活动标志着改编研究或改编学正式成为新的领域，进入了国际学术研究视野。

从本质上说，改编研究跨越了文学与影视研究两个领域，主要关注文学文本视觉化叙事与表征方式，其研究内容主要涉及：文学文本的视觉化产品（电影、电视）、文学文本视觉化过程中的各种机制（文本如何被视觉化）、文学视觉产品与文学文本的比较、文学（特别是"经典文学"）视觉化改编的限度与合法性，等等。显然，这些理论思考要回答的问题，也正是我国的文学、艺术、甚至娱乐界急需认真思考和回答的问题。

在一定意义上，改编研究的主要课题目前仍然是对影视改编文学作品这一行为的讨论，以及对影视作品本身的研究。前者涉及文学作品是否可以或应该被搬上银幕，影视改编文学作品（特别是经典文学作品）对作品本身及人们的阅读习惯会产生何种（负面）影响，影视改编作品是否还能被称为文学、是否还值得将其作为"严肃的"学术研究对象，等等；后者则从各种角度切入影视改编作品，如改编在何种程度上"忠实于"或"偏离了"原文本，改编作品所体现的导演及演员对文本的阐释等，这就使改编研究与电影研究有了关联。但与电影研究不同的是，改编研究更为关注以胶片为载体，通过这样的技术和艺术改编而再现的文学作品，其叙事方式有何特征，改编体现了改编者什么样的阐释，这样的阐释与原文本关系如何，又在何种程度上体现着与时代、社会、文化、传统、文学、批评等之间的互文关系，等等。换句话说，它将影视作为文本来研究；而且，它不仅关注改编过程所提出的各种问题，更关注改编文本和改编过程的互文性，考虑在文本印刷符号向影片视觉符号转换时会产生的一系列互文问题：改编者的文学－文化－历史背景、改编活动发生时的历史-文化-技术背景、改编作品与原文本及文化-文学（批评）语境的关系等问题。[1]

值得注意的是，在主要欧美国家中，大众娱乐—民族文化—艺术创造—经典文学—理论研究之间，已经形成了一种互动互补、相得益彰的关系。在大众娱乐和民族文化之间，经典文学作品的改编一方面为大众提供了高水平和高质量的娱乐内容，另一方面也凭借经典作品里感人的情节、深邃的思想、真切的情感、优美的场景，撒播经典作品的润物无声，将大众吸引到经典文学这一边，更用通俗的经典抵制庸俗。在艺术创造和文学经典之间，艺术创造不断（通过自己和他人的学术研究成果）从文学经典中寻找灵感和故事；文学经典也因为丰富多彩的艺术产品形象而更为大众喜闻乐见，更因为与艺术产品相关的文化活动而对文学经典产生了兴趣。[2] 在艺术作品和理论研究之间，艺术创新的来源往往得益于艺术、文学、社会学、哲学等方面的理论研究，而理论研究的创新和发展，也离不开不断更新的艺术创造为它提供新的思路和课题。从历史文化和意识形态背景看，各时代的文学和其他社会、政治，甚至经济、自然科学的理论发展，为文学经典的改变及其研究提供了更为深广的社会文化和思想背景，而高等院校关于文学经典及其改编的教学和研究，为这一事业提供了理论思考和专业人员的稳定来源。正是在这样一种多学科多层面的良性互动中，欧美文学经典成为文学和艺术创新不竭的源泉，文学经典不仅活在历史，更活在当下，从而形成欧美文化传

---

[1] 关于这一问题的详细论述，请参见笔者发表于《外国文学评论》2009年第3期第207—218页上的《改编学与改编研究：语境·理论·应用》一文。

[2] 在英国，莎士比亚戏剧演出之后经常安排有专门的"谈话场"，请主创和演员上台与观众交流改编、演出的心得，颇受大众欢迎。

统和当代的核心内容。

　　反观自身，我们有很长的和很灿烂的经典文学传统，我们也有比较悠长和有一定成绩的经典文学改编实践的历史，但我们相对缺乏的，是对这一传统和实践的理论思考，缺乏对这一现象的学术研究，从而在一定程度上限制了我们讨论的层面，也限制了这样的讨论对实践的指导意义，限制了通过学术讨论使艺术创作从本能向自觉的转变。当然，在这方面，国内已经有学者开始注意到了改编研究这一新的理论视角，并在学术刊物和报纸上发表了有关的文章，特别是《中国社会科学报》，在2009年7月连续刊发关于视觉文化和改编研究的文章，包括《媒介多样化与文学发展新动向》(陈定家，7月2日)、《视觉文化与文论转型及其问题呈现》(党圣元，7月7日)、《诠释的无尽：文学与银幕的交响》(张琼，7月14日)等。另外还有朱建新于2009年5月23日在《文艺报》上发表的《电影改编与文学批评》、张琼于2009年9月15日在《文艺报》上发表的《进化的隐喻与困惑：文学与电影改编》、吴辉于2009年11月17日在《文艺报》上发表的《改编也是一门艺术》、复旦大学出版社2010年出版的《文本与视觉的互动：英美文学电影改编的理论与应用》(张冲主编)，等等。但总体来说，还缺乏后继和团队，尚未引起相关的艺术和文学领域的广泛重视。因此，了解和研究国际上正在发展的改编学理论，回顾以莎士比亚为代表的欧美经典文学改编的历史发展，研究欧美经典文学改编的案例，其意义不仅在于我们可以借他山之石攻本地之玉，通过文学艺术研究者、艺术产品创造者之间的合作和努力，使我们的经典文学改编产生质的提升，而且还能使中国的传统经典文学和文化更好地参与国际文化交流，在全球化时代里更加彰显自己独特的价值和魅力。

莎剧改编与接受中的传统与现代问题
——以莎士比亚的亚洲化为例 [1]

杨林贵　乔雪瑛

一、引　言

　　对于莎士比亚戏剧在亚洲各地区的改编，一向有本土化和西洋化两种泾渭分明的处理方法，或谓之为归化和异化的改编策略。本土化容易让人简单地认为，就是把莎剧改编成传统的东方戏剧形式，如中国的京剧、昆剧、川剧、越剧等地方戏曲形式，日本的歌舞伎或者能剧，抑或韩国的唱剧盘索里（pansori）。而西洋化，似乎指的就是受到西方写实戏剧影响的舞台表现手法，如借鉴了西方戏剧观念的中国的话剧、日本的新剧（shingeki）等。其实，不论是传统戏曲还是现代话剧的改编实践，都既可以使用本土手段（这里笼统称之为亚洲化方法），也可以使用西洋化的表演方式，更有很多改编艺术家尝试着发挥写实与写意手法的互补作用。当然，在内容和表演形式的取舍上，很多具体改编操作体现了明确的偏重，或者以亚洲化为主，或者以西洋化为主。这种将戏

---

[1]　本文选自《四川戏剧》2014年第1期。

曲形式冠之以传统，或者将话剧归结为现代的提法，本身也是一个简单化的思维定式。这种思维可能会掩盖了莎剧在亚洲改编和传播中的某些本质特征，也会忽视改编实践的多样化特点。同时，这种思维也反映出了亚洲地区在跨文化介绍和接受莎士比亚这个外来文化内容的过程中表现出的认知上的矛盾。传统和现代其实都是变化的概念。

本文旨在从总体上概括莎士比亚在亚洲改编和接受中的几个突出的矛盾方面，尤其要分析在这个过程中改编者面对"传统"与"现代"的冲突时表现出的文化政治取向。某种意义上讲，矛盾的认识一方面体现了莎士比亚作为舶来的知识载体，对于亚洲现代文化形成的影响方式，另一方面反映了亚洲对于自身的文化传统和文化身份的矛盾认识。其结果是，莎士比亚在现代亚洲文化中扮演的角色充满了矛盾性：其变化多端的形象展现了传统与现代、陈旧与新潮、高雅与低俗的矛盾。在这些矛盾对立中，莎士比亚有时以矛盾双方中的某一方的形象出现，但大多数时候，他会同时出现在矛盾双方的对立中。

阴阳这一对哲学术语长期以来影响着亚洲的思维方式。从这一哲学范畴来考量，莎士比亚在亚洲的接受体现了阴阳两极的复杂关系。虽然阴阳这种二元术语似乎会限制我们的批评研究，但是阴阳两极的对话却能带来各种可能的变化，因为这个矛盾统一体是变化的基础，而变化又是多元化的来源。从辩证法来看，传统与现代、陈旧与新潮、高雅与低俗、国内与国外、地域与全球等矛盾体中的冲突元素并非互不相容的，而是可以调和的。这就是亚洲人对莎士比亚的认识。同样在这种认识中，我们发现，亚洲和莎士比亚都是不确定的实体。而且，各种不同的亚洲莎士比亚活动，特别是跨文化表演，使我们能够看到莎士比亚的不同身份，以及我们自己的流变的现代文化身份。

二、亚洲莎士比亚的阴阳调和

对于西方观众而言，亚洲戏剧的表演向来充满了神秘感，令人费解。亚洲戏剧表演中随处可见矛盾元素的相互转换，在其表现方式上也有些模棱两可，这些地方往往使西方观众感到难以理解。阴阳是东方神秘主义中常见的一个概念，同时也存在于西方形式逻辑中。但在这两种东西方美学认识体系中，人们对阴阳概念的认识是不同的。在东方的认识中，阴阳两极的调和与互补正是美的理想状态，而对西方人来说，对立元素的边界如果不够清晰的话，就会显得概念模糊，因而就会成为逻辑上和美学上的缺陷。换句话说，西方人眼中的矛盾、模糊甚至混乱，在东方人看来却可能是美的来源。反之亦然。因此，在西方戏剧的改编和接受上，亚洲传统戏曲观众更欣赏"土"、"洋"元素之间经过相互转换而成的"土洋结合"的改编，而对于一些"不土不洋"的改编，很多西方人却觉得很酷，认为颇具后现代气息。[1]

以亚洲戏剧的形式来改编莎剧，往往需要用心处理好本土戏剧形式与外来戏剧内容之间的关系。近年来，评论者开始注意到阴阳元素的平衡在亚洲化莎士比亚改编中发挥的作用。詹姆斯·布兰登（James Brandon）深受东方文化影响，在评价莎剧的歌舞伎改编作品时，就曾强调了这对矛盾因素的重要性。[2] 如果将阴和阳看作亚洲莎剧改编中体

---

[1] 当然，随着东西方文化交流的频繁，东西方对以异质文化形式改编莎剧内容的态度也发生了变化，越来越多的西方人开始从不同角度理解东方戏曲改编的莎剧。亚洲化的莎剧改编在西方舞台上越来越活跃，如昆曲《血手记》早在20世纪八十年代就登上了爱丁堡戏剧节的舞台。最近的亚洲化莎剧改编不仅展现了异域歌舞和服饰，更让西方观众领略了东方式舞台叙事阐释莎剧的独特视角。例如，韩国唱剧《仲夏夜之梦》就运用了特有的魔幻元素演绎莎剧的变形记，在2012年的伦敦舞台上引起轰动，好评如潮。

[2] James Brandon, "Kabuki and Shakespeare: Balancing Yin and Yang," *TDR* 43.2 (1999): 15–53.

现矛盾的两极的话，那么阴就代表了传统的、静态的、本土的改编方法，而阳则代表了创新的、动态的、积极的改编方式。这样来看，亚洲化改编就是一种以阴性为主导的改编方法，强调将莎剧内容融入本土戏曲形式之中。相反，西洋化改编方式则倾向于运用更多的阳性元素，力求突出莎剧的主题内容，这就势必要求在戏曲形式上做出更大突破。不过，不管是哪种改编方式，改编者都会在独特的本地艺术形式和世界性的莎士比亚元素之间寻求一种平衡，以便亚洲传统戏剧的观众能够接受。

例如，在京剧舞台上的莎士比亚悲剧改编作品中，改编者不论是运用西洋化还是本土化的改编方式，都试图在阴阳元素之间找到平衡点，从二者之间的联系出发，力图达到某种矛盾的调和状态。也就是说，改编者要在莎剧与中国戏曲之间找到一些共同点，并在此基础上采用一定的改编策略，只是改编策略的侧重点有所不同而已。在京剧改编的莎士比亚四大悲剧中，《歧王梦》（改编自《李尔王》）属于亚洲化的代表作，《王子复仇记》（改编自《哈姆莱特》）则是西洋化的范本。正如李伟民所言，在这些改编作品中，莎士比亚的文本在中国的语境中发生了改变，特别是在京剧剧场中，目的是使京剧和莎剧各自的理想的美学表现产生联系，互为补充。[1] 然而问题仍然存在：如果改编优先考虑本土因素，那么如何来平衡阴阳；如果优先考虑外国因素，那又该如何来平衡阴阳？因为两种改编方式的侧重点不同，其所采取的策略也是截然相反的。亚洲化的改编方法多运用归化的手段，即把莎士比亚的故事

---

[1] Weimin Li, "Shakespeare on the Stage of Peking Opera," Lingui Yang, ed., *Shakespeare in Old and New Asias*. Lodz: University of Lodz Press, 2012. pp.19–26.

完全本土化，将情节和人物移植到亚洲背景中。而西洋化的改编方法则直接搬用原剧的情节和人物名字，甚至使用原剧译文的台词。比如，京剧的《李尔王》运用归化手法处理莎士比亚元素，将这个充满人文主义精神的故事置于儒家的语境中，演绎的是中国化的道德教化和忠孝故事；《王子复仇记》则沿用了莎剧的场景和人物的外国名字，还力争保留莎士比亚的语言特色[1]，让王子用京剧念白的方式表现"生存还是毁灭"这样反映心理活动的莎剧独白。从这个意义上来说，莎士比亚和京剧似乎处于一种双赢的状态，因为不管是归化式改编还是异化式改编，都用传统的戏剧形式给观众带来了全新的莎剧体验。一方面，莎剧故事丰富了传统戏剧的主题内容；另一方面，虽然有些观众可能对外国故事感到生疏，也不习惯其充满哲理的独白，其更多欣赏的仍是京剧的形式上的美，而不是被砍了枝蔓的莎剧故事，但当他们在为自己喜欢的京剧名角的表演喝彩时，他们也同时了解了莎剧的故事。

当然，东方的戏剧改编者所面临的一个挑战，就是如何在传统戏剧中平衡改编过程的阴阳元素，将本土戏剧形式与外国故事很好地结合起来。他们显然比当代西方的改编者承受着更大的挑战。虽然东西方的莎剧改编者都想明确表现自己的改编忠实于莎剧原著的程度，但他们面临的挑战来自不同的方面。西方意义上的忠实于原著可能更多关注的是语言层面。不管改编者把故事放在原著的时代还是现代背景之下，虽然他们可以灵活处理一下台词的顺序，但是大多数的台词仍必须出自某个版本的原著。东方意义上的忠实则是一个模糊的概念。东方的改编者或译者常挂在嘴边的是忠实于"莎剧精神"，这一点也符合东方式的审美

1　Weimin Li, "Shakespeare on the Stage of Peking Opera," pp.19-26.

标准。而至于何谓莎剧精神，则可以根据各自的理解做出不同的界定。在改编实践中，"莎剧精神"一般是指一些可辨识的莎士比亚元素——现实主义的情节或人文主义的主题，因而所谓的"忠实于莎剧精神"即抓住莎剧的精髓，寻求神似。"更忠实"一点的改编，则采用了莎士比亚的语言，因而自称是"原汁原味"的莎剧演出。而这里所谓的莎剧语言，指的就是略加处理过的一些出自于某个据说忠实于原著的"标准"译本的台词。绝大多数情况下，为适合京剧表演的需要，改编者只能保留一个莎剧的故事框架。所谓忠实于莎剧的改编，不过是一个简化了的莎剧故事，加上译自莎剧的只言片语。如前所述，京剧《王子复仇记》忠实于原著的方式就是采用西式的故事背景、人物名字，还有出自《哈姆莱特》中译本的诗式独白片断。本文无意诟病中国的戏曲改编，这里进行比较的目的也不是想说明西洋化的改编更忠实、更优秀。虽然按照传统的改编批评思维，为了说明改编的合情合理，一定意义上的忠实是必不可少的，但是本文认为忠实只是个标签，不应成为评判改编成功与否的唯一标准。

三、现代性与传统性——新旧亚洲的新老莎士比亚

不管在亚洲化还是西洋化的改编实践中，改编者都将莎士比亚看作现代文化的权威和代表。在莎士比亚的亚洲本土化过程中，一直存在着现代性和传统性的矛盾统一问题。如果我们探究莎士比亚在亚洲文化中的接受史，就会发现，现代性和传统性之间的矛盾赫然加大。如果我们把传统看作是老旧、被动或阴性的，把现代性看作崭新、主动或阳性的，那么就形成了旧亚洲和新亚洲两个概念，分别代表着对亚洲

莎士比亚的旧式和新式理解。一旧一新两个范畴，以及多元的亚洲文化和莎士比亚改编，让我们能够探究不同亚洲文化中莎士比亚的各个不同方面，而这些方面恰恰是西方主流莎士比亚批评所忽略掉的。比如，马乔里·加伯（Marjorie Garber）的新书《莎士比亚与现代文化》（*Shakespeare and Modern Culture*）看似对莎士比亚与现代文化关系的全面概括，却没有注意到莎士比亚在欧美之外的现代文化形成中的作用。

在亚洲的莎士比亚改编这个问题上，我们需要重新审视加伯的假设：莎士比亚成就了现代文化，现代文化也成就了莎士比亚。[1] 加伯收集了很多例子，以证明莎士比亚在现代西方文化中扮演的重要角色，但是她的假设有两个主要缺陷。首先，即使是在西方语境中，莎士比亚的现代性也可以有不同的定义[2]，而现代的不同时期以及不同时期的莎士比亚改编恰恰证明了莎士比亚对于现代文化的影响。另外，该书得出一个结论——"莎士比亚的永恒性在于他的适时性"；但这个结论还不够全面，因为在加伯笔下，莎士比亚所成就的现代文化很少涉及欧美之外的世界。因此，莎士比亚的适时性不包括他出现在亚洲现代文化构建各个时期的复杂现象和特点。

虽然现代性的概念具有不确定性，我们也无法肯定是否存在一种放之四海而皆准的现代性的形态，但是在东西方的莎士比亚接受中都不得不谈到现代性，或者在不同语境下的现代性表征。同时，西方文化的

1　Garber, Marjorie, *Shakespeare and Modern Culture*. New York: Random House, 2008.
2　即使在欧美语境中，现代性的定义也有所不同。根据马克思主义的历史分期，现代是随着资本主义的形成和发展而变化的。休·格兰迪（Hugh Grady）在21世纪初编辑的论文集《莎士比亚与现代性》中指明了莎士比亚的多重现代身份：有现代初期的莎士比亚（这个时代在文化研究语境下称为初现代 [Early Modern]，传统上称为文艺复兴时代，对应中国文献中的近代）、浪漫主义莎士比亚、现代主义莎士比亚、后现代主义莎士比亚。在亚洲语境中，莎士比亚的现代性就更复杂了。

现代性与东方文化的现代性都和莎士比亚有着某种关联——不论在西方还是东方，莎士比亚都是现代文化的一个元素。在这个意义上，我们似乎可以补充修正一下加伯的论点，提出这样的看法：莎士比亚帮助成就了现代亚洲文化，现代亚洲文化也成就了亚洲的莎士比亚。由此，我们可以得出这样的结论：莎士比亚在亚洲现代文化中总是"适时"出现。实际上，莎翁的适时性体现于他和亚洲传统之间的互动过程中，这个过程既包含赋予了他普遍价值的殖民时代，又涉及用解构改编莎作来证明亚洲现代身份的后殖民时期。也就是说，无论是否涉及殖民和后殖民话语，莎士比亚在现代亚洲文化的变革中都发挥了作用。比如在印度的现代文化形成过程中，莎士比亚就扮演着，或被迫扮演着，不同的角色。特里维迪（Trivedi）发现，仅在莎士比亚的印度改编史中就有五个不同的莎士比亚，分别为"英语的莎士比亚、本土化的莎士比亚、普遍化的莎士比亚、地方化的莎士比亚以及后殖民的莎士比亚"[1]。就是说，19世纪二十年代印度殖民时期演出的莎士比亚戏剧，是殖民和英语教育的工具，即使是印度人来演莎剧也必须使用英语；19世纪中期伴随着争取民族独立的斗争，陆续出现了译文和根据本土语言并配以本土歌舞的莎剧演出；紧接着一段时期注重表现普遍化的莎作主题，讲究忠实于莎士比亚的西式布景和服装；20世纪初特别是1947年印度独立前后，莎剧表演也经历了更广泛的地方化运动，寻求传统的地方形式的莎剧改编，用以配合印度独立身份的确立；20世纪九十年代以来兴起后殖民特点的对莎作的解构改编。而实际情况要比这些复杂得多，仅就19世纪中后期的本

---

[1] Poonam Trivedi, "Shakespeare in India: An Introduction," *MIT Global Shakespeares*, 20 Mar. 2000. Web. 10 Jan. 2013. 关于印度的莎士比亚，另见辛格：《不同的莎士比亚》(Jyotsna Singh, "Different Shakespeares: The Band in Colonial/Postcolonial India," *Theatre Journal*. 41.4 [1989])，第445—458页。

土化改编而言，莎士比亚改编反映了莎士比亚与印度传统之间的政治的和文化的谈判过程。[1] 正如其他印度学者所论，在19世纪后期对莎士比亚的孟加拉语翻译和改编中，出现了截然对立的"本土化莎士比亚"做法。本土化和西洋化的改编方法的背后是明显的文化政治和意识形态的冲突。西洋化的方法服务于英帝国的文化政策，推行殖民主义意识形态，并试图压制本土化做法。相反，在文化领域的反殖民斗争中，本土化莎士比亚改编成了争取民族身份的武器。即使是在同一个版本的孟加拉语《麦克白》译文中，这种冲突也在所难免；译者的翻译策略中处处体现了矛盾的意识。现代和传统的矛盾冲突更反映在译本承载的身份的认同上：将对于本土文学和戏剧传统的认同与对于现代身份的寻求结合起来，何其不易。看来，阴阳这两种矛盾对立因素在南亚次大陆很难协调，却又不得不在同一文化载体中共存。

应该讲，亚洲元素和莎士比亚元素都具有多元性，而且在亚洲其他地区呈现不同的矛盾格局。东亚地区的改编，在莎士比亚的现代身份与地方传统之间的权衡中，赋予了莎士比亚不同的文化地位，但同样充满了文化政治以及意识形态领域的矛盾冲突。例如在中国、韩国和日本，莎士比亚最初是由倡导变革的知识分子主动介绍进来的。他们把莎士比亚当成现代文化的代表人物和可以改变僵化传统的载体。莎士比亚在这些国家的初期传播虽然不像在印度的传播那样带有殖民目的，却不见得毫无殖民和后殖民意识的存在，这种存在有隐性的，也有显性的。在19世纪西方的启蒙思想传入东亚国家时，人们几乎无条件地接受了莎

---

[1] 这里借用斯蒂芬·格林布拉特（Stephen Greenblatt）的文化谈判概念，只是谈判的主题和目的方式各有不同。参见《莎士比亚的谈判》（*Shakespearean Negotiations*. Oakland: University of California Press, 1988）。

士比亚的现代标杆地位。虽然莎士比亚在东亚国家的译介都有启蒙时代的特点，但东亚各国改编和接受莎士比亚的历程又是各不相同的。比如，韩国在被日本军国主义蹂躏时期，最初是从日文接触和翻译莎士比亚的。从原文即英文翻译莎士比亚就被视为一种反抗侵略的文化武器。因此在韩国艺术家和学者意识中，忠实于莎士比亚是指直接参照英文而做的翻译，而不是从日本占领者的语言转译。这种翻译才是忠实的翻译，而忠实的改编和演出也是指根据这种翻译来创作脚本并演出。中国对莎士比亚的介绍，虽然也有传教士的较早努力，但主动翻译和全面介绍开始于鸦片战争后，莎士比亚在"中学为体，西学为用"的改良潮流中来到中国。[1]

莎士比亚在中国乃至整个亚洲曾被视为一种新的现代的力量。知识分子用他来挑战一些传统守旧的价值观，并通过改编莎士比亚来改变守旧的思维。因此莎士比亚在亚洲的传播过程充满了诸如体与用、自我和他者、舶来文化和本土传统之类二元对立的矛盾纠结。不过，莎士比亚早已不再被当作大英帝国或者西方文化霸权的象征和工具来传播，而是成为全人类都可以借鉴的文化精神财富。这些是近百年来亚洲文化接触莎士比亚的最重要的特征。同时不可否认，亚洲国家对莎士比亚的认知，很大程度上受到了西方盛行的关于莎士比亚种种阐释的影响，对西方莎剧解读的借鉴也是东方接受莎士比亚过程中的一个特征。[2] 莎士比亚学者和改编者曾经推崇莎士比亚的浪漫主义精神气质和诗性哲理，对

---

[1] 中国莎士比亚介绍和改编的历程尤其丰富，限于篇幅，这里不详述。参照孟宪强：《中国莎学简史》，长春：东北师范大学出版社，1994年；李伟民：《中国莎士比亚批评史》，北京：中国戏剧出版社，2006年。

[2] 中国的情况比较特殊，由于时代政治原因，曾经深受苏联社会政治批评的影响，直到20世纪七十年代末才开始广泛接触各种当代西方文艺思潮。

莎剧进行精神分析式的阐释，分析莎氏作品中的意象、反讽、象喻等。这些方法不管新旧与否，无不把莎士比亚放置于现代文化的核心位置。20世纪中后期以来，受西方马克思主义、法国后结构主义、女性主义等影响所形成的后现代文化思潮，解析了意识形态和核心话语，似乎动摇了莎士比亚的中心地位。然而，这些新方法新理论，如新历史主义、文化唯物主义等，还不得不拿莎士比亚来说事。这是因为，他的作品中对现代人性、阶级、种族、性别等社会和文化中的意识形态矛盾的高超描写和深刻揭示是至今无人能够超越的，而且这些矛盾也还以不同形式在后现代生活中不断出现；还因为，当我们把莎士比亚从神坛上请下来，放回到现代早期的时代背景中时，他的作品超时空的价值早已通过四百余年来的改编活动和文化教育，渗透到现代文化血脉之中，成为我们称之为现代文化的不可或缺的基本元素。这就是后现代文化无法摆脱的两难困境，为了对赖以成长的"旧"的传统有所超越，必须先否定这个母体才能给"新"的身份话语以生命。所以，即使是当今全球化时代也仍然离不开莎士比亚。受"影响的焦虑"[1]和身份焦虑双重困扰的后现代人只有通过反叛、颠覆才能宣示身份。但矛盾在于，莎士比亚既是反叛的对象，又是宣示后现代文化身份的手段和工具。因此，在所谓后现代的语境中，莎剧被重新阐释、彻底颠覆、完全重构，甚至戏仿恶搞。也因此，后现代文化研究和改编活动也造就了更"新"的后现代的莎士比

---

[1] 哈罗德·布卢姆（Harold Bloom）在《影响的焦虑》（*Anxiety of Influence: A Theory of Poetry*）一书中分析了现代英美作家受到前辈作家影响的类似弗洛伊德精神分析中弑父情结的心理机制，只有通过反叛性的借用甚至有意"误读"（misprision）前辈建立的传统，后辈才能脱颖而出。在关于西方文学传统问题上，虽然布卢姆反对艾略特对浪漫派作家的贬抑，但他们一致认同莎士比亚在"伟大传统"或者"西方正典"中的中心地位。另见T·S·艾略特：《传统与个人才能》（T. S. Eliot, *Tradition and the Individual Talent*. 1919）。

亚。这种新方法在现时亚洲仍很盛行。

但是这里必须要说明的是，流行和新旧没有必然联系。莎士比亚在被亚洲接受的任何历史阶段都存在着旧的和新的文化形式。如果在殖民语境下西洋化是一种最主要的方法的话，亚洲化或本土化则在殖民和后殖民话语中都会出现。因此，莎士比亚在各种亚洲文化中有着多重身份，对其现代性的定义不得不考虑其与新旧亚洲的地方传统之间的互相作用。如果将"新"与"旧"这两个形容词放在历史政治语境中，那么如前所述，在一些亚洲国家，这两个词暗示着莎士比亚的殖民和后殖民存在。换一个角度看，如果亚洲的"旧"指的是传统性而"新"指的是现代性的话，那么我们看到当代亚洲莎士比亚改编和接受中的传统性和现代性是同时存在着的，因为莎士比亚存在于现代文化身份构建的各个阶段，无论我们谓之为早期现代、现代，还是后现代。

四、高雅与流行——大众媒体中的亚洲莎士比亚

在后现代时期，大众媒体席卷世界，使得文化、政治或语言跨界成为可能。于是，解构、拆解和改编便拥有了合法身份。在这种语境下，莎士比亚成了大众的莎士比亚。在某些后现代话语中，忠实于原著已不再是改编的一种评判标准，至少已不是莎士比亚改编的唯一评判标准，因而改编莎士比亚也不再是某些精英的特权。后现代主义者会选用不同的标准进行评判，其中之一便是眼球效应。不管通过什么手段，谁赚取的眼球越多谁就是赢家；眼球效应有时又与名人效应直接挂钩，如果恶搞名人能成就自己的名声（不管是何种名声），目的就达到了，因为那样会为恶搞者及其运营媒体带来了一时的眼球效应。在这种情况

下,即使改编作品仍存在某种忠实,那明显是忠实于当代生活,而不是忠实于莎士比亚或其文本的。然而,后现代文化的大众化叛逆策略还要靠莎士比亚的"文化资本"[1]来搭台撑场面,弄得好还能利用莎士比亚的大名赚回投资,甚至获得可观的盈利。这种盈利可以是名(或曰文化资本),甚至可能是利(即硬通货币)。在今天的亚洲,甚或可能在全球的大众剧场和流行影院中,在电视上,在其他大众媒体上,这样的莎士比亚改编有一定市场。亚洲剧场影院中的后现代表演用全球化时代的观众听得懂的语言,探索了莎士比亚代表的高雅文化与大众文化之间的交融界面。

莎士比亚的现代性,或者说后现代性,在电影院里一直屡试不爽。从好莱坞到宝莱坞,在地球村的大小摄影棚中,操着各种语言的剧组不断拍摄莎士比亚电影。莎剧改编的电影也早已成为电影工业中的一种类别,改编者通过商业影院和艺术影院测试莎士比亚文化资本的效力。我们现在有机会观看一些亚洲导演执导的莎士比亚电影,早期有黑泽明改编成日本文化背景的《麦克白》和《李尔王》,近期有中国版的《哈姆莱特》,这不禁令人感到振奋。近年来,亚洲拍摄的和《哈姆莱特》有关的电影,如冯小刚的《夜宴》和胡雪桦的《喜马拉雅王子》,给我们提供了范例,使我们了解了年轻一代的中国导演是如何开始用莎士比亚的世界形象赚取资本的(名或利,或者兼而有之)。[2] 给人所共知的哈姆莱特换上亚洲服装,再配以表明亚洲身份的其他符号,这位莎士比亚

---

[1] 这里借用法国思想家皮埃尔·布迪厄(Pierre Bourdieu)的概念,本文认为应用到分析后现代文化活动完全适用。布迪厄区分了资本的诸种形式,其中之一便是文化资本,教育者广泛用以分析其在教育领域的作用。参见《资本的形态》(*The Forms of Capital*)。

[2] 关于这两部电影的评论,另外参见杨林贵:《流行影院中的莎士比亚》,《戏剧艺术》2012年第5期,第56页。

笔下的丹麦王子俨然彻底亚洲化了。这些改编实践还表明，亚洲化的莎剧改编是具有一定特色的，不仅在全球化的电影市场有一定价值，而且还借莎士比亚之名推广了亚洲电影和亚洲文化元素。

　　值得注意的是，大众化莎士比亚这个"精彩的新世界"（《暴风雨》，第五幕第一场），已经超越了电影和影院的范围，轰轰烈烈地走入其他现代媒体，成为一个不可小觑的文化现象。但是这种现象在莎士比亚学者圈中尚未得到足够重视。我们需要思考莎士比亚的文化资本在大众文化中是如何被改编、戏仿、传播和重塑的，并在另一个层面上思考莎士比亚的适时出现。广播、电视、网络等大众传媒上的商业广告中对莎剧台词、人物名字以及故事情节的借用已经司空见惯，有时莎士比亚本人也出来上镜吆喝；但多数时候，引用莎剧台词甚至已经无须提及他的名字了，更不必要标明出处，因为他的作品已经有了相当程度的普及。比如在日本，莎士比亚的普及不仅可以通过文化教育来取得，还可以通过诸如漫画这样的通俗渠道达到目的。漫画在日本是老少皆宜的大众娱乐方式，因此也是一个有着丰厚利润的行业，日本漫画甚至远销欧美图书市场。某种意义上说，这种形式是随着改编莎士比亚而成长起来的，现在已经形成专门的莎士比亚漫画这个类别，而且已经从纸质媒体走进互联网。有意思的是，最初漫画是普及莎士比亚的工具，现在很多时候则反过来了。一些漫画新人利用改编莎士比亚而先立名，因为现在大家都知道点莎剧，莎士比亚的号召力可以助其成名。从国际商务视角看，莎士比亚也被派上了大用场。在日本向韩国以及欧美推销的漫画作品中，莎士比亚漫画最为抢眼，因此也让更多的漫画经营者拿改编莎士比亚主题营销漫画。也就是说，莎士比亚已经成了一种商品，不仅在剧场中拿来卖座，还在影院、影碟、广告、卡通、漫画等其他媒体中被广为利用。就莎士比亚在当代亚洲以及全世界大众媒体的改编利用而言,日本的情况只是冰山的一角。新旧媒体对莎士比亚的利用暴露了传统文化批评的一个缺陷——高雅文化和流行文化的区分有时已经不能反映现实了。如果勉强区分,也只能说当代大众文化对莎士比亚的文化资本的重复消费,证明高雅和流行之间本来就是存在交集的。不管怎样,莎士比亚还是赢家。他的"文化资本"在21世纪还有可资利用的价值,这也从一个方面说明了他的大名和作品的生命力:他就是这样,仍具有"适时性",也因此保持了"永恒性"。

五、结　语

莎士比亚的文化资本在亚洲大众文化中不断被循环利用,这似乎证明了高雅与流行的矛盾统一,却不能掩盖其他方面的矛盾:现代与传统、西洋化与本土化等。从莎剧在亚洲的翻译和阐释,到莎剧在亚洲各种媒体中的表演和改编,对立的观点和做法无处不在。精英们力挺莎士比亚的人文遗产,以此维护他的现代身份及其在高雅文化中的地位,但这可能反倒将他束之高阁,让他远离大众;而流行艺术家们致力于普及和重构,这似乎是在颠覆他的神圣形象,却反倒赋予了莎士比亚新的存在形式和内涵。另外,亚洲化的莎士比亚解读与改编和西方一样,也存在着政治化和去政治化的对立处理,把他卷入关于当代生活的文化政治交锋和对话中(或者如前文所述,新历史主义意义上的"文化谈判")。我们习惯了从莎士比亚的作品中寻找解释现实矛盾的突破口;或者相反,把现实的矛盾读入莎士比亚的作品中并从中寻找佐证。在这个过程中,我们似乎忽略了另外一种谈判或者对话,即在莎士比亚和亚洲传统之间的对话。实际上,亚洲化的莎士比亚无论是否能证明他的永恒性,都让双方参与了一个互相强化的对话过程。在这个过程中,我们对现代亚洲的想象与我们对莎士比亚形象的重塑同时发生。我们从不同视角、不同语言和不同文化背景重塑了莎士比亚,让他以多变的身份活动于处在不同现代发展阶段的亚洲国家和地区。在这个意义上我们说,莎士比亚在帮助亚洲成就现代文化的同时,现代亚洲也成就了莎士比亚。

中国话剧舞台上的莎士比亚

出演《亨利四世》浮想[1]

李家耀

在四十年的舞台生涯中，我有幸扮演了四个莎士比亚戏剧人物，并执导了一部改编后的莎士比亚戏剧，这如何不叫人兴奋！特别是此番当友人邀我参加1994年上海国际莎士比亚戏剧节的演出，在话剧《亨利四世》中出演亨利王时，我竟然有些紧张，因为这个角色在中国的戏剧舞台上还是第一次出现，一时之间思绪纷纷，不禁生出许多浮想……

一

记得我演剧史上扮演的第一个角色是莎士比亚喜剧《无事生非》中的巡丁——一个不起眼的群众角色，一个普普通通的农村破落户，那时还在戏剧学院表演系一年级学习。我一接到任务便兴奋起来，跃跃欲试，希望能大展宏图，过一番戏瘾。这个人物第一次出场是在一个光怪陆离的闹剧场面中，他由巡长道格雪和弗吉斯带领，混在三教九流中上

---

[1] 本文选自《上海戏剧》1994年第6期。

场。这时，我首先考虑的是按照自身形象——瘦弱、修长的身材，把自己设想为一个来自农村的蠢货：带上蓬松的发套，画上卓别林式的胡子，戴上商贾们的高帽子，拿上长长的钩镰枪，混迹于人群之中。创作状态得意非凡，张牙舞爪。

导师了解他的学生高涨的创作欲望和年青的无知，指导我去翻阅莎士比亚的其他剧作，特别是让我注意有关表演的论述。我发现，《哈姆莱特》中有这样一段台词：自有戏剧以来，它的目的始终是反映自然，显示善恶的本来面目，给它的时代看一看自己演变发展的本来面目。我反复吟诵之下不禁感慨：伟大的莎士比亚毫无哗众取宠之心，更没传世流芳之意，他演剧的目的就是反映现实的生活。我顿悟到：固然可笑是喜剧的特征，但并不是全部。既然戏剧的出发点是真实的生活，那么，人们在喜剧的笑声中也应该获得具有社会性的收益——这笑声中包含着对善恶的些许刺激，晃动着几根使人产生痛感的芒刺。同时，莎士比亚在论述戏剧演出的完整性时再三强调：演员不应该离开剧本临时编造一些随意的话加在演出中，特别是小丑，不要随便引起观众的哄笑，转移观众对重要问题的注意，不要过分看重满场观众的盲目毁誉，因为任何过分的表演都是和演出的原意相反的。莎士比亚的主张为我们描述了演剧的自然常道，这种常道按我的体验就是：表演不过松不过紧、不过淡不过浓、不过轻不过重、不要过分要有节制、不要平淡也不可懈怠，这才能和自然状态的客观事物相适应，显得天然妙成，真实可信，即使是小丑，也要力求自然。从此，我便将此主张熔铸成自己的艺术追求，作为培养自己喜剧神经不可或缺的分子结构。

第二年，我在苏联专家执导的莎士比亚喜剧《无事生非》中扮演巡长弗吉斯一角，这是我扮演的第二个莎士比亚戏剧人物。尽管弗吉斯在剧中地位卑微，不是主角，台词也仅仅只有几句，但是我珍惜莎翁笔下这个富有色彩、具备创作天才的丑角。

我早期艺术创作的这两次实践使我对莎士比亚这位人类艺术天才的思想有了真实的感悟，使莎士比亚伟大的心灵感到兴趣的，是我们这世界内的事物；因为虽然像预言、疯癫、梦魇、预感、异兆、仙女、精灵、鬼魂、妖异、法师等这种魔术的因素，在适当的时候也穿插在他的诗篇中，可是这些虚幻形象并不是他著作中的主要成分，作为这些著作的伟大基础是他生活的真实和精悍；因此，来自他手下的一切东西，都显得那么纯真和结实。

二

我扮演的莎士比亚笔下的第三个人物是在纪念莎士比亚诞辰四百二十周年时，上海青年话剧团演出的《安东尼与克莉奥佩特拉》中的凯撒。

莎士比亚所处的时代，正是欧洲历史上第二个辉煌灿烂的时代——文艺复兴时代。这是一次人类从来没有经历过的最伟大的、进步的变革。整个欧洲大陆人文主义的热情高涨，提倡个性解放和个人幸福，反对封建束缚与宗教的禁欲主义，肯定人的尊严和人的伟大，肯定人能充分发展其智慧、知识和力量，肯定个人的努力能揭露出宇宙的秘密，并为人类谋取福利。不仅如此，人文主义者认为，人是自由的，人可以达到一切他所想达到的目的，包括现世的利益，今生的乐趣，这才是宇宙的和谐。在《安东尼与克莉奥佩特拉》这部戏中，这种人文精神得到了极大的宣泄，以安东尼和克莉奥佩特拉渴望并追求有情有义的生活为贯穿行动的一面,为我们铺陈了华丽美艳的世俗情感世界,以凯撒渴望并追求独裁权力的利己生活为贯穿行动的另一面,向我们展示了冷峻决然的超世俗的理性世界。这里,埃及和罗马构成了人类心理的两大世界,它们的矛盾便是人类心灵矛盾的具体外化,有着英雄与混蛋的对立,实质是自我个性在现实世界里的不完善。

基于这种认识,我把握住了凯撒这一人物的基调:冷!一个年轻而精明的政治家,一个果断而威严的军事家,他不会在胜利面前失去自制,也不会在失败面前失去坚韧。表演时,我控制好自己的呼吸和语言节奏,最大可能地消除本人生活中的习惯动作,用具有古罗马雕塑美的形体动作塑造人物的外部形象。同时,用不带任何感情色彩的、冷得可怕的语调念出台词,以表现其极其冷酷而高傲的态度。

演凯撒的时候我总会不自禁地想到秦始皇,这位在罗马实现了第一次独裁的胜利者与吞并六国的集权者在内在气质上是十分相近的。为了解决罗马政权的危机,他可以和昔日的政敌握手言和,并把自己的妹妹嫁给安东尼,这是一次政治婚姻,其中不带丝毫的感情色彩,完全是政治的交易和买卖。与此形成鲜明对比是处处斤斤计较、只求感情而缺乏理智的安东尼,在这次以政权为目的的斗争中,始终是以一个被动者的面貌出现的。凯撒与安东尼由针锋相对到握手言和,以政治联姻为转折,但这一突变实际是为复杂政治形势中的复杂人物关系所左右的;因而,在表演时我特别注重层次的铺垫、发展的过程,充分展现莎士比亚所谓反映自然、力求真实、合乎分寸的表演原则。

作为一个历史上杰出的权威,凯撒在任何时候都表现了他的帝王气度,特别是当他面对他的俘虏时。在会见克莉奥佩特拉时,他静静地走上来,显得深沉厚重,透着无尽的力量、风华正茂的气质。紧接着,他用极其冷酷而高傲的态度说出了第一句著名台词:"哪一个是埃及女王克莉奥佩特拉?"这足以使每个阶下囚感到权威的存在。由此,女王在凯撒没有任何实质性保证,只是满口空洞安慰的情况下,才毅然结束了自己的生命,并以此推翻了凯撒永久胜利的计划,拉上了悲剧的大幕。

三

接到《亨利四世》的剧本我有些犯愁,最大的难处就是长达数页的角色台词,已过不惑之年的我是否有如此强的记忆力背诵出来,并一气呵成?不过,这种担心很快便消散了,四十年的实践早已让我明白了戏剧表演的一大特点:充分理解导演的创作意图,体味作者作品的内在精神,变角色语言为自我由衷的心声!要做到这一点,首先必须掌握莎士比亚作品的语言特色。

在伊丽莎白时代,讲究修辞的浮艳诗风很盛,莎士比亚早期诗歌的辞藻过于雕琢,诗体比较绮丽,但在他成熟的戏剧里,语言却生动精炼。当时英国语言正处在一个发展和丰富的重要阶段,莎士比亚一方面运用书写语言和口语,一方面也广泛采用民间谚语和俚语,有时自己还创造新词,因此他的语言丰富广博、灵活有力,可以随着人物性格、身份、地位的不同而表现人物的性格特征。他的戏剧主要是用无韵体写成的诗剧,不仅有音韵节奏之美,而且善于形容譬喻,描绘生动鲜明的形象,抒写大胆、热烈的幻想。剧本中的许多佳句已经成为英国语言的精华,经常被人引用。

了解了这一切,我开始仔细研读剧本,反复推敲,尽可能地理解诗人的原意，确立自己的认识，同时考虑观众的接受程度。我确立了表演的基本准则：合乎常道，不失诗意。而且，我特别抓住并希望处理好两个重点场次：第三幕亨利王失眠时的独白和第六幕亨利王临终时与亨利五世的对白。

一个人在独处的时候是不需要什么伪装的，即使是像亨利王这样一位君临一切的权威。作为一个杀君篡位的僭主，他的内心实在是很痛苦的，他必须在大众面前保持貌似神圣的威严，在剪除异己时保持冷静和果断，有时还可能是残暴；然而，在别人眼里和在他自己心目中，他始终是一个名不正，言不顺的伪君主！只有在他独处时，他才可能完全地放松自己，不带任何假面具，把真实的自我展现出来，痛苦、孤独、无奈，甚至恐惧会一起向他袭来。这段台词我用透着悲凉的语调缓缓念诵，控制好速度节奏，给人以一种饱经沧桑的哀思。

另一场重头戏是亨利王临终时与亨利五世的对话，这是观念截然不同的父子二人的对话。作为一个篡位者，亨利王深知王冠的来之不易，因而对此王冠的移交也看得分外重要，他希望他的儿子能懂得这一点，遗憾的是他的浑小子并不理解父亲的苦心，只是以一个正常的继承者的身份拿走了王冠。为此，亨利王进行了一番苦口婆心的开导。这时，他把自己一生的全部感受都向他的儿子倾诉了：走向死亡的无奈，篡位者的惶恐，对本姓王朝的期望……在断断续续的谈话里倾注了自我最后的力量！这是一个灵魂的自白。

经过反复的排练，我树立了自信，我感到如果能把台词变为角色的心声，那么颠来倒去的死记硬背就是多余的。也可以说我对莎士比亚又多了一重认识。真是说不尽的莎士比亚！他留给我们的财富将永远为我们所珍视。

四

　　戏剧大师黄佐临曾经再三谈到这样一个问题：在过去三百年里，莎士比亚的剧本被人们以各种各样的方式搬上舞台，与我们有关的是如何选择一种为中国观众所欣赏而又不损害诗人作品精华的方式来搬演？这种方式应该纯粹是中国式的，而且是鲜明的，以此作为中国人对莎士比亚戏剧演出的贡献。由黄佐临先生总策划并亲自担任艺术总指导、由我导演的昆剧《马克白》，就是按照这种思想创造的莎剧中国戏曲化演出，这个戏由于它的中国特色在四十一届爱丁堡国际戏剧节演出中受到好评。

　　提起《马克白》，人们就会想到鬼魂、亡灵、神秘和恐怖，这是一出充满了喧嚣与激情的戏剧，在幽暗的悲剧气氛笼罩下，在时空的急剧变化中，血腥的、刀光剑影的夺权之战正在铺展。那么，昆剧《马克白》是否可能把莎士比亚的语言形象幻化为观众脑海中惊心动魄的画面，而且能够通过演出获取一点人生意蕴的体验与生活哲理的思考？作为导演，我认为，《马克白》如若以中国戏曲舞台上文学性最强、诗味最浓的昆剧形式来追求戏剧效果的话，创作从剧本改编开始就必须首先向原作意念、意境的深层渗透，逼近莎翁精神，这才有可能运用昆剧形式大胆拓展作品的内蕴，写意的戏剧观念和手法方有用武之地。这便是我们的创作思路：演出内容必须与昆剧形式相协调。

　　与莎士比亚的其他戏剧不同，《马克白》是由这个主人公一贯到底的，观众的视角只有透过马克白夫妇，或者说，只有透过马克白一个人的眼睛来注视整个舞台人物和剧中事件的发展。离开这个观察视角，观众别无选择。他们目睹马克白的经历，感受到一个人在精神崩溃时可能产生的悲哀、怜悯和震惊。构成这一悲剧的根本原因是马克白感情中的善良成分和野心疯狂之间的搏斗，对于这个人物该如何定位？黄佐临先生曾把戏曲的内部特征概括为其"写意性"，强调了与中国绘画意境相通的中国戏曲意境：生活、动作、语言、舞美的大写意。由此思考，我们最终选定了透过脸谱可以清楚看到角色内部世界的接近于传统"红生"的扮相，至于行当就更没有必要深究了。

黄佐临先生曾说："三个女巫是莎翁这出心理悲剧的重要手段，她们是莎翁特为马克白设置的。"但是，昆剧《马克白》中的三个女巫应归什么行当，做什么扮相呢？我们为三个女巫选定了舞台形象：前后都有脸的两面人。当她们转过身来，观众见到的是前后两张不同的、美丑和善恶反差极大的脸。她们既有传统戏中司空见惯的小鬼的影子，又吸取了某些彩旦行当特色；既有武大郎的矮子步，又取民间踩高跷的修长外形……可以说，这三个特定的人物造型并不是现实生活的写照，而是根据莎士比亚精神，按中国传统戏曲形式创造出来的综合体。

四十年的实践才使我读懂了一个莎士比亚，但恐怕还远远没有读完……与此相联系的种种问题，如中国戏剧的生存问题、话剧的中国化问题，等等，这背后隐藏的实际是文化的渗透和交融问题，如此庞大的课题是倾一生心力也难以穷尽的，我只能是沧海一粟，引百川汇聚，以献绵力。

论中国莎剧舞台上的导演艺术
—— 1980年以前的导演成就与当代演出的起点[1]

姜　涛

……我看见你已高升，

就在天庭上变成了一座星辰！

照耀吧，诗人界泰斗，

或隐或显，

申斥或鼓舞我们衰落的剧坛……[2]

　　读着本·琼生的诗句，循着诗人三百多年前的思绪，我们仿佛看见茫茫宇宙中的那颗星辰。三百多年来，她的光亮虽时隐时现，但从来没有真正消失。这星光一直静悄悄地照耀着每一个真诚地在剧坛上寻找着人生真谛的剧人。三百多年来，每当世界戏剧的舞台取得了骄人的成就，我们仿佛都能看到那颗星辰放出的奇异光彩。

　　九十多年前，这颗星辰的光芒照到了古老的东方，一个有着三百

---

[1] 原文载于《戏剧》1996年第3期，本次收录做了一些改动。
[2] 本·琼生：《题威廉·莎士比亚先生的遗作，纪念吾敬爱的作者》，卞之琳译，杨周翰选编：《莎士比亚评论汇编》（上），北京：中国社会科学出版社，1979年，第14页。

多个民族戏曲剧种的中国。于是，东西方两个戏剧大国、两种戏剧文化历史性地会面了。但是，这会面一开始却像是雾里看花，又像是两个情人隔着面纱的相会，谁也没能看清对方的真面目（早期的演出几乎全都没有使用从莎氏原作翻译过来的剧本）。然而就这一见，双方就再也不能分开。

一、早期话剧的莎士比亚演出

或许是由于莎剧那绝无仅有的艺术魅力，在中国现代戏剧史上，最早被介绍到中国来的西方文学家中就有戏剧家莎士比亚，而最早由中国人演出的外国戏剧中也有莎士比亚的剧目。[1] 那是在1902年，也就是清光绪二十八年，上海圣约翰书院外语系毕业班用英语演出了《威尼斯商人》。[2] 这个时间比标志着我国早期话剧出现的于1907年的春柳社成立还早了五年。这是中国人首次演出莎剧。不过戏剧史学家一般不将这次演出看作中国舞台上的首次莎剧演出。原因是这还不是职业性的演出。另外，演出的最主要目的只是为了配合学生们的英语学习。[3] 遗憾的是，仅从现在可以得到的资料，我们已无法知道谁是这次演出的导演。十年后，剧坛上的职业剧人开始了中国早期话剧（文明戏）的莎剧演出。演出采用"幕表制"，使用的主要故事情节来自林纾翻译的《吟边燕语》，演出中演员可以即兴发挥，加入台词。严格来讲，这种演出是没有导

---

[1] 戈宝权：《莎士比亚作品在中国》，《莎士比亚研究》创刊号，杭州：浙江人民出版社，1983年，第332页。
[2] 孙家琇主编：《莎士比亚辞典》，石家庄：河北人民出版社，1992年，第406页。
[3] 曹树钧和孙福良：《莎士比亚在中国舞台上》，哈尔滨：哈尔滨出版社，1989年，第70页。

演的。

但是，正如戏剧史上的早期演出虽没有导演，却不能没有导演的工作一样，早期话剧的莎剧演出也同样不能没有导演的工作。首先，选择剧目就是一项非常重要的导演工作。当时的剧目选择者和演出组织者也就是中国最早的莎剧"导演"，其中最主要的人物，一个是新民剧社的领导人郑正秋，另一个就是春柳社创始人之一、春柳剧场的领导人陆镜若。有一个情况值得我们注意，那就是这两位"导演"所选择的首演莎剧剧目竟然都是同一出戏。新民社于1913年在上海将《吟边燕语》中的《肉券》改编为新剧演出，受到市民观众的热烈欢迎。早期话剧以幕表制方式演出的二十多台莎剧就是从这台戏的演出开始的。次年，上海成立新剧公会，新民、民鸣、开明、启民、民兴和春柳六大剧团举行联合公演的剧目之一《女律师》就是以这个《肉券》为基础进行演出的。一年后新民社并入民鸣社，隆重推出了新剧《借债割肉》。无疑，这三次演出的"版本"都源于《威尼斯商人》。1915年，陆镜若主持的春柳剧场也选择了《女律师》改编上演。

戏剧史学家认为，早期话剧演出中以春柳派的演出最为严肃认真，虽是幕表制，但幕表定得相当细致。这和春柳派晚期负责人陆镜若对于艺术创作严肃认真的态度分不开。陆镜若早年留学日本，师从坪内逍遥博士，学习莎士比亚。这个坪内逍遥就是余上沅在《翻译莎士比亚》一文中提到的，用了四十三年的时间将莎士比亚全集译成日文的坪内雄藏，逍遥是他的笔名。[1] 可以认为，陆镜若对于剧目的选择来自于他对莎士比亚较为深入的了解。为什么早期的莎剧"导演"都选择了《威尼

---

1 余上沅：《余上沅戏剧论文集》，武汉：长江文艺出版社，1986年，第223页。

斯商人》进行演出呢？这种现象是偶然的吗？不，不是的。

　　1840年以后，中国人开始真正产生了解西方世界的愿望。知识分子开始向西方寻求先进的科学文化知识，城镇市民也开始对中国以外的世界产生了好奇心，产生了要去了解外面世界的强烈愿望。这是一个民族在文化上从封闭走向开放的开始。而对大多数人来说，他们对于外部世界的向往还表现为对东西方生活方式的差异、饮食男女、奇闻怪事充满着强烈的兴趣。闻一多曾说："第一度佛教带来的影响是小说戏剧，第二度基督教带来的影响又是小说戏剧（小说戏剧是欧洲文学的主干，至少是特色），你说这是碰巧吗？"[1] 而我们早期的莎剧"导演"正是看出了《威尼斯商人》能满足各个不同阶层观众的欣赏需要，才不约而同地将目光投向了这部喜剧。

　　时间进入到20世纪八十年代，中国人又一次打开了封闭的国门，国人又一次对外面的世界充满了好奇心与了解的愿望。两次打开国门，是同一种愿望的两次表现。无独有偶，当八十年代的中国剧坛开始恢复莎剧演出时，导演张奇虹也将目光投向了《威尼斯商人》，这就更不是偶然的巧合了。导演们不断地选择这部戏，是因为该剧最能满足特定历史时期的观众对于外部世界的神往，满足他们要去了解外部世界的愿望；因为这部戏里有耸人听闻的以一磅肉为抵押的借债契约，有封存在铅盒子中的婚姻遗嘱，有漂泊在茫茫大海中失而复得的财富，还有那远在贝尔蒙特的、必须要漂洋过海才能追求得到的、在水一方的鲍西娅的爱情。不要以为这些仅仅只能满足观众们的好奇心，更不要轻视观众们的

---

[1] 闻一多：《文学的历史动向》，《闻一多全集》（第一卷），上海：开明书店，1952年，第201页，转引自田本相主编：《中国现代比较戏剧史》，北京：文化艺术出版社，1993年，第4页。

好奇心，潜藏在这好奇心背后的，是特定历史时期的中国人想要改变自身生存状况，想要去追求财富、追求爱情、追求新的人生价值的生命冲动。今天看来，早期的莎剧"导演"们对于《威尼斯商人》的选择，乃是他们对观众心理和时代脉搏准确把握的具体体现。徐晓钟认为，戏剧只有关心生活中人们关心的问题，人们才会关心戏剧。[1] 早期的莎剧演出正是从深层上触及了当时人们所关心的问题，因此才在莎剧演出中首战告捷，获得成功。而早期莎剧"导演"们的历史功绩也正在于通过这些成功的演出，引起了戏剧家与观众进一步了解、排演和观看莎士比亚的由衷愿望，为莎剧与现代导演艺术的会合写下了充满"悬念"的序幕。

二、现代剧坛上的莎剧导演艺术

现代剧坛上的首位莎剧导演，是上海戏剧协社的负责人兼导演应云卫。他在1921年加入戏剧协社，投身于话剧事业。1923年洪深加入戏剧协社以后，将女演员演女角的《终身大事》和男演员扮女角的《泼妇》安排在同场演出，使观众看出男扮女装的不自然，笑得使演出进行不下去。戏剧协社从此改变了男扮女装的惯例。而当时那个扮女角的，就是在这个严肃的戏剧团体中成长起来的、后来成为该社导演的应云卫。[2] 上海戏剧协社于1930年5月演出了中国现代剧坛上第一台从原文剧

---

[1] 徐晓钟：《向着艺术源泉，向着艺术真理》，《徐晓钟导演艺术研究》，北京：中国戏剧出版社，1991年，第371页。

[2] 张逸生和金淑之：《记应云卫》，《中国话剧艺术家传》第3辑，北京：文化艺术出版社，1986年，第130页。

本翻译过来的莎剧,而此次演出应云卫所选择的剧本竟然又是《威尼斯商人》。[1] 为了这次演出,应云卫专门聘请了当时的复旦大学教授,同是戏剧协社社员的顾仲彝翻译了剧本(这也是第一个专为演出翻译的莎剧剧本)。二度创作上与此前莎剧演出不同的是,这次演出经过了充分的准备。首先,导演对于舞台美术有着统一的艺术追求。在以往的"莎剧舞台"上,一般都使用制作简陋的"布景",而这一次采用的是写实的立体景。"喷泉、花园、楼台、街道、小桥等等出现在舞台上;灯光也随自然与舞台气氛的变化而变化,服装也十分讲究。"[2] 其次,导演对于演员的表演创作相当重视。当年扮演巴萨尼奥的演员陈宪谟曾在回忆文章中谈道:"我们十分考究剧本,演员必须熟读剧本,经过了一定的排练程序,方可登台。"[3] 正是由于导演在这两方面的努力,才使得此次演出获得了空前成功,并被中国莎学学者认为是中国现代演出史上第一次正式的莎剧演出。[4]

1937年在中国剧坛上发生了两件大事:一个就是上海业余剧团以强大的创作阵容演出了《罗密欧与朱丽叶》。对于这台演出,曹树钧提供了这样的资料:

> 大幕拉开,出现在观众面前的是大礼拜堂门口的景象,十根丈高的圆柱竖立着,广阔的石阶陈列,阶前有大喷水池,池的左右又有高大的建筑物……朱丽叶卧室一场,一座大床放在像帝

---

[1] 孙家琇主编:《莎士比亚辞典》,第413页。
[2] 曹树钧和孙福良:《莎士比亚在中国舞台上》,第84页,第85页。
[3] 《大公报》1937年6月8日;转引自曹树钧和孙福良:《莎士比亚在中国舞台上》,第84页。
[4] 孙家琇主编:《莎士比亚辞典》,第407页。

王似的高到四层的"台基"上，上面笼罩着白纱帐，背景有八尺高的雕花大窗，窗外由冰轮乍涌到雷雨交加，布景与灯光相映衬……台上照明的光都从神父手持的蜡烛中发出……云彩聚散、日落月升、繁星闪烁等变化无穷……演员大多能用真挚的态度与热情、生活于角色的个性情感之中……排练时，演员们的击刺颇有点真刀真枪的架势，常常真的"挂彩"……[1]

从这段文字可以看出，这是一台追求写实风格的演出。

第二件大事是斯坦尼斯拉夫斯基所著的《我的艺术生活》第一部开始在中国出版。这一事件的出现，使得中国的戏剧演员开始了学习运用心理现实主义的创作方法，运用斯氏演剧体系塑造舞台形象的充满艰难、曲折的创作历程。而这两件大事又都和同一个人有关。因为斯氏著作的翻译者之一和这台莎翁名剧的导演者乃是同一个人——章泯（《我的艺术生活》的第一个中文版由郑君理、章泯从英文译出），而章泯不仅是斯氏著作的翻译者，同时也是以斯氏为代表的心理现实主义演剧方法的倡导者。[2] 由于这两件大事的出现，就有了中国现代戏剧导演史上一个更为重要的事件的产生——出现了以"写实"为演出美学追求的莎剧演出。

在中国戏剧导演史上，第一批借鉴斯氏演剧方法、运用写实美学原则的舞台创作实践就已经和莎剧演出结合到了一起。随后，现代剧坛上又出现了一系列莎剧演出。我们将重点对余上沅的莎剧导演理论研

---

[1] 曹树钧和孙福良：《莎士比亚在中国舞台上》，第86页。
[2] 考古学编辑委员会：《中国大百科全书·戏剧卷》，北京：中国大百科全书出版社，1986年，第505页。

究、焦菊隐和黄佐临的莎剧导演实践做一个简要的述评。

余上沅是这三人当中导演莎剧最多的导演。他于1937年为南京国立戏剧学校第一届毕业生导演了《威尼斯商人》,于1938年为戏校第二届毕业生导演了《奥赛罗》,又于1948年为戏校剧场艺术组毕业班学生再次导演了《威尼斯商人》。[1] 余上沅是现代剧坛上一位著述颇丰的戏剧教育家和导演。从他的论述中,不难看出他对莎剧以及如何演出莎剧的作为导演艺术家的构想。余上沅认为,《威尼斯商人》是莎翁剧作的上品,但最好的则要数《汉姆列》(即《哈姆雷特》)。但不知为什么,他没有选择这个戏进行排练。是因为没有合适的演员吗?在当代中国导演中就有因为有了一个合适的演员而选择一部莎剧进行演出的例子,这是后话。余上沅在《过去二十二戏剧名家及其代表杰作》一文中说过:"对于莎氏更发生直接影响的,除格林之外,还有马洛、李立、基德(原译季德)三个人。"[2] 余上沅对莎氏剧作的认识是建立在对莎翁的全面了解的基础之上,而且他对曾给莎氏带来影响的人也有一定了解。这种了解使得他能够从更高的视角来看待莎翁。余上沅对于国外的莎剧翻译问题也颇有研究,曾撰文介绍日本、法国、德国、匈牙利等国翻译莎剧的过程与成果。余上沅介绍国外情况的目的当然是为了我国的戏剧建设。他这样思考着我国的莎剧翻译问题:"白话文字够用吗?新诗的技术到了火候吗?译者对莎士比亚有内心的了解吗?中国有改造文字的歌德没有?有若干不倦、研究深邃的希雷格尔没有?"[3] 此前,他还曾在

1　曹树钧和孙福良:《莎士比亚在中国舞台上》,第217页,第218页,第220页。

2　余上沅:《余上沅戏剧论文集》,第29页。

3　余上沅:《余上沅戏剧论文集》,第231页。

《论诗剧》一文中讨论过莎剧台词的格体与韵脚。[1] 作为一位学者，他的眼光投向了中国的新文化建设；而作为导演，他的思考又自觉或不自觉地指向了舞台。可以看出，莎剧演出的语言处理问题是余上沅思考的一个重点。1937年6月11日出版的《民报》上有一篇名为《剧校的〈威尼斯商人〉》的文章，称赞该演出："剧词的美丽富有新意，是南京三年来历次公演的话剧所未曾有过的。"[2] 看来，这是余上沅从十年前开始的对莎剧语言问题所做的思考，在十年后的舞台上结出的艺术果实。

余上沅对当时国外的莎剧演出成就也颇有心得。对于国外的莎剧导演，他最喜欢的是奥地利人赖因哈特。在《芹献》一文中，余上沅是这样评价赖因哈特的：

> 赖因哈特导演了莎士比亚的《夏夜梦》。此剧一出，而自然派遂倒……他得有如许成功的原因，可以用他自己的话去表明。他说："我们演戏的标准，不是要依照作者的时代。这是历史学者的事，其价值仅限于博物院。我们要决定的，只是如何使剧本在现代有生命罢了。"所以依照这个信条，赖因哈特便把莎氏的剧本分拆开来，又合接拢去，经过这番删订修改之后，莎氏剧竟然不是伊利沙白时代的剧本，而成为现代的剧本了。

他演《该撒》（今译《裘力斯·凯撒》）用高台阶，于是大家又像疯了的一样用高台阶，殊不知，该撒要从高台阶上滚下来才能表明莎氏的诗意：

---

[1] 余上沅：《余上沅戏剧论文集》，第160页。
[2] 《民报》1937年6月11日；转引自曹树钧和孙福良：《莎士比亚在中国舞台上》，第91页。

> 勃拉姆一般人的见解，以为舞台是生活，演员是人类。赖因哈特则不然，他深得莎士比亚三昧，相信世界即剧场，人类全为俳优……莎士比亚于数百年之后得了让他一个真知己……赖因哈特却把以文学诗意作中心的弊端清除了。[1]

这是余上沅对于赖因哈特的评价。让我们再来看看别人对余上沅导演的《威尼斯商人》的评价：

> 剧本经过余上沅的删削、处理，在相当大的程度上保留了莎剧明媚的姿容与原本的神韵……夏洛克失去女儿时的叫唤，走动与部位，每次都有可以在电影上来一个特写镜头的价值……不但舞台调度恰当，演员服装色彩的配合亦十分和谐，犹如一幅有生命的油画。[2]

看来，赖因哈特的导演艺术特色，给了余上沅相当大的影响。同时我们也可以看出余上沅的导演艺术追求具有三个明显的特点：一、使经典剧本贴近当时的观众；二、反对自然主义的处理；三、努力追求鲜明的舞台演出形式。

焦菊隐于1942年在四川江安为国立剧专第五届毕业生导演了《哈姆雷特》。这是莎翁这出最为著名的剧目在中国的首次正式演出。焦菊隐在《关于〈哈姆雷特〉》一文中说：

---

[1] 转引自余上沅：《余上沅戏剧论文集》，第100页，第101页，第102页。
[2] 曹树均和孙福良：《莎士比亚在中国舞台上》，第91页。

> 哈姆雷特的性格,对于生活在抗战中的我们,是一面镜子,是一个教训。对于最后胜利没有信心,意志不集中,力量不集中的人们,是一个刺激,一个讽刺。丹麦王子哈姆雷特,对于国事,对于家庭变故,虽然早已看清应该如何去做,但始终犹豫不决,始终不把所看清的表现在行动上。一个人,或是一个民族,只有意志而没有行动,一定会灭亡;而意志不坚,自己把自己放在进退维谷的危机中的人也一定失败。[1]

从这篇文字里,既可以看到焦菊隐对哈姆雷特迟迟不肯动手杀死克劳狄斯这一事实的评价,又可以看到导演对于演出的现实意义的确立。但是,我们用不着担心这一现实意义的确立会造成导演对哈姆雷特这个人物的解释的简单化,甚至对哈姆雷特的性格进行庸俗化地否定。焦菊隐在另一篇题为《莎士比亚与〈哈姆雷特〉》的文章里还说:

> 至于说到哈姆雷特,最重要的一点是他的性格。他的性格的特点就是犹豫,但这犹豫并不是怯懦。他之犹豫是因为他太爱真理,遇到一件事时他过于推敲,所以他终于失败了。[2]

犹豫,这性格中的弱点又恰恰是由于哈姆雷特的高贵人格所造成,是由于他热爱真理所造成。焦菊隐不仅准确地指出了哈姆雷特性格上的主要特点,同时也看到了这一性格特点的复杂性。紧接着,导演的思考又与

---

[1] 焦菊隐:《关于〈哈姆雷特〉》,《焦菊隐文集》(第二卷),北京:文化艺术出版社,1986年,第167页。

[2] 焦菊隐:《莎士比亚与〈哈姆雷特〉》,《焦菊隐文集》(第二卷),第172页。

中国的现实联系起来,他说:"我们中国人就常常过于慎重,反而把勇气丧失,什么事都做不出来。"正是出于这样的思考,焦菊隐对于演出场地的选择和舞台美术的设计做了精心的思考。

当时国立剧专的剧场是利用江安的文庙、在大殿前的丹墀上铺设地板,在庭院里摆条凳作观众席搭成的。和一般的文庙一样,江安的文庙里供有孔子的牌位,而这次演出,焦菊隐把临时舞台和台后的整个大殿作为演区,并且要求布景制作要在形象上接近原大殿中建筑的形象。

> 他利用从台口到丹墀前沿,直到"大成至圣先师孔子之神位"这长达五六十米的纵深,天幕一直排列到孔子牌位前面。大殿原有几对抱柱,他又按照原来的柱子的粗细做了几个布景柱子,将原先的红柱子用黑布条蒙上,使之浑然一体。从台口到天幕挂了七八道帷幕,每条长24英尺,均用银灰的丝绒织成,利用假柱子和真柱子的搭配,以及每一道帷幕的开合、升降,或半开半合、半升半降……给人一种丰富的联想,仿佛这座丹麦王的深宫,重重叠叠,迂回曲折,的确隐藏着无数的罪恶与令人叵测的凶险。[1]

于是,由中国演员、中国的知识者扮演的哈姆雷特,就在这座由文庙——每一个中国的知识者都要朝拜、瞻仰的地方搭成的丹麦王宫里思索着、思索着、思索着……当他思索了"生存还是毁灭"的问题,当他的"发疯"吓走了奥菲莉娅,王子"颓唐地、深思着退场。这时,大幕随着主人公的心理的节奏,徐徐闭上,直到留下不满两尺的一条隙

---

[1] 曹树钧和孙福良:《莎士比亚在中国舞台上》,第100—101页。

缝……整个舞台有五六十米的纵深,因此此时台上就很自然地形成一个很深很深的甬道……哈姆雷特拖着沉重的步子,垂着头,一步一步向着甬道的尽头走去。"¹ 我们已经介绍过了,在那甬道的尽头,正是原来供奉"孔子牌位"的地方。丹麦王子思索着走去,仿佛要在中国圣人的灵光启示下找到问题的答案;而哈姆雷特的犹豫不正代表了包括中国知识者在内的所有知识者的犹豫吗?而这犹豫不又正是因为知识者们比普通人有了更多的智慧与理性所造成的吗?……焦菊隐,仿佛是通过他那独特的导演处理,对我们诉说了这些,对我们诉说了他自己也作为一个知识者,对那难住了千万个才子的"生与死"、"行动还是等待"的难题的深深思考……

黄佐临于1945年为"苦干戏剧学馆"导演了研究性剧目《王德明》,公演时定名为《乱世英雄》。这出戏由李健吾根据莎剧《麦克白》改编而成。该剧时代背景被移至中国五代,因为"那是个民族大分裂时期,封建割据,征伐暴乱,杀父弑君成了流行病"² 的时代。黄佐临曾在《〈马克白〉中国化》一文中记叙了他对这出戏的回忆,说那是他"从事戏剧五十年中最难忘的事情之一"³。除了当时办学条件的艰苦以外,最令人难忘的还应该是导演带着全体创作人员所进行的那些艺术探索。当时的《海报》、《光化日报》、《中国周报》和《新世纪》杂志上都刊登了称赞《乱世英雄》演出的文章。⁴ 这些文章大都谈到了黄佐临导演处理的两个特色。一个是舞台气氛的紧张与凝重,另一个是舞台节奏的强

---

1 曹树钧和孙福良:《莎士比亚在中国舞台上》,第100页,第101页。
2 柯灵:《序言》,李健吾:《李健吾剧作选》,北京:中国戏剧出版社,1982年,第11页。
3 详见黄佐临:《〈马克白〉中国化》,《我与写意戏剧观》,北京:中国戏剧出版社,1990年,第55页。
4 黄佐临:《〈马克白〉中国化》,第56—61页。

烈与鲜明。而参加了当时排演这出戏的演员白文也这样记叙：

> 佐临也是以善于制造强烈的舞台气氛为其特色的。他在《乱世英雄》中，王德明（即马克白，石挥饰）和其妻杀掉国王（陈平饰）一场，可以为代表，这是个综合艺术的巧妙结合。当杀人后，王德明穿红袍（唐朝的服装），口咬甩发，手持红烛，另一只手持染血的剑，从高楼梯上走下来，这时，佐临组织不在场的男女演员，在后台全体用气声喊出："出了事啦，杀了人啦！"然后急促地："出了事啦，杀了人啦……"刀光火影，阴气森森，真有"烛光斧影，成千古疑案"之慨！[1]

在李健吾的剧本《王德明》中，第三场王德明杀人后并没有这样一段戏。[2] 这段戏完全是导演的创作。导演通过二度创作的手段努力揭示了此时此刻王德明杀人之后的内心恐惧。众人在后台富有节奏感的喊叫，正如那马克白听见的敲门声一样，既是来自现实环境中的声音，更是杀了人以后的马克白内心世界的声音，是只有马克白才能听得见的声音。所以那众人的喊叫由"气声"变成了大喊，由长音变成了短声，那声音不正是马克白杀了人之后由恐惧变得接近崩溃的内心变化的表现吗？不正是马克白内心世界的"外化"吗？从这段戏的处理中，我们已经可以看见黄佐临后来提出的有关"写意戏剧观"最初的实验与探索。黄佐临在1962年提出的"写意戏剧观"的理论命题，是近十几年来导演艺术观

---

[1] 白文：《执著的追求，独树一格》，《中国话剧艺术家传》，第2辑，第256页，北京：文化艺术出版社，1986年。

[2] 详见李健吾：《王德明》，李健吾：《李健吾剧作选》，第441页。

念向着多元化发展的先声。而在支撑起这个命题的一系列导演艺术实践中,《乱世英雄》的实践理应受到相当重视。

应云卫、余上沅、章泯的导演实践是对现代戏剧的莎剧导演艺术的艰难拓荒。他们的实践使当时的观众与戏剧工作者真切地看到了莎士比亚,也使人们真切地看到了戏剧舞台上的导演艺术。而焦菊隐、黄佐临的莎剧导演艺术实践,则已经可以从中看出导演艺术家的艺术个性,并且可以认为那是他们在以后所取得的导演实践与理论成就的最初的探索。

三、心理现实主义演剧方法与莎剧演出

有些人认为,在1955年苏联专家来到中国以后,以斯氏体系为代表的心理现实主义演剧方法才被介绍到中国。[1] 实际的情况是,早在1937年中国戏剧界就已经开始了对斯氏体系、对心理现实主义演剧方法的学习。但是,当时对于"体系"的介绍还极其有限,演员和导演们都是通过有限的材料,靠着自己的摸索来学习心理现实主义演剧方法的,因此难免在实践中遇到困难,进而在理论上产生一些误解。1955年以后,不仅是陆续出版了更多的斯氏著作,而且随着苏联专家的到来,戏剧学院的学生和剧院的演员们得以在专家的指导下,在实践中更好地学习"体系",学习心理现实主义演剧方法。通过学习,当时的戏剧界首先认识到了要在表演实践中来认识"体系"、把握"体系"。正如当时中央戏

---

[1] 曹树钧和孙福良:《莎士比亚在中国舞台上》,第112页;汪义群:《莎剧演出在我国舞台上的变迁》,中国莎士比亚研究会编:《莎士比亚在中国》,第91页。

剧学院院长欧阳予倩所说的：

> 我们学习史氏体系专靠读书是不行的，必须通过舞台实践；如果要教人家运用史氏体系来创作，就必须自己彻底懂得，还要有教学的基础。[1]

其次，演员和导演们深深地认识到了心理现实主义演剧方法在解决演员与角色的矛盾时所采用的途径，那就是创造巨大的心理真实，在"我就是"的信念当中，在"假使"的"规定情境"当中，通过有效的舞台行动去努力地缩短演员与角色的距离。对此，焦菊隐在写给专家库里涅夫的公开信《怀念·向往·感谢》中做了这样的总结：

> 您强调演员在人物创造角色时要从演员的自我感觉出发。人物是要在演员身上创造的，不能想象，排除演员对于事物的感觉而凭空诞生人物对事物的感觉……合理的、合逻辑的、符合人物性格的形体动作，会成为由演员自我感觉通达到人物自我感觉的一道桥梁，能引导演员进入真实的体验，创造出真实的人物形象。[2]

这种创作方法对于演员创造出巨大的心理真实的作用，是被无数的表演实践所证明了的。比如祝希娟在《无事生非》中扮演贝特丽丝，由于对16世纪意大利的生活一无所知，又缺乏最起码的参考资料，演员开始时

---

[1] 欧阳予倩：《苏联戏剧专家乌·普·列斯里同志对中国戏剧运动的巨大贡献》，《戏剧报》，1956年第2期，第27页。原引文为"史氏"，保留不变。

[2] 焦菊隐：《怀念·向往·感谢》，《戏剧报》1957年第22期，第13页。

感到非常苦恼。后来她通过分析剧本，在寻找舞台行动的过程中去接近角色，认识到了贝特丽丝那聪明、尖锐、勇敢、热情的个性，并且通过舞台行动将这种个性揭示了出来。祝希娟说：

> 在教堂一场戏中，当克劳狄奥指责希罗不忠时，我简直不相信自己的耳朵。我一面扶住希罗，不让她倒下，一面观察周围人的态度……我坚信希罗是无辜的，这里面有阴谋！我感到愤愤不平。但是，从贝尼迪克茫然的脸色中，我感觉到他并没有参与阴谋。所以，当希罗晕倒时，我禁不住向他伸出手去："救救她，贝尼迪克！"我喊道。[1]

从祝希娟这段文字中可以看出，"我"已经和"贝特丽丝""合而为一"了。无疑，祝希娟是不可能真正"变"成贝特丽丝的，"体系"也并没有让演员去真正"变"成角色。心理现实主义演剧方法所教会演员的，是建立"我就是"的舞台信念，并且"设身处地"地在"规定情境"中行动起来，从"自我感觉出发"去获得"人物的自我感觉"，并以此作为接近角色的有效途径，运用演员自身的情感、自身的心灵去创造出真实可信的个性形象。

在运用心理现实主义的演剧方法创造人物形象的同时，写实的演剧美学观也对导演们产生了相当大的影响。而这种影响也在相当大的程度上来自于苏联专家所指导的教学与演出实践。当时在专家的指导下，中国的戏剧舞台上演出了两台完整的莎剧：一台是中央戏剧学院的《罗

---

[1] 祝希娟：《我演贝特丽丝》，《上海戏剧》1982年第2期。

密欧与朱丽叶》,另一台是上海戏剧学院的《无事生非》。这两台演出都被认为是较好地体现了莎剧原作的精神,而在导演处理上又都有着各自的风格特点。比如霄科夫、丹尼合作导演的《罗密欧与朱丽叶》运用了一个可以移动的舞台框,通过舞台框的移动,使观众看到不同场景中的主要形象。如"古城维罗那的街道和屋宇",或是"古堡"、"繁星满天"和"教堂的形象"。[1] 而在列普柯夫斯卡亚导演的《无事生非》的舞台上则运用了一个"二道幕",使整个演出一气呵成。然而,尽管这些导演处理都有各自的特色,但都是以"写实"作为演出美学原则的。因为透过舞台框,观众看到的仍是具体时空中的"屋宇"、"古堡"和"教堂";打开《无事生非》的"二道幕",出现在观众眼前的也是形象逼真的里奥那托的家。而在由中国导演张奇虹执导的《罗密欧与朱丽叶》的舞台上,也同样出现了"阳台"、"墓穴"这样一些具体、逼真的环境。导演所遵循的也仍然是写实的演出美学原则。同样,由胡导在1961年导演的《无事生非》也是以这样的原则演出的。胡导说:"我们的戏是写实的……很多地方的处理都受到专家(指列普柯夫斯卡亚,本文注)的影响。"[2] 实际上,当时几乎所有的中国导演都受到了写实美学原则的极大影响。

如果说当代导演的一系列富有创新精神的舞台实践终于打破了写实的美学观一统天下的局面是一次戏剧美学观念上的思想解放,那么当年导演们对于斯氏演剧体系的学习、对于写实的演剧美学原则的运用与追求也同样是一次思想解放,因为艺术创作中的"解放"并非意味着无

---

1 详见龚和德:《新颖的处理,有益的启示》,《戏剧报》1956年第8期,第28页。
2 摘自本文作者1995年11月对胡导教授采访的记录(本人未审阅)。

章可循和随心所欲。解放的真正含义，就在于寻找到了新的观念和方法，并且在这种观念、方法和原则的指导下去接近艺术真理，奔向艺术创作的自由王国。而当时的导演们对斯氏体系的学习、对写实的美学原则的运用就具有这样的意义。再进一步看，当时的戏剧导演们对于写实的美学原则的追求，以及写实的美学原则在中国剧坛上确立的意义，还不仅仅限于在一个特定的历史时期找到了美学原则和创作方法，它的意义还影响到了今天的导演创作，并且还会将这个影响继续延伸到剧坛的明天。因为写实的演出美学原则，已经成为今天一切新的原则与方法的"坐标"。假如没有了它、没有了和它的对比，我们甚至无法说清什么是新的美学原则与创作方法。甚至假如没有了它，一个颇有戏剧修养的观众也无法欣赏到非写实的戏剧舞台上的创新，获得新的艺术享受。因为，"非幻觉性的舞台"、"非写实的演出处理"、"打破第四堵墙"这样一些概念，都必须和"写实的演出美学原则"这一概念相对应才能存在。说得浅显些，得先有"墙"放在那里，我们才可以去"推"，才可以获得"推墙"时所产生的那种获得解放、进行创新的喜悦。对此类问题，美国当代戏剧家理查德·何隆贝的论述更具概括性：

> 现实主义为剧场中发生的一切提供了理论基石……甚至反现实主义戏剧形式也需要用现实主义来作阐述；一位蔑视现实主义的先锋派艺术家，甚至在创立一个确定术语之前，会典型地把他的工作称为"非现实主义的"。[1]

---

[1] 何隆贝·理查德：《戏剧与真实性》，吴涤非译，《戏剧》(中央戏剧学院报) 1995年第3期，第65页。

从这段话里，我们看到了何隆贝看待"现实主义"的深邃目光，我们也应该以同样的目光、站在更高的角度，更加全面地认识导演学上写实的美学原则的确立在演剧史上更加深远的意义，尽管这种写实的原则并不一定最适合用来演出莎翁的戏剧。说到这里我们不禁又要发问，在莎剧演出中确有最适合的形式吗？让我们先把这个问题暂时放在这里。

　　到当代莎剧演出开始以前，我国莎剧演出走过了从初步相识到各具特色的创造，到追求写实风格、追求心理真实这样一个漫长的历程。这个历程充满着矛盾。从张奇虹1961年导演的《罗密欧与朱丽叶》的演出中，就能够发现其中存在着导演的创作激情、艺术构思与当时的导演美学观念之间的深刻矛盾。正是在过去所取得成就的基础上，正是在那样一些还充满着许多矛盾的情形下，当代莎剧演出开始了其艰难的、不同寻常的探索与创新。

香港话剧团的莎剧演出[1]

杨世彭

莎士比亚的作品在香港相当流行。19世纪中叶开始，莎翁的诗句及剧本片段即在中学英文课程的教科书中出现，当地大学的英国文学课程中也很早就已选读莎剧原文。香港的英语业余剧社偶尔也搬演原文莎剧，饰演者大多为当地经商定居的欧美人士以及他们的家属。

近三十年来，由于英国文化协会及香港艺术节的赞助，一些英国职业剧团也经常来港巡演，包括举世闻名的皇家莎翁剧团（Royal Shakespeare Company）及皇家国家剧院（Royal National Theatre）。可是以中文搬演全本莎剧，却要等到1977年香港话剧团成立之后才在香港舞台上出现。[2]

这个剧团是香港市政局属下的全职剧团，也是香港历史最悠久、规模最健全的话剧演出团体。在过去二十一年间，它已制作了一百六十六出剧目，其中八十三个是西方经典剧目及百老汇、伦敦西区的近

---

[1] 本文选自《中国戏剧》1999年第2期。
[2] 香港联合书院在1964年曾在姚莘农先生指导之下搬演粤语的《威尼斯商人》，但据闻仅演剧中片段而非全剧。

代走红剧,也包括十一个莎士比亚的剧作,计有1977—1978年的《王子复仇记》(*Hamlet*)、1979年的《弑君记》(*Macbeth*)、1980年的《罗密欧与朱丽叶》(*Romeo and Juliet*)、1982年的《驯悍记》(*The Taming of the Shrew*)、1984年的《威尼斯商人》(*The Merchant of Venice*)、1986年的《请君入瓮》(*Measure for Measure*)及《嫉》(*Othello*)、1988年的《第十二夜》(*Twelfth Night*)、1990年的《无事生非》(*Much Ado About Nothing*)、1993年的《李尔王》(*King Lear*),以及1997年的《仲夏夜之梦》(*A Midsummer Night's Dream*)。

这十一个莎剧演出可以区分为三类。第一类是20世纪七十年代的三出,资源及人才比较缺乏,剧本亦经大量删节或改编。第二类是八十年代的五出,制作较为精良,导演及设计师亦较专业,剧本删节亦较适量。第三类是九十年代的三出,规模最大,制作精良,导演及设计师均具国际水准。在华文莎剧演出中,这三个演出应该可与任何最具规模的制作相比。

作者本人曾为香港话剧团译导五出莎剧,这篇论文因此也偏重讨论这五出莎剧的中译及导演处理。

早期的实验性演出

香港话剧团制作的第一出莎剧是它首年剧季的《王子复仇记》,在1977年12月30日首演,演出的地点是四百六十个座位的香港大会堂剧院,在当时算是当地最好的话剧演出场所了。这出戏断断续续演到1978年1月20日,共演十场,全部爆满,为刚刚成立的剧团开出响亮的一炮。

这出戏的导演是何文汇先生[1],他不但兼顾剧本的中译及改编,还同时担任该剧的男主角。何先生将《王子复仇记》设在五代十国的南汉,因为他认为:"原著中弟杀其兄而取得王位,南汉也有同样情形……南汉邻近亦有几个国家,像南唐、吴越和楚便是……原著人物的生活方式,和五代十国时候亦有很多互通之处……又戏剧自唐末便很流行,所以原著中的戏中戏亦可以保留。"[2] 戏中人物及其头衔均已改成五代十国的名号,所有诗句片段亦已改为白话散文。有些场面已被改写,比如说,奥菲莉娅在第四幕第五场变疯的一场中,她持剑冲向雷欧提斯,因为在她迷惘之际,她以为哥哥就是杀父的仇人。[3] 她的疯歌片段全被删去,原长48行的这场戏被删成了9行。[4]

何先生的译本有大量的删节,大致将原著删去一半。掘墓者的戏已全部删除,哈姆莱特的"第二幕独白"与"第四幕独白"已遭全删。极富诗意的"第一幕独白"则被删成9行散文式的独白,而著名的"生存还是毁灭"独白则被删成十二句散文,还不到原文的一半长度。[5] 挪威王子福丁布拉斯这个颇具关键性的角色已被删除,有关他有权承继丹麦王位的台词及场面也当然不复存在。这出莎剧,至少从排练本及一些极少的现存资料看来,跟我们今天在一般舞台上看到的《哈姆莱特》大不相同,可是何先生仍称:"原著的重要情节我已尽量保留,其中的抽象意念亦不会溜走……传诵的句子,我尽量保留或尽量使翻译接近原

---

1 何文汇,博士,现为香港中文大学副校长,曾为电视界名人,教授粤语正音。
2 参见《王子复仇记》场刊导演何文汇:《答客问》,第2页。
3 参见何文汇:《答客问》,第2页。
4 香港话剧团《王子复仇记》排练本,第55页。
5 香港话剧团《弑君记》排练本,第10页,第33—34页。

意。"¹ 似乎他的改编本已经保存莎翁原著的精髓了。

这出戏的布景、服装、灯光设计是由三位经验并不丰富的香港本地人负责。从香港话剧团现存的极少的演出图像资料中可以看出，这出戏的布景相当简单，由几块可以推移重组的景块组成。何先生在场刊《答客问》一文中申言，这些景块设计的灵感来自唐代建筑，而剧中的服饰也深具唐代意味。²

香港话剧团制作的第二出莎剧乃是1979年的《弑君记》，3月16日至4月1日间在大会堂剧院公演十场，也是场场爆满。这出戏的导演及剧本中译改编者是周勇平先生，当时是香港大会堂及香港中乐团的行政人员。周先生也是香港大学的毕业生，业余剧团中的活跃分子。布景及服装设计由郑锦文担任，他曾在英国跟随一位名为莫特莉（Motley）的女设计师习艺。灯光设计由黄大钊负责，他在20世纪八十年代曾为香港话剧团设计过好几出戏，在当地剧坛相当活跃。男主角麦克白斯由钟炳霖担纲，他是七八十年代香港最优秀的演员之一，曾在香港大学黄清霞博士主掌的海豹剧社常年担任主角，包括1981年的李尔王。

周先生的制作大致遵循莎翁《麦克白斯》一剧的时代背景及地域，可是剧本却被删去一半有余。比如说，麦克白斯初见女巫的第一幕第三场原长156行，周先生将其删成70行的散文台词。³ 麦克白斯的"在我面前摇晃的，不是一把刀子吗？"独白，本是33行极为精彩的无韵诗，在周先生的版本里却被删成10行短句；麦克白斯在第三幕第一场的"单

---

1 何文汇：《答客问》，第3—4页。
2 何文汇：《答客问》，第3—4页。
3 香港话剧团《弑君记》排练本，第7—12页。英文行数根据《河畔版莎士比亚全集》（*The Riverside Shakespeare*. Boston: Houghton Mifflin Company, 1974），下同。

单做到这一步不算什么"独白，亦被删去一半有余。[1] 麦克白斯夫人在一幕五场的"报告邓肯走进我这城堡来送死的乌鸦/叫声十分嘶哑"独白，已被删去四分之三，而她80行的"梦游"场景，也被删成50行左右了。[2] 其他次要的场景及台词删节更多，最好的例证是本剧的最后四场，在《河畔版莎士比亚全集》中计有114行，但在周先生的版本里仅有8行散文台词，加上许多周先生自撰的舞台指引。[3]

香港话剧团制作的第三出莎剧为1980年的《罗密欧与朱丽叶》，7月31日至8月10日间在大会堂剧院公演十场，卖座极为鼎盛。这出戏由英国导演设计师负责制作，也是香港语剧团建团以来首次邀请外籍人士主导艺术事务。导演瓦德福女士（Glen Watford）当时是中英剧团的艺术总监，资历相当好。她的剧团是香港第二个职业剧团，由英国文化协会资助，均以英语演出。[4] 而这出《罗密欧与朱丽叶》，由于导演及设计师均为行家，因之风貌也比较近似一般欧美舞台上展演的莎剧。

瓦德福女士的制作将剧本的时地设在"一个神话似的城市，时代背景与地域并不明确"[5]。她采用朱生豪的译本，因此无韵诗的部分也都变成散文台词。比起前述两出莎剧，这出戏的剧本删节要少得多，但一些在欧美舞台上常见的著名片段亦遭全删或大部分删除。比如说，茂丘西欧在第一幕第四场的"她是精灵们的稳婆"的大段台词已遭全删，罗密欧与朱丽叶在舞会中初次邂逅时的"十四行诗"片段也被删去。罗伦

1　香港话剧团《弑君记》排练本，第27—28页，第42页。
2　香港话剧团《弑君记》排练本，第17页，第79—83页。
3　香港话剧团《弑君记》排练本，第99—100页。
4　中英剧团自20世纪八十年代中期逐渐增加粤语演出的分量，八年前开始已经全部用粤语演出了。
5　见香港话剧团《罗密欧与朱丽叶》演出场刊有关制作的陈述。

斯神父在第二幕第三场初次与观众见面时的22行独白诗句已被删成3行散文,[1]可是他在第五幕第三场的大段道白则大致保留[2]。

渐达职业水准的制作

香港话剧团的第四出莎剧制作乃是1982年的《驯悍记》(The Taming of the Shrew),2月28日至3月11日间在大会堂剧院公演十四场,另加一个学生专场。我担任这出戏的导演,剧本亦由我做中译节删。布景和灯光由一位资深美籍设计师负责,服装则由一位在美国研修戏剧系艺术硕士的当地设计师关天芝主理。这是话剧团有史以来首次邀请海外演艺人才来港主导一出戏的制作。

我这出戏的导演构思在于如何使今日的观众,尤其是女性观众,不对剧中某些宣扬"男性至上"的台词及场景引起反感。由于20世纪八十年代的香港女性已在各行各业渐露头角,社会上已无早年对女性的歧视,莎翁在四百年前借本剧表达的男性至上的意念分明早已过时,而我也希望能找到一个方法使现代的观众在倾听这些台词、目睹这些剧情时感到可笑但又无伤大雅。

我把这出戏镶在一个"戏剧性的框架"中,让今日的香港话剧团演员搬演一出四百年前莎翁撰写的喜剧,剧情有关怎样驯服一个人见人厌的悍妇。我把女主角凯蒂诠释成一个"问题少女",她在冷酷的家庭中面对一位偏心的父亲和一个奸刁的妹妹,日子非常不好过,很希望有位她所心仪的男人救她脱离苦海。男主角濮求基在我的版本里并非粗暴

1　香港话剧团《罗密欧与朱丽叶》排练本第一集,第15—16页,第19—20页。

2　香港话剧团《罗密欧与朱丽叶》排练本第二集,页16—18页。

的莽夫，而是一个精熟女性心理的汉子，完全知道怎样对付一个难缠的女人。在我这出戏中，演员们在布景内外随时"待命"，有戏演时他们进入剧情饰演16世纪意大利的角色，演完之后他们退出演区，在一旁观赏其他演员的演出，与观众一起嘲笑剧情的荒谬，激赏精彩的片段。在这个"1982年香港话剧团演出莎剧《驯悍记》"的框架之下，那些原来对女性颇不尊敬的剧情与台词，现在忽然变成无伤大雅的笑料了，我的中译本非常忠实于莎翁的原作，但也做了些节删。剧中两场"序幕"（the Induction Scenes）已遭删除，我亦另外删了309行，使这个演出版本变成演足2小时10分钟的1989行[1]，外加15分钟的中场休息。

我的中译节删本另有一项与其他中译莎剧版本颇不相同。[2] 我不但将原著诗句片段译成散文诗，我还将它们全部押韵，而韵脚也随着角色的上场下场及剧中情绪的转变而更异。这分明不是莎翁的原意，我当初翻译时也颇觉不安，可是这些押了韵的诗句台词念起来却相当动听，因为我这种大胆的措施无形中增加了台词的"乐感"，而这种"乐感"或"音乐性"却是莎剧台词中深深具有的。

其实，我当初并非蓄意如此"别出心裁"。由于《驯悍记》是我第一出中译的莎剧，我在开始时并没有设下一定的原则，只打算把剧本中诗句的部分译成诗句，散文的部分译为散文。可是当我着手翻译第一幕第一场时，我无意中发现译出来的诗句居然押了韵。事后想想，我之所以会如此做，很可能受了中国戏曲的影响，而戏曲的唱词，全部都是押韵的。

---

1 根据"新鹈鹕版"（New Pelican Edition）的行数计算。原文有2575行。
2 虽然曹禺先生的《罗密欧与朱丽叶》译本与我的手法大致相同，但他并未将所有的无韵诗片段译成押韵诗句。

那些无意间译出来的押韵诗句念起来相当顺口而且悦耳，虽然没有原文的五步抑扬韵脚（the iambic pentameter，中文诗句中并无此类英诗中独有的韵脚），它们却有一种说不出的"音乐性"，而"音乐性"却是世界各国的诗篇共同具有的特性。有鉴于此，我就照此原则再译几节，诵读之下仍觉悦耳，于是一场一场翻译下去，最后发现整个剧本都变成这个无意中"创造"的形式，到那时已是"欲罢不能"了。数月之后我去香港排戏，话剧团的演员们大多觉得这个译本悦耳顺口，因此也就照这本子排了下去。可是我们也遇到其他困难，因为粤语与普通话在音韵上大相径庭，普通话押韵的诗句以粤语诵读起来至少有三分之一并不押韵。最后在全团演员及粤语顾问黄国彬教授[1]的通力合作下，将我译本中的韵诗绝大部分修正为粤语韵诗，总算大致保存了这个译本的既定风格。《驯悍记》公演的结果是观众非常欢迎，因为他们听懂了本来艰深的莎剧诗句，也感受到译文中的"音乐性"。可是剧评家的反应则喜恶参半，好几位本地的行家对我这种"离经叛道"颇有意见。我自己的感觉是，作为一次演出，《驯悍记》可说相当成功；作为一个译本，我相信我的版本要比朱生豪、梁实秋、方平三位的译本更适合在舞台上搬演。我的偏见之深，自然不在话下。

到了1983年及1990年，当我着手中译《威尼斯商人》及《无事生非》时，我又遵照上述的翻译原则，将诗句片段译成押韵的散文诗，将散文片段译成散文台词。由于我已有一次经验，这两个剧本的中译素质因之较高，公演时观众的反应亦更热烈，剧评家似乎也不再怪我离经叛

---

[1] 黄国彬博士是久享盛名的翻译专家，除了中英文造诣均高外，兼擅意大利文，译过但丁《神曲》等好几部西方文学名著。当时执教于香港中文大学，后任香港岭南大学翻译系系主任。

道了。可是到了1993年中译《李尔王》时，我却没有遵循以往三次的译法，因为我觉得这种全部押韵的诗句多少有些"轻浮"，在喜剧里似乎无伤大雅，但在悲剧里运用起来就有些不妥。因此，《李尔王》的中译就非常忠实于莎翁原著，包括诗句的韵脚。1997年秋我执导《仲夏夜之梦》时，译了一个新本，而这个译本亦未遵循前述的中译原则，因为原著里一半以上的诗句已经押韵。在这个译本里，读者将会发现我的译文是多么忠实于原著，甚至莎翁在诗中转韵时，我亦跟着转韵。

在不久的将来我打算执导莎剧《爱的徒劳》，到时不免再做一个译本。那时的我是否又会采取全剧诗句押韵的原则，目前尚难逆料，但以遵循莎翁原文形式的可能性较大。假如果真如此，那我最初中译的三个莎剧，将成一个独立的单元，除了展示一种新奇的莎剧译法外，多少也会显现我在莎剧中译领域里的不成熟吧。

香港话剧团制作的第五出莎剧乃是1984年的《威尼斯商人》，1月24日至29日间在高山剧场公演六场，5月1日至10日间又在香港大会堂剧院再演十二场，场场爆满，各界反应极为热烈。

这出大型制作是为九龙一个新剧场开幕而筹划的。这个剧场兼有户内户外座位，户内1000个座位，户外2200个座位，中间以多扇电动墙板分隔，墙板一打开就可以容纳3200名观众，举行流行音乐会、热门歌曲演唱之类的活动。《威尼斯商人》的演出，当然仅在户内进行。为了配合这次演出，香港市政局还举办了一个"莎士比亚节庆"，邀请十几个业余剧团在《威尼斯商人》剧开演前的一小时借剧场周围高山公园的十几个地点演出莎剧片段、伊丽莎白女皇时代的音乐歌舞等免费节目。这个节庆及《威尼斯商人》这出剧的演出受到媒体及社会大众相当的关注，各界的反应亦极良好。

《威尼斯商人》由我中译执导，话剧团全体演员通力献演。我邀请了三位美国设计师，都是资深而优秀的专业人士，也都曾与我在科州莎翁戏剧节（Colorado Shakespeare Festival）合作过。他们各自携带两至三位硕士研究生，这些学生自费来香港襄助他们的老师。由于美籍专家的参与，加上宽裕的制作经费，再加上新剧场的宽深舞台及较好的灯光设备，《威尼斯商人》的表导演、布景、服装、灯光、道具、饰件、音效等剧场要素均达欧美职业剧场的一般标准，而香港观众也首度接触一出国际水准的华语莎剧演出。

香港话剧团制作的第六出莎剧乃是1986年的《请君入瓮》，1月27日至2月2日间在香港大会堂剧院公演九场，随即在2月14日至16日间转赴九龙高山剧场公演三场，也是连场爆满，各界反应热烈。这出戏的导演是华人世界深具名望的英若诚先生，在这出戏上演不久之后他就荣任中华人民共和国文化部副部长了。

英先生也负责剧本的中译。这个译本完成于1981年，配合英国名导演托比・罗伯逊（Toby Robertson）先生来华为北京人民艺术剧院执导此剧。译本非常忠实于原著，仅有少量适度的删节。剧中的时地设在中古时代的维也纳，正合莎翁的原意。布景服装由韩希愈先生设计，他是北京人艺的资深设计，在国内剧坛深具人望，艺术创作也很具水准。灯光设计由香港的黄大钊先生担任，他当时已成香港话剧团的常任设计师。布景与服装属于传统型，虽非深具新意，却颇合剧本的要求。

香港话剧团在1986年制作了两出莎剧，除了年初的《请君入瓮》，还有年中的《嫉》，由新任艺术总监陈尹莹博士中译并执导，5月2日至12日间在香港大会堂剧院公演十五场。陈博士为玛丽诺修道院的修女，香港土生土长，在美国哥伦比亚大学教育学院修得博士学位后，长年主持纽约华埠的业余戏剧活动，接任香港话剧团现职之前，她是四海剧社的艺术总监。《嫉》剧是她首次执导的莎士比亚剧作，三位设计师均是香港演艺工作者，虽具天分，尚缺乏莎剧设计的经验。

陈博士的《嫉》已有相当程度的改编成分，剧中的地点改作古代中国，时间是公元前664年的春秋时代，剧中的人名、地名、角色称号头衔等等因之也都大做更改，符合那个时代的特性。除此之外，剧本的翻译却相当忠实于原著，删节的地方也相当有节制。由于陈博士精擅粤语，剧本里的台词亦均译成纯粹的粤语。

由于这个创作班子明显缺乏制作莎剧的经验，《嫉》剧虽然卖座鼎盛，却遭剧评家无情的恶评。几乎所有的剧场要素都被认为不妥帖、不适当、不精彩，[1] 话剧团有史以来尚未有另一出戏遭到如此一致的恶评。

香港话剧团制作的第八出莎剧乃是1988年的《第十二夜》，5月13日至24日间在香港大会堂剧院公演十六场。执导此剧的是周采芹女士，她是京剧名伶周信芳先生的女公子。周女士在英国皇家演艺学院（Royal Academy of Dramatic Arts）毕业，又是美国塔夫兹大学（Tufts University）戏剧文学硕士，在伦敦主演过《苏西黄的世界》等舞台剧，也演过一些电影，还出版过一本畅销小说《上海的女儿》（Daughter of Shanghai），学养经历都相当好。与她合作的三位设计师都是香港演艺工作者，布景设计师是位英籍画家，当时在香港的国际学校执教美术。

这出莎剧的时代背景是20世纪三十年代，二次世界大战前夕。从剧照看来，服装布景并未显示任何特定的国家，但却充分表露三十年代的

---

1 散见香港话剧团现存档案中的剧评，尤其是：《大公报》1986年5月5日；《晶报》1986年6月23日；《青年周报》1986年5月13—19日；《信报》1986年5月20—22日；《中报》1986年5月27—31日及1986年6月1日。

特色。周女士采用朱生豪先生的译本，删节的幅度仅属中庸。根据周女士的学养经历，这出戏应该相当精彩，尤其在表导演的部门，可是本地的剧评却多方挑剔[1]，原因之一可能由于本地的另一职业剧团曾在数月之前上演过这出莎剧，而那个演出的导演处理手法分明较受欢迎。

20世纪九十年代的大型制作

香港话剧团在20世纪九十年代制作了三出大型莎剧，均在新建的文化中心大剧场演出，也都由我中译执导。第一出（亦是香港话剧团的第九出莎剧制作）乃是1990年的《无事生非》，1月18日至24日间在大剧场公演七场，场场爆满，各方反应极佳。由于这是话剧团首次使用新建的文化中心大剧场设施，我邀请了三位美籍设计师来港工作，他们都有相当深厚的职业剧场经历，其中一位更有设计百老汇音乐剧的经验。本剧的作曲也是美籍专家，编舞则由香港本土专家担任。

我的译本非常忠实于莎剧原著，唯一不同之处就是我将诗句部分全部押韵，以求更强的"音乐感"，这些得失之处已在前文讨论过了。根据"新企鹅版"（New Penguin Edition），《无事生非》剧应有2611行，我从中删去498行，使这个排练本变成2113行，保留了全部歌曲及舞蹈片段，实际演出大约两个半小时，再加15分钟的中场休息。

这个制作维持了剧中原有的意大利风格，地点仍在西西里岛的麦西娜城，可是时代背景却被我改成19世纪四十年代，因为那时的军装特别帅，女装的线条也特别优美。舞台地板上的图案取材自19世纪英国画

---

[1] 尤其是《新晚报》1988年5月24日；《文汇报》1988年5月26日；《晶报》1988年5月30日。

家约瑟夫·特纳（Joseph Turner）的名画，其他的布景绘制亦极精美悦目。由于经费充裕，大剧场的各项设备也极先进，这群才华横溢的设计师及他们的自费研究生给我创作出了一出十分精美的大型莎剧，水准绝对不逊色于西方世界的主要职业剧场。

下面一个莎剧制作，也就是香港话剧团的第十出莎剧制作，乃是1993年的《李尔王》，5月15日至23日间在文化中心大剧场公演十场。这个制作分粤语和普通话两组，同时排练同时推出，轮换公演。由于香港话剧团是个以粤语演出的剧团，团中兼擅粤语、普通话的演员只有十人，我必须从外面礼聘几位客席演员助阵，才能排出这个角色众多的剧目。主角李尔王由武汉话剧团的资深演员胡庆树先生担任，其他几个角色则请当地的普通话演员分饰，粤语组的大小角色则全由话剧团的全职演员饰演。

由于话剧团仅有三十位全职演员，而《李尔王》的阵容又相当大，两组人员互相支援的情况因此变成绝对必要。除了两位李尔王不需要兼演他角外，其他两组的主角均须在另一组饰演武士、士兵之流的龙套角色。

在此原则之下，粤语组的三位公主就得在普通话组饰演英法两国的士兵，普通话组的肯特、爱德蒙与艾德格亦得在粤语组里担任信使、武士之类的零碎角色。这种不分主副、相互支援的团队精神，在国内的剧团里，尤其是名演员中，恐怕难以实现，但在香港话剧团却是常见的健康现象。

我有一位美国朋友杰伊·L·海利欧（Jay L. Halio）博士，他是莎学研究领域里的权威人物，新近出版的"新剑桥版"（New Cambridge Edition）《李尔王》就是由他主编的。1992年8月底我去莎翁故乡参加第二十五届国际莎学会议,与他谈起我1993年将要执导粤语和普通话两个版本的《李尔王》时,他说你若如此做了,就会创造一个莎剧演出的世界纪录,因为据他所知,过去四百多年间尚无任何一人或任何剧团曾经同时推出两个不同版本的《李尔王》。[1] 两年后我们又在第二十六届国际莎学会议聚首,我告诉他这个演出计划已在1993年顺利完成,海利欧博士在恭贺之余,仍称这个纪录绝对正确。他既是《李尔王》研究的世界权威,想来他的话应该相当可信。

着手翻译《李尔王》时,我本打算译出两个版本:"对开本"(the Folio version)的供粤语组排练,"四开本"(the Quarto version)的供普通话组排练。最后由于时间实在紧迫,我仅完成一个版本,基本上根据"对开本",但包含只有"四开本"才有的"模拟审判"一场戏。我删除了900行左右,把演出时间紧缩至2小时45分,不计15分钟的中场休息。在这个节译本里,几乎所有重要的对话与独白全都保留,而且正如我先前所说的,我并没有把原文未曾押韵的诗句片段全部押韵,就像我早先翻译的三出莎翁喜剧那样。

这出戏的布景、服装、灯光、音效、道具、饰件的设计,都由资深的国际设计师担任。遵照剧本的指示,时间与地点设在远古的英国与法国。主景是一个约略倾斜的圆台,由一组可以围绕圆周转动的石柱陪衬,石柱的不同组合以及它们围绕圆台的不同角度方位,代表剧中要求的各种地域。这些石柱的式样及质地,颇像英国西南方沙士布莱平原的

---

[1] 英国皇家莎士比亚剧团(RSC)在20世纪八十年代曾经在同一剧季推出莎士比亚的《李尔王》及近代作家爱德华·邦德(Edward Bond)撰写的《李尔》(Lear,专家们称它为"the Bond Lear"),由同一演员饰演两剧的李尔王。我曾在莎翁故乡看过这两剧的演出,当时杰伊·L·海利欧博士也在座。他所称的"同一剧团同时推出两个版本的《李尔王》",应指莎翁作品的两个版本,而不是上述皇家莎士比亚剧团的两个不同剧作家的演出。

史前石柱（the stonehenge at Salisbury plane）。此剧的服装兼采北欧维京族及蒙古游牧民族服饰的精髓，运用大量皮毛、革料、铜铁以及各类生锈的金属佩件，形式上综合好几个远古的时代与文化，反映剧情而不突显历史的正确性。由于经费充裕，文化中心大剧场的设备先进，再加上美籍设计师长时间驻港监工，这出戏在制作上的精良、规模与水准，其实与国际一流剧团的莎剧制作相当接近了。

《李尔王》的演出极受观众欢迎。普通话版得到很好的剧评，从武汉话剧团请来主演李尔的胡庆树先生尤受剧评家赞赏。粤语版的演出在我看来水准更高，但剧评家的反应却是毁誉参半。那些不喜欢我们演出的剧评或是认为制作过分"传统"、过分"华美"，或是觉得主演李尔王的演员缺乏应有的"帝王相"，因为他矮了几寸，年纪也轻了十几二十岁。[1]

香港话剧团在过去二十一年间制作的最后一出莎剧乃是1997年的《仲夏夜之梦》，1月18日至26日间在文化中心大剧场公演九场。此剧由我中译执导，参与的设计师都是具有国际制作经验的资深艺术家。这出戏的地域设在一个神秘的国家，略带今日香港的色彩。剧中的首府雅典已被改成"都城"，剧中的宫廷角色身穿军装或是19世纪的正式服饰。两对情人及六个工匠的服装则颇富当代色彩，似乎都能在本地百货公司中购置。服侍仙后塔坦尼亚的精灵是四季花卉，跟随仙王奥勃朗的则是各式甲虫。仙后的服饰近似白莲，仙王的造型则颇像巨型甲虫，而随侍他的潘克分明是小他几号的同类昆虫。布景的主体是个45英尺的转台，

---

[1] 上述评论散见下列诸报：英文《南华早报》1993年5月18日；中文《星岛日报》1993年5月24日；《星岛晚报》1993年5月25—26日；《经济日报》1993年5月28日；《大公报》1993年5月27—29日；《越界》1993年5月21—27日；《经济日报》1993年6月7日；《新晚报》1993年6月8日。

上有各式台阶，构图颇具太极阴阳的意念。组成这些布景的材料大部分是近代高科技成品，另有一小部分则是香港工地常见的建筑材料。这个大型制作再一次显示了设计师的才华，也充分展现了文化中心大剧场的先进设施。

我的译本非常忠实于原著。由于原文诗句部分一半已经押韵，我决定全照原文形式，把散文部分译成散文，诗句部分译成诗句，有韵者押韵，无韵者译成无韵散文诗，而在韵诗部分完全遵照原文的韵脚，莎翁转韵时我也随之转韵。我把剧本删去300行左右，保留所有歌舞片段，使演出时间紧缩至2小时20分，再加15分钟的中场休息。

可是我也做了些有限的改编。豌豆花、蜘蛛网、小飞蛾、芥末籽这四个随侍仙后的精灵角色我已改作春兰、秋菊、夏荷、冬梅四季花卉，由四位女演员分饰。丑角（Bottom）在第三幕第一场开豌豆花及芥末籽名字上的玩笑也被我因此改写，同样开四季花卉名字上的玩笑。原文六个工匠的名字对莎翁时代的观众来说大致有些意义，但对现代观众，尤其是中国的观众，已属不知所云，我因此也重新为他们起名，代表六个近代香港常见的行业。木匠（Peter Quince）在我的译本中改成丁德实（钉得实），仍为木匠；织工（Nick Bottom）改名祝德高（筑得高），行业改成建筑工人；修补风箱的工匠（Francis Flute）改名冯德美（缝得美），行业改成裁缝，讲话细声细气；补锅匠（Tom Snout）改为朱德香（煮得香），行业改为厨师；裁缝（Robin Starveling）改成邮差宋德顺（送得顺），也是一个同性恋者，与冯德美分明是一对；焊匠（Sung）改成韩德好（焊得好），仍旧干他的本行。改名、改行之后的六个工匠极受观众欢迎，祝德高与四季花卉的对答也得到极好的喜剧效果。莎翁泉下有知，也许会乐见香港观众的充分投入而宽恕我的改编改写。

《仲夏夜之梦》的演出相当成功,九场座券全部售罄,剧评家的反应也相当正面。此剧很可能在明后年重演,也正计划把它带赴伦敦,在新建的环球剧场(The New Globe)[1]或皇家国家剧院舞台上展演。

结　语

香港话剧团在过去二十一年间制作了十一出莎剧,在这方面的努力与成效,都是其他香港戏剧团体无法相比的。这些演出在形式与规模上差别很大,从早年的简陋制作发展到近年接近国际一流水准的演出,这条路走来分明相当艰辛。这十一出莎剧虽然偶尔遭到一些恶评,它们却一直受到观众的欢迎。除了1993年普通话版的《李尔王》上座仅达百分之六十之外,其他的莎剧演出均达百分之百的上座纪录,有的场次更卖出相当数量的站票。这个组织健全、经费充裕、艺术水准又相当高的职业剧团,将来一定会制作更多中文莎剧。我希望21世纪的莎剧制作能达致更高的艺术水平,某些代表性的制作更可带赴内地公演,也可参加某些亚洲地区甚至欧美国家的戏剧节,逐渐变成华语莎剧演出领域里一个颇具特性的主要基点。

1　在莎翁当年演戏写作的环球剧场原址重建,1997年开张,仍旧保留当时的舞台形态及演出风貌。

皆大欢喜
——中戏舞台上的莎士比亚[1]

吴　竑

作为中国最重要的戏剧教育机构,中央戏剧学院在五十多年的教学实践中大量上演西方戏剧的经典剧作,其中莎士比亚的剧作上演频率较高。根据不完全统计,建院五十多年以来的毕业(或实习)剧目中有十部以上是莎士比亚的剧作,其中不少演出成为我国戏剧演出中的经典作品,20世纪八十年代以来的几次成功的演出更是凸显了中央戏剧学院在戏剧教育与艺术实践中的功力,尤其是在进入新世纪以后,随着中戏的进一步国际化,开始越来越多地参与国际交流,同时也有越来越多的国际知名的艺术家或机构以各种方式参与到中戏的教学与实践中来,其中最有价值的交流就是延请西方著名学者或艺术家与我们共同进行艺术创作,这些中外艺术家的共同创作,既丰富了我们的课堂与舞台,开阔了我们的视野,又进一步丰富与完善了我们的教学体系。

在此,我们先简单回忆一下中戏的莎士比亚剧作的演出情况。根据学院档案室的艺术档案和其他相关资料,我们可以了解到以下几次较

---

[1] 本文选自《戏剧》2008年第一届亚洲戏剧论坛专辑。

有影响的演出：1956年，表演干部训练班上演《罗密欧与朱丽叶》，由苏联专家鲍·格·库里涅夫与我国著名艺术家丹尼共同执导，著名演员田华扮演朱丽叶，周总理亲自观看了演出，次年该剧又赴四川公演。1961年，刚从苏联学成归国的导演张奇虹再次排演该剧，演员由表演系本科班担任，主演有林兆华、王铁成等。为了加强该剧的演出效果，导演对剧本做了几处较大的修改，尤其是在场面调度上开始融入一些中国戏曲的程式，这是当时难能可贵的艺术创新与探索。1960年1月，著名导演焦菊隐在中戏排演《哈姆雷特》，采用的是曹未风的译本，主要演员有郦子柏等人。1980年11月，表演师资专修班与导演进修班共同演出《马克白斯》，演出采用朱生豪的译本，导演指导教师是徐晓钟、郦子柏，鲍国安扮演马克白斯，李保田扮演敲门人。1982年1月5日，表演系78班公演《暴风雨》，由英籍华人周采芹（京剧大师周信芳之女）执导，采用的是朱生豪的译本；1986年4月17日，莎士比亚研究中心演出了根据《李尔王》改编的《黎雅王》，改编者为孙家墙和周培桐，冉杰、刘木铎和郦子柏共同导演，著名演员金刀千与鲍国安担纲主演。1991年5月，表演系87级（即人艺班）演出《哈姆雷特》，由张仁里教授执导，导演对剧本做了较大的修改，加强了剧本主题的现实感。1993年11月，表演系90新疆班毕业演出《第十二夜》。1995年，由表演系92班演出的毕业剧目《温莎的风流娘儿们》，采用的是朱生豪先生的译本，由常莉、王丽娜执导。1999年，表演系95班选择《仲夏夜之梦》作为他们的表演剧目，由梁伯龙执导，夏雨等人参与演出，该剧日后多次复排。进入新世纪之后，有趣的是，表演系与导演系表演专业都共同选择了莎士比亚的一部戏剧作为他们的毕业剧目，导演系甚至邀请爱尔兰著名导演丹尼斯·肯尼迪执导，他们分别于2001年、2005年演出，各自都产生了重要的影响。

综上粗略统计，在几十年的教学实践中，中央戏剧学院选择了莎士比亚的多部剧作，其中不少演出都在国内外戏剧界产生了深远的影响，笔者选取其中比较有影响的几次演出加以介绍，就是希望能从中了解我们在搬演西方经典剧目时的不同文化心态。

一块红布

1980年11月演出的《马克白斯》是新时期最早排演的外国经典剧目之一，当时的目的就是希望通过该剧的排练与演出，在艺术实践与探索中为新时期的戏剧教育培养人才，该剧的导演与许多主要演员日后都成为我国戏剧教育与艺术实践的中坚。该剧演出时聘请莎士比亚研究专家孙家琇先生担任文学顾问，马克白斯由著名演员鲍国安扮演，马克白斯夫人由朱静兰扮演，此剧在北京的两轮共演出二十五场，引起轰动，广播、电视都做了报道，中央电视台还播出了该剧的录像，受到戏剧专家与广大观众的普遍好评与欢迎。该剧导演徐晓钟将该剧读解为：

> 作者只是借用了历史上一些人和事作为材料，抽象了历史的具体性，概括地表现了一个权欲与道德冲突的主题，曲折地反映了作者自己所处的时代（16—17世纪的英国）的伦理道德的矛盾，表述了莎士比亚作为一位伟大人文主义者的心情和哲理。它不是一个历史剧，也不具有历史剧的特征，它是一个富有哲理性的、着重心理刻画的、带有历史剧色彩的社会道德悲剧。[1]

---

[1] 徐晓钟：《〈马克白斯〉初探——〈马克白斯〉的排演与教学》，《向"表现美学"拓宽的导演艺术》，北京：中国戏剧出版社，1996年，第244—245页。

基于对剧本的此种理解，导演在二度创作时就不在舞台上去简单地"再现"11世纪苏格兰具体的历史环境，并且摒弃情节剧的结构，强化剧作中心人物——马克白斯以及马克白斯夫妇之间的心理冲突，将其命名为"第一条冲突线"，并强调"着重挖掘和展现人物的心理状态，剖露人物的道德、伦理观念的冲突，挖掘其中的含义，把作者的道德观、政治理想及哲理观念渗透出来，让观众思考"。避免将该剧排演成"卖弄剧"（Melodrama），同时导演又为该剧总结出"第二条冲突线"——反暴斗争，并且"在强调第一条冲突线——心理冲突线——的同时，着意加强了剧本的第二条冲突线"。因此，在提炼舞台形象时，导演从马克思对于欧洲历史的阐释出发，最终形成了演出的形象化的立意，也就是"演出的形象的种子"："一个巨人在鲜血的急流和漩涡中蹚涉并被卷没。"主题思想与"形象种子"的清晰必然会决定舞台呈现的基本风格：

> 景的处理用三根巨大而高耸的石柱（实际是三根可以来回移动的立柱式的受光体），呈现一种中世纪骑士古堡的暗示，体现黑暗、混乱、血腥的时代气氛，象征围绕在马克白斯周围的那股重压的邪恶势力。[1]

并且还有艺术家指出，这三根石柱暗示了剧中最重要的戏剧性因素——三个女巫。同时导演认为，该剧既有恐惧之感又有怜悯之情，他把握的尺度是"恐惧重于怜悯"。由于导演明确建立了把握和表现马克白斯夫妇心理冲突的意识，所以该剧就力图展现弑君者、暴君的内心痛苦和折

---

[1] 徐晓钟：《〈马克白斯〉初探》，第247页。

磨,刻画马克白斯的灵魂自我戕害的全过程。

如前所述,导演在戏的处理上追求的是"诗化、象征手法和舞台假定性",因此,该剧创造出的一些崭新的导演语汇引起众人的关注。其中最经典的舞台调度就是第三幕第四场的"宴会",当马克白斯"看"见班柯的鬼魂,一边惊恐万状,一边使劲地驱赶鬼魂,导演吸收了中国民间舞蹈"红绸舞"的道理,让马克白斯扯下舞台中央宴会桌上的红色桌布(红绸),微带舞蹈身段,用以遮挡、驱赶鬼魂,进行自卫,通过红绸来延伸演员的形体表现力,扩大恐惧心理的揭示。散席之后,马克白斯强拉夫人进入后宫,夫人的手无意识地拉扯着红桌布,演员从观众的视野消失之后,红布才慢慢消失,既延伸人物下场的惆怅心情又为马克白斯夫妇涉血前行提供某种诗意的暗示。导演的此场调度成为国内戏剧创作的经典,被收入国内导表演专业的教科书。但是,对于此场经典调度,著名戏剧评论家林克欢在充分肯定导演的创作成就:

> 以往,舞台上的"景"、"物",都仅仅是为"人"(角色)而存在,标示环境、表明身份、刻画性格……但在这里,"物"(红桌布)几乎是作为一个具有独特内涵和强烈的表情力量的角色出场。尤其是在空场那一刻,红桌布作为唯一在场的主角,超越了具体的人物,成为时代、环境和暴政的象征。[1]

之后,他还是提出了自己的意见:"可惜,红桌布与女巫的黑斗篷、那三根经常处在阴影中的黑乎乎的巨大立柱,未能得到必要的强调并构

---

[1] 林克欢:《人的形象及其象征——徐晓钟导演艺术论》,林荫宇编:《徐晓钟导演艺术研究》,北京:中国戏剧出版社,1991年,第74页。

成有机的关联，使诗剧繁杂难解的意象群得以简化，并在对人及其生存环境的辩证揭示中，强化流贯于全剧的悲剧激情。"[1] 谭霈生教授在论及徐晓钟的导演艺术时说："他并不把对哲理的追求作为一种外在于感性的独立品格，而是内在于感受力，并让它基于感性在作品中获得活力。"[2] "徐晓钟作为一个艺术家的优势，首先也在于主体心灵的巨大器量，使他有可能进入各种人物的心灵深处，感受与理解潜藏其中的丰富内容……在执导《马克白斯》时，他对主人公复杂灵魂的把握也是基于这种体验。""可贵的是，在进入新时期以后，徐晓钟的艺术家的心灵迅速解放，而审美体验的潜能很快释放出来，从而开始去做艺术家应该做的事情。"[3]

正是《马克白斯》的排演掀开了新时期搬演外国经典剧目的序幕。尤其是在中戏的表导演教学中确立了尽量选用西方经典作品的传统。

流行音乐与中山装

1993年底，在中戏的"黑匣子"小剧场，每天晚上都会传出阵阵欢笑，学生们唱着侯牧人的《小鸟》，以小鸟般飞翔的速度与节奏从剧场的各个角落上场：

> 我像一只小鸟飞来飞去高高地飞翔，有一天飞到了一个热闹的地方，那眼花缭乱五彩缤纷的旋转舞台像鲜花盛开的村庄。汽

---

[1] 林克欢：《人的形象及其象征》，第74页。
[2] 谭霈生：《主体意识与内在能力——简谈徐晓钟的导演创造》，林荫宇编：《徐晓钟导演艺术研究》，第35页。
[3] 谭霈生：《主体意识与内在能力》，第37页。

车电车电车电车汽车自行车像河水一样流淌。

有的人假装看破了红尘，一天到晚对着墙。就是不长岁数的姑娘她天真又大方，你看足球场上的爱国热潮它一浪高一浪，什么进口组装进口原装电视广告它声音更嘹亮。

抽洋烟，喝洋酒，吃洋饭穿上真的假的名牌衣裳，玩霹雳，玩摇滚，玩新潮（嘿）就是让你觉得很西方。

学习外语提高身份，说话总是带广东腔，抓着下巴不说不笑目光很坚定，也是一种新花样。

咖啡可乐洗发香波减肥药，如今都有大市场，红纸、绿纸瞪着眼在电线杆上看着你，向你透着几百年的官廷秘方。

哗啦哗啦，哗啦哗啦，大家业余时间都很忙，卡拉OK录像机也不知道休息，天天放声把歌唱。

十五六岁的姑娘小伙年轻又漂亮，心中的偶像有太多来自台湾和香港，瞧一瞧，看一看，身边就有好榜样，好好学习天天向上，要有远大的理想。

《小鸟》勾勒出当时人们的生活现状、情绪基调，和"游戏"的《第十二夜》非常贴切。青年学生们的热情、鲜活、质朴的表演风格为观众营造出"游戏"的氛围，最终吸引观众融入如此快乐的狂欢中来。

该剧的导演在导演阐述中说，在确定了《第十二夜》剧目之后同学们有不同的意见，但是最终还是坚持了最初的决定。"因为我们无论从自己身上或是从学生身上都发现有一种创作上的激情在激情潜处涌动，发现创作上的思考和想象在积极地运动。"[1] 两位导演通过对剧本的

---

[1] 何炳珠和刘立滨：《排演〈第十二夜〉所想到的》，《戏剧》1994年第4期，第67页。

研读，提出了一个大胆的设想：

> 莎士比亚既然能够把本不是英国的事情和生活创造在英国的天空下，得到观众的认可，那么我们也是可以模仿莎翁来做一些文章的，把那本不是中国的事情和生活用我们中国人的理解创造在中国的天空下，让中国的观众喜欢认同。在莎士比亚和中国观众之间架起一座桥，让更多的中国观众知道莎士比亚，喜欢莎士比亚。[1]

基于此种创作理念，导演们在强调形式创新的同时，一再提出要正确解读莎士比亚剧作的文化内涵。提出他们排演的《第十二夜》要"贴近时代、贴近现实生活、贴近民族，使我们的观众接受和喜爱，这就需要我们寻找和努力排演出一台具有现代的和中国味的新的《第十二夜》"。但同时他指出："这绝不是违背莎翁每一部作品的主旨和精神。""我们希望这种想法有助于学生对莎翁这部名作精髓的理解和领会，寻找到比较有特色的塑造人物形象的生活依据和表现手段，这会是一条有实际价值的创作捷径。"同时他们也忐忑不安地对他们的创新说："我们必须要做到不损害作品的主体和精神。这样，我们不能不承认我们整个创作集体在冒着一定的风险。"他们的解决之道是："从生活入手去理解角色，靠近人物，寻找准确的人物自我感觉。"因此，对演员在表演上的要求是："寻找十六七岁花季的男孩子和女孩子的自我感觉和特有的心态，寻找那在明媚的春光里各自打开了自己的如痴如醉的心扉，采集奇幻的、不可名状的、五彩缤纷的爱情花朵的那种清新的感觉——初恋

---

[1] 何炳珠和刘立滨：《排演〈第十二夜〉所想到的》，第68页。

的感觉;寻找那"追星族"们对自己崇拜的偶像的执着、真诚、奔放的"爱你没商量"的纯情;让这些曾给固定了的人物形象,使人们耳目一新、倍感亲切。"[1] 导演根据剧作原有的情节结构做了精心的梳理,将剧作中的主要人物进行归类,分成两个群体,将过去《第十二夜》演出中的公爵、薇奥拉、奥丽维娅小姐和西巴斯辛这些重要人物推至舞台的边缘;相反,将原先剧作中的比较边缘化的"小人物"处理成剧场上的主角,尤其是将一直为评论家关注的管家马伏里奥的经典的符号化形象的标志——"黄袜子"与"扎着十字交叉的袜带"寻找中国化的形象设计,经过一段时间的讨论,最后选中在20世纪九十年代已经基本消失的、曾经在我们的生活中随处可见的"中山装",并以此人物为舞台行动的中心,围绕他组织戏剧场面,营造喜剧气氛。当扮演马伏里奥的演员身着中山装在观众面前朗读"有的人是生来的富贵,有的人是挣来的富贵,有的人是送上来的富贵",做他的春秋大梦时,观众们忍俊不禁,热烈鼓掌。此时,莎士比亚时代环球剧场的胜景不就得到恢复了吗?这是对莎士比亚作品的最有意义的现代化与中国化的诠释。除此以外,由于该剧选择在"黑匣子"小剧场演出,局促的空间决定了不可能采用传统的实景设计,与导演的总体构思相适应就必然是简洁、明快的现代意味浓郁的设计。同时,该剧最具创意的就是他的人物造型。《第十二夜》剧本中所确定的时间是圣诞节过后的第十二夜,这一天是冬季节日的终结,是节日的另一个高潮,第二天的生活就必须回到正轨,按照英国的传统往往也会有戏剧演出。据莎学专家的研究,莎士比亚创作此剧本身就有应景的需要,所以导演组选择人物造型的基调就是西方狂

---

[1] 何炳珠和刘立滨:《排演〈第十二夜〉所想到的》,第70页。

欢节的造型元素——面具（脸谱），并"中国化"和"时代化"甚至于"中戏化"、"班级化"地引入牛仔裤、大头军用皮鞋、手绘的带有中国少数民族特色的宽松长衣、T恤衫、花布衣裤，等等。最终营造出"狂欢节"的舞台场面。音乐是该版演出的另外一大亮点，原剧作中有一句经典的台词："假如音乐是精神的粮食"，所以导演们选择了大量的流行音乐与具有民族特色的民歌、歌谣甚至是儿歌与小调，并且使他们成为推动戏剧情节发展的重要因素。按照导演的理解，他们的这种试验"不仅仅是为了比较完美传达和表现莎翁在此剧中的音乐性和诗意，而更主要的是借这样的形式使演出通俗化，使观演关系拉近"。导演们运用了如此丰富的手段，寻找到崭新的舞台语汇，这就必然创作出一部有特色的作品，实现了他们所期望的"自然的、艺术的、通俗的、具有现代意识和民族化的"[1]。就像几年以后，此剧再次复排演出时，有评论家就指出："故事是莎翁的故事，人物是莎翁的人物，他们用另一种表现方式游戏般地阐释了莎剧'放之四海而皆准'的人类爱情。"这次演绎的成功，又一次证明了莎士比亚同时代的剧作家本·琼生对莎士比亚的精辟概括："他不属于一个时代，而属于所有的世纪。"

长裤、马甲与罗裙

2001年和2005年，中戏表演系和导演系表演专业的毕业剧目都选择了莎士比亚的喜剧《皆大欢喜》，表演系版的莎剧演出依然延续了在《第十二夜》的美学追求，只是由于选择传统的镜框式舞台，因此风格

---

[1] 何炳珠和刘立滨：《排演〈第十二夜〉所想到的》，第73页。

稍有改变，但是他们依然努力地在剧场中为我们营造出瑰丽的舞台图景，只是固于剧作本身的局限，难以达到1994年版《第十二夜》的艺术高度。

《皆大欢喜》的剧作结构与情节发展已经与《第十二夜》有很大的区别：剧中人物的恩怨冲突几乎全都发生在第一幕，戏剧场景从宫廷转场到亚登森林后，直到最后匆匆忙忙来个大团圆，戏剧的情节并没有什么太大的演进。按照著名的莎剧译者方平先生的说法就是："情节不仅被淡化，简直被忘掉了，被抛弃在亚登森林里。""剧中的人物性格却并没有得到充分展示，既缺少深度，也不够细致。"所以他提出这样一个疑问："在这个喜剧里，抓住观众的艺术魅力在哪里？"[1] 方平先生总结出以下几大原因：首先，此时的莎士比亚已经成名，他的署名本身已经成为一个颇有号召力的品牌，有一定的票房保证，写作状态比较松弛；其次，在该剧中充分展示了他的语言功力；最关键的是莎士比亚在该剧中塑造的女性人物形象，尤其是主角罗瑟琳，尤其是多次借用罗瑟琳与傻子之间煞有介事的"反话正说"，即"反讽"引起的嘲弄的笑声，强化喜剧性效果。其中在舞台上最有魅力的就是剧中女主人公罗瑟琳的形象，她女扮男装只是在旅途中保护自己的手段，到达目的地——宁静的亚登森林——之后，实在没有必要再隐瞒自己的真实性别与身份；可是令人难以理解的是，她在林中遇见失散多年的老父亲时，竟然不肯相认，仍然隐瞒自己的真实身份，她们堂姊妹二人逃离宫廷，原是为了投奔老公爵！直到最后，罗瑟琳要做新娘了，才恢复了女儿装。在莎士比亚的喜剧作品中，有好几位女性主人公都曾经改装成男性，她们的性别

---

[1] 方平：《一个实验性的戏剧：〈皆大欢喜〉》，《外国文学评论》1994年第4期，第15页，第16页。

互换经常成为该剧的戏剧性转折点，如《威尼斯商人》中的鲍希娅出现在法庭之后、《第十二夜》中的薇奥拉进入公爵府邸之后；但是鲍希娅把自己的女儿身隐藏在律师的黑袍之下，用自己的才华与机智解救了陷于绝境的安东尼奥。而《皆大欢喜》中的罗瑟琳即将换上新娘的罗裙时，她一定有些恋恋不舍，因为借来的长裤和马甲给她带来的自由、解放和安全感，因为在那种"假扮"的状态下，在这些衣服的保护下，她可以嬉笑之间把自己内心深处的难以启齿的真实观点表述出来，此时的罗瑟琳就自然成为莎士比亚笔下另一个独特的女性形象，她在第四幕第一场中的妙语实在可以视为她的一段对于未来丈夫奥兰多的警告："女人家越是机灵，主意儿越大，你关门落臼，想把女人的机灵禁闭起来，她会从窗子里飞出去；把窗子关紧了，它会从钥匙孔里钻出去；把这孔眼堵住了，它就会跟着一缕烟从烟囱里飘出去。"正是女扮男装给了她表达的方便，就像剧中那位身着小丑百衲衣的"傻子"佯装疯癫可以任意指责，实际上字字珠玑一样，罗瑟琳身上牧羊人的长裤与马甲就是她掩护自己、获得话语权的特殊服装。

可能正是基于以上理解，爱尔兰都柏林大学三一学院贝克特讲座教授丹尼斯·肯尼迪在2005年的中戏舞台上导演《皆大欢喜》时，就围绕着"角色互换"与"女扮男装"来展开戏剧情节与舞台调度，正如其在《导演的话》中所说的：

我们究竟是谁？如果情爱改变了我们，迫使剧中核心角色女扮男装，我们又诚能知道何为身份与认同？装扮能解放我们，却也能困惑我们，这就是为什么这次演出运用性别错置与情人角色倍增的导演手法，来强调剧本中触及的关于自我与性欲的议题。

但是导演增加了原剧作中情人的人数，从而造成了舞台上的拥挤与繁复，直接导致情节线的过度交织，不仅没能完善原本就先天不足的文学意味，反而使该剧陷入了自身的困顿之中，就像当时审查该剧的中戏学术委员会的报告中所言：

> 第三幕，在森林里，当过多地出现"性别"错置，同一情人角色旁边增添双人，这时忙坏了演员来回变换身份，使得戏的节奏拖沓，影响了观众思索的愉悦，也减弱了观众的欣赏愉悦；一些西方人的时尚，比如男演女、女演男，我们不一定能接受，尤其后半部都变成女的表演，一是觉得不能接受，二是觉得拖沓，感觉最后的落点，演员做得过于草率。

但是他们同时肯定了这次交流："舞台的处理较具深度，把较新的信息传递给了中国，尽管我们可能有些不能接受的地方，但手法是先进的，导演构思别具匠心，采用'多重扮演'、'即兴表演'的样式处理该剧，使演出在轻松、清新、空灵的气氛中呈现莎剧的诗意。"

从《马克白斯》到《皆大欢喜》，走过了二十五年的历程，从"打开国门看世界"到"请进来、走出去"的双向交流，从最初关注舞台形象的社会意义到逐渐接受戏剧场的"狂欢"，直至可以允许在舞台上肆意地演绎解构，我们的戏剧观也逐渐开放，推动了莎剧演出的不同艺术风格的自由竞争，探索莎剧演出的中国气派，进而追求莎剧演出的中国风格与国际潮流的结合，其中最为可贵的是促进了莎士比亚演出的"民族化"的艺术实践。这也是我们今天回归莎士比亚等人的经典剧目在我们舞台上的演出情况的直接意义！

真善美在中国舞台上的诗意性彰显
——论莎士比亚戏剧演出[1]

李伟民

莎士比亚戏剧在中国舞台上的演出，相对于其他外国戏剧来说，显然具有得天独厚的吸引中国观众特殊之处。而且，其演出与研究的势头多年来在国内也保持了长期不衰的趋势。中国舞台上的莎剧演出是从文明戏开始的，莎剧文明戏的演出所依据的是1904年林纾和魏易根据英国散文家兰姆姐弟的《莎士比亚故事集》(Tales from Shakespeare) 翻译的文言文的《英国诗人吟边燕语》。中国最早上演的莎剧是在1902年上海圣约翰书院（今上海政法学院）演出的英语莎剧《威尼斯商人》。1913年，上海城东女子中学根据包天笑据林纾和魏易的《英国诗人吟边燕语》改编演出的《女律师》，为中国人用汉语演出的第一部莎剧。[2] 1913年，郑正秋领导的文明戏职业剧团新民社公演的话剧《肉券》，为中国职业剧团第一次公演莎剧。随着现代话剧的诞生，中国舞台上的莎剧演出进入了现代话剧的演出时代。1930年，上海戏剧协社公演了《威

---

[1] 本文选自《四川戏剧》2009年第5期，此次收入时作者略做修改。
[2] 董健：《中国现代戏剧总目提要》，南京：南京大学出版社，2003年，第19页。

尼斯商人》，该剧的演出被誉为第一次按照现代话剧要求演出的莎剧。斯坦尼斯拉夫斯基戏剧理论被引入中国后，莎剧导表演也受到深刻影响，莎剧演出水平不断提高。[1] 民国时期王国维译介的《莎士比亚传》（William Shakespeare）对莎士比亚生平和创作的介绍与评论，使人们从文体的角度对莎士比亚的戏剧有了正确的认知。王国维对莎士比亚"真戏剧"的推崇，与他的文学观、戏剧观、美学观和戏曲研究有着不可分割的联系。他认为，莎士比亚戏剧是"客观之自然与客观之人间"的戏剧。1937年，章泯执导的《罗密欧与朱丽叶》以对形象的心理刻画塑造人物性格，演出取得了很大的成功。这期间，南京国立戏剧学校成为莎剧演出最为活跃的戏剧团体，从1937年6月起，相继演出了《威尼斯商人》、《奥赛罗》和《哈姆雷特》，用以作为训练学生的演剧技巧、提高演员演出水平的手段。同时，演出也是在中国抗日战争的大背景下进行的，师生也以高度的爱国热情和艰苦奋斗的精神鞭策自己精益求精，不断提高莎剧演出水平。1944年，神鹰剧团采用更接近原著，较有诗意的曹禺译本，在成都国民剧院首演《柔蜜欧与幽丽叶》，该剧也成为抗战时期最高水平的莎剧演出。随着莎剧演出的增多，莎剧演出也朝着"中国化"演出的方向发展，民国时期的电影《一剪梅》对《维洛那二绅士》的改编体现出互文性与戏仿的特点。《一剪梅》在解构了莎氏喜剧《维洛那二绅士》中蕴含的文艺复兴的人文主义精神的基础上，建构了一种戏说形式的莎剧，其中既有对当时扭曲的社会现象的平面移入，又形成了金钱、美女、权力等大众梦想的娱乐化变体，二者在故事安排上多具有相同或相似的模式。20世纪四十年代顾仲彝根据《李尔王》改编

---

[1] 孟宪强：《中国莎学简史》，长春：东北师范大学出版社，1994年，第138—148页。

的《三千金》是一个互文与戏仿并重、改编与创作兼有的中国化的莎氏悲剧，通过"归化式互文翻译"将莎氏悲剧气氛置换为讥刺。《王德明》《阿史那》是李健吾在民国时期根据莎士比亚的悲剧《麦克白》、《奥赛罗》"翻译加改编"的本土化莎士比亚戏剧。这是民国以来一种特殊的中国化莎剧。改编在重置情节的基础上，将中国故事置于该剧的悲剧精神之中，其中既有对中国历史、文化、人性的叩问，又有对权力、阴谋、野心的影射、担忧与批判。

从教会学校的英文莎剧演出，到莎剧幕表剧、改译剧，再到包括话剧、戏曲的整部莎剧的正规演出，莎士比亚以其自身的经典性，以有别于其他外国作家在中国单纯的文本研究获得了更为广阔的研究空间。在理论的引进上，中国对苏联莎学译介的数量超过了对英国莎学理论的引进。20世纪五六十年代，在对莎作的评论、研究中，中国莎学学者更倾向于俄苏莎学对莎士比亚的评价和对莎剧的分析，特别是从苏联马克思主义莎学评论中，学到了研究方法，尽管这种莎学理论有时蕴含了较强的时代特征与政治色彩。但是，自20世纪七十年代以来，中国莎剧导表演已经走向成熟，标志为"中国这个学生"离开了"苏联这个老师"，在排演莎剧时鲜有苏联莎学专家指导。无论是1986年的首届中国莎士比亚戏剧节二十多部莎剧一齐上演，还是1994年的上海国际莎剧节和平时的演出，中国人完全能够依靠自己的力量排出异彩纷呈的莎剧。由于中国莎学取得了令世界瞩目的成绩，中国莎剧所蕴含的独特美学价值，中国莎学的发展、莎剧演出反而引起了俄罗斯莎学界和英美莎学界的惊叹与感佩。

因为，无论是在晚清、民国、中华人民共和国成立初年，还是在改革开放的年代，将莎士比亚搬上中国舞台不仅具有一种文化交流上的象征意义，既是与经典的对话，也是参与世界戏剧舞台艺术之间的对话，显示对世界文学艺术瑰宝的一种态度，同时更是一个国家文化软实力的某种体现。尤其是在已经远离了"救亡"与"革命"的年代，对莎士比亚接受的需要、对人性的呼唤，已经远远超过了包括易卜生戏剧在内的其他外国戏剧家，可以对社会生活直接进行干预的"社会问题剧"。根据已经出版的各类学科统计报告、引用报告以及本研究在统计中获得的数据，莎士比亚在国内是被研究得最多的外国作家。[1] 同时，莎士比亚戏剧也是被搬上中国舞台最多、最频繁的外国戏剧。尤其是在"重读经典"的呼声中，对包括莎剧演出与莎士比亚研究在内的传统经典作家的再诠释一直是吸引广大舞台工作者与外国文学研究者的题目之一。为此也就引出了这样的问题：21世纪的中国莎剧演出与莎士比亚研究如何发展？这是许多准备排演莎剧与莎士比亚研究者面临的一个课题。为此，有必要从艺术研究的角度对中华人民共和国成立六十年以来的中国舞台上的莎剧演出做一番理论梳理。

近年来在重读经典的呼声中，莎士比亚戏剧毫无疑问应该是重读的经典之一。而在中国戏剧和戏曲舞台上排演莎剧，无疑是对经典再诠释的方式之一。在一百多年的中国莎士比亚传播史中，莎剧演出不断，引起轰动的话剧和中国戏曲改编的莎剧演出，在中西戏剧交流史上留下了令人难忘的印象。毋庸讳言的是，随着中外文化交流的进一步繁

---

[1] 分别见：李铁映：《中国人文社会科学前沿报告》（1999年卷），北京：社会科学文献出版社，2000年；李铁映：《中国人文社会科学前沿报告》（2001年卷），北京：社会科学文献出版社，2002年；中国社会科学院外文所课题组：《人文社会科学（外国文学篇）前沿扫描》，《中国社会科学院院报》2002年7月1日；教育部社政司：《中国高校人文社会科学研究通鉴》（1996—2000），北京：中国人民大学出版社，2004年。近年，多种文献计量学研究"外国文学"的论著均将莎学列为研究最多的。

荣、国外莎剧演出的引入,中国莎剧演出经过东西方戏剧理论不断打磨后已经日趋成熟。西方艺术、戏剧理论所带来的某些新的演出方法和范式,使中国舞台上的莎剧表演已经初步形成了自己的风格与演出方式,即话剧形式的莎剧演出与戏曲形式的莎剧演出。而且,随着艺术视野的不断开阔,创造了既能够吸引西方观众也能够使中国观众感兴趣的莎剧。重读莎士比亚这样的经典,有多种方法,而采用话剧与戏曲形式演出莎剧则是莎士比亚这样的经典作品走向中国普通大众,与中国文化相交融的最重要的方式。莎士比亚不同于其他外国作家的根本特点之一,就是他的戏剧是活跃在舞台上的,因此必须重视莎剧的舞台演出,尤其是对中国戏曲改编的莎剧应该研究其成功与不足。关注中国舞台上的莎剧演出,并使中国莎剧成为在世界莎剧演出舞台上既有自己的丰富文化内涵,又有自己的独特的美学特征,既是莎士比亚的,也是中国化的戏剧,显然这是时代赋予中国莎剧演出与研究者的光荣使命。

一、莎剧演出:经典的意义

针对学术研究的浮躁,近年来重读经典呼声一直没有间断。重读经典不应该仅仅局限于文本范围的探讨,对于莎士比亚这样的戏剧家,对他的"重读"显然不能仅限于文本,应该包括莎剧在舞台上的不断演绎。莎士比亚戏剧无疑是应该属于重读、重释的经典戏剧作品之一。因为,从世界文学、戏剧的范围看,莎剧的经典地位显示出一种长期的稳定性,不仅在世界范围的文学经典文本研究中独占鳌头,而且在舞台上常演不衰,而我们对经典阐释的最终意义就在于,发掘经典内在的精神价值与审美价值,不断放大、重释经典的人文价值。正如哈罗德·布鲁姆所说：

> 一部文学作品能够赢得经典地位的原创性标志是某种陌生性，这种特性要么不可能完全被我们同化，要么有可能成为一种既定的习性而使我们熟视无睹……莎士比亚则是第二种可能性的绝佳榜样。[1]

莎剧的经典地位就充分显示出了这样的陌生性。莎剧具有连接通俗与经典的独特魅力。莎剧能够激发人们对它自身、文学、艺术和人性不断产生新的认识，莎剧在与世界的交流与对话中，不断地被建构与解构，而这种建构与解构的过程就是莎士比亚赢得经典地位的重要原因。同时，也因为话剧、戏曲与莎剧的融合，产生了一批无论是在思想内涵还是在审美创造上都具有经典特征以及具有探索特点的中国莎剧。

二、激活与放大：熠熠闪光的话剧莎剧

中国是一个戏剧大国，据统计约有三百多个剧种。在中国舞台上，包括话剧、京剧、昆曲、川剧、越剧、黄梅戏、粤剧、沪剧、婺剧、豫剧、庐剧、湘剧、丝弦戏、花灯戏、东江戏、潮剧、汉剧、二人转、吉剧、客家大戏、歌仔戏、歌剧、芭蕾舞剧二十三个剧种排演过莎剧。这在外国戏剧改编为中国戏剧中可谓是绝无仅有的。曹禺曾经说过，我们

---

[1] 哈罗德·布鲁姆：《西方正典：伟大作家和不朽作品》，江宁康译，南京：译林出版社，2005年，第3页。

是以各种不同的形式来演出莎士比亚戏剧的,所有这些活动和创造,都在舞台上发出了它们独特的光彩,在莎士比亚与中国人民之间架起一座座美丽的桥梁。如果我们观察中华人民共和国成立六十年来中国舞台上的莎剧,我们就会发现,以1986年分界,中国舞台上的莎剧演出主要分为三个阶段或呈现出三种不同的模式。第一阶段,中华人民共和国成立初期到1986年前,中国舞台上的莎剧演出主要以话剧为主,主要采用斯坦尼斯·拉夫斯基的现实主义创作方法排演莎剧,即莎剧表演力求演员在创造角色中,在完成各自的单元任务之上,体现出要完成一个最高的任务,用一句话说就是:"吸引着一切任务,激发演员—角色的心理生活动力和自我感觉诸元素的创作意向的基本的、主要的、无所不包的目标。"这是最高任务,既受剧作家的创作动机、情感思想的制约,也通过剧本以主题的形式表现出来。这时候的莎剧演出尽管也融入了中国导表演思想,但主要还是处于学习阶段,但是较之1949年前中国舞台上的莎剧演出已经有了质的飞跃。第二阶段,1986年以后的莎剧排演,尽管采用现实主义创作方法演出的莎剧依然占有主导地位,但是出现了大量以戏曲形式演出的莎剧。这类话剧莎剧以"形式兼带精神",不但将中国戏曲艺术与莎剧结合起来,而且还在戏曲理论、布莱希特戏剧理论的指导和影响下,创作出一批浪漫主义色彩浓郁的莎剧。第三阶段,近年来,莎士比亚戏剧进入了商业演出的范围,借莎剧的故事或主题改编莎剧(包括影视剧作品),或以戏仿形式演出莎剧。其中既有正规的演出,也有校园莎剧的演出,包括已经进行了数届的中国大学莎剧比赛,但那已经不属于正规的演出了,只是凭青年学生的热情、兴趣与练习英语的现时需要而进行的业余演出活动,艺术上的价值有限。

谈到中国舞台上的莎剧,首先取得重要成绩的是话剧形式的莎士比亚戏剧。我们知道,西方戏剧是由"写实主义戏剧所建立起来的一整套从表演、舞美到剧场的技术和制度"[1]。这类话剧形式的莎剧尽管在表现主题上各有侧重,但是都力图从现实主义的角度挖掘出蕴含在莎剧中深邃的人文主义精神,在具体落实语言动作化和文学形象的视觉化方面取得了较高成就。话剧莎剧在中国莎士比亚戏剧的演出中被视为正统的莎剧演出,为莎剧在中国舞台上树立"经典"的地位奠定了基础,并且产生了一批可以被称为具有经典因素的话剧莎剧。这类话剧莎剧大多以中国顶级表演艺术家担纲主演,其演出已经成为戏剧院校学生学习的范本。如中央戏剧学院的《黎雅王》与辽宁人民艺术剧院的《李尔王》均由著名表演艺术家担任主演,堪称话剧改编莎剧的优秀剧作。我们以李默然的《李尔王》为例,李默然创造的《李尔王》把深邃的思想和现实主义的性格刻画结合起来,突出了刚愎、自信、骄横、愚昧的性格特点,而一旦王袍脱落,李默然就着重表现他对生活主观看法的崩溃。演出以真实表现荒诞,使观众从现实中感受到象征的力量,不仅是个人的命运,而是人类的命运和世界的前途。

张奇虹导演,中国青年艺术剧院的《威尼斯商人》以具有青春浪漫叙事和抒情风格的改编,显示了改革开放以后,中国戏剧人对莎士比亚戏剧人文精神的理解。而由杨世彭导演、著名话剧家胡庆树主演的《李尔王》则将李尔王内心孤苦无助,大彻大悟,将权力的在握与丧失表现得淋漓尽致。1980年11月,中央戏剧学院徐晓钟、郦子柏导演的《麦克白》突出的是"那个时代的残酷渗入我们的感觉和想象之中",

---

[1] 邹红:《作家·导演·评论:多维视野中的北京人艺研究》,北京:文化艺术出版社,2008年,第243页。

"血腥"的戏剧象征语汇隐喻了悲剧的戏剧内涵,同时显示出恐惧重于怜悯,展现了弑君者和暴君的内心痛苦和折磨,刻画了麦克白的灵魂自我戕害的全过程。陈薪伊导演的《奥赛罗》营造了奥赛罗三个层次的心理空间:理想层次、世俗层次、黑暗复仇层次,"心理风暴"[1]三个层次的空间为人物精神世界创造了外化的条件,鲜明、准确地体现出奥赛罗的悲剧就在于他丧失了对美的信念,由追求美、捍卫美的英雄,沦落为毁灭美的罪人。中央实验话剧院的《温莎的风流娘儿们》以斯坦尼斯拉夫斯基戏剧理论为指导,把笑声中的批判作为舞台叙事总基调,创作出兼具浪漫主义与现实主义演绎手法,有鲜明中国气派的莎剧。

雷国华导演的《奥赛罗》不仅仅是一出性格悲剧,而是强调其普遍意义,即揭示了人类某些根本性弱点的寓言剧。奥赛罗与伊阿古不再是简单的英雄与奸佞的关系。1956年,中央戏剧学院表演干部训练班的《柔蜜欧与幽丽叶》,体现了为争取幸福,获得爱情就要向古老的封建世界的残酷势力做英勇斗争,不惜以死赢得了世仇的和解与和平的到来。1961年,中央戏剧学院五八级表演班毕业公演的《罗密欧与朱丽叶》,借鉴戏曲表现手法,采用抛掷彩球的表演,用飘逸的白纱巾,具象化的表现连接青年男女纯真爱情的信物,"既含蓄又深情,既壮美又纯真,将人们的情感带进了一个崇高的境界"[2]。剧中塑造了天真、热情的青年形象。1980年上海戏剧学院藏族班演出的《柔蜜欧与幽丽叶》侧重展示人物命运和性格的发展轨迹。尽管这些话剧莎剧在主题的表现、

---

1 陈薪伊:《〈奥赛罗〉的心理空间》,毛时安主编:《生命档案:陈薪伊导演手记》,上海:上海社会科学出版社,2006年,第184页。
2 张奇虹:《让"上帝"降临人间》,中国莎士比亚研究会编:《上海:中国莎士比亚研究会成立大会暨首届年会纪念特刊》,1984年,第54—55页。

艺术手法上的侧重点有所区别，但无一不是严格按照现实主义的创造方法来演绎莎剧的，力图在深入挖掘莎剧中的人文主义精神的同时，较好地阐释莎剧内在进步因素。北京人民艺术剧院与日本四季剧团打造的莎士比亚悲剧《哈姆雷特》的舞台叙事在对人物的呈现过程中既构成了对作品的人文主义精神的再现，也通过舞台叙述对人物的性格和精神进行了再创造，在中国话剧舞台上演出了一部沿袭了北京人民艺术剧院一贯风格的《哈姆雷特》，又充分利用现代舞台叙事话语拉近了莎士比亚戏剧和当代观众的距离。

三、内容与形式：莎剧现代性的体现

对于有着悠久戏剧传统、众多剧种的中国戏曲舞台来说，总是以这样的现实主义表现形式演出莎士比亚戏剧总使人感到某种不满足，于是采用中国戏曲改编莎剧成为一些剧团检验自己剧种和导表演水平的一种方式。戏曲莎剧一经在舞台上亮相，就博得了莎学家和广大戏迷的肯定。戏曲与莎剧的结合可以说是在20世纪八十年代中期，即1986年的中国莎士比亚戏剧节期间异军突起的。

在这段时间的前后，尽管有人也看到了莎剧与中国戏曲结合的可能，但是，在一些莎学家看来，戏曲与莎剧的结合还显得非常别扭。对这种结合的疑虑首先来自京剧是否能和莎剧结合。首先就是莎剧能否改编为京剧？改编以后是莎剧还是京剧？虽然实践对此早在20世纪二十年代就做出了回答，但从理论上并没有进行过比较深入的探讨。一些人首先看到，京剧与莎剧之间存在美学上的同构。京剧在自由表现生活时拥有丰富的手段，既擅长讲故事，又擅长刻画人物心理；莎剧也重视故事的有头有尾和"大团圆"的结局，强调舞台的"虚拟性"以调动观众的想象力。在美学层面上，西方悲剧在本体上属于一种模仿的艺术，因此便形成了形态上的一些特有的美学风貌。"悲剧的舞台形态基本上是再现生活形态……其内心的活动就远比外在的动作来得主要。"对中国悲剧来说："感情的激动基于外形式（美的技艺）的刺激，审美的形式超过了对内容的理解。"[1] 如果将莎剧的再现生活形态与激烈的内心矛盾冲突与京剧的高度审美化的表演形式结合在一起，将内心活动外化为审美的动作，既能够从观赏层面上表现莎剧中所蕴含的深刻的哲理内涵与心理活动，也能够在哲学与美学层面上深入挖掘京剧刻画人物形象，塑造人物性格的象征性、形象性、具象性、审美性、深刻性与类型性，同时也符合现代人对戏剧审美的要求。

莎学研究者首先注意到的是京剧与莎剧在舞台布景和观众欣赏方面的诸多类似之处。20世纪五十年代，张振先对以京剧形式演出莎剧从剧场、舞台演出、观众等几个方面提出了自己的看法和可能。他认为，莎剧和京戏确实也有很多相同或相似的地方。对于一个熟悉京剧的观众来说，他更多地着眼于形式的欣赏，即使是同一剧团演出的同一剧目，剧情和故事的叙述也已经变得不重要了。这就是说，京剧观众在一定程度上可以忽略莎剧剧情，而着眼于京剧形式的魅力，但是也有莎学家对此提出了异议。孙家琇认为：改编莎剧，并不是简单易举的事，更不是直接"拿来"翻改缀补的事。孙家琇提出衡量改编是否成功的一个重要标准，即"是否合乎现实主义艺术创作的精神"。仅仅想象一下哈姆雷特、麦克白、夏洛克等外国人物身着京戏服装、走京戏台步、唱京

---

[1] 蓝凡：《中西戏剧比较论稿》，上海：学林出版社，1992年，第586页，第591页。

戏皮黄腔调，就觉得格格不入、十分滑稽。王元化认为，在中国演出莎剧"要严格采用道安废弃格义和鲁迅所主张的译文保存洋气，而不能采用以外书比附内典（格义）及削鼻挖眼（归化）的办法"。从来没有看过莎剧的观众，如果看了用中国戏曲形式归化的莎剧，认为莎剧是和我们的戏曲一样的，这并不意味着介绍莎士比亚的成功，只能说是失败。[1] 真要把莎剧"改编"为京戏，是否也有违反现实主义原则的危险或可能？在文艺要遵循"现实主义"创作原则的语境下，人们怀疑采用京剧形式不可能表现出莎剧中所蕴含的"人文主义精神"；而以京剧演出莎剧，又担心观众难以接受这种演出形式。

而1986年，借首届中国莎士比亚戏剧节的东风，二十五台莎剧一齐呈现在中国舞台上，不但有在现实主义思想指导下演出的莎剧，而且也有在浪漫主义思想指导下演出的莎剧；不但有话剧形式的莎剧，而且也有戏曲形式的莎剧演出。特别是近年来，戏曲莎剧的演出更是取得了长足的发展，无论在经典的重新演绎上，在莎士比亚精神的表现上，还是在戏曲艺术与莎剧的磨合上都取得突出的成绩，既诠释了莎剧中的人文主义精神，又在戏曲与莎剧的融合中展现了中国戏曲的包容性。通过不断努力，人们不但在实践上，而且在理论上认识到，莎剧与中国传统戏曲之间都有许多共同的内在精神上的契合，对于昆曲《血手记》这样的中国莎剧来说，人们并不希望改编是"按照原剧本不折不扣的翻版"[2]。在这一阶段中，采用昆曲、京剧、越剧、黄梅戏、川剧和丝弦戏改编莎剧都有成功的范例。昆曲《血手记》以戏曲写意手法，通过昆曲的程式

---

[1] 王元化：《思辨录》，上海：上海古籍出版社，2004年，第437页。参见李伟民：《从〈莎士比亚研究〉到〈莎剧解读〉：王元化的译莎论莎》，李伟民：《光荣与梦想——莎士比亚在中国》，香港：天马图书有限公司，2002年，第414—419页。

[2] 伊安·赫伯特：《西方戏剧经典在亚洲舞台》，朱凝译，《戏剧·增刊》，2008年第7期。

外化、突出了悲剧人物的心理状态。黄梅戏以"何必非真"的审美形式演绎了莎士比亚喜剧《无事生非》。该剧将黄梅戏唱腔、表演之美拼贴入莎剧《无事生非》的情节之中。黄梅戏《无事生非》的美学形态,呈现了后经典叙事、元叙事与虚拟和写意基础上的审美叠加。昆曲《血手记》与黄梅戏《无事生非》都是将人物的内心体验和外部表演结合在一起,既忠实莎剧原作的精神,又具有强烈的艺术表现力和审美的艺术价值。《血手记》和《无事生非》追求的是虚拟性表演、虚拟性空间装置、雕塑感和程式化,"写意容许变形的表现手法"[1],其审美感觉是在"想象"中完成的。婺剧是中国南方最古老的剧种之一。根据《麦克白》改编的婺剧莎剧《血剑》把莎剧对人性中假恶丑的鞭笞以古老的婺剧形式呈现在观众面前,通过后经典叙事的建构,在叙事与抒情之间的转换和互涉中达到了对人性的深度开掘。越剧《第十二夜》的改编,在固守莎剧精神、原著精髓和主题意蕴的基础上,以现代意识灌注于该剧的改编和演出之中,为中国莎剧改编提供了一部具有独特艺术价值的莎士比亚剧作和具有现代意识、现代感觉、现代信息、现代情感,深受现代观众喜爱的、具有鲜明美学追求的越剧莎剧。越剧莎剧《马龙将军》在莎剧《麦克白》的人文主义精神主题得到表现的基础上,实现了形式的替换与重构。从而将现代意识灌注于越剧《马龙将军》之中,在"情与理"戏剧观念的转换与音舞对叙事的改写中,形成了内容与形式、演出方式、戏剧观念等新的对话与互文性关系。越剧《王子复仇记》结合莎剧中的台词和越剧抒情性的特点,既糅合了越剧尹派唱腔委婉深沉和道情的抒情旋律以及绍兴大班高亢激越的特点,又突出王子哈姆雷特性格的复杂性,同时又能看到中国古代青年王子身上所反映出的人性积极的

---

[1] 王元化:《思辨录》,第469页。

一面。

　　自现代以来,以戏曲的形式搬演莎剧,人们首先想到的就是京剧,就是京剧是否能够成功搬演莎士比亚悲剧,特别是《哈姆雷特》。因为采用京剧这种艺术形式改编《哈姆雷特》本身就是现代审美意识的一种生动呈现,而经过改编的京剧《王子复仇记》的现代意识也表现为,调动京剧表演的各种艺术手段,演绎《哈姆雷特》中的人性,这就要求导演和演员,采用陌生的异域文化——京剧这种艺术形式,利用原作的故事,讲述一个现代人灵魂、人格的挣扎过程。我们认为这样的改编正是具有现代莎剧意识的具体体现。京剧莎剧《王子复仇记》实现了主题与形式的替换与重塑。从而将现代意识灌注于京剧《王子复仇记》之中,在"情与理"戏剧观念的转换与音舞对叙事的改写中,形成了内容与形式、演出方式、戏剧观念等新的互文关系,即表现为借鉴的"互文性主题"与表现为再造的"音舞性主题"。因为改编者通过京剧诠释了《哈姆雷特》剧中蕴含的人类时时刻刻都面临着罪恶的诞生,但人类也时时刻刻在重建自己赖以生存的家园的人文精神。改编所追求的是美好、和谐,是个体生命在这样的打破与建立之间完成的价值体现。根据莎士比亚戏剧《李尔王》改编的京剧莎剧《歧王梦》实现了从文本之间的互文到文化之间的互文,即展示了人文主义精神又在这种互文过程中与中国传统伦理教化实现了对接。京剧改编莎剧对于其他剧种具有示范和实验意义。而无论是京剧《歧王梦》还是越剧《王子复仇记》、丝弦戏《李尔王》,其表演也是现代舞台意识的生动呈现,这就是说戏曲在对待或处理审美主客(心与物)关系上[1]有自己的审美原则和习惯,即使面对悲剧和凄惨场景,观众也会为演员的动人唱腔和优美扮相、身段和过人

---

[1] 王元化:《思辨录》,第407页。

武功而喝彩。西方人对《李尔王》的故事情节可以说是非常熟悉的。如何利用京剧的形式表现其中所蕴含的人性的光辉，这是摆在编演人员面前的任务。对于中国悲剧来讲，不是以"激起恐惧与怜悯为目的"，而是以伦理美德的打动（感化）为目的。因为在实际上，中国悲剧并不是净化心灵的崇高审美——恐惧与怜悯，而是因合理（情理和伦理）而得到的道德感化———种高台教化的善的审美。[1] 如果将莎剧的再现生活形态与激烈的内心矛盾冲突与戏曲的表演形式结合在一起，既能够从观赏层面上表现莎剧中所蕴含的深刻的哲理内涵与心理活动，也能够从哲学与美学层面上深入挖掘京剧刻画人物形象，所以京剧《歧王梦》、昆曲《血手记》、越剧《王子复仇记》以及其他戏曲莎剧都较为完美地体现了众多人物性格上的复杂性、具象性、观赏性、准确性与概括性。花灯剧《卓梅与阿罗》（《罗密欧与朱丽叶》）在将花灯与莎剧对接中，以其遵循原作的悲剧精神为根本，以云南哀牢山彝族花山大寨卓梅与阿罗的爱情故事为线索，以戏曲特别是花灯载歌载舞的表现形式，把剧情与彝族民间习俗结合起来，在实现文本重构与形式替换的基础上，在思想内涵、艺术表现形式上对《罗密欧与朱丽叶》中的悲剧精神做了"写意性"的审美建构。川剧《马克白夫人》在川剧的唱、念、做、打程式中，不仅充分挖掘、外化了马克白夫人杀人前后的心理特征，而且通过改编把马克白的心理特征拼贴在马克白夫人的表演中，二者的心思、心理、行动合二为一，以角色的意识流动为线索，在叙述媒介的多样性的基础上，充分体现出人物的心理变态。川剧《马克白夫人》以"诗意"的川剧审美形式演绎了莎士比亚的悲剧《麦克白》，而《麦克白》则借助于唱腔和表演的诗意展现了人物性格、心理、行动和情感。二人转

---

[1] 蓝凡：《中西戏剧比较论稿》，第596页。

《罗密欧与朱丽叶》采用叙事兼代言的诗体形式，以"做比成样"的叙事手法，以抒情的"半真半假"与"相"的神似再现了原作的悲剧精神。粤剧《天之骄女》(《威尼斯商人》)、《豪门千金》(《威尼斯商人》)和《天作之合》(《第十二夜》)，运用粤剧舞台艺术表现手法，在中国化、地方化的改编中，突出了原作的喜剧精神，成为当代粤剧改编莎剧取得重要成绩的标志性戏剧。戏曲莎剧自然也离不开音舞这一特点。这种现代意识表现为，调动戏曲表演的各种艺术手段，演绎莎剧中的人性，对于耳熟能详莎剧的欧洲观众来说，对故事情节的了解是次要的，而审美感的获得则上升为主要方面。这就要求导演和演员，采用尽可能利用陌生的异域文化的外在形式，以戏曲的音舞讲述一个现代人灵魂和人格的挣扎过程。但也不是所有改编都是非常成功的。越剧《冬天的故事》是中国戏曲改编莎士比亚传奇剧的唯一尝试。越剧《冬天的故事》紧扣传奇这一特点，采用写意性表演，在艺术上借助于越剧的唱腔、程式展现了《冬天的故事》中人物的性格、心理、行动。在众多的戏曲改编莎剧的剧目中，《冬天的故事》虽然还难以称为是完美的改编，但却是具有一部鲜明美学追求的越剧莎剧。越剧莎剧《天长地久》(《罗密欧与朱丽叶》)在将越剧与莎剧对接的过程中，融入了更多的中国传统文化和伦理观念，在思想内涵、艺术表现形式上对《罗密欧与朱丽叶》中的悲剧精神做了重大变更。这一重大变动使该剧在回归越剧本体的同时，削弱甚至遮蔽了莎剧原作的思想价值和悲剧精神。

所以，昆曲、京剧、越剧、黄梅戏、川剧等剧种以"有歌有舞，以演一事"[1]的方式与莎剧的结合，无论在内容上还是在形式上都显现出

---

[1] 王国维：《宋元戏曲史》，南京：凤凰出版传媒集团/江苏文艺出版社，2007年，第6页。

了双重叠加的经典艺术价值。在此意义上,莎士比亚"可以教导我们如何在自省时听到自我……教我们如何接受自我及他人的内在变化,也许包括变化的最终形式"[1]。

从中国戏曲与号称西方经典的莎士比亚戏剧的对接中,我们可以看到,莎剧和中国戏剧、戏曲的结合相得益彰,从莎剧中我们更加看到了中国戏曲巨大的包容性和生命力。事实证明,中国的京剧和各种地方戏用来表现莎剧,具有独特的优越性。因为,京剧"是一种具有民族艺术特点的写意型表演体系……优秀的写意艺术比拙劣的写实艺术可以说更真实"[2]。

近年来莎剧如何为当代观众所接受并喜爱,一直是莎剧研究者所关注的课题之一,而中国戏曲莎剧的演出不仅成为连接东西方的文化纽带,而且也成为连接古代与现代的一条途径,成为古老艺术形式与现代戏剧观念的对接方式之一。所以,很多采用中国戏曲形式改编的莎剧受到了中国观众和西方观众的喜爱,对中国戏曲的传播与莎士比亚经典的回馈,取得的是双赢的成功。通过莎剧演出,人们认识到,既可以有传统形式的莎剧演出,也可以借莎剧表现现代生活和现代意识与观念,二者并不矛盾。莎剧成为连接过去与现在生活、思想观念、思维方式和人性的一座桥梁,也是戏曲莎剧当下获得现代性的必然方式。

四、解构与建构:"先锋性"莎剧的当代价值与商业性

新世纪以来莎剧演出更为活跃,而且已经不仅仅局限于前面两种

---

[1] 哈罗德·布鲁姆:《西方正典》,第22页。
[2] 王元化:《思辨录》,第467—470页。

形式的莎剧演出，而是融入了后现代元素的莎剧演出，出现了互文、戏仿与解构的莎剧演出，尽管对这种演出还存在着种种不同意见，但是这种解构式的先锋莎剧的演出却受到了年轻一代的欢迎，在艺术形式上显得更好看了，同时反映了观众追求感官刺激、追求享乐、追求多元的文化需求。而近年来被称为先锋实验精神的莎剧以著名演员作为号召一直活跃在中国舞台上，并且发生了很大的影响，受到了青年观众的热捧。中国青年艺术剧院的《第十二夜》采用戏仿、拼贴，融入当下社会世俗生活，在轻松、幽默、调侃、戏谑的喜剧氛围中，以"我秀（show）故我在"的喜剧精神，诠释了原作的人文主义思想。林兆华的《哈姆雷特》被誉为中国最具先锋实验精神的戏剧作品之一，他对《哈姆雷特》进行的全新阐释，一扫过去对《哈姆雷特》排演所形成的思维定式，形成了极强的解构性，同时也在另一层面上进行了新的建构。相对于《哈姆雷特》来说，《理查三世》引起的争议更多。在演出中，让观众感受到的是群体声音和形象的轮番轰炸。如果说《哈姆雷特》是一个令人眼花缭乱的万花筒，那么林兆华是如何转动《哈姆雷特》这个万花筒的呢？这就是角色之间的互换。"第一幕中，当新国王克劳狄斯与王后劝慰哈姆雷特之后，准备携手离去，这时，垂头丧气的哈姆雷特突然精神抖擞，变成踌躇满志的国王，挽起王后的手臂，昂然下场，刚才还趾高气扬的国王克劳狄斯则头一低，满脸阴郁，变成了哈姆雷特，开始诉说内心的痛苦。"[1] 通过这种外部形象的转换，他们的内心世界也发生了根本变化，两个人的精神世界形成了强烈的对比、对立，并且在这种对比、对立中显示出人性的复杂。林兆华将文艺复兴时代的一出具有强

---

[1] 刘烈雄：《中国十大戏剧导演大师》，北京：中国人民大学出版社，2005年。

烈人文主义精神的悲剧，建构为当代人和当代生活的悲剧，"使莎剧充满了荒诞不经的迷幻色彩，在障眼法的后面，却深藏着导演的生命哲学"，成功地将文艺复兴时代的人文主义精神移植到20世纪人类所面临的尴尬和两难之中，通过对人性的深入发掘与天才链接，以对悲剧和经典《哈姆雷特》的隐喻认知解构了原有的"人文主义精神"，建构了"人人都是哈姆雷特"的感悟，利用人们已经熟悉的经典，将观众带入经过解构的莎剧之中，为观众提供了认知经典莎剧与人性的新视角，将人性中的美与丑、善与恶、爱与恨、生存与死亡、平凡与伟大以及平和与焦虑展现给了中国观众。林兆华对《哈姆雷特》"人文主义精神的解构"与对忍受着荒诞处境折磨，像吮吸母乳一样吮吸母亲的痛苦的神经质的城市孤儿形象的建构，[1]在某种意义上拓展了我们对于莎士比亚戏剧特别是《哈姆雷特》的理解。正如杜清源所认为的，林兆华的《哈姆雷特》的演出，"起码在两个方面突出地显示了他们的创造意识：一是对哈姆雷特艺术形象的重新解释并赋予独特的体现方式；二是对'墓地'一场意蕴的开掘，并由此而创造出新的舞台景观"[2]。这种解构与建构是面对经典可贵的创造意识，正是中国导演在阐释《哈姆雷特》过程中所表现出来的中国意识和中国化，这种"抛弃实景做法……取消大量形体动作……演员叙述故事"[3]的方法对传统演绎的《哈姆雷特》的主题、内容和认知的解构与建构中使我们看到莎剧不朽价值的同时，构成了莎剧的当代价值与现代性，也是我们为什么要不断在舞台上特别是中国舞台

---

1 参见孟京辉：《先锋戏剧档案》，北京：作家出版社，2000年，第357页；陈吉德：《中国当代先锋戏剧》，北京：中国戏剧出版社，2004年，第62页。

2 杜清源：《舞台新解》，林克欢编：《林兆华导演艺术》，哈尔滨：北方文艺出版社，1992年。

3 张仲年：《中国实验戏剧》，上海：世纪出版集团/上海人民出版社，2009年，第33页。

上搬演莎剧的理由之一。相对于《哈姆雷特》来说，林兆华的《理查三世》引起的争议更多，在演出中，让观众感受到的是群体声音和形象的轮番轰炸。林兆华的《理查三世》既阐释出原作的深刻内涵，又在戏仿与隐喻中获得了部分观众的理解与认同，该剧既通过舞台叙述话语与当下观众理解的戏仿呈现了莎剧的魅力，又通过隐喻引发了观众对所谓的人性与权力的再思考。

进入21世纪以来，国内的戏剧舞台上已经不满足于完全遵循现实主义风格或浪漫主义风格演绎莎剧的路数，而是借用莎剧的故事，大胆吸收各种艺术形式来演绎莎剧，对莎剧演出进行商业包装。无论是编剧还是导演、演员首先追求的是好看，适合当代青年的欣赏口味。演员由影视明星或大腕担任，布景豪华，服饰华丽，演员众多，舞美和音乐富于流行性、现代感。由著名导演田沁鑫编剧、导演，郝平、陈明昊主演的《明》因对莎士比亚的《李尔王》改编的角度和风格的改变而引起了较大的争议。该剧的故事情节为：皇帝年事已高准备退位，却不知道该把江山传给三个儿子中的哪一个。身边的大臣推荐皇帝参考莎士比亚的名剧《李尔王》。《明》讲述的是一个励志的故事，当李尔王走进中国，走进明朝的时候，他不是国王了，他变成了天子。该剧突出了在江山面前所有的人都是过客，皇帝也不例外，大胆采用了间离等舞台效果，该剧已经不再是悲剧，而调侃、幽默占据了舞台……该剧把权力演绎为：权力最好的象征就是一把椅子。所以舞台上没有皇位，而是十几把一模一样的椅子。中国戏的精神是"戏是戏"，"戏"是繁体字装扮的意思……它的重点不在"教"而在"乐"。乐是一种平等的态度。李尔王对立的角色是朱元璋，李尔王的女儿则成了诸皇子。由林兆华导演、濮存昕主演的《大将军寇流兰》（改编自莎士比亚的《科利奥兰纳斯》）以"深入到人类社会更为本质的思考"映照我们生存世界的面貌，进而透视世界本身。该剧通过大段诗化的独白及演员奔放不羁的表演与舞美设计的空间感、仪式感，以及摇滚乐队的活力，把悲剧英雄马修斯的性格刻画得异常细腻，但却在整体上颠覆了莎士比亚对人性的深刻把握，造成了人文精神的失落。表演形式排挤了莎剧中的精神和文学内容，莎剧中的人文精神已经演变为"表演形式和表演技艺的载体"[1]。舞台的豪华气势，已经淹没了导演林兆华所期许观众觉悟到的戏剧与人文精神，成为了解构中的再解构。该剧引起争议较多的是采用摇滚形式解读莎剧遭到强烈质疑，悲剧采用倾斜矗立的钢架、粗线条的桌椅、昏黄的灯光、粗布大袍的布景与服装设计，"既古典又现代"，以强烈的摇滚精神和金属气质给观众以强烈的视觉与听觉上的冲击，观众由此产生怀疑这是否就是莎剧。

近年来，西方主流莎学忽视莎剧跨文化改编的倾向得到纠正，在中国，除了大陆排演的莎剧外，台湾的"豫莎剧"《约/束》(《威尼斯商人》)，台湾当代传奇剧场的《王子复仇记》《欲望城国》(《麦克白》)和《暴风雨》，台北新剧团的《胭脂虎与狮子狗》(《驯悍记》)，河洛歌子剧团的歌仔戏《彼岸花》(《罗密欧与朱丽叶》)，台湾客家采茶剧团的客家大戏《卡丹纽》，均展现了莎剧的"本地化"，有时甚至是莎剧的"全球本地化"。同时，随着文化、戏剧交流的日益频繁，自20世纪八十年代以来，许多外国戏剧演出团体相继来华演出莎剧，例如英国老维克剧团的《哈姆雷特》和英国的TNT剧团演出的系列莎剧。国家大剧院、国家话剧院、中央戏剧学院、上海戏剧学院举办的戏剧、莎剧系列演出均汇集了国外多个戏剧演出团体演出莎剧，成为中国莎剧舞台上另一道亮丽的风景线。

---

[1] 陈友峰：《生命之约：中国戏曲本体新论》，北京：文化艺术出版社，2008年，第344页。

改革开放以来，随着对外交往的频繁，为了语言学习和文化交流的需要，高等院校学生莎剧演出较前三十年可以说是从无到有。在高校莎剧的演出中，以中文莎剧演出为辅，英文莎剧演出为主。高校莎剧的演出在新时期以来取得比较突出成就的是北京师范大学北国剧社的《第十二夜》和《雅典的泰门》、南京大学中文系学生影剧社的《驯悍记》和解放军艺术学院戏剧系的《威尼斯商人》(英文)。但是近年来，上述高校的莎剧演出已经成为遗响，取而代之的是高校学生英文莎剧的片段演出或高校学生自行举行的莎士比亚戏剧节。这些学生自己举行的莎剧演出或莎剧节大多缺乏经费，或者出于对莎士比亚戏剧艺术的向往，或者由于语言学习的需要，在艺术与审美方面还处于模仿的阶段，艺术水平较为粗糙，由于在艺术上不堪与专业戏剧团体相匹敌，学生流动性大，缺少指导，缺乏经费，往往陷于自生自灭的尴尬局面，一般随着学生的毕业，任务的完成，演出也就自然终止了。据统计，上海外国语大学截至2008年已经举办了十三届莎士比亚戏剧节。四川外国语大学截至2008年已经举办了三届莎士比亚艺术节。自2005年起，由香港中文大学连续承办了五次"中国大学莎剧比赛"，每届比赛国内都有近十所高校参加。莎剧比赛采用英文，演出不超过15分钟。北京大学的《亨利五世》、对外经济贸易大学的《凯撒大帝》、北京外国语大学的《奥赛罗》和武汉大学的《哈姆雷特》分别夺得了前四届的冠军。2008年4月25日江西上饶师范学院举办了第一届莎士比亚戏剧节，演出了《仲夏夜之梦》和《麦克白》片段。四川大学生命科学院在2008年4月26日举行了莎士比亚戏剧节宣传活动。2006年武汉大学外国语学院举办了"莎士比亚戏剧节"。2007年11月22—24日在武汉大学举办了第四届中国大学生莎士比亚戏剧节大师班。2007年在"纪念中国话剧诞辰一百周年暨重庆市第二届大学生戏剧节"期间，由四川外国语大学国际商学院选送的《哈姆雷特》获得了"优秀演出奖"和"优秀表演奖"，剧中身着白衣忧郁的"白王子"与一袭黑衣的复仇"黑王子"，通过强烈的对比和视觉效果，对哈姆雷特复杂的内心做了具象化的诠释。上海师范大学外国语学院于2007年5月15日举办了"首届莎士比亚戏剧节"。在中国大学举办的"莎士比亚戏剧节"一般均由外国语学院承办，大多以英文演出。虽然，这些演出还显得稚嫩，但显示了大学生对莎士比亚，对戏剧演出的热爱以及对文艺复兴时期莎剧语言相对娴熟的把握。[1] 高校莎剧演出活动对于培养大学生的戏剧兴趣有着不容忽视的积极作用。但总体来说，无论是高校的莎剧演出、莎剧节，还是高校莎剧比赛，高校学生莎剧演出的水准需要不断提高却是不争的事实。

　　无论是话剧莎剧还是戏曲莎剧，其在中国舞台上的演出已经成为中国戏剧与世界戏剧对话的一条重要途径，甚至也在某种意义上成为挖掘当代社会中的人性与戏剧灵感的源泉和本体。回顾莎士比亚戏剧在中国舞台上流光溢彩的岁月，我们看到无论在话剧莎剧，还是在戏曲莎剧中，都涌现出一批可以称为具有经典因素的中国莎剧，[2] 把这些中国莎剧放在世界莎剧的舞台上与其他国家的莎剧相比，可以说是毫不逊色的。而其中最主要的特色，就在于中国莎剧的导表演者对莎士比亚思想与人文主义精神的独特诠释与中国戏剧、戏曲以其独特的美学思想对莎剧的丰富；在于我们可以以各种不同的戏剧、戏曲演绎莎剧，而这正是莎剧演出在中国舞台上的生动写照，也是其影响力、魅力与活力之所在。

---

[1] 李伟民：《比较文学视野观照下的莎士比亚研究》，《中南民族大学学报》（人文社会科学版）2006年第5期，第170—174页。

[2] 李伟民：《中国莎士比亚批评史》，北京：中国戏剧出版社，2006年，第477—478页。

"人人都是哈姆雷特"
——论林兆华对《哈姆雷特》的主题再创[1]

孙艳娜

《哈姆雷特》在中国的话剧演出最早出现在抗日战争期间的江安,由焦菊隐(1905—1975)执导,旨在鼓舞军民的抗日斗志。自此之后,中国舞台上的哈姆雷特多以"忧郁王子"或"人文主义英雄"的定格形象出现在观众面前,着重强调其延宕、迟疑不决的悲剧性格或脱离民众的历史阶级局限性。而1989年由著名话剧导演林兆华在北京创办的个人戏剧工作室出资导演的《哈姆雷特》,却给莎士比亚的这个传统剧目注入了一股新鲜的血液——用现代中国人日常生活中所普遍面临的选择困惑与哈姆雷特面临"生存还是毁灭"抉择困境的相似性来重新诠释和重构原著的指导思想,赋予莎翁的文学主题以来源于导演的灵感和意识的第二个主题,即"人人都是哈姆雷特"。别具一格的舞台艺术形象再现形式使林导演的第二个主题得到了充分的体现,林兆华版的《哈姆雷特》也因此被誉为中国在莎剧改编方面最具有先锋实验精神的戏剧作品之一。

---

[1] 本文选自《四川戏剧》2010年第1期,收入本集时编者对个别字词做了修改。

一、改编背景

20世纪八十年代末，苏联模式的各种艺术定式被抛下了神坛，中国的导演们开始以自己的思想执导各种中外话剧或戏曲。经过短短几年的改革开放，中国在经济上取得了一定的成就，开放政策的实施使一部分人通过各种方式先富了起来；但是，改革形势仍是春寒料峭，改革步伐步履艰难，社会各界对中国姓"资"还是姓"社"展开了更加激烈的争论。

面对"中国该何去何从"、"自己该如何走"等一系列问题，国人在不断的争论中愈加困惑。于是"下海"便成为人们茶余饭后的谈资，"拜金主义"为许多人所崇尚，人们的思想在国家政治民主不断开放与进步中开始失去了标准，个人主义思想大肆滋生，道德标准受到了空前的挑战。中彩票、拿红利、一夜暴富成为许多人追求的目标，对社会责任的思考几乎缺失，都成为严峻的亟待解决的社会问题。正是在这样的形势下，有责任感的精英们适时地站了出来，用独特的视角去观察社会，捕捉到为人们所困惑的问题，从而为大众提供正确的导向，林兆华导演的《哈姆雷特》就是其中之一。正如林导所说的：

> 我觉得活着的有思想的人都可能面临哈姆雷特那样的命运，当我想到这里的时候我脑子有了"人人都是哈姆雷特"这个想法，我就知道该怎么去排这个戏了。[1]

---

[1] 孟京辉：《先锋戏剧档案》，北京：作家出版社，2001年。

二、主题的重构

就《哈姆雷特》的主题而言，莎剧研究早已表明了这部剧的多面性，文学评论家的看法也是异彩纷呈。早在18世纪，《哈姆雷特》被看作是复仇剧。塞缪尔·约翰逊（1709—1784）因为哈姆雷特未能替父报仇而严厉地批评他纯粹是受人利用的工具而不是主动人。塞缪尔·泰勒·柯勒律治（1772—1834）解释说，哈姆雷特的无能归咎于他沉着有余而果敢不足的性格。19世纪的安德鲁·布拉德雷（1851—1935）赞誉他是个高贵的年轻人，可惜他的这种本质完全掩埋在父亲亡故和母亲新婚给他造成的抑郁之中。到了20世纪，一些评论家认为这完全是个关于宗教的剧目，因为伊丽莎白时代的人坚信死去的人和活着的人是可以互相沟通的。还有一些人着重强调"记忆和遗忘"的主题，他们的理论依据是老国王的鬼魂反复要求哈姆雷特王子"要记住我"！这可真是众说纷纭，莫衷一是。在改编莎士比亚这个戏剧舞台上屡演不衰的传统剧目时，林兆华导演自有他个人的体会和看法：

> 作为导演，每排一部戏，都得有个第二主题。这第二主题是我的。第一主题是文学的。比如我排莎士比亚的剧可以不改他的台词，只作一点删节，可以按照他原来的台词去演。但我强烈地把我自己的一些东西，把我独立的一些思索、独立的状态，放在这个戏当中。这是导演的第二主题。[1]

为了阐释自己对莎翁原著主题思想的理解，即他所说的"第二个

---

[1] 林兆华：《戏剧的生命力》，《文艺研究》2001年第3期。

主题",林兆华主要从三个方面着手来改编和上演这个经典剧目。如果用荒诞派戏剧理论来套用的话,那就是舞台布景的荒诞性、舞台表演手法的重复性和错位性。

(一)舞台布景荒诞化

第一眼就能给观众很深刻印象的是与众不同的舞台布景:几片破旧的深灰色幕布悬挂在舞台后方,地面上也铺着同样颜色、同样质地的幕布,给人一种颓废和压抑的感觉。在舞台出入口处堆放着破破烂烂的废旧机器,红绿小灯还时不时地一闪一闪。舞台中央上空悬挂着五台时转时停的电风扇。整个舞台上根本就无道具可言,只有一把废旧的老式理发椅用来充当国王的御座。这样的舞台布景完全替换了传统的富丽堂皇的丹麦宫廷设计。相反,任何一件物品都是那么的丑陋、污秽和颓废,使得哈姆雷特眼中地狱似的丹麦城堡活生生地展现在观众面前。"所有一切,构成了一个由没有生机、没有活力的机器所统治的世界。"[1] 人在这种生存环境下是无奈的,他无力改变自己的处境,因此人的存在也是荒诞的。显而易见,林兆华深受以塞缪尔·贝克特(1906—1989)为代表的荒诞派戏剧的影响,虽然他本人声称他没有被各种流派理论所左右。当然,这样的舞台处理也源自个人戏剧工作室拮据的经济开支,林导演只有充分利用一切可使用的资源以便把开销降低到最小。由于有限的开支和小剧场本身的特点,林兆华导演的《哈姆雷特》剧总共起用了九名演员,有时一名演员身兼数个角色。

在伊丽莎白时代的舞台上,几乎所有装扮都是别具匠心的,简单

---

[1] 林克欢:《林兆华导演艺术》,哈尔滨:北方文艺出版社,1992年。

地更换一下名字或装束或戴上点假胡子就表明人物身份已经发生了变化，完全没有必要进行彻底地改头换面，因为演员随时都有可能要回到原来的角色。[1] 林兆华执导的《哈姆雷特》也充分体现了莎士比亚时代的这个舞台表现手法，比如吉尔登斯吞听说戏子已经来到王宫就起身去迎接他们，眨眼工夫等他再转身回来的时候，他的身份已变成了和哈姆雷特交谈的一名戏子，不需要任何装扮甚至连点假胡子都不用。

　　与质朴简单的舞台设计相一致，林兆华版《哈姆雷特》剧的演出服装也是朴实无华的，大多数演员都身着中性颜色的便服，只有王后是个例外，白色的长袍象征着她的纯洁，红色的外套代表着她新近再婚。这样一来，林兆华版《哈姆雷特》剧中的每一个人物，不管他是国王还是王子，都是普普通通的一员。事实上，通过演员身着中性颜色的服饰装扮，林兆华的目的还在于要打破中国戏剧深受20世纪五十年代苏联莎学专家用现实主义来诠释莎剧的传统局面，就像他在说明书中阐述的：

> 哈姆雷特离开我们已经太久了。人们把他悬挂在半空中，好像他生来多么高贵，让他像"一个披着满头假发的家伙在台上乱嚷乱叫，让那些只爱热闹的低级观众听了出神"。现在，我们要让他回到我们中间来，作为我们的兄弟和我们自己。[2]

中国观众所面对的哈姆雷特已经不再是个为父报仇的王子，也不再是个为正义而战的英雄，而是你我之间的一员，是你或是我。换言之，这种看似简陋、单调的舞台设计和演出服装其实蕴含着导演的别有用心、另

1　Maurice Charney, *How to Read Shakespeare*. New York: Lang, 1992.
2　林兆华:《哈姆雷特》说明书。

寓深意，即哈姆雷特就是日常生活中的你和我，这营造了本剧大的基调，为"人人都是哈姆雷特"这第二个主题的下一步发掘做了很好的铺垫。观众由此产生的疑惑也随着剧情的逐步展开而释然。

（二）剧本结构调整

虽说莎士比亚本人并没有把他的剧本划分成幕场，但莎学家从1676年开始把他的剧作一律看作五幕剧。在幕场划分这一点上，林导演没有做任何的变动。但他却把原作中"墓地"上的两个掘墓人的戏份进行分解而后重构，放在每幕的开头，用于贯穿全剧的始终。比如第一幕的开场白，其中一个掘墓人让另一个去给他打瓶酒，他的同伴应声走向舞台，摇身一变就成了本应随着国王、王后和哈姆雷特同时出场的波洛涅斯。另一方面，舞台上两个掘墓人对"坟墓"、"骷髅"、"死亡"不离口。所有这些的重复与再现进一步突出了林导演的另一个第二主题，那就是"死亡无处不在"：哈姆雷特为了替父报仇，克劳狄斯为了篡夺王位、为了赢得王后的喜爱、为了满足自己的野心，他们一个个苦苦地挣扎在这座毫无生机和活力的城堡之中，奋起反抗，可终究没有一个能够逃脱死亡的命运安排。

在故事情节的安排上，林兆华还做了一个小小的变动，那就是把"祈祷戏"直接放在国王把哈姆雷特遣送去英国之后，让克劳狄斯一人留在舞台上说："我必须知道他已经不在人世了，我的脸上才会重新浮起笑容。"低头沉思片刻之后，他接着说："我的罪行是多么可耻！这罪行蒙上人世以来最古老的诅咒，杀害兄弟。我无法祈祷……"至此，哈姆雷特根本没有机会听到他叔叔内心的忏悔，也就根本没有机会去犹豫该不该杀掉国王以报杀父之仇。具体地说，他之所以没有挺身反抗国王来为父报仇,是因为他完全没有机会,所有的一切都那么顺理成章地发生、进行着。当他通过"捕鼠器"这出戏测探出克劳狄斯是真正的杀父仇人时,他就被王后召进后宫。在那里,哈姆雷特误杀了躲在帷幕后面的波洛涅斯,也给了国王很好的借口把他派送去英国。没有任何的抗议,哈姆雷特从命踏上了去英国的渡船。换句话说,林兆华进一步颠覆了长期以来认为《哈姆雷特》是复仇剧的传统阐释:在他的舞台上,哈姆雷特已经不再是个优柔寡断的丹麦王子,不再困惑于复仇和正义的使命感与责任感,他所面临的抉择问题也是平凡的你我在日常生活中经常会碰到的。据此,"人人都是哈姆雷特"的主题又进一步得到了升华。

(三) 角色互换与错位

角色互换是荒诞派戏剧最常用的错位式结构舞台手法之一。在林兆华版的《哈姆雷特》中,通过演员角色的转换与交换突出了"你我一体"的思想,即你中有我,我中有你,我即是你,你即是我,从而成功地完成了林导演所要追求的"人人都是哈姆雷特"的第二个主题。

第一次人物关系对换发生在哈姆雷特和克劳狄斯之间。面对沉浸于丧父之痛的哈姆雷特,国王和王后极力劝说他留在丹麦。当哈姆雷特说愿意遵从母后意愿时,克劳狄斯一脸的开心:"好,答的好!"突然之间,他头一低,脸色骤然阴沉下来。而此时此刻,哈姆雷特挽起王后的手臂:"来,夫人。"然后,昂然退场。克劳狄斯一人被留在舞台上,摇身一变成了郁郁寡欢的丹麦王子,发出了"软弱,你的名字是女人"的呐喊。哈姆雷特和克劳狄斯人物身份的交换诠释了林兆华对莎剧的全新理解,那就是:克劳狄斯所具有的野心勃勃、杀戮兄弟、与嫂乱伦随时随地都有可能在哈姆雷特身上上演。与此同时,历史的偶然性也得到了强调：

> 你今天是国王明天可能就是小丑，你今天是哈姆雷特，明天也可能是国王。人的处境是经常变换的，所以角色也是置换的。[1]

而哈姆雷特和波洛涅斯的角色转换是在哈姆雷特定下心来用戏子试探国王之后，波洛涅斯以哈姆雷特的口吻诉说要揭露阴谋的决心。诚实、正直、高贵的哈姆雷特又变成了愚蠢、奸诈的波洛涅斯。这两次的角色互换为下一个更重要的角色互衬与角色重叠做了很好的铺垫。

成三角形站立在舞台上方，哈姆雷特、克劳狄斯和波洛涅斯共同发出了"生存还是毁灭"的质疑。

> 哈姆雷特：生存还是毁灭
>
> 克劳狄斯：生存还是毁灭
>
> 波洛涅斯：生存还是毁灭
>
> 哈姆雷特：这是个要考虑的问题
>
> 克劳狄斯：这是个值得考虑的问题
>
> 波洛涅斯：这是个必须要考虑的问题
>
> …… ……
>
> 克劳狄斯：这是个值得考虑的问题
>
> 波洛涅斯：这是个必须要考虑的问题

---

[1]《〈哈姆雷特〉10月上演 林兆华：濮存昕是最大看点》，《人民网》2009年2月17日。

此时此刻，陷入困境而徘徊在默然忍受命运的暴虐与奋起反抗人世苦难之间的哈姆雷特不再孤独，罪孽深重的克劳狄斯和老奸巨猾的波洛涅斯也面临着同样的抉择。不管你是国王、是王子、是臣子，不管你是好人还是坏人，不管你正直、不忠还是奸诈，每个人都发出了同一个声音："生存还是毁灭"，每个人都遭遇了选择的困惑而备受折磨。哈姆雷特、克劳狄斯和波洛涅斯三个角色在舞台上的错位和重合引导观众去思考哈姆雷特这个人物形象的定位——是别人？是自己？我是哈姆雷特？……从而加强了观众与剧情潜在的互动，使作品的感染力大为提高。"生存还是毁灭"已不再是哈姆雷特个人的问题：

> 哈姆雷特是我们中间的一个，在大街上我们也许会每天交错走过，那些折磨他的思想每天也在折磨我们，他面临的选择也是我们每天所要面临的。生存或者死亡是个哲学命题，也是生活中每一件具体的大事和小事。或者不是，你只能选择其中一种。[1]

同时，随着三位演员同声在舞台上扪心自问："生存还是毁灭"，演员与观众的共鸣达到了高潮，使观众不得不审视自己、反思生活，从而积极主动地去面对现实问题而不是回避日常生活中的难题。至此，林兆华对莎剧《哈姆雷特》主题的再创作——"人人都是哈姆雷特"完成了质的飞跃，从而实现了他改编、导演该剧的初衷：

> 我们今天面对哈姆雷特，不是面对为了正义复仇的王子，也

---

[1] 摘自林兆华1990年版《哈姆雷特》说明书。

不是面对人文主义的英雄,我们面对的是我们自己,能够面对自己,这是现代人所能具有的最积极、最勇敢、最豪迈的姿态。除此之外,我们还有什么?[1]

三、物质再现"戏中戏"

除了用现代中国人所面临的日常生活中选择的困难与哈姆雷特所面临的"生存还是毁灭"抉择的困境的相似性来重新演绎莎士比亚巨著主题,林兆华导演还采用现代剧场表演手段来深入地发掘莎翁在原作中体现的用意。比如,为了试探国王,哈姆雷特决定让戏子把鬼魂所讲的故事编排成一出戏。在这幕戏中戏里,林兆华采用了一种特殊的电影技巧,即"镜头回放"。

哈姆雷特对国王和王后解释说:"下面这个角色叫陆西亚诺,是国王的侄子。"陆西亚诺应声走上舞台,口中念念有词:"黑心快手莫失良机,趁人不备立即出击。变成毒汁吟诵咒语……"但他没有径直走向躺在地上的戏子国王,而是移步来到克劳狄斯的背后。与此同时,克劳狄斯慢慢从御座上站了起来,把毒液倒在沉睡中的老国王耳内,而后摘下王冠。这时,哈姆雷特大喊:"这个坏蛋为窥视王位把国王在花园里毒死了。这个故事剧本保留完好,是用很好的意大利文写成的。"奥菲莉娅突然叫道:"国王站起来了。"哈姆雷特问:"怎么,被空枪惊吓?"波洛涅斯下令:"不要再演下去了!"话音刚落,就像我们平时常见的录像倒带一样,哈姆雷特、克劳狄斯和波洛涅斯后退到刚才他们各自的位

---

[1] 摘自林兆华1990年版《哈姆雷特》说明书。

置。这次,没有陆西亚诺的旁白,克劳狄斯再次把毒液放入躺在地上的戏子国王耳内,再次拿起他头上的王冠。一切都是刚刚舞台动作的重放。可是当波洛涅斯命令把戏停下来的时候,克劳狄斯一个惊吓失手把王冠跌落到地上,呆呆地站在原地不动。这时,陆西亚诺走上前去恢复了他应有的角色身份,把跌落在地的王冠举了起来。一阵沉默之后,王后问:"陛下怎么了?"克劳狄斯迟疑了一下,满脸惊恐地说:"火把,火把,给我点起火把!"顿时整个舞台喊了起来:"火把,火把。"

莎士比亚时代的舞台大多以重听觉效果为主而不是依赖舞台布景或借助表演道具来追求一种视觉感应。这样的剧场处理手法就要求观众紧密、主动地配合每一位演员的舞台表达,然后充分发挥想象力以期很好地理解莎翁的意图。随着科技的日新月异,现代剧院往往更看重视觉效果,采用多种多样的舞台表现手法,比如服装、化妆、道具、舞台布景、灯光和音乐。可以这样说,林兆华导演的现代中国版的《哈姆雷特》借助电影表现手法"镜头回放",在舞台上直观地再现了老国王被毒杀的整个过程,而不再是简单地遵循莎老先生的言辞表述。

四、结　论

林兆华导演大胆地摆脱了传统的思维定式,以极富创新的思想,"敢于摸着石头过河",在舞台设计、舞台形象艺术表现手法、情节安排等的通盘协调运作下,成功地诠释了他个人对于《哈姆雷特》剧的全新理解,表达了"人人都是哈姆雷特"这一主旨。林兆华版《哈姆雷特》不仅起到了引发观众去认真思考生活、对待问题的社会现实意义——这正是导演创作改编此莎剧的真正目的所在——而且对中国学术界的莎剧改编和导演产生了巨大的影响力。虽然说林兆华的简单信条就是"你不可能影响政治,你也不可能用你这个东西来影响戏剧界,不可能也用不着"。但林导演的《哈姆雷特》剧给中国话剧舞台上演绎莎士比亚剧作提供了一种前所未有的改编思路却是不争的事实,即不具有任何政治色彩的艺术改革创新也同样服务于社会,这无疑具有很强的学术意义。

中国戏曲及歌剧改编莎士比亚

中西文化在戏剧舞台上的遇合
——关于"中国戏曲与莎士比亚"的对话[1]

叶长海（主持）

主持人按：首届中国莎士比亚戏剧节，确实是一次中外剧坛令人瞩目的盛举。在上海演出的十七台戏，都为这次戏剧节增添了光彩。其中四台戏曲的演出，令人注目。上海越剧院三团的《第十二夜》、杭州越剧院一团的《冬天的故事》、上海昆剧团的《血手记》(《马克白斯》)和安徽省黄梅戏剧团的《无事生非》，共同构成了戏剧节中一种引起中外人士广泛兴趣的戏剧现象。演出已经结束，但对这种戏剧现象的讨论与评价，已成了戏剧工作者不绝于口的话题。为了使这种讨论深入下去，本刊特邀请这四部剧的导演胡伟民、王复民、李家耀、蒋维国，举行题为"中国戏曲与莎士比亚"的学术对话。本刊编者叶长海参加并主持了对话。

主持人：

以中国戏曲的形式来演出莎士比亚的戏剧，这是这次戏剧节的一

---

[1] 本文选自《戏剧艺术》1986年第3期，收录时根据实际情况将原文的"编者"改为"主持人"。

个重要特色。报纸上已对此展开了讨论。本刊特请你们几位艺术创造者来交谈这个问题，正是这种讨论的继续。我认为，中国戏曲演出莎剧，这是中西文化在中国戏剧舞台上的一次不平常的遇合。在今天的中国，在对外开放的改革浪潮之中，在东西方两种文化互相碰撞、互相融合的背景之下，中国传统戏曲舞台上出现上演外国戏剧的热情，这里具有历史的必然性，也就是现实的合理性，其意义将越来越清楚地表现出来。正如大家所指出的，中国戏曲演出莎士比亚戏剧，对于戏曲引进外国戏剧文化以及中国戏剧走向世界，都有作用。其实，"戏曲演出莎剧"，已成为一种艺术活动实体，可以从多角度进行审视与剖析，这里有基础理论的问题，也有应用理论的问题以及技术性的问题，都值得深入研究与总结。本刊请这四台戏的导演进行对话，正是试图把诸位在实践中逐渐形成的想法（实际的研究成果）公之于世，借以推动这种研究的展开。

真是无巧不成书，你们这四位导演，都是有数十年经验的话剧艺术家。也许这并不是一种巧合，这本身就是一种值得深思的现象。由你们来谈论"中国戏曲演出莎剧"这一个题目，自然地包含着话剧与戏曲、中国戏剧与外国戏剧这两个领域的比较研究，这正是一种活生生的比较戏剧学。

中国戏曲拥抱莎士比亚

胡伟民（越剧《第十二夜》导演）：

在首届中国莎士比亚戏剧节上，三个中国地方戏曲剧种（昆曲、越剧和黄梅戏）演出了四个莎士比亚剧目——喜剧《第十二夜》和《无事生非》、悲剧《马克白斯》和传奇剧《冬天的故事》。古老的中国戏曲与莎士比亚的对话成为令人瞩目的戏剧现象。"不可思议"的构想突然变为现实，而且气势恢宏，确实使人大感意外，加之"对话"的方式多种多样，激起了戏剧界和一切关注文化事业发展的人们的浓厚兴趣。继而，冷静下来，从表层深入内核，对上述演出认真思考与剖析一下，这几个戏曲莎士比亚的出现究竟意味着什么？

我认为，首先要从总体背景上看待这种戏剧现象。随着改革开放政策步步推行，我们终于从封闭式的梦中苏醒，意识到面向纷繁的世界，必须认识纷繁的世界。开创政治经济的新局面，需要相对稳定和谐的文化气候，莎士比亚戏剧节正是在这种大背景下举行的。三十多年的经验教训，使我们痛切地感到，对人类文明必须尊重，充分吸收世界文化的一切优秀成果，是建设社会主义新文化的重要前提。对外来文化从排斥转化为接纳，从歧视变为欢迎，正是实行此种重大变化的标志。

中国戏曲热情拥抱莎士比亚时，是以自己独特的艺术语言来叙述莎士比亚的，这说明我们在承认他人的同时，绝不轻易丧失自己。这几台演出，都具有东方的、中华民族的、中国戏剧美学的气质和风范。强烈的民族文化意识与西方文化意识，互相吸收、互相渗透、互相交融，汇合成一种新型的文化大流。这种倾向生动地表明，在反对华夏文化中心偏狭心理的同时，我们也反对盲目崇尚西方、全盘西化的虚无主义。

如果我们认为这四台演出已经尽善尽美，那是不符合事实的。然而，它们诞生在历史新时期，反映了正确的现代文化趋向，却是确定无疑的了。

蒋维国（黄梅戏《无事生非》导演）：

用戏曲形式来表现莎剧，有其深远的意义。莎士比亚剧是世界文化宝库中的璀璨明珠；但在中国，目前还只是在一个比较小的圈子里受到欣赏。这样的珍品和财富，理应为更多的中国观众所享有；而中国戏曲拥有着数量极大、层次极丰富的观众，如果他们能够通过戏曲了解、懂得并欣赏了莎士比亚乃至其他名家的作品，对于提高我国人民的文化水平无疑是有益的。其次，莎剧倚仗戏曲得以在中国民族土壤中植根，而戏曲通过"引进"莎士比亚使自身得到丰富、发展，这是一件"双方互利"的事情。

李家耀（昆剧《马克白斯》导演）：

昆剧排《马克白斯》是艺术指导黄佐临老师三十年前早有的想法。当年他曾邀约俞振飞和周信芳两位大家合作，被欣然接受。但因种种原因而未能实现。这次昆剧《血手记》就是在黄佐临老师挂帅，俞老热情支持下排演的。

莎士比亚戏剧节为莎翁在占世界人口四分之一的中国找到了更多的知音。四台莎剧戏曲引起了各界的兴趣，倘若循着打开的路扎实地走下去，不但能使莎剧在中国大地生根开花，同时对提高我国戏剧队伍的素质、传统戏曲的推陈出新以及拓宽戏路、中外戏剧文化交流，乃至在我国剧种之间开展横向借鉴、提高表导演艺术等等方面，都有难以估量的积极作用。当然，要走的路还很长，困难也不少，值得探索的思考课题就更多了。

王复民（越剧《冬天的故事》导演）：

我们从事话剧的四个学兄学弟，在中国首届莎士比亚戏剧节的四台戏曲中，各执导一台，不仅是一种偶然的巧合，也是中西文化结合、话剧与戏曲互相学习趋势的必然,有此幸会,感到十分高兴。

在我们决定改编莎翁剧作为中国的越剧之前,有一个心理总纲时时在牵引和督促着自己的创作意向,这就是:一定要争取莎学专家批准,承认是莎士比亚的,又要争取中国越剧观众承认是中国的,越剧的,并使他们喜欢。总之一句话:"莎翁精神不可丢,在中国戏曲观众中找知音。"曹禺同志曾鼓励我们,要开创中国农民爱看莎剧的先例。在排演过程中,我们深深体会到,一定要立足于戏曲的改革与创新,同时又要有群众观点,考虑到中国观众的欣赏习惯,才能使莎剧在中国不会水土不服;同时,也才能开拓中国的戏曲艺术道路。

"碰撞"中寻求和谐

胡伟民:

排演《第十二夜》的过程,是东西方戏剧文化寻求和谐的一次对话。也许"对话"这个词太和平色彩了,确切地说,整个创作过程乃是一次"碰撞"。"碰撞"意味着不那么和谐。事实上,整个创作过程中,两种文化经常产生极为猛烈而痛苦的"碰撞"。

有那么厉害吗?我们不是经常说莎士比亚和中国戏曲有许多共同点吗?不错,莎士比亚的剧作结构及演剧方法,和中国戏曲有许多相似之处。例如莎剧和中国传统戏曲,都属于史诗式结构,完全不受"三一律"约束,时空转换灵活自由,该省略处一笔带过,该渲染处堆金泼墨,所谓"弹指百年,咫尺天涯"。莎士比亚的戏剧作品,都被称为诗剧。他用诗的语言、意象刻画人物性格、心理、情感。中国戏曲亦然,非常重视诗词歌赋。两者都注重诗意,努力把诗的语言与戏剧动作糅成巧妙的一体。人们注意到，莎士比亚的戏剧演出，不追求华丽花哨的外观，要求质朴无华。时空的更替往往通过角色的台词介绍，和中国戏曲景随情移，景在演员的表演中相似，两者均重内在情感的细致表达，轻外部环境的烦琐布置，充分运用舞台假定性来叙述戏剧动作的进展。

从以上数例可以看出，在戏剧美学理想及演剧方法上两者确实存在着惊人的心心相印。

既然这样，还"碰撞"什么？

中国戏曲与莎士比亚戏剧，毕竟属于两个文化系统。两者在艺术特征上有不少相通之处，在思想内涵上，却存在着相当大的不同。我们必须充分认识到这一点。

作为文艺复兴时代的巨人，莎士比亚谴责神权统治，反对等级森严的封建制度，反对压制人的情感的禁欲主义，他在作品中歌颂友谊与爱情，赞美人性的崛起，呼唤人的主体意识的觉醒。"人是多么了不起的一件杰作！……宇宙的精华！万物的灵长！"在莎士比亚的诗句中，热烈地肯定了人主宰自己命运的斗争精神，这是贯穿于莎士比亚作品中的主调。

中国古典剧作中，也蕴藏着人道主义精神，陈列着崔莺莺、杜丽娘等一系列的叛逆形象。不过，如果我们做一比较，就可以发现，莎士比亚笔下的人物追求自身幸福更为大胆、坚定、热烈，具有一种不可遏止的力量。《第十二夜》中一定要成为"公爵夫人"的薇奥拉就是朝气蓬勃、一往无前的新人。"撩开面纱"这个著名的场面，则是声讨封建主义的檄文。中世纪的欧洲，为了摧毁长时期的封建统治，迫切需要出现坚决反对神道、提倡人道、肯定人性、反对神性的新人形象；即或，他们在斗争中遇到挫折或失败，作品仍然焕发出悲壮的力量，乐观的精神，给人继续斗争的勇气和信心。我们的古典剧作中，人物在反对封建礼教压迫时，也会做出宁为玉碎、不为瓦全的壮烈行为，然而，由于总体文化背景不同，剧中人物为改善自己命运采取的斗争，其彻底性及自信心往往逊于莎翁笔下的人物。他们往往把斗争胜利的前景寄托在贤明的君主、清官和神灵身上，缺乏对自我的确认和信心。这就是两种历史背景，两种文化土壤不同所导致的结果。长期处于封建主义桎梏下的中国，没有经历文艺复兴的洗礼，没有领略思想解放运动狂飙般的力量，因此，发现自我、确认自我的意识远远不及人文主义，也就不足为怪了。

我认为，理解到这两者有重大差异，在我们改编演出莎士比亚时，有非常重要的意义。莎士比亚的戏剧具有超越时代和民族局限的、普遍的、永恒的魅力，因为他的作品反映了生活的本质真实，表现了一种普遍的人情和人性。他的戏剧有很强的观赏性，情节发展变化的意外性层出不穷，使人惊叹不已。这就使我们演出莎士比亚戏剧，无论采用文艺复兴时期的或现代的，东方的或西方的，或者多种方法混合，都是允许的。莎士比亚演出的任何固定模式化，都是有害无益的。

但是，最重要的一个问题是，无论采取什么形式，都应该特别注意保持作品丰富的内涵和它"普遍性的意蕴"，绝对不能只看重它的外部形态，取其故事框架，当作一般的情节戏、才子佳人戏来演出，把容量丰厚的戏弄得很单薄，品位也不高。

在采用民族服装演出时，尤其要注意。服装是一种符号，传达一定的信息，如果莎士比亚笔下的女性人物直接穿上中国封建时代妇女服装，无所顾忌地当场表白自己的爱情，恐怕就会使观众难以相信。《无事生非》设计得比较聪敏，用中国古代服装，又有所变形。由于《无事生非》剧把故事地点搬到了边塞,男主人公头上插了野鸡毛,给观众传递了这是少数民族的信息。一般地说,少数民族封建文化的负载比汉族轻,礼教束缚也不如汉族深,相对来讲,还比较洒脱自由。因此黄梅戏《无事生非》中唇枪舌剑的人物关系,就显得比较可信了。此剧最大特点是保持了莎士比亚的精神,热情洋溢,强烈奔放,轻松欢快,与人文主义思潮相吻合。它比较妥帖地解决了中国传统文化心理结构与西方文化心理结构的矛盾。用地点、时间的不精确性表现了更大程度上的真实性。

总之,用中国戏曲演出莎士比亚时,要防止取貌伤神,千万不要把只有在文艺复兴土壤上才能诞生的形象,简单地套用中国古典戏剧的现成手法表现,导致内容与形式的剥离现象。我们应以谦逊、热情、尊敬的态度拥抱莎士比亚,我们更应以慎重、有选择、有见地的态度演出莎士比亚戏剧。

另外,我觉得,"莎士比亚中国化"的口号不提为好。我理解提出这个命题的用心,是想让中国的老百姓更好地接受莎士比亚。但是,作为一个理论口号,且不说它带有某种"大一统"的气味,至少可以说是缺少科学性。中国是个多民族的国家,莎士比亚中国化是指什么?莎士比亚中国化了,那么布莱希特、易卜生、奥尼尔是否也要中国化?我认为,在演出莎士比亚时,自然应该注意到民族欣赏习惯,充分尊重并利用本民族的文化优势,使它们注入莎士比亚剧目中,形成自己的特色。这是每一个时代、每一个民族的艺术家都应该做的事情。

我在排《第十二夜》时,提出了一句话,作为创作的总的指导思想:"中国上海越剧莎士比亚"。莎士比亚是主语,前面六个字是定语。也就是说,这次演出应具有中国文化气派、上海地域文化特点以及地方剧种风味浓郁的特点，但归根结底要汇合到莎士比亚，一切努力都是为了忠实地传达莎士比亚作品的精髓。

蒋维国：

　　戏曲演莎剧，确实具备着可能性。第一，莎剧与中国戏曲有着许多相似、共通的地方，例如有头有尾的情节结构和方法。舞台表现方面某种程度的虚拟性、人物上场的方式（包括"定场诗"和下场前的念白一类的格局）、直接向观众交流的"旁白"，等等，我们可以在两者之中找到许多接近的东西。第二，莎剧具有民间性、通俗性。我们今天往往以"高雅"的角度去认识莎士比亚，实际上，当年的莎士比亚是为戏班子写戏的，他写的每个戏都考虑到符合当时广大观众的需要，而中国戏曲也植根于民间，也是民众所喜闻乐见的，这一本质上的特长又把两者联系了起来。第三，莎剧具有超时代、超国界的魅力，它的精神、思想、故事情节乃至具体表现手法，直到今天还能为人接受、使人产生共鸣。一位英国莎学权威曾说："每个人都可以以自己的方式去演出莎士比亚。"当今世界上将莎剧按本民族或"现代化"方式上演的做法十分盛行，除少数是追求噱头、猎奇外，大多还是为了使今天的、本地的观众能够产生更大的亲切感，因此便有了穿和服的马克白斯、穿牛仔裤的哈姆雷特……我想，让班尼迪插上翎子，让白特丽丝舞起水袖，当然也是完全可以的。

　　选择"中国古装"的路子来演出《无事生非》，是经过再三慎重考虑后定下来的。主要是为了充分发挥戏曲本身所具有的特长——它在表现手段上的优势。戏曲在唱做念打方面的厚实功底，不仅不应舍弃，还应当大大发扬，用来使莎剧生辉。即以形体方面的高度表现力来说，戏曲的载歌载舞、水袖、扇子、刀剑、斗篷等服饰道具的运用中产生的身段……都是出类拔萃的,我记得几年前美国和法国的艺术家观看了戏剧学院学生演出的一个莫里哀戏以后,曾异口同声地以极为赞赏的神情问:"你们的演员形体这样灵活,是否因为学习过戏曲的缘故?"可见戏曲身段武功在他们的心目中占有何等了不起的地位。戏曲演员们的基本功掌握得十分娴熟,以短短的排练时间而言,若是弃其所长、扬其所短,用急赶的洋化动作训练去替代他们十多年乃至几十年的功底,会得不偿失的。这绝不是说戏曲就不能以"洋人洋装"演出莎剧,京剧和越剧都已做出了好的榜样。

用"中国古装"的另一个出发点是考虑到观众的因素,毕竟戏曲观众的大多数是习惯和喜欢看古装的,既然我们排演的目的是使他们欣赏莎士比亚,那就尽量用他们易于接受的方式来演吧。

但是,"莎"和"黄"总还是要打架的。可以说,我们精力花得最大的,是努力使这二者从打架到共存直至和谐相处。

把洋人变成中国古人,这是改编中颇费心机的。虽然,戏曲舞台上也不乏"开放型"的人物,李太白的豪放、关云长的威武,祝英台、陈妙常、卓文君对爱情的大胆追求,谭记儿、赵盼儿、红娘的机智聪敏,十三妹的泼辣犀利……但比之莎氏笔下的白特丽丝、班尼迪这些人物,仍有着相当大的距离。剧本改编者是一位很有经验的老戏曲作家,我们商定将故事发生的地点放在中国古代边关的某地。"边关"者,接近外族也。剧本中交代了女主人公自幼在边关长大,因此身上混杂了一些外族的性情,这样,是为了最大限度地保留"莎"的人物精神面貌而又不致与中国人的习性产生太大的抵触。

又如"假面舞会"乃是《无事生非》情节中不可缺少的一环,然而这是地道的外国风俗，如何使之化为中国古代的歌舞呢？我们查阅了戏曲史的有关资料，从古代"代面"以及"兰陵王"等有关记载中得到启示，又结合了安徽民间的"池州傩戏"的传统，把古代角抵的动作编进去，前面又加上民间玩花灯的舞蹈作为铺垫，编成一段基本上是戏曲风味的歌舞。同样，教堂的婚礼在我们的剧中成了"揭头盖"，这一段的情节和精神内容都与原剧一样，但成套的唱腔和程式化的动作则完全是黄梅戏的。

王复民：

说实在的，确定一个意向并不难，要真正付诸实践却并非易事，这里常常会遇到许多理论和实际问题。为了避免和减少这种碰撞，更多地从莎剧中找越剧的共同点，我们在莎学专家张君川教授的提议和帮助下选择了《冬天的故事》。实践证明，选择这个剧本改编越剧是完全正确的。"冬"剧是莎氏晚期作品，它有以下几个特点：

一、传奇性、故事性很强，易被广大戏曲观众所接受；

二、它没有严格的历史背景和历史事实，给中国化、越剧化提供了不少有利条件，减少了不少麻烦；

三、内容和形式比较丰富，前半场有较浓重的悲剧性，后半场赋予田园诗般的自由、清新、活泼，并颇具喜剧性，最终大团圆。很有民间文艺的通俗性和娱乐性；

四、莎士比亚在该剧中通过对宫廷内血腥的敌意和疯狂的嫉妒、封建君王的独断专横和暴虐无道的揭露，热烈地歌颂了为人的尊严而进行不屈斗争的善良妇女，和对民间自由、活泼生活的向往，这正是莎士比亚人文主义思想在《冬天的故事》中的具体表现。

开放式的欧洲文艺复兴时代，和中国几千年来封闭式的封建统治，虽然以国、以时、以人而论差之千里，不可苟同，但这种思想斗争锋芒和勇敢的反抗精神，乃至某种表现方法，早在中国的元曲中已有充分的展现，因而在《冬天的故事》中是可以找到与中国戏曲的共同点的。正如洪深先生在改编王尔德《少奶奶的扇子》所做的出版序言中道："虽然社会的弊端以地而异，以时而异，但人类的共同弱点常常可以在不同的国度和不同的时间找到……"这也为我们莎剧中国化和戏曲化提供了思想基础。

但我以为，莎翁一生创作了三十六个半剧本，也不是个个都能改编成中国的、戏曲的戏，这要根据具体的剧本内容和样式而定。但是，选对了剧本，不等于说就可一脉相通，"莎味"和"越味"一点碰撞也没有了。每每遇到碰撞，我们首先弃莎剧的表现形式，取莎剧的精神实质；我以为这样，既无伤"莎味"，对"越味"也有好处。

比如，按莎剧原著有法庭审判王后的一场戏，要演绎到中国古代，是完全不可能的。在中国历史上既无法庭，更不可能在法庭上审判一个王后。我们在这种碰撞面前进而理解了莎翁写这场戏的实质——意在揭露封建君王的假民主，同时提供一个机会让王后面对国王和众臣进行不屈的斗争。因此，我们去掉了"法庭"一场戏，安排了小王子为母后受冤而患重病，让王后来探视小王子的病，从而形成了王后当着国王和众臣的面一吐心中之不平，展开了一场据理抗争的斗争场面，不仅同样达到了"法庭"的效果，而且是中国的、戏曲的。又如，姬王改扮，原用面具，我们用中国传统的黑纱巾半遮面。原作中小丑改成中国民间货郎。王后雕塑改成中国式庙堂的神龛。其他，如表演及唱腔上也尽可能注重莎剧的精神，同时保持中国戏曲的特色，这次演出，只能说是一次探索和尝试，问题和不足还有不少，有待不断演出，听取意见，再加改进。

李家耀：

中国戏曲排演莎士比亚剧作，首先遇到的是"莎味"问题。佐临老师说："莎士比亚写的是诗剧，'莎味'应体现在剧本里，集中在诗味上。"昆曲是我国最古老的剧种，与英国伊丽莎白时代的戏剧演出有很多类同之处。在我国众多的剧种中昆剧的诗味最浓，与"莎味"最贴近，何况莎剧和中国戏曲都追求写意的戏剧观，因此中国戏曲改编排演莎剧是有可能的。但选择莎剧的什么剧目最适宜于昆剧的表现形式也是极为重要的，这个问题佐临老师在若干年之前就已考虑过。《马克白斯》是心理悲剧，故事有始有终，一人一事贯穿到底，符合中国观众的欣赏习惯。昆曲身段优美，程式动作异常丰富，善于表现内心复杂、性格多面的人物。因此《马克白斯》这个剧目是非常合适的。改编者郑拾风同志（中国优秀戏曲作家），为使该剧既保留莎氏的原著精神，又能适应中国观众的欣赏习惯，煞费苦心，他将《马克白斯》昆剧化了，因此命名《血手记》。由于时间急促，《血手记》在首届莎士比亚戏剧节上只演出了全剧九场戏中的第一、二、三、五、八这五场戏，借助御医这个角色做说明来贯穿全剧。

改编本保留了原作中三个主要内容，借以组成主人公马佩（马克白斯）内心形象和心理结构的主要框架：一、保留三女巫的戏，女巫是莎翁塑造马克白斯这个人物的戏剧手段。伊丽莎白时代的人，是相信女巫和鬼神的，当时莎剧的观众乃至英王本人都相信女巫（1604年接位的英王詹姆斯一世就曾写过一本专论女巫的书）。马克白斯打败考特爵士的叛乱，拯救了国家于危亡，解救了邓肯王，在他班师回朝、途经荒滩时遇到了女巫。女巫对他预言：有"九五之尊"，但并没有对他提出怎样才能取得王位。女巫的出现，诱发了马克白斯隐藏的疯狂野心。实际上，马克白斯不是见了女巫才萌发野心的。马克白斯在此之前早就在夫人的枕边透露过他的"抱负"。马克白斯的潜意识是阴暗鬼祟的，所以见到女巫对他的预言，自然会产生莫大的惊讶和恐惧。二、马克白斯弑君时突然见到空中悬着滴血的剑的精彩独白，这是造成马克白斯的心理悲剧——诗人想象力和野心疯狂症的强烈撞击的重要内容，也是这个内心复杂的人物走向悲剧结局的必然写照。三、关于班戈的鬼魂出现，是血淋淋的形象，不同于《哈姆雷特》中父王的鬼魂出现那样庄严。班戈鬼魂阴森可怕令马克白斯毛骨悚然。恰好表现了野心家、阴谋家做贼心虚的真实心理。班戈还起到了与马克白斯人物对比的作用。这三个主要情节构成了《马克白斯》激烈、恐怖、充满血腥味的特定戏剧节奏和气氛，也强调了全剧在黑暗恐惧笼罩下突出血的颜色这一演出基调和色彩。

为适应中国观众的欣赏习惯，《血手记》改编者郑拾风同志把原作中马克白斯的夫人——铁氏的死，从幕后推到了幕前。在此之先，又发展了一个鹦鹉泄密，当场被夫人卡死的情节。这些改编内容展现了夫人为马佩夺取王位所具有的顽强意志和既残忍又恐惧的心理。这些情节也有助于反衬马佩危机四伏时的内在形象。改编本还把原剧中被杀的马克泰夫（梅云）的夫人（梅妻）改写成马佩夫人铁氏的妹妹，这样使马佩杀人后的心理悲剧陷入更深的层次。

在戏曲演出中，歌舞占时间很长，改编时不可能面面俱到。只能抓住主要内容，根据剧种的特点，对原作进行删节也是必要的。

有了剧本之后，莎剧戏曲化导演的第二个问题就是要掌握马克思、恩格斯所说的"莎士比亚化的创作原则"了，即："不从概念出发，而是从现实生活出发，掌握丰富主动的情节，塑造鲜明的典型人物。"我认为，"演戏演人，演人演心"应是戏剧导演的任务。话剧和昆剧是一样的，然而在导演工作程序上则不相同。通常导演话剧，做艺术构思时，习惯舞台美术先行，导演戏曲则是音乐先行了。因为戏曲剧作中，音乐是极重要的，它是剧种的重要艺术形象，又是人物塑造的重要手段。昆剧的声腔属于曲牌体，在这点上，它和越剧、沪剧等地方剧种不大一样。昆剧要先确定曲牌之后，才能组织身段和表演。而曲牌的选定又牵涉到唱词的更改。我是话剧工作者，不熟悉戏曲表演程式和昆剧曲牌，因此，我们就以昆剧音乐工作者为主体配合演员创造并与编者切磋商量，确定出全剧的曲牌，再请改编者改写唱词。

莎剧戏曲化难处是很多的，就拿昆剧的唱来说，缓慢拖沓，也确实与《马克白斯》应有的激烈情绪和戏剧节奏有点相悖。但在全剧组的共同努力下，从曲牌的选定到全剧的音乐创作都做了改革。我们采用锣鼓场面伴随来紧凑演出节奏，这样既可以保持昆剧音乐美感又能体现出莎剧应有的戏剧气氛。

曲牌、唱腔音乐节奏等问题解决后，面临的难题是人物形象的塑造，昆剧行当分得很细，一种行当具有表现一种人物共同特征的一套表演程式，通常演员掌握了一个行当的特殊表演方法，就抓住了人物的某种基本特征。但是，行当究竟还是某些类型人物的共性，不是某一个人物所特具的个性。就拿《血手记》主人公马佩来说，我们是以武戏文唱的表演形式来塑造这个人物的。扮演者计镇华善演文戏，也有一定的武功底子，但要表演这个英雄——奸雄的马佩，需要吸收各种行当中有利于表现马佩个性的技巧，并进行加工改造。计镇华同志平素喜欢话剧，又有过电视、电影的实践经验,当然对昆剧的"有规律的自由行动"感受更深切。因此,当排练场演员同志问:"昆剧演莎士比亚究竟走什么路子"时,我曾有"走计镇华的表演路子"一说。但到开排第二场"密谋",为马佩设计扮相时,计镇华一件袍子穿上身,像是曹操,换了一身蟒,又像关公。这就是,当演员还没有从里到外掌握住人物的情况下,人物程式化的习惯流露。经过细排和推敲,演员借助人物之间的情感交流,以及扮演者与角色内在的感情交流,慢慢地掌握住了角色的内在层次,把握住了表演的分寸,程式表演却又对刻画人物的心境起到了很好的作用。感情的表达也更鲜明、更强烈了。戏曲程式也表现出更理想的美感来。英国导演高本纳称赞计镇华扮演的马佩是他在世界各地看到的最成功的马克白斯。

实践使我初步认识到莎剧戏曲化的实质问题,就是如何把莎剧与戏曲程式糅合好的问题。这里程式表演与莎剧人物内部生活的有机结合,提倡程式的人物性格化,反对人物的程式化,恐怕是最为重要的。这对戏曲演好新编历史剧,乃至演好现代剧都具有同样意义。

主持人:

我觉得:四台戏的情况并不一样。第一,从演出容量来看,昆剧《血手记》是对《马克白斯》的节选改编,其余三台是全剧改编演出。第二,从舞台美术来看,特别是就服装设计来说,越剧《第十二夜》是外国式的,其余三剧全是中国式的,三个中国式的又可分两类,黄梅戏《无事生非》偏于"新式",其他两个则偏于"旧式"。"外国式"的演出对戏曲的冲击力很大,对于改变戏曲的演出素质起了很大的作用。但观众的反映并不一致:新观众感到十分满足,老剧迷觉得尚未过瘾。

"中国式"的演出对"莎剧"的原型做了较大的变形，使熟悉莎剧的人士大为惊奇，但评价是分裂的：赞赏者称其"新奇可嘉"，鄙薄者指其"不伦不类"。

服装问题很有意思，中国的一些看厌了旧戏装的观众比较喜欢外国式的装扮。外国的一些看厌了他们的服装的观众则比较喜欢中国式的装扮。这是一种比较普遍的现象。如香港最近演出的几台莎剧，报刊评论似乎也比较喜欢穿"中装"的。另如日本名导演黑泽明将《李尔王》的故事改名为《乱》搬上银幕，这部片获今年奥斯卡奖的服装设计奖，他们穿的正是东方古代式的服装。我觉得黄梅戏《无事生非》其实是走了一条"新旧合璧"式的中间道路，似乎容易讨巧。

第三，就剧种年龄而言，昆剧是古老的剧种，越剧是年轻的剧种，黄梅戏则居于其间。昆剧演莎剧，是两种历史悠久的戏剧在今天的相遇，这是一朵迟开的花朵。越剧演莎剧，则是文艺复兴时期的莎士比亚在当代戏剧中的新生。其他在演出方式和表演细节方面都还有许多不同的处理，各剧都有许多值得推广的创获，从总体上来说，也有许多值得比较分析的地方。总之，情况各种各样，这正表现了演出的丰富性，也显示了中国艺术家的创造力。

出得了门，回得了家

主持人：

如果说"戏曲"是体现中国传统文化精神的艺术实体，"莎剧"则是欧洲人文主义文学艺术的代表。在今天，都面临着"自我"历史特征的进一步挖掘与强化问题，同时，也都面临着"现代化"的问题。欧美的许多戏剧家曾为"莎士比亚"的现代化做过多种尝试,中国戏剧家也曾为戏曲的当代化做过种种努力。从这四台戏以及最近一些其他演出中,我看出艺术家们的许多探索精神。我曾试图对这些探索进行分析思考,受到了多方面的启示。例如:从当代人的思想深度和审美心理出发对历史精神的新的解释;挖掘并发扬传统艺术精神中具有相对永恒或普遍价值的精髓;从东西方文化交融的宏观视角寻找东西方传统艺术中那些有益于两种文化的交接的发光点;在形式处理上融进现代人所创立的新艺术文化的各种新因素,等等,不一而足。我想,由我们笨拙地去冥思苦索,也许会把充溢着无限机趣的生命运动缕析成索然无味的概念纤维。这些活生生的探索精神,还是应该多听听生活于艺术话体之中的诸位实践家的发言。

胡伟民:

众所周知,注重横向借鉴,吸收外来文化,对戏曲革新有良好的推动作用。演出莎士比亚,当然也是如此。

我们演出莎士比亚,必然会碰到一个问题:传统的技巧和程式,如何为塑造莎士比亚笔下的人物服务?

这里有三种情况:

一、西方人的生活风俗,行为举止,礼仪习惯与我们不一样,戏曲程式中没有这一套,必须全部学下来;

二、原有的技巧、程式基本上可以直接运用;

三、原有的技巧、程式部分可用,必须加以重新组合、改造、整理。

应该说,前面两种情况是比较容易解决的,费功夫是后一种情况,而后一种情况是主要的、最艰苦的。

《第十二夜》中马伏里奥扮演者史济华的唱腔和身段,把中外古今全糅合在一起了。他的步法中有芭蕾、英国民间舞的跳跃,又有川剧小生的蹉步、京剧武生的起霸;他的指法中有昆曲《醉空》的手势,又有西方舞蹈的功架;他的唱腔在越剧范派唱腔的基础上,大胆吸收了绍兴大班、京剧嘎调,甚至西方歌剧中美声唱法的技巧。这一切,在马伏里奥花园读信及向伯爵小姐求婚两场戏里,表演得十分精彩。史济华的创造说明了对于戏曲的程式、行当、流派,我们抛却不用是不行的,简单套用也不行,必须有选择地用,创造性地用,必须对传统形式进行改造和更新。最好的创作状态,应该是达到你中有我,我中有你;非此非彼,亦此亦彼;若即若离,若有若无;如胶似漆,难解难分的境地。也就是说,位置一旦摆正,一切为塑造人物服务。那么,具体的办法、技巧就有了依附,离开人物孤立地耍弄技巧,展览流派唱腔,炫耀明星派头的现象也就很难存身了。在这个问题上也可以用这么一句话来概括:"出得了门,回得了家。"

李家耀:

"出得了门,回得了家。"这句话说得很好。"出门"和"回家",都是重要的。我认为还应该在"出门"时带好"回家"的地址,以免"走散"了。因为中国戏曲的唱腔,特别是流派唱腔,戏曲观众是很欣赏的。它标志着剧种的个性特色。但是唱腔要发展,才能使新老观众均爱听。这也是发展剧种的一个重要环节。

其实,不仅是唱腔要发展,在人物塑造、表演方法、程式动作的运用上都应该既保持本剧种的特色,又能大胆创造。

再举一个与表演程式有关的戴髯口的例子:《血手记》中的杜戈按原作和改编剧情规定都应比郑王年轻,但因他是花脸扮相,开脸的形象照例应当带上全白的髯口,而按郑王的扮相则照例只能是带灰白髯口。这一来,形象就不对了,但在传统戏里这种情况是常见的事,行家们都了解,也习惯接受。比如:张良与韩信,历来韩信是老生演的,可以没有胡子(髯口),张良是小生演的,反而有胡子。这是传统戏曲按人物性格和地位等等分出来的。当然一般观众就费解了。在这种情况下,我们既要照顾昆剧表演习惯,又不能违背人物关系和人物形象,就只能把郑王的髯口也改成全白,稍做调整来解决。戏曲表演程式作为素材确是一种形式,但程式不等于程式化,形式不等于形式主义。又如:三个女巫的处理。按莎剧原作和《血手记》的人物形象要求,昆剧没有这样的行当。既是女巫就不是男丑角,也不能简单套用彩旦的扮相。但是,可以允许把丰富的程式技术调动起来,按照剧情需要,把三个女巫诱发马佩野心疯狂症的戏剧行动与造成剧情所需要的恐惧气氛糅合起来,处理三女巫的形象。这就产生了《血手记》里一高两矮的三女巫。她们既有彩旦的特点又有传统戏里小鬼的扮相,连丑角武大郎的矮子步都可以用上。这一来,戏曲的技艺便可得到应有的发挥了。再如:在第五场"闹宴"中,马佩派刺客杀了杜戈后,举行开国盛宴,他杀人后心虚,眼前猛然出现了杜戈血淋淋的鬼魂,顿时疯狂难以自制。这里我们除了运用抖髯、摔发、蹉步、跪步等程式表演揭示马佩的内心恐惧外,又让杜戈运用"变脸罩"的传统手法,使马佩的恐惧心理得到充分表现的机会,又增强了舞台的演出气氛,同时不能使恐怖的鬼魂借助脸谱,恶化杜戈的形象。这都是莎剧中国戏曲化独有的艺术表现方式。再如:改编本第八场"闺疯",将马佩夫人——邹氏之死搬上舞台。剧中出现了郑王、杜戈、梅妻和鹦鹉四个鬼魂同时向邹氏索命的情节，我们除了在鬼魂分别上场时使用彩火，还在邹氏暴死之际采用鬼魂们向邹氏集体喷火的传统手法。此举竟被外国同行们惊讶地称之为："绝妙的怒火燃烧。"邹氏思想紧张，精神崩溃而暴死组成了集体载歌载舞的戏剧场面，较好地突出了邹氏的丑恶，又给人以美感。上海外国语大学英语系的美国专家柯朴霞博士，看完《血手记》后兴奋地对我说："这是令人激动的演出。它并非一般地在演莎剧，我看到中国艺术家们用自己传统手法，准确又精彩地演出了莎翁的这一名作。马克白斯夫人出场时多美呀！你们是用十分美的艺术手法来表现这个狠毒又丑恶的形象的。《血手记》使我得到了中国戏剧艺术美的享受。"日本朋友、青年座文艺部长、桐朋大学石泽秀二教授和夫人也十分赞赏《马克白斯》昆剧化的《血手记》演出，他们对三女巫的处理和增加的鹦鹉细节，尤感兴趣。为此他最近在日本《朝日新闻》发表了剧评，刊登了剧照。

　　昆曲《血手记》的排演是我的一次很好的学习机会，在佐临老师的指导，昆曲顾问郑传鉴先生的合作，沈斌和张铭荣两位副导演的帮助下，演出得到了不小的鼓励。但是由于场次没有演全，马佩的心理活动不能按层次发展，有跳跃的感觉。另外"闹宴"、"闺疯"两场都有鬼魂出现，手法显得雷同，对满台鬼魂的出现，也有同志不甚满意，这是不无道理的。

王复民：

　　谈两点体会：

　　一、我以为，改编莎剧为戏曲，不一定照搬莎剧原样，原封不动，只要努力体现莎剧精神就可以了，至于表现方式可以按剧种的需要，自由择取。

二、戏曲需要大胆改革，需要大胆创新，没有这种精神戏曲艺术就不能向前发展，这次以莎剧来改编戏曲，使之中国化、戏曲化，本身也是改革的一种方式、一种尝试。但是一种新的内容和形式的出现到确立，必然要经过一个比较漫长的历史过程（特别表现在戏曲艺术上），不可指望一夜之间变个样子，迅即被众多人所承认和接受。因此，我觉得在立足改革、创新的前提下，还得要有点儿群众观点，否则脱离了群众，失去了观众，新的东西是永远也确立不起来的。我这席话，也许有点保守，提出来请教各位学兄，不知当否？

蒋维国：

在音乐上，我们定了一个原则前提：必须保留黄梅戏唱腔的基调——它在全国观众心目中由于《天仙配》等优秀剧目而具有深刻的印象，它那优美、流畅、抒情、带有民歌风味的特色要充分发挥，绝不能冒出西方歌剧味。但在表现方式上，为了适应莎士比亚喜剧的要求，又必须做出革新。作曲者做了一系列努力，使总体节奏比一般黄梅戏音乐更为紧凑明快，在配器上也改变了传统的方式（但没有用电子琴、爵士鼓一类的西方乐器），对打击乐的运用也从精练、加强乐感出发做了调整，使之听去有别于传统的黄梅戏音乐。

在舞美上，我们的目标是保留戏曲传统中概括、洗练、写意、象征的特点，但又不是简单照搬"一桌二椅"式的景。舞美设计者大胆地革新了制作材料，用真的树枝喷上银灰色漆，经过剪枝整修，使之带有一种装饰图案的性质而又保持真树那千姿百态的形状及厚度，以灯光的不同色彩构成树的色彩，大、中、小六个这样的"树片"的各种配置法形成各场的景。对这个景,现在有各种看法,但我是极其赞同的,它为我们导演处理诱发了许多手段。

在服装设计上,我们也在保留戏曲特色(如水袖、披风、翎子等)的基础上,在色彩(避免大红大绿)、装饰(尽量简洁)、式样(着力显现男女演员体形)上做了些改革。

因此总起来说,我们在处理"莎""黄"关系上的基本倾向是:在保留"黄"的基础上突破。保留,是为了体现"莎";突破,也是为了体现"莎",二者是一致的。"莎"进入"黄"必然对"黄"带来冲击,这是好事。"黄"要发展就要改革,但我希望这种改革在开始时能为更多人愉快自然地接受,我和合作者们常说到哥尔多尼改革假面喜剧的方式,我希望我们也采用这样的一种方式。

在这一思想指导下,我们在排演中所着重注意的,就是程式化和生活化的融合。

这里,有一个基点是我们始终把握牢的,那就是:首先要做到遵守程式化,运用程式化,否则,我们为什么用戏曲排莎剧?!程式是戏曲艺术精华的结晶,这对我这个搞话剧的人,尤其是需要时时牢记的。

戏曲程式的强烈、夸张与鲜明,有时往往是话剧所达不到的。举例来说,剧中白力敌(班尼迪)在中了计、误以为碧翠小姐(白特丽丝)爱自己时,他狂喜了,又痴迷了。这时,我们让演员用一连串奔放的程式动作来展现人物的内心:飞腿、旋子……转化成醉步,效果非常突出而生动。又如,白力敌和碧翠在全剧中一见面就斗嘴,在斗嘴中逐步发展成谈爱,这前后贯穿的几段戏,我们分别用黄梅戏擅长的载歌载舞的身段来表现,各段基调不同,有所发展,体现出了情绪以及相互关系的变化。这里,使用程式化的处理就显得更为熨帖。

自然，程式也可以有所改造和发展，例如娄弟鳌（克劳狄奥）和海萝小姐（希罗）一见钟情，剧中采用了二人目光紧紧相连、形成一根无形的"线"而碧翠戏谑地拉动这根"线"的手法，这无论在京剧还是其他地方戏曲里都是有先例的，但我们为使之更突出些，便让碧翠不仅拉了"线"，而且还牵着这根线来回转了两个半圈，因而那对钟情的男女也被牵动走了两个半圆场。再如一群丑角——巡丁的歌舞，我们就是在"十字步"的基础上加上了一些符合各自特征的滑稽夸张的动作，构成了一种奇特的舞步……

然而也必须看到，程式，毕竟也有其不够用的时候、不足以表达剧情的时候，甚至有束缚演员手脚的时候，在这种情况下，可以而且应该用"生活化"替代之。但，这"生活化"，又须有机地融合在程式化之中。仍举白力敌堕入情网的一段戏为例。当他从树丛后偷听完别人讲碧翠爱他的话之后，他慢慢站起来，此时，他完全晕头转向了！也许，任何程式都不能准确自然地演出此刻他的情感来，因此我们的处理是让演员丢掉一切身段和功架，两眼发直、晕晕乎乎地站起来，拖着腿无目的地往前走，嘴里痴痴地唱着，直到一头撞在台框上……然而当他神智又稍稍清醒的时候，身段就恢复了，甚至在狂喜中将剑向空中甩去，反手在背后接住并且接一个身段造型，这就是我们所力求的"融合"。再如海萝出嫁前一段表达喜悦心情的唱，原来都是按戏曲身段处理的，后来我们觉得还不够强烈，于是穿插了让她听到鸟叫后沿着台的前边一直从一头奔跑到另一头……这样，少女待嫁时幸福欢乐的心情似乎表达得更充分些。

莎士比亚是诗人，排他的戏，不可忘记创造诗情画意的意境。虽然我们排的是戏曲，但仍可以突破戏曲一贯以演员表演为主的表现方法，而全面地运用舞台综合艺术的手段来泼墨堆金地求取突显效果。在碧翠堕入情网后的一段戏中，我们让演员且歌且舞，越跑越快，最后随着一个"卧鱼"的动作而结束全幕戏，这是靠演员表演；我们使布景中树的装置灵活可动，上面又加上了悬挂下来的一根根枝条，碧翠舞着、跑着时，撩拨树丛和枝条，满台的树和枝像是都晃动起来，这体现了人物的内心在颤动——整个世界也仿佛随之而颤动起来，这是靠的布景；女主人公想念着心上人，她走到哪里，哪里的树丛就亮起奇异的色光，仿佛那心上人就在树丛里，最后各色的光在她周围打转，这是靠的灯光；我们在树枝和枝条上都挂上了铃铛以增添莎剧中的浪漫色彩，树枝晃动时，铃铛随着人物狂喜的心情而叮叮作响，这是靠的音响；此时，乐队的节奏加紧，声声乐曲伴之以打击乐的纵情大作仿佛把人们的心都提了起来，这又是靠的音乐……我觉得，各部门综合起来，其"合力"才构成了我们想追求的意境。最后一幕娄弟鳌劈坟，由八个女子构成的"坟"散开、女子冉冉走下的那段戏，用的也是同样的综合手段。

我想说，整个这次排演，的确是一次尝试，我们听到过热情的赞许，也曾听到过激烈的批评。但使我高兴的是，我注意到青年观众的人数大大增加了，其中有不少佩戴校徽的大学生——他们过去是难得进戏曲剧场的，有一天散戏时四五个观众在开玩笑地互相以剧中人"对号"。我想，数百年前的莎士比亚笔下的人物，到今天还能使人联想到自己或自己周围的熟人，说明我们的工作是有意义的！也许国际莎士比亚学会主席布洛克班克说得对："莎士比亚没有死，他在中国戏曲的舞台上活着！"

莎士比亚·黄梅戏·《无事生非》[1]

蒋维国

担任黄梅戏《无事生非》的导演工作,直接的动因固然是为了完成中国首届莎士比亚戏剧节的演出任务,但对我来说,这又是一个学习和研究的课题。

直到开排之前,有同行听说我将导演一出"莎士比亚黄梅戏",意外地笑了起来,不解为什么要把这二者联系在一起,也有人认为这是图新鲜、赶时髦,不是正道。是的,仅仅几年以前,人们几乎不大想象到这种可能性(尽管已有了极个别的实践),而今天,不仅贝特丽丝舞起水袖、培尼狄克插上翎子,而且在京剧、越剧、昆剧、粤剧等舞台上,上演莎剧都已成为引人瞩目的现实。需要强调的是,用中国戏曲来演莎剧绝不是一时的"标新立异"、"异想天开",而是意义深远的。

人所共知,莎士比亚戏剧是世界文学艺术宝库中璀璨的明珠,是人类文化的共同财富,四百年来一直在世界各国舞台上盛演不衰。然而在中国,莎剧目前还只在一个比较小的圈子里被人欣赏。其原因,一方面固然是过去的介绍比较少,中华人民共和国成立以来,除几部英国和

---

[1] 本文选自中国莎士比亚研究会编:《莎士比亚研究》(第4辑),杭州:浙江文艺出版社,1994年。

苏联的电影及少数演出外，长期没有引起人们很大的关注；另一方面，莎剧历来属于话剧的"专利"，而话剧观众在我国戏剧观众的总数中只占一个很小的比例，为数众多的戏曲观众对莎士比亚却是陌生的。显然，像莎剧这样的艺术珍品理应为更多的中国观众所享有，那么，通过戏曲的形式让众多的观众了解并欣赏莎士比亚名作（乃至其他作家的名作）便是极有意义的尝试，也是我们中国戏剧工作者为提高全民族文化水平和建设新型的现代文化所应尽的责任。

"让莎士比亚在中国民族的土壤上植根"，这绝不仅仅是从传播西方文化的意义上来看问题，更重要的是在于它对戏曲本身是一种促进。今天，人们广泛地在谈论戏曲的"危机"问题，且不论"危机"究竟如何，我认为，具有"危机感"是好事，它可以形成一种动力，促使人们去探寻新路，这里也包括向自身以外"伸手"。

其实，任何艺术在发展过程中都要吸收"外来营养"，例如中国戏曲史上魏良辅创"昆山腔"，即是吸取了当时的壮曲及海盐腔、弋阳腔而成。莎士比亚本身也是如此，他的成就之一即在于他吸取、融汇了多方面的"营养"，包括普劳图斯、泰伦斯的古典喜剧、英国本土戏剧以及马洛、黎里等前人的作品。戏曲目前面临一个"强化"自身并使之"现代化"的问题，那么从莎剧借鉴和学习无疑是有效的途径之一。由于文化传统和背景的不同，用戏曲上演莎剧必然会形成对戏曲的一种冲击。我们应该欢迎这种冲击，因为冲击的结果能使戏曲增添一些新东西，这对戏曲自身的丰富、完善和发展有极大的益处。同样地，对于莎剧演出实践也是一种发展。

目的、意义和要求不等于实际可能性。我们之所以能够用戏曲演莎剧，是基于莎剧具有一些特殊的性状，能与中国戏曲"结合"起来。这主要表现在以下三方面。

一、独特的戏剧观念

应该说，从总体来看，西方戏剧从美学思想到表现方式都是迥异于东方艺术——中国戏曲的。当今，谁也不会把来自西方的话剧和中国土生土长的黄梅戏混为一谈。但实际情况是，在西方戏剧发展的历史长河中，各个阶段作品的风格与流派差异非常明显，从来不是单一的模式。长期被视为"正统"的19世纪以来的写实戏剧与"老祖宗"古希腊戏剧就全然不同。但从莎士比亚戏剧的特征中，我们却可以找到许多与中国戏曲相近的观念。

对待舞台——莎剧与中国戏曲都是不顾"镜框"也不存在"第四堵墙"的，部分原因恐怕是莎士比亚时代的物质技术条件与中国戏曲兴盛、发展时期相似。有趣的是，二者的舞台构造基本上都是三面受观众包围，都是在几乎空空的台上演出。这决定了最充分地发挥舞台假定性的特征，如莎剧的战争场面就与中国戏曲的打仗场面十分相似。舞台的特征提供了二者在形式上的多场次及时空转换的高度自由：一群人上来，演一段戏，然后一起下场；另一群人上来演戏，即表明转到了另一个场景里。即以《无事生非》来看，第一幕第一场末尾亲王等人在筹划如何为克劳狄奥求亲，这些人下场后，希罗的父亲和叔叔上场，几句对话表现了他们听到风声很觉高兴。他们随即下场，立刻开始了另一场——唐·约翰妒火中烧并决心搞破坏。第三幕场景的变换更是把大事件——"教堂婚变"前的一系列铺垫戏紧凑地连接在一起。唐·约翰挑唆、巡丁值夜抓到坏蛋、希罗准备婚事、巡官报告总督抓坏人的事但没有说清楚……戏剧动作进行迅速而流畅。中国戏曲也同样是多场次和转换迅速的。这为二者在内容上有巨大的包容量提供了可能性。

对待观众——莎剧和中国戏曲都重视戏剧的"观赏作用"都不煞

费苦心地去造成观众"生活于剧情之中"的幻觉,而是明明白白地让观众意识到自己在看戏并多多地获得审美的愉悦。所以两者都使用"自报家门"、"旁白"、"独白"、"定场诗"、"下场诗"之类的形式以及一些"表白性"的台词。例如,希罗等人设计"蒙骗"贝特丽丝时,希罗说:"瞧贝特丽丝像一只田凫似的,缩头缩脑地在那儿听我们谈话了。"再如,培尼狄克上当以前的台词:"亲王跟咱们这位多情种子(指克劳狄奥)来啦!让我到凉亭里去躲他一躲。"这与戏曲中"看那厢有人如何如何,我不免如何如何"极像,是一种与观众直接交流,帮助他们看清楚戏的特殊方式。

对待表演——二者都有虚拟因素,这又跟舞台条件有关联。例如,在没有现代舞台技术的情况下,"夜晚"、"月光"、"大风"、"下雨"……都只能倚仗演员的表演——用语言或动作表达出来。当需要淋漓酣畅地表达剧中人物情感时,莎剧大段诗句型的独白与戏曲的大段唱词又是极为相似的,这表明二者都注重戏剧中的诗意,并需要演员在表演时具有一种抒发性的基调。《无事生非》中,培尼狄克和贝特丽丝分别"上当"以后各有一段很长的独白抒发他们爱心萌发的强烈冲动,把这两段独白变成戏曲中的唱词是完全熨帖而自然的。

以上不完全的概述可以证明莎剧确与中国戏曲存在共同点,这种共同点使中国戏曲在某种程度上比斯氏体系更容易表现莎士比亚!

二、通俗的民间性因素

人们今天把莎士比亚视为"剧圣",总认为他的作品是典雅、超凡、辉煌神圣的,其实,莎剧固然有"雅"的素质,但也具备"俗"的特色。尤其在莎士比亚生活的时代——四百年前真实的莎士比亚是戏班子里的一个"戏子"。他常年在民间演出，接触过形形色色的观众（当然也包括宫廷贵人），他熟悉民众，了解民众，知道他们的需求爱好，这就使他的戏带有浓重的民间色彩，这一点尤其明显地表现在喜剧中。在情节上，他十分注重生动曲折、有头有尾。许多戏的来源就是民间传说、民间故事，而且为适应民众观赏的要求，他总是把来龙去脉交代得清清楚楚。

在人物塑造上，他总是明白无误地让观众一下子认清谁好谁坏，往往一个人物出场就由别人或者本人把他的概貌描绘一番，甚至坏人也总是一出场就向观众表述自己准备如何行恶。在表现形式上，他的不少戏都具有载歌载舞的特点。

不难看出，上述民间性的特点与中国戏曲是相通的，戏曲植根于民间，拥有大量观众，为人民所喜闻乐见。黄梅戏这样的剧种爱好者极多，差不多谁都能哼上几句，尽管戏曲中不乏高深的文学因素，但从总的倾向看，它是通俗的。而且，戏曲不也是"有头有尾"、"有情有节"吗？戏曲舞台上，善、恶、忠、奸、智、愚、美、丑，不也是一目了然的吗？甚至脸谱的颜色——红还是白，都能使人一下子认清人物是好是坏。至于载歌载舞则更是戏曲的基本手段。审美特征上共有的民间性因素，是莎剧和中国戏曲接近的又一个基础。

三、跨越时代的普遍性

人们都熟悉本·琼生赞美莎士比亚的一句话，即莎士比亚"不属于一个时代而属于所有的世纪"。确实，莎剧具有一种可以称为相对意义上"永恒"的普遍性，这主要由于作品着力表现了一种人性美以及积极向上的精神，而这与人类争生存、求美好的本性是一致的。因此，莎剧直到今天仍能吸引广大的观众。可以说，它一直是"现在式"而不是"过去式"。

一位著名的莎士比亚学者说过："每个民族都可以以自己本民族的形式去演莎士比亚。"这个论断正是从上述普遍性出发的。目前世界上把莎剧按本国、本民族的路子上演乃至将其"现代化"的做法十分盛行。我们知道，有穿牛仔裤的哈姆莱特，有穿日本和服的麦克白，即便在莎士比亚的故乡英国，也可以看到穿西装的李尔王和穿本世纪初军人服装的麦克白上台。不能简单地把这些一律视之为追求噱头或猎奇，多数人的出发点还是想使今天的、本地的观众能产生更大的亲切感与共鸣，使莎剧更能为一代又一代的人所接受。

基于同样的理由，我们当然也完全可以用戏曲来演莎剧。在选择"洋人洋装"还是"中国古装"时，我们做了反复慎重的研究，终于确定了走后一条路，这是为了最充分地发挥戏曲的特点。戏曲在唱念做打方面有厚实的功底，我们希望将其全面调动起来，使莎剧生辉。戏曲演员都受过多年的训练，对中国古装的一整套基本功掌握得十分娴熟，正可以扬其所长。加上大多数戏曲观众是习惯于并且喜欢看古装戏的，既然我们用戏曲形式来演莎剧是为了使更多的人欣赏它，那就尽量采用他们最容易接受的方式为好。

莎士比亚同黄梅戏就是在以上这些相通之点的基础上开始结缘的。

相通，固然为"莎"和"黄"的结合创造了条件，但更应看到，两者之间的差异仍然是极大的，在整个创作过程中激起我们更大兴趣、花费我们最大努力的，正是在于使这些差异转化。

四、关于剧本结构方法

莎士比亚许多剧本都是"多线并行"结构,这在一些喜剧如《威尼斯商人》、《温莎的风流娘儿们》和《仲夏夜之梦》中表现得尤为突出;而在《无事生非》中,不但有"多线"而且两对青年男女主人公的线索还呈现一种非常特殊的关系。从情节发展的角度看,克劳狄奥和希罗一见钟情订下婚约、遭人暗算险成悲剧、最后终于真相大白结为夫妇,该是全剧的主线。但莎士比亚最钟爱的、寄托了自己人文主义全部理想的人物偏偏是另一对青年——贝特丽丝和培尼狄克。希罗的故事是莎士比亚从意大利传说中吸取来的,而贝特丽丝和培尼狄克则是莎士比亚从生活中发掘出来的,是他精心的创造,这两个人物的性格特色、那充满时代特征的精神面貌以及他们身上轻快明朗的喜剧色彩,都是最吸引观众的,诚如狄格斯所描述的:

> 只要贝特丽丝和培尼狄克一出场,
> 看哪,一眨眼,
> 就挤满了正厅、楼座、包厢。

也就是说,真正的主线是这一对欢喜冤家从互相斗嘴、嘲弄、唇枪舌剑直到堕入情网,丢掉假清高、假正经而幸福结合。希罗、克劳狄奥的才子佳人故事只是个陪衬。

这一点,与中国戏曲很不相同。中国传统戏剧理论讲求"立主脑""砍枝蔓",观众习惯于情节单线发展。按照这种习惯,希罗、克劳狄奥的爱情发展是主线,而中国戏曲表现这样的情节是游刃有余的。

戏曲作者往往对比给予更大的注意，并可按这种才子佳人、英雄美人的模式编出很多东西来。但若这样，恰恰是颠倒了主次，曲解了莎剧的精神。

　　细究起来，可以发现，莎士比亚在《无事生非》中仅仅是拿希罗这条线作为一个情节的外壳，借助它，每当剧情向前推进一步，便立刻将笔触转落到贝特丽丝这一对身上去，也就是说，"才子佳人"的故事只是"欢喜冤家"性格体现的依托。例如，第一幕第一场克劳狄奥深爱希罗并向亲王吐露真言后，马上引出的是培尼狄克一大段关于蔑视异性的宏论；希罗亲事刚撮合好，马上引出亲王准备巧妙设计让那两个"对头"中圈套的戏；连希罗婚礼上一场大风波那样强烈的情节实际上也是为了引出贝特丽丝、培尼狄克在感情上的互相接近——前者始终为后者做铺垫。

　　因此，正如我们的文学顾问张君川教授一再强调的，应当把展现黄梅戏中碧翠（贝特丽丝）和白立荻（培尼狄克）这一对"时代新人"的风貌作为主要任务。我们几经讨论、反复修改，明确了这样一个主导思想。在黄梅戏的第一场中，我们摈弃了一度对娄地鳌（克劳狄奥）的战功介绍渲染过多以及重点描画海萝小姐（希罗）爱上他的表现法，而是对白立荻的出场予以突出的体现：他兴冲冲、喜洋洋地大步上场，李侯（里奥那托）府上张灯结彩的景象使他四处顾盼、目不暇接，然后他很快地去到堂上，因为得意而旁若无人，竟一屁股在主人的席位上坐了下来，忽地发现李侯站在旁边没有座位，这才猛醒，惶恐而狼狈地站起来让座，此时又陡然听到一阵嘲谑的女人笑声……这些动作都是与戏曲身段结合起来的，我们希望在白立荻一亮相的时候就用浓浓的几笔把他的突出的个性勾画出来。在碧翠和他斗嘴的时候，我们更是倾力用演唱和身段相结合的载歌载舞形式活泼欢快地重点刻画二人那各不相让的有趣性情。第三场以整个一场戏的篇幅、大块的唱段，集中描绘二人堕入情网以后的可笑情境。第五场，婚事风波以后，我们不让戏结束在海萝身上，而是把莎士比亚原作中培尼狄克第一次丢开傲慢矫饰的外表而坦率诚挚地与贝特丽丝谈正经话的那段戏搬回此处，使落幕时观众的注意中心仍在这一对人身上，而且以培尼狄克的可笑使观众哄堂大笑，落幕还是在喜剧的"点上"。在戏的最后，我们几经修改，特别注意避免让一片"大团圆"淹没了我们的两位主人公。这些处理和戏曲传统的习惯是不同的，如果不是深入研究莎士比亚剧作的精神，很容易走到戏曲的"老套"中去。我们努力打破陈规，但同时又仍然利用戏曲常用的手段（如亮相等）有意识地将观众的注意力引导到真正的主要人物身上。这样做收到了效果，当最后一场海萝小姐蒙冤大白，娄地鳌与她重结良缘之后，观众并没有起身离场，他们还在饶有兴趣地等着看碧翠和白立荻如何"下台阶"！

五、关于人物的内在精神

莎剧与戏曲的差异更主要的是表现在人物性格的描画上。这种差异的实质乃是两种民族精神的不同。我们是要把洋人变成中国古人，让文艺复兴时期闪耀着人文主义理想光辉的新人穿上中国古代服装，这些"中西合璧"的人物形象必须含有新的因素，他们绝非过去意义上的帝王将相、才子佳人，然而又须为中国观众所接受——这是一种"借尸还魂"，借中国古人的躯壳，传达新人的灵魂。显然，这是颇费周折的。

培尼狄克、贝特丽丝这样的人物在中国传统戏曲中极为少见，尤其是贝特丽丝。应当承认，在中国戏曲人物画廊中，陈列着祝英台、陈妙常、谭记儿、杜丽娘、崔莺莺、红娘、卓文君、赵盼儿、穆桂英、十三妹等一群叛逆女性的画像，从中国封建社会的水准上说，她们可称是"开放型"的了。她们有的机智聪明，有的泼辣犀利，对爱情不懈追求乃至不惜以死殉情……然而，贝特丽丝却是这个画廊中找不到的一幅画像，她是一个极独特的人物，她浑身上下异乎寻常地充满欢乐。她伯父说："就是在睡觉的时候，她也还是嘻嘻哈哈的。"她自己也说："刚巧有一颗星在跳舞，我就在那颗星底下生下来了。"她公然宣扬男女平等，甚至不怕"矫枉过正"："男人都是泥做的，我不要。一个女人要把她的终身托付给一块顽固的泥土，还要在他面前低头伏小，岂不倒霉！"她居然敢当亲王的面说她决不能嫁亲王，除非她再可以有一个家常用的丈夫，因为亲王太贵重，只能"在星期日装装场面"！这样口齿伶俐、妙语横生，这样地欢乐蓬勃、精力旺盛，这样地藐视男权、无所顾忌，特别是丝毫不加掩饰地追求爱情，公开声称自己要如何找丈夫，这确为中国戏曲中女性所不及。

因此，很明显，用传统戏曲形式（它擅长反映特定的封建时代人物）去硬套贝特丽丝形象是不行的。弄得不好，不是"洋人穿古装"，就是曲解莎士比亚、失去了改编的意义。

为此，我们把故事发生的地点"搬"到了中国古代边关某地（但不具体说清是哪个朝代及哪个边关——与莎剧时代地域的相对模糊性保持一致）。"边关"者，远离中原而接近外族也，"天高皇帝远"，女主人公碧翠自幼在边关长大，因而身上带有这方面的影响，像个"野姑娘"，奔放而开朗，这有助于解释为什么她不同于中原礼仪森严的环境里的女子。但是，这仅仅是从表层上为人物找寻的依据，更重要的工作在于具体舞台形象的处理、体现。一方面，我们大量找回原剧本中闪烁着人物个性火花的台词，如"家常丈夫"、"星星跳舞"、"杀死娄地鳌"，等等（有些名句是历来为西方学者重视，强调阐述过其意义的），特别是贝特丽丝宣扬自己对男人、对婚姻看法的话（我称之为"贝特丽丝宣言"），我们在黄梅戏里给予重点突出（同样，"培尼狄克宣言"也是着力渲染的）。在排练中，一发现人物距离"莎"远了便立刻从原本中找东西。

另一方面，我们摒除那种与体现莎剧人物不相适应的表演方法，如对待爱情的羞答答、缠绵绵、欲言又止，等等，从花旦、武旦、刀马旦，甚至哪怕是泼旦、彩旦的表演方法中找寻适合碧翠的一切手段。培尼狄克的表演也是打破了"小生"的界限，融汇了武生乃至丑行的表演。实践证明，要使莎士比亚的真正精神在这样一出古装戏曲中仍能准确地体现，就得从两方面努力：一是使莎剧人物能够自然地转化为中国古人，若还用洋腔洋调，观众会觉得怪，不承认其为戏曲。另一方面，从古人身上要看到新的因素、新的精神，若仍是老腔老调，那就仅仅搬演了一个莎剧故事的躯壳而没有真正传达出莎剧的神韵。这是我们自始至终下大力气去探索的。

六、关于风俗习惯

与人物精神面貌相联系的是莎剧中特定风俗习惯的体现问题。两种不同文化背景的差异在民族间不同习俗上表现得尤为明显，在《无事生非》原剧中，有些场面是和风俗习惯联系在一起的，属于典型的欧洲范畴，生搬到中国古代肯定不伦不类。因此必须在保留原剧精神的情况下在"形"上适当予以改变。

莎士比亚笔下的假面舞会是《无事生非》最重要的场景之一，在这里，爱情、阴谋、误会、欢乐、滑稽……全都交织在一起。然而，戴上假面具的男女翩翩起舞、情话绵绵，怎么可能出现在中国古装戏的场景里呢？！这里，抵触实在太大了。删去这一段吧，无奈这又是全剧情节发展中不可缺少的一环。——没有别的办法，只有在"夹缝之中找出路"。

我们查阅了有关的历史资料，找到了古代中国面具——"代面"的记载。戏曲史上也描述过唐代的"兰陵王"，这就是一种戴面具的歌舞。很巧，处于黄梅戏流行区域的安徽池州有一种叫"傩戏"的民间戏剧，也是戴面具演出的。这就是说，中国古代是有过戴面具的歌舞的。不过，那不是男女对舞，而是供人观赏的独舞或群舞，是一种节日表演。不管如何，依据是找到一些了，需要的是"化"。我们知道中国古代面具舞往往是舞者相互之间进行"角牴之戏"，即一种武功与拳术、摔跤的技艺表演。以此为核心，我们在"角牴"上做文章，在它的前、后都做了发展：先由男女上场跳起玩花灯的舞蹈，这在民间是极流行的，观众完全熟悉，不会产生任何疑问，也没有什么不习惯，然后，一群男士兵戴上各种兽形面具舞一段，他们一对对做出类似"角牴"的戏曲化动作，这时虽然有面具了，然而"角牴"——技艺表演并不使人感到突兀；接着，女仆们手持折扇欢快地跳起扇舞，这里仍然没有越出中国古戏曲传统的范围，扇，也是中国常见的；随着喜庆气氛逐渐高涨，士兵们涌上，戴上面具与女仆们合跳，女仆们则戏谑地以扇掩面，在队形变化中，自然地变成一对对男女对跳，并伴之以"忙把手儿背，请把手儿牵"的黄梅曲——此处,我们开始悄悄地"跨出去"了,男女对跳已经出现,等到观众对此已觉习惯时,戴面具的主人公再男女成对地上场演他们的戏。至此,"莎"在台上站住了脚。

绕这么一个大圈子,无非是煞费苦心地引着观众逐步从纯中国、纯传统的世界不知不觉地过渡,进入另一个境地。莎士比亚原剧中欢庆凯旋的喜庆欢闹气氛没有变,只是情境变成中国的了,而这其中我们大力渲染的少数民族习俗则起着"润滑"与调节的作用。目的只有一个,就是既保留莎剧的精髓,又不使中国观众感到别扭,让"莎"和"黄"达到和谐。

出于同样目的,"教堂结婚"在我们的黄梅戏里变成了"揭头盖"。娄地鳌心怀激愤,以为海萝"不贞",一次次想在揭头盖时揭海萝的"真面目";碧翠、白立荻、唐侯等人在这场合中各自不同的心情都通过一个整段的唱(包括独唱、对唱、重唱)及相应的符合戏曲特点的舞台调度(例如多种变化的"背供")来表达,使莎剧中的这一段能够熨帖地搬上黄梅戏舞台。在全剧中,我们做了不少这类着力把"洋"化为"中"的工作,譬如剧中有一首古老的苏格兰民歌:"哀哀呀,没有丈夫呀!"(贝特丽丝戏谑地唱的)排练时,剧组的老演员巧妙地找到了一句极适当的黄梅调来唱。我觉得,这些都并非简单的"改头换面",而是中西文化在剧中发生抵触时,我们如何用"融合"的精神去努力进行"貌离神合"的有益实践。

七、关于语言

戏曲演莎剧,还存在语言的转化问题。近百年来,莎士比亚的语言一直是人们赞美的，甚至有人觉得他的语言无法翻译成其他文字。演话剧尚且有人认为"走味"，改成戏曲之难可想而知。即如唱词，改编者下了很大功夫，试图用戏曲形式来传达莎士比亚原词的诗意和幽默。培尼狄克说"一个女人生下了我……"的那段话，变成了这样的唱词：

> 我是女人生，
> 只感女人恩，
> 我是落花不结籽，
> 我是浮萍不留根
> ……

另外，像"芝麻越打越出油"这样的民间谚语，虽然肯定是英国没有的，但为了恰当地形容碧翠和白立荻斗嘴的实质，用这句话的效果是好的。

《无事生非》的语言更重要的在于它的喜剧性。英国人有他们独具的幽默感，他们对戏剧语言中那种诙谐、风趣、机智的成分有特殊的敏感，往往数句妙语即能引起很大反应。《无事生非》中充满了幽默与滑稽的台词，英国观众一听就会哄堂大笑。例如，全剧中最有趣的丑角道格培里所说的话就带有浓重的喜剧色彩，极受观众欢迎。然而如果照搬到戏曲舞台上则反应不一定相同。道格培里在向总督老爷介绍他的伙伴时说："……他是个再老实不过的好人，瞧他的眉尖心就可以明白啦。"说"眉尖心"，是因为古代英国的刑法中犯人有在眉尖心烙印的，使人一见就知道不是好人，道格培里说话颠三倒四，所以竟把好人和眉尖心烙印的人混淆起来，可以想见，这句话一定会博得当年英国观众的笑声和赞赏；可是中国观众不懂得其中含义，当然也就不会发笑。可见，观众对语言的接受方式与习惯上的差异会对戏曲演莎士比亚喜剧构成严重的威胁，完全有理由担心我们的杜百瑞（道格培里）在说莎士比亚滑稽的原词而观众毫无所动！

因此，我们对名词做了一番研究鉴别的工作，其中一部分符合中国人的欣赏习惯的，便不加改动。仍以道格培里为例——这是一个过于热心于自己的语言的人，他经常讲些语意混乱、用词不当的话，像"你最没有头脑所以最配当班长"、"会识字念书是天生的，长得漂亮是本领"、"年纪老了头脑没有从前那样糊涂"等话，中国观众是会发笑的，我们就尽量照搬原词。另有一部分属于英国式的幽默，不易为中国观众理解，例如，道格培里在婚礼前唠唠叨叨地向总督报告抓到坏人的那些话以及他"教导"巡丁们如何巡夜的台词等，中国人听来会觉得是无谓的饶舌，对这些台词，我们保留原意而加以简括，并以中国的习惯方式来表达，力求使中国观众立即有所反应。例如，为了使观众迅速明白杜百瑞的颠三倒四，一出场，我们就加了他"训话"语无伦次的场面，他一开口就说"现在我讲第三件事"，接着是"第八件"、"第五件"……（这其实不是我们的"发明创造"，而是根据原剧第五幕第一场道格培里历数坏人罪状的话而来的，同时，这样点示杜百瑞也符合莎士比亚往往在人物一出场时就立即点清他性格特征的手法。）当副官提醒杜百瑞讲错了话时，他不仅不服气，还自以为是地训斥："都一样！"这"都一样"成了他的口头禅，之后反复出现多次。这一类有趣的台词许多都是在排练中和演员一起琢磨出来的，收到了很好的剧场效果。我们就是这样把莎剧的"意"包括不少直接运用的原词移植到了黄梅戏里，并努力消除语言上存在的差异。

是的,"莎"和"黄"不可避免地要"打架"的,处理不当,将会是"非驴非马"。在整个工作过程中,我们时而唯恐其不"黄",时而唯恐其不"莎"。解决的途径只有深深钻到这二者中去找寻。我曾说,国际上有一种"穿梭外交",如果借来做个比喻的话,我们所下的最大功夫,正是在"莎"和"黄"之间进行"穿梭外交"。"穿梭"原意是为织布——不知我们织出的这块"混纺"布应该叫作什么,但使"莎"和"黄"从打架到共存直到和谐相处,这是我们追求的目标。

要达到莎士比亚与中国戏曲的"融合",我以为,在舞台艺术总体把握上有两个原则性的关键。

关键之一,是必须处理好表现手段程式化与生活化之间的关系。

话剧多年来以生活化为主,而戏曲则是程式化的,排演一出"戏曲莎剧",如何调节这二者呢?既是戏曲,自然不能搞成"方言话剧"。对程式,我认为应该充分加以利用,这是戏曲艺术精华的结晶,是无数前人创造和积累的,那极其鲜明、浓烈、凝练的表现力是戏曲特具的优势,有时常常是话剧的表现手段所不能企及的。在《无事生非》中,白立获误入情网时,欣喜若狂,如痴如醉,这时,戏曲的身段就可以发挥最好的作用。我们组织了一连串奔放的程式动作:旋子、飞腿、"双飞燕"、托地翻身、醉步……人物的心情一下子就简捷而清晰地点画了出来。再如,以不同节奏为基调的载歌载舞来处理男女主人公的唇枪舌剑、互相争斗,用水袖和身段展现海萝待嫁的喜悦,用"大回朝"体现大军凯旋的欢乐气氛,用变形的"十字步"烘托巡丁们巡夜的可笑情景,用"背供"体现偷听的场面,等等,都是比较贴切而又能生动地传达莎剧神韵的。

但也要看到,戏曲程式毕竟有其局限性,面对莎剧的丰富性,程式有时会显得无力，甚至束缚演员的手脚，在这种情况下，可以而且应该以"生活化"去替代，不然，莎剧的意蕴就会体现得不充分。白立荻（培尼狄克）在"偷听"之后完全晕头转向了。这时如果死守程式会显得刻板，无助于准确自然地表达他的心情，我们于是让演员丢掉一切身段和功架，两腿发直，晕晕乎乎地站起来，拖着腿机械地边唱边往前走，直到一头撞在台框上……对碧翠的情心萌发也做了类似的处理。然后，当人物神志稍稍清醒时，"身段"又逐渐回来，程式恢复了。这就是我们力求的"融合"。有时，我们干脆打破舞台框子，例如让白立荻和碧翠在上述情景中都迷迷糊糊走出侧台边，甚至让杜百瑞一屁股坐在台口伸出双腿，碧翠和白立荻各不相让差点一脚跨到台下……

不论是恪守程式、发展程式还是打破程式，我们的出发点都是一个——更准确地传达莎剧的内在精神。而程式化与生活化的融合正是帮助我们达到这一目标的重要一环。

艺术总体把握的关键之二是抓住舞台综合艺术各部门，充分调动一切可能的手段来为我们的主旨服务，防止局部的不和谐破坏整体。

例如，音乐是戏曲中占极重要地位的一大元素。黄梅戏音乐在全国观众心目中有深刻的印象，因此那优美抒情、婉转动听的基调不能丢掉。然而，莎士比亚喜剧那明朗欢快的精神促使它必须革新。作曲者在黄梅调里"引进"了某些少数民族乐曲的因素，并努力使全剧音乐的总体节奏更趋紧凑明快，在配器上改变了传统的方式，对打击乐的运用也从简练和加强乐感的角度做了调整。这样，听去有别于传统黄梅戏，使莎剧的一股清新的气息渗透在被称为"中国乡村音乐"的黄梅戏曲调之中。

再如舞美，我们保留了传统戏曲概括、洗练、写意、象征的特点，但又不去简单地重复那"一桌二椅"的样式。设计者用塑料粗绳构成扇形的带装饰图案性的立体景片,与舞台上空悬下的根根"枝条"遥相呼应,设置了一个基本属于"虚"的舞台空间,配上不同色彩的灯光,加上绳条上挂着的小铃铛,勾画出了莎士比亚喜剧中那种浓郁的抒情浪漫色彩。在服装上,我们也在保留戏曲特色(如水袖、披风、翎子等)的基础上,从色彩(避免大红大绿)、装饰(力求简洁鲜明)、式样(着力衬托出男女演员的体型)上做了改革,使之轻盈、舒适、活泼,既让演员行动起来方便,又与整个景的色彩相统一。

综合手段的运用,在某些重点场景里可以起高度强化莎剧神韵的作用,这与过去传统戏曲仅依靠演员演唱的"单打一"模式不同。比如贝特丽丝心中燃起爱火时,在莎士比亚原剧中是用诗体写的(而培尼狄克同样的一段则用散文体,以幽默诙谐的调子为主),诗体是为了突出抒情、浪漫的意蕴。在黄梅戏里,这两处都用唱段来表达,但我们注意使白立荻唱得诙谐有趣,尽量发挥演员的表演才能,而碧翠的一段,则除了曲调舒缓优美外,还试图用综合的手段表现出抒情、浪漫的意蕴,形成一个最强音。因此我们的处理是:表演——演员且歌且舞,如痴如醉,越跑越快,最后不停地旋转,以一个突然的"卧鱼"结束;布景——景片上和上空悬挂的绳索一根根、一丛丛随女主人公手的撩拨而晃动起来,全台都晃动了,体现人物内心在颤动,仿佛整个世界也随之颤动起来;灯光——女主人公想念心上人,她走到哪里,哪里的景片上就亮起奇妙的色光,仿佛心上人就在那里,最后各色彩光在她周围闪动,仿佛心上人无处不在;音响——绳索晃动时,挂着的铃铛随之发出叮叮的声响,代表人物内心在鸣唱;音乐——节奏越来越紧,声声乐曲,伴随打击乐纵情大作,仿佛要把人的心都提起来了……这一切的

"合力"构成了这段戏闭幕前浓重的意境——莎士比亚化的意境。

本文所述仅是我们的追求。不用说,实际结果必然与之存在差距。我们受到过热情的赞许,也听到过激烈的批评。批评会使我们在下一次进行类似的工作时考虑得更深、更严密,体现得更精、更和谐。

有意思的是,最近偶然翻到了我在工作开始之前写在手记上的一句话:"……怎样才能笑得有意义呢?我想,如果能使人在笑中联想到自己或别人,就对了。"很巧,有一天戏散场时,我听到四五个青年观众在开玩笑,他们以剧中人在相互"对号":你是白立荻,他就是娄地鳌……热闹异常。这使我很高兴,因为他们不正是"联想到自己或别人"了吗?

莎士比亚是不朽的,我们花这番精力搞这么一出"莎士比亚黄梅戏",意义也正在于此吧。这条路该走,这条路走得通,这条路还要继续走下去。

莎剧歌剧化的首次尝试
——我导演歌剧《特洛伊罗斯与克瑞西达》[1]

郭小男

一、阐释——一种对原始文本的否定

《特洛伊罗斯与克瑞西达》是莎士比亚一个较为复杂、较为难懂的剧本,取材于希腊神话传说,描写两个古老的民族为了一个女人而将各自民族荣誉和生存作为赌注的一场持久之战。

这一剧本在很长一段时间内,未受到人们足够的重视,原因是剧本被后人认为"紊乱而草率地表现了特洛亚战争"[2]。剧中十年反反复复的征战以及男女主人公恋情的发生与变异,也被认为缺少一般悲剧审美的效应与期待。

[剧中]没有引起同情的或理想的正面英雄,也没有大凶大恶的反面人物……没有占据舞台中心的角色(特洛伊罗斯和克瑞西达只是名义上的主角),全剧既无激烈的善恶之争和与之相伴引人

---

1 本文选自孟宪强:《中国莎学年鉴》,长春:东北师范大学出版社,1995年。
2 孙家琇:《莎士比亚〈特洛伊罗斯与克瑞西达〉的艺术手法》,《戏剧》1989年第3期。

入胜的故事情节,又没有衡量反面人物的道德标准,而且,全剧结尾是没有结局的结局。[1]

以至于19世纪就有人惊讶地诘问:难道莎士比亚没有读过荷马史诗吗?唯有萧伯纳深刻地指出:"莎士比亚在《特洛伊罗斯与克瑞西达》中,看到特洛亚战争的无益、无价值。"[2]

现代人以自己的观点与经验,对历史生发某种评说与取向,来完善对历史的文化界定。希腊神话以其丰富、灿烂的内容和对人类自由、伟大、崇高精神的歌颂,长久地给人以美的传递和启迪,从未有人去探究她的合理或可能。唯莎士比亚,以圣哲般超人的感悟,将神话现实化,历史未来化地改写了文化遗留,将和谐的神话世界颠倒错位,破坏性地重新组装人物,设计过程,确立意蕴,采取提纯出新的审美途径和价值认定。无论他参照了哪个版本的史诗,莎翁都是一次"天才的误读"。并且,莎翁又以明达合理的精神,在现代化了的人文思想观照下,把史诗中注入了睿智和幽默,顿时令我们改变了以往认识这一题材的思想经验与方式。

剧本写于1601年,属于莎士比亚第三个创作时期。苏联专家评论这一时期的创作特点是:乐观愉快的情调让位于对令人无比烦恼的生活矛盾的深思,饱含了悲凉的人生感受。毋庸置疑,这是莎士比亚最为辉煌、鼎盛的生命阶段和创作阶段,成熟化的人生感受标志出了作品的深邃与崇高。《李尔王》、《奥赛罗》、《麦克白》,体验到"人欲横流"的

---

[1] 孙家琇:《莎士比亚〈特洛伊罗斯与克瑞西达〉的艺术手法》。
[2] 孙家琇:《莎士比亚〈特洛伊罗斯与克瑞西达〉的艺术手法》。

巨大灾难;《请君入瓮》、《特洛伊罗斯与克瑞西达》、《终成眷属》又使体验变得阴沉和悲喜交织。人生感受的悲凉绝不意味着消沉或低落,相反的却是积极与健全。

莎士比亚改写史诗、"误读"神话的最大贡献,是他对神话所做的讽刺性摹写:那些在荷马史诗中威武的神,在莎翁的笔下都变成了渺小、骄狂、猥琐、可笑的人。庄严的史诗已无英雄气魄,一切显得混乱无章,又令人发笑和厌恶;特洛亚和希腊两大阵营停停打打,反反复复,没完没了地发表着逻辑混乱而又不能自圆其说的议论;为了将战争无休止地延续下去,一种非理性的、狂热的好战观念,和一种荒谬的复仇动机无限度地漫延与扩张,双方均陷入了难以摆脱又不见终结的怪圈之中。莎翁将原本生意盎然、色彩斑驳的古代世界描绘得崩溃离析、危机四伏。同时,又在"海伦之争"的战争缘由中,重写特洛伊罗斯与克瑞西达这对恋人的情感过程,重复女人在战争中的命运,表现着人类某种不可遏制的恶性惯力和悲剧循环。莎翁以辛辣嘲讽的笔触,以反常、破坏性的格局,对古希腊神话英雄们进行了一次贬损和丑化。

然而,莎翁并非心和气静。

概括人文主义的全部精髓。是"崇尚人性",倡导人的尊严和人性的全面实现。莎士比亚深知人类全部过去的历史以及现在和将来,都与人文主义理想相抵触。生命的体验,形成对悲剧社会根源的感悟,《特洛伊罗斯与克瑞西达》剧也尽在其中。自我的消失,感情的异化,民族荣誉的盲目与虚无,现实与理想相悖,人伦秩序的危机……莎翁在剧中又一次表现出历史幻灭的悲剧意识和对人类精神理念崩溃的忧心。

于是,作品亦归纳出深刻的思想意蕴:对美的异化性崇拜和热忱,以及社会化、精神化了的荣誉观众,是悲剧扩张的本质。那种源于个人因由而上升到为民族利益和尊严而征战的祸乱，正是人类自身对生存意义否定的过程。

《特洛伊罗斯与克瑞西达》剧包容、潜存着巨大的悲剧意识，但它绝不是一次单纯的悲剧性情感的抒发。相反地，在剧作内涵、人物行为等方面，它却交织浸透着既悲亦喜的综合因素，在形式结构上亦充满了喜剧氛围对应内质的悲剧场。尽管这场战争是一场"痛苦肮脏的把戏"、"个人生命于政治赌赛中的牺牲品"，但莎翁并没有刻意去营造血腥，相反更多了些戏谑和讥讽（以至于研究者们一直对剧本的体裁难以定位，称其为"特殊的类型"）。同时表现出他对贯穿于人类历史的战争的观念与看法。他站得很高，从容俯视，戏说调侃，对作为某种政治最高手段的战争意义和战争中的人自身，阐发了一次庄严而又游戏的评说。

重新审视这部作品，"战争无益、无价值"，竟然在几百年前莎翁的笔下描绘得如此生动。作品表现出来的深刻主旨，又以一种穿越时空的久远生命力逼视着今天的现实和人类生存。反省两次世界大战及一系列迄今尚未停息的局部战争和动乱，我认为，《特洛伊罗斯与克瑞西达》剧该是一部彻底的现代作品。历史与现实，凭借莎翁的艺术品格和他所架构的形象系统，使四百年的思想精华在现代找到了某种默契与沟通，并以意志同构为条件，给人以无尽的联想。

二、音乐——并非属于形式的形式，建立着另一种内容……

当我们最后抉择，运用歌剧艺术来表现这部作品时，一个思考也应运而生：音乐是解读作品的形式吗？从文字到音符的一次性转换（我指的是文字后面的思想意义，并非台词意义的文字），主旨会不会被伤害？文学（亦非唱词）会不会消失？寻找和开掘原作中音乐结构的可能，确立和创建全新的结构语汇，它与固有的框架怎样互为里表？让原有的文学精神成为音乐风骨的表层形式，还是让音乐意蕴成为文学躯干的实质性内容？谁为母题？谁为载体？

意大利作曲家威尔第一生创作了三部莎翁歌剧，永世珍传并被西方作曲家共同视为崇高的艺术理想和自己亦为之追索的目标。

莎翁歌剧，无疑是莎学研究的重要部分，然而我国乃至亚洲尚未提供过经验和演出，空白处一片寂静。

音乐结构，是阐述、表现歌剧文学的必然形式，是从原作到歌剧进行一次艺术、思想迁徙的外化形态。那么，音乐——并非属于形式的形式，当它承接过原作到歌剧文本的传递之后，能否重新建立起另一种内容？

回头再看莎士比亚，不再顾虑，不再仰视。

《特洛伊罗斯与克瑞西达》的广阔，实际上提供了一个巨大的音乐场，全景式的，颇具20世纪现代派音乐风格。体裁的独到又给音乐提供了自由想象、尽情发挥的创作空间。历史背景、战争环境、生态、情节、人物，都有某种空灵性可能。再加上我的直觉:《特洛伊罗斯与克瑞西达》是莎翁洋洋十几卷的剧作中不可多得的可以改编成歌剧的范本之一。

他的诗才是音乐性的；他的语言、文学节奏是旋律感的。他那"说不尽"和"心灵创造"的丰富内涵，是先天有之的音的基因，乐的渊源。每一出剧目，总有一个"动机"，又精心交织着发展与扩张，时而宣叙，时而咏叹。情到深处亦会由奏鸣到轰响地再现自己的主题……

但歌剧不可能将原作的方方面面、形形色色一股脑地托出，必须艺术性和技术性对原作进行调整。必须"减头绪，立主脑"，必须摄魂变形。[1]

情节主干的生动，直逼现代的主旨精神，为歌剧择主线、立主题提供了依据。原作以海伦为议论中心，特洛伊罗斯与克瑞西达显得并不重要。莎翁散点式地、漫不经心地表现着一群人而不去强调戏剧矛盾。歌剧则主张将海伦引起的战争移至背景，将特洛伊罗斯与克瑞西达的恋情发生、发展、变异为主线，让名义上的男女主人公成为真正意义的戏剧矛盾焦点，并同步反映生动的战争全貌，再选择性保留十几个与主线关系紧密的人物为烘托。这样，音乐上有了音调、对位、和声的三重性结构形式。并且，为了表现女人于战争中的命运，莎翁又安排以海伦为背景的线索为过去时，克瑞西达的情节为现在时，而波丽克赛娜（特洛伊罗斯的妹妹，不出场却关系重大）的不可知命运为将来时，让"三位一体"式的命运连环，将战争本质的残酷性最大可能地延伸。从而强化莎翁对这一主题的关注并完成多层次发展的音乐规律。努力实现歌剧情节线路的单纯化而非单一化，让音乐得以充分的舒展。

确立特洛伊罗斯与克瑞西达为主线，涵括了歌剧的思想指向。

西方学者的评述及有些演出，都认为克瑞西达是个水性杨花、放荡不羁的女性，特洛伊罗斯处理得也很浪漫无知。认为他（她）们之间的爱情是轻浮的、无所谓的，不过是海伦式女性的重复，认为战争造就这样的女性。

---

[1] 文中着重号为本文作者所加，下同。

歌剧改变了视角，强调了二人的感情价值。这是纯情相爱的一对男女，无人怀疑哪一方有什么不贞。克瑞西达的机智谨慎并不等同玩世不恭。倾心于特洛伊罗斯又担心着能否被他抛弃，热情中多了几分聪明。这种周折化的性格定位才能印证海伦对她心灵的影响。她在作为人质后，灵活周旋于希腊将领的戏弄之中，痛苦只能深深隐埋而强打笑脸去"选择"新情人来保护自己。负心中多了一层辛酸与无奈。莎翁正视特洛伊罗斯则的英勇、自信和忠诚（这是荣誉观念的必然），强化他炽热的对爱的追求和坚定的复仇情感，集中体验二人于战争环境中的生存状态，表现战争与人性的矛盾，修正上面"海伦式女性重复"的观点，而认为战争毁灭这样的女性。

重复不能同义，而要多义，再生新义。

还有体裁上的风格追求，以及如何传达莎翁原作扑面而来的恢宏气韵，如何确立这个戏音乐风格的总体意蕴……

首先，文学－音乐结构上采用"通联体"的写法，以保证一气呵成的叙事与抒情；文学的音乐性、音乐的文学性及二者的戏剧性，"三点支撑"是原则；

体裁这一折射思想的外在形态，要互为牵制地反映作品内涵的双重特质，喜剧与悲剧，游戏与庄严，花前月下与刀光剑影，美好与丑陋，战争与和平……要从音乐形象中得以昭示。在繁杂的人物关系中滤出可感性强的主体音乐动作，并保持和声部分有意义地交叉性介入。嘈杂喧闹的战争场景既要雄浑有力，也要诙谐调侃，来直述战争的盲目、机械和无意义。音型上追求单调、粗犷、鲜明、现代，远古感、史前陌生可以抒发而不扩张交响，不渲染旋律，不追求抒情，但又有意识地靠近民族音乐的特征，概括为在充满戏谑、嘲讽的旋律中孕动着一个深沉怆惨的悲调。

从演出看来，依据总的原则，音乐完成的特点是，突破了传统的调式、调性观念，以一种自由、游弋、综合的调式、调性为主弦，运用和声、配器、对位、均等平行的创作技法，不分主次，备领风骚。和声结构不采用传统和弦（如三和弦）而运用线条、点描手法，并使纵向效果也不谐和。客观地说，音乐实现了一次前卫性实验。

文学－音乐结构，这一大于形式的新质，毫无疑问地消灭着另一种内容而使自己诞生。

三、破坏——一种构建形象系统的纲领

从原作到歌剧，从莎士比亚中走出来到歌剧文学－音乐结构的重新建立，导演规范着思想走向和艺术可能。然而，一旦文学－音乐结构生发出自己的精神－物质之后，其文思和音响却要支配导演的创作。这就是歌剧创作不同于话剧、戏剧的异处所在：总谱是未来演出实现的出发点，音乐是歌剧内容的实质，音乐语言是歌剧导演创造语汇的基础。歌剧导演创作，手中要各持一本要领：一是台本，一是总谱。一切奇思异想只能，或必须从音符开始进入状态。

我认为歌剧导演创作，要有这样几点前提：

1. 感悟。这是一种艺术灵性，即对音乐的悟性能力。表层认识：物质的、物理的、音的集合及音符的运动形态；深层认识：感觉、感情、启发性、空灵性，以及节奏的运动形态和高度抽象了的思维形态。怎样透过音的层面达到对乐的理解。

2. 诠释。音即技法、技巧，乐即思想、感情。作曲家对音的选

择、排列、集合，实现情绪和情感的抒发。其中，有多少乐段、旋律和曲式准确传达戏剧思想而不拘泥作曲家个体性体验？导演怎样理解和把握？感受着音乐的时间、节律和篇幅，又怎样实现情景、情节、人物塑造、场面处理等创造且不露痕迹？

3. 物化。怎样将音乐"物化"成可感知的视觉形象？从听觉到视觉的物化过程（人物、物质、空间）又怎样才能和谐得体，天衣无缝，你我互融？

不尽正确，但无论是技术层面还是艺术层面的前期创作准备，我理解，以上三点是尤为重要的。

在既定方针下尽情尽致地想象，体现剧作深远的历史精神，对未来的演出总体形象的创造，提出了若干项原则：

是悲喜剧的风貌，既要深沉凝重，也要诙谐轻松；

意蕴无穷，却深入浅出；

大悲若喜，大音稀声；

寓庄于谐，庄谐得体，是神是人，神人合一。

前卫性音乐创想，规范了全部创作应当属于"现代主义"，剧本的内容和体裁也提供了可能，而反思传统歌剧模式，要实现一次前卫性创作，就必须针对以往的经验提出一些思考，超越和开创永远是艺术创作的命题。

由此，既定了更为大胆的原则：反传统、超常规。

告别一些旧的，提倡一些现代的，是一次自觉的反动。

以传统歌剧模式来构造这个戏，无疑是行不通的。必须寻找新的语汇和方式，也必须首先对观念进行调整。

何谓传统模式？它是在传统的思想和价值观的影响下，对技巧集合及运用的形式。如音乐的形式问题，戏剧作品的认识角度、价值提炼问题，人物解释、空间意义、调性旋律等问题。对这些问题的认定都与今天的精神取值不同，明显地觉出老化与陈旧。而更为重要和当务之急的修正，是歌剧的审美定位。

简单地概括：民主革命时期的歌剧，其形态和艺术目的，与其他艺术门类一样，是自觉参与社会变革的社会功用化主导功能。社会主义时期又以讴歌革命成功、肯定党的领导为艺术的政治化标准。前者如《兄妹开荒》（秧歌剧）、《白毛女》，后者如《江姐》、《洪湖赤卫队》。近十几年的歌剧创作，精神上得到了解放，从题材到形式选择都自觉向艺术化调整并拓宽文化意识而远离了政治模式、民歌模式、话剧加唱等模式的羁绊，走向更本体的定位思考。但无须回避，就歌剧创作在选材、音乐、综合戏剧观念等具体艺术观问题上，仍嫌保守。尔间一、两台的创作演出与追求，仍无法带动歌剧界的总体跃进。仍有待与戏剧以至民族的文化发展同步思考，同步前进和变革。

关于歌剧的审美定位，我以为更像舞剧而不应倾向于话剧，更应强调固有的音乐性情感抒发而不应发展趋于写实观念的文学框架，更应像诗、像画，立"虚无"、创意境。

由此，莎剧（如《特洛伊罗斯与克瑞西达》）改编为歌剧，提供了新的审美定位的机遇，我们的追求才可能更艺术，更"唯美"。

这就是所谓反传统的真实目的。但前提还应包括尊重和谨慎，不排斥择用以往的技巧和经验。吐故纳新，否定之否定。

如果说"反传统"是精神主旨的倡议，那么必须通过"超常规"才可能实现其艺术理想。

超常规，亦即破坏，在观众习惯了的审美符号系统中来一次破坏。

这符合包括对整体戏剧的接纳情感,包括对音乐、旋律、戏剧常情、空间形态和形象,光色效果及戏剧情感运动方式的定式性期待和经验。让一切"准备"在破坏中丧失,亦让全部形象在破坏中建立。

如何破坏?制造表层观赏和深层体验的断裂与不和谐,全方位出击地创造一系列破坏的技巧(没来由地落下一组景,生出一组光;在众多人物的合唱中戛然而止,让符号性人物匆匆穿梭过场。音乐的点描技巧也常常跳跃出来骚扰旋律,七度、九度和弦也来影响正常)。

还有重金属音乐,也给予视觉上的一致:利用金属材料来架构舞台全貌,创造非幻觉的同时给视觉以听觉的同步力度,并营造空间的纯粹现代氛围。光谱远离光原则"随心所欲",出现了点描式手段运用:在某一段戏中只用一只灯来强烈地介入表演,影响感觉。花非花、雾非雾地破坏构图,干扰"习惯"。

破坏人物间、人物与观众间的移情与"亲近",利用一切可利用的关系来横向间离或理性参与。舞台调度、区域使用除却保留对称之外,也均已"毫无章法"地创造……

然而,就在这人为的不和谐中,求得新的总和谐,建立新的审美习惯和系统,求得意志上的同构关系和感情。

破坏,成为全部形象创造的总纲领。

当然也不忽略创造场面的辉煌和有冲击力,这是歌剧与生俱来的魅力,可以将戏剧思想和感情轰鸣迅猛直接地压迫于观众,在不忽略创造壮观场面的同时深入细微地刻画人物。这一点,歌剧创作必须强化认识,否则总是留下只有声音,没有形象的缺憾。

欲在破坏,旨在创新。这还不是理想的歌剧,但愿已接近歌剧的理想。

歌剧面对的现实，与戏剧的整体命运一样：低谷与危机。而歌剧又多了二层压力，那就是歌剧的辉煌时期由于种种原因还没有到来。歌剧的创作，从技术到艺术，从实践到理论都有待再成熟、再构架更高、更健全的美学观念来完善自己的形态与水准。歌剧的观众亦有待培养与引导，并逐步扭转对以往传统歌剧模式的理解与认定。

还应当公允而不加褒贬地承认一个事实，《特洛伊罗斯与克瑞西达》剧的演出，填补了我国乃至亚洲创作莎翁歌剧的空白，实现了一次零的突破。由此我想，此番破坏，值得一试。

从《欲望城国》和《血手记》看戏曲跨文化改编[1]

徐宗洁

一、前　言

中国传统戏曲自元明以来，经历了长期的演变与发展，形成珍贵的文化遗产。然而随着时代的进步与表演艺术形式的多元化，年轻观众对传统戏曲的节奏、唱腔、表演方式，甚至思想情感，都感到难以接受。传统戏曲面临观众老化与"曲高和寡"的危机，于是在保存传统之余，致力于戏曲的革新就成为刻不容缓的工作。戏曲改编成为近年来"戏曲现代化"的潮流之一。剧作家或将老戏新编，使剧作思想内涵具有现代精神；或自创新局，在内容、风格各方面力求突破。为了扩大戏曲题材，"跨文化改编"成为编剧者另辟蹊径的方式之一。

传统戏曲的跨文化改编，指"以外国著作为基础，重新编创为戏曲的创作手法"[2]。这种改编不仅要面临文化差异的考验，如何保留传统戏曲的特色，又不背离原著的精神，更是考验编剧者的难题。在众多外

---

[1] 本文选自《戏剧》2004年第2期。
[2] 黄千凌：《当代台湾戏曲跨文化改编》，台北：台大中文所硕士论文，2000年，第11页。

国著作中，莎士比亚的剧本因其戏剧性强烈、故事生动，成为众多剧作家尝试跨文化改编的首选。然而，莎剧深刻细腻的人性心理描写，却不见得是以宣扬忠孝节义的传统戏曲所善于处理的；因此，对莎剧改编本往往有截然对立的评价。本文试图对同样改编自莎翁名剧《麦克白》的《欲望城国》与《血手记》做一比较，一探传统戏曲改编外国著作时常用的手法，并借以分析其艺术价值与不足之处，以期能进一步管窥跨文化改编时可能面临的种种问题。由于篇幅所限，本文主要探讨主题意识与人物塑造，至于情节内容的增删、身段唱腔、文辞等问题，则依需要略为论述。

二、《麦克白》的两种东方诠释：《欲望城国》与《血手记》

《欲望城国》可说是当代传奇剧场最具代表性的剧目，不仅创下了当代传奇迄今为止国内外演出场次的纪录，也代表了剧团创立的精神与目标：

> 将传统精神与现代创意相结合，并尝试汲取传统戏曲唱、做、念、打诸表现方式，纳入现代剧场中，期许能在中国戏剧日渐式微的命脉里，注入新的生命力，并为传统艺术开辟出一条崭新的路径……之所以选择《麦克白》，是因为……这样的故事正好可以突破主题意识的禁忌……使《欲望城国》站在人性化的角度上，将《麦克白》剧中角色的悲剧性转换过来。[1]

---

[1] 林淑惠：《当代感动与古典传奇——访当代传奇剧场》，《铭传人》1993年第8期，第11—12页。

以现在的眼光来看，此类传统戏曲的跨文化改编已不足为奇，但在当时仍颇为保守的京剧界，《欲望城国》无疑是一次相当大胆且冒险的尝试，在传统戏曲现代化发展过程中占有标志性的地位。此剧演出后虽引起不少争议，多数学者、观众仍从整体上肯定、支持了当代传奇改编莎剧的用心。然而，此剧1990年赴英国伦敦演出时，观众的反应却并不尽如人意，除了肯定舞台效果、戏服华美、武技灵巧之外，对于思想内涵，甚至演员唱功几乎是同声非难。[1]

而同样改编自《麦克白》的昆剧《血手记》，得到的评价则与《欲望城国》相反。此剧于1987年爱丁堡艺术节首演，受到国外观众的一致好评，被选为最佳节目。当地剧评认为该剧取得了令人难以置信的艺术效果。有趣的是，该剧在中国演出时却引发了截然不同的意见。有些人认为此剧保留了昆曲本身的表现手段，更对音乐唱腔、程序规范做了大胆的革新；也有人看了连连摇头，认为此剧"吃掉"了莎士比亚。[2]

由对《欲望城国》与《血手记》截然不同的评价，多少可以看出传统戏曲跨文化改编的不易，改编后的作品可能落入尴尬境地，两种文化中的观众均不接受。这种先天不足使得剧作家在改编时除了考虑观众的接受度，更重要的是以原著为参考坐标。不过，这并不表示原封不动地移植原著就是成功的改编。真正成功的改编，应是能兼顾原著精神与本土文化，在改编后保有原著的深度，又能发挥剧种的特长，且不致在思想上发生矛盾。以下先略述两剧的情节概要，再从主题意识与人物塑造两方面加以讨论。

1　戴雅雯：《做戏疯，看戏傻》，吕健忠译，台北：书林，2000年，第56—60页。
2　曹树钧和孙福良：《莎士比亚在中国舞台上》，哈尔滨：哈尔滨出版社，1989年，第166页，第191页。

（一）情节概要

莎翁四大悲剧之一的《麦克白》，演的是麦克白夫妇弑君背义，一步步走向灭亡的故事。原著中麦克白夫妇弑君篡位与邓肯之子马尔孔的复国这两个情节平行发展。而《欲望城国》与《血手记》在改编时，都将剧情集中在弑君篡位一条线索上。《欲望城国》共分四幕，第一幕分《山鬼》、《三报》、《预言》、《封赏》四场；第二幕分《怂恿》、《驾临》、《谋害》三场；第三幕分《驯马》、《奔逃》、《大宴》三场；第四幕分《更夫》、《洗手》、《预言》、《毁灭》四场。[1] 主演敖叔征本为战国时蓟国大将，一次在班师回朝途中，遇山鬼预言前程。夫人的怂恿加上自身的欲望，两人犯下弑君之罪，更进一步铲除异己。最后夫人因罪恶感与流产的打击精神错乱，悬梁而死，敖叔征则在燕国大军进攻与叛军的夹击之下，被乱箭射死。《血手记》则分为《晋爵》、《密谋》、《嫁祸》、《闹宴》、《问巫》、《闺疯》和《血偿》七场。[2] 演大将马佩听信女巫预言，与夫人铁氏密谋杀害郑王，并嫁祸他人、铲除异己，连原本的心腹也不敢相信。最后，铁氏因不堪心理压力发疯，王子郑元率兵复仇，马佩兵败丧生。

---

[1] 以上场次名称依据《传奇十年：欲望城国》之节目单。本文引述唱词念白所根据之版本，则为刊登于《中外文学》第15卷第11期之《欲望城国》剧本。由于此剧曾多次演出，内容虽无太大修改，场次名称上却略有不同；而《中外文学》所刊登之版本的场次名称并不完整，部分场次未标明名称。为引述之方便起见，本文所使用之场次名称皆以节目单为准。

[2] 《血手记》之场次数目，每次演出略有不同，部分版本在《嫁祸》与《闹宴》间加入了《刺杜》，在《闹宴》与《问巫》间加入《亲离》，并以御医串场。因笔者手边并无《血手记》剧本，本文引述的内容主要依据上海艺研所电视部所录制的录像带版本，但因该录像带并无字幕，故念白部分皆由笔者自行记录，误漏之处恐在所难免。唱词部分除笔者记录外，并参考表演艺术图书馆收藏的《中国昆曲艺术录像带》系列之《血手记》介绍小册。

（二）主题意识

跨文化改编面临的问题，首先是不同文化背景的思想与意识形态，不可能原封不动地移植。贸然套用或随意改编，都会导致失败。如何将异域文化的作品改编为结合本地剧种优点、令观众接受又保留原著精华的剧作，就成为考验编剧者智能的难题。要达到这个目标，对原著的彻底理解是第一个关键。因此，在比较《欲望城国》与《血手记》之前，首先要考虑的就是，《麦克白》究竟要表达什么？

朗斯伯莱（Lounsbury）曾指出：

> 在《麦克白》里，惩罚是加在那罪恶的丈夫和罪恶的妻子身上了。但这仅是附带着而来的结果，若当作目的来看，则在全剧进展上并不占重要的地位。值得我们注意的是，罪恶一旦掌握了一个人的灵魂，其逐渐使人变质的力量是如何伟大。这种力量在不同的性格上产生出不同的悲惨的效果。[1]

《麦克白》的成功与价值，就在于它对普遍人性的掌握，以及对心理的细腻刻画。它如果有任何教化意义，也是留待观众自行去体会得来，而非作者有意苦口婆心、谆谆教诲。虽然如此，麦克白夫妇最后用尽心机一场空，双双惨死的下场，却正好符合中国人眼中的因果报应与宿命思想；因此，改编者无不针对这点加以发挥，无形中却也转移了剧作的主题意识。

《欲望城国》第一幕第一场《山鬼》，就已有透过合唱曲点出"题

---

[1] 莎士比亚：《麦克白》，《莎士比亚全集》，梁实秋译，台北：台湾远东图书公司，1989年，第8页。

旨"的味道:"叹世人看不透功名富贵,原都是水中月迷梦一回。算心机临断崖前程自毁,到头来浪淘沙枯骨空悲。"此曲颇有《红楼梦》中"机关算尽太聪明,反算了卿卿性命"的意味,感叹功名利禄原如镜花水月难以掌握,勘不破的人注定要枉费心机。山鬼出场后,又在念白中更直白地表达这一观念:"每日静观世人争名夺利,纷扰不休。想这生死轮回,早有定数。可怜世人不解天意,不知荣华富贵,骄傲野心,将随躯体消逝,化为空虚⋯⋯明日,大将敖叔征班兵还朝,必打森林经过。不免在此等候于他,作弄一番。"山鬼一面超然揭示轮回宿命的思想,一方面却又特地等候敖叔征,欲将他"作弄一番",并在上场诗中自陈:"山精水怪现身影,聚毒为蛊惑人心,不喜天下太平世,兴风作浪无安宁。"敖叔征于是成为被山鬼摆弄的对象,他此后的所作所为与结局,似乎也就变成必然的"宿命"。而山鬼俨然成了怀着恶意的命运之神,看着敖叔征一步步走向既定的陷阱,其作用与原著中的三女巫已大不相同。莎剧中女巫的话勾起了麦克白的野心与欲望,后来鬼魂模棱两可的语言,又让麦克白对保住王位产生盲目的信心,她们代表了诱惑的力量,受到诱惑的麦克白,则让我们看到黑暗的种子一旦在人心中萌芽,其能量是如何逐渐扩大。正如戴雅雯所言:"莎士比亚笔下的女巫说起话来模棱两可,向观众摆明了她们并不是把命运强加在麦克白身上。"《欲望城国》中的山鬼,却"引他误入歧途,使他认为放心而行可以万无一失⋯⋯真正的神谕无不裹上一层神秘——此所以神谕如此难以抗拒又如此危机重重。舍行为动机而代之以预言,又抹杀敖叔征内在的心理特征,《欲望城国》一变而为证明多于启示"[1]。于是弑君背义的敖叔

---

[1] 戴雅雯:《做戏疯,看戏傻》,第45页,第54页。

征,在某种意义上成为被命运玩弄的棋子,只是照着被安排好的未来前进,他最后所能产生的体悟就只能是:

> 想我敖叔征,本是个忠义大将,如今却犯下这弒君背义的罪恶。我为的是什么?!我为的是什么?!难道这都是上天的安排不成吗!天哪!天!看来我敖叔征果然中了你的诡计。咳!咳!咳……(苦笑)我却不信,我敖叔征会栽倒在你的脚下,逃不出你的圈套!哼!(第四幕第二场《洗手》)

而他的力战而死,也只不过验证了人力无可回天的命运罢了。最后落幕时传来山鬼的大笑,更加强了这种一切都在山鬼(天)的意料和算计之中的效果。然而山鬼的过度介入,已经使开场时想营造的"繁华富贵皆如镜花水月"之思想内涵大打折扣:如果说敖叔征对功名富贵的追逐,是受到山鬼特意作弄的结果,那么山鬼在初遇敖叔征时口口声声说的"世事轮回有定限"、"是非成败一场空"、"步步为营步步空"(第一幕第三场《预言》),就显得更像恶意、伪善的嘲弄,难以真正达到令人体会世事如镜花水月般虚幻的效果。如此一来,文本内部就产生了自相矛盾的问题。此外,这种开场时就揭露一段哲理的做法,固然可以让观众迅速了解编剧者的创作理念,但也限制了诠释的空间,太快将整出戏置放于既定的宿命思想框架中,无形中也就削弱了原著赋予角色的自主性与生命力。

相形之下,《血手记》在女巫形象的改编上显得较《欲望城国》要接近原著一些。三女巫出场时的念白:

女巫甲：我乃真也假。

女巫乙：我乃善也恶。

女巫丙：我乃美也丑。

三女巫：结伴儿滩上浮游。这风吹得我热汗流。毒日晒得我心冰透。练就了冷眼利口。说坍了凤阁龙楼。谁问明吉凶休咎。地狱里给他自由。自寻死路的贵人来了。（第七场《晋爵》）

暗示善恶、真假、美丑只是相对而非绝对的概念，不宜贸然以二元对立的方式划分。因此在女巫的刻画上，也较为贴近原著的"模棱两可"，与《欲望城国》中操弄敖叔征命运的山鬼大异其趣。而马佩与三女巫的相遇亦如原著般机缘凑巧，而非三女巫有意先行等候。第五场的《问巫》有"天若亡你，树林都会走路，只有不是十月怀胎所生的人，才能打败你呀！"等台词，亦明显是由原著转化而来。虽然在马佩反问"天下哪有如此的怪事"之后，女巫们接口："天下无敌，江山永固。"但这个"保证"仍然是有条件的："那玉皇爷特告你天骄马某，转眼间海不扬波。除非鬼树林摇晃，除非有非胎生的妖孩一个。"正因为《血手记》没有先将女巫的预言套入宿命论的框架之中，其言语在此才能真正成为"真理的模棱话"。反观《欲望城国》剧虽也保留"除非森林移动，靠向王城"的情节（第四幕第三场《预言》），却因山鬼的有意作弄，只能成为圈套与欺骗了。

不过，《血手记》虽然在女巫的刻画上，保留了与原著相似的形貌，但对于马佩被女巫误导后的一连串恶行，却选择了较贴近本土观众的因果报应思想。关于《血手记》的因果观，笔者于后文还会进一步加以论述。但由《欲望城国》、《血手记》二剧中透露的因果报应思想，已可看出跨文化改编时的一个两难问题：如何在保留原著精神与适应本土观众之间取得平衡？莎翁原剧并没有因果报应的意味，麦克白夫妇最后悲惨的下场，只是"结果"而非"目的"。那么何以《欲望城国》、《血手记》二剧的编者在改编时，都宁愿舍弃原著较为丰富深刻的思想内涵，而"屈就"于二元对立的善恶果报观呢？这显然是基于观众属性所做的考量。自古以来，中国的戏剧就要求一个"黑白分明"的世界，剧中人物的善恶甚至通过脸谱被"写（画）在脸上"，要习于此种思考模式的观众一下子接受西方戏剧复杂多面的人物性格，以及不见得给观众"标准答案"的诠释方式，自然成为一大难题。于是，改编者除了设法将时空背景套入东方情境之外，更将剧中人物的行为、命运赋予"东方诠释"，以求观众看戏时不致感到太过格格不入。这样做固然有好处，如王安祈所言：《欲望城国》之所以成功，其实存在着很吊诡的因素。莎翁原剧写的是人的野心欲望如何一步一步吞噬自我的过程，而这出戏的故事框架及结局却又恰恰对上了"善恶到头终有报"的中国传统观念（当然更是戏曲里固有的教忠教孝道德观），所以这出戏的观众直可"各取所需"的各自获得情感洗涤或道德教化的满足。

但另一方面她也指出："善恶二分的观念"真的因《欲望城国》的成功而有所松动吗？其实未必，原因正是前述之"吊诡有利处境"。"当代传奇"往后几出戏则因各自碰触不同的问题而并未在人性深邃面上获得更好的成绩。[1]

也就是说，当改编者选择以传统道德观的"旧酒"注入西方戏剧这个"新瓶"的同时，就必须承担丧失原著的某些积极意义的风险，甚

---

[1] 王安祈：《当代戏曲》，台北：三民书局，2002年，第148—149页。

至有可能流于思想或人物深度的肤浅。当然，这并不表示维持传统就代表改编的失败，否则只是落入另一种二元对立思考的陷阱罢了。若昧于文化隔阂的事实，将原著的情节思想原封不动地挪用，不仅未必贴切，更可能造成观众的疑问甚至误解。无论如何，文化跨越的困难乃是改编外国剧本时必然会遭遇的问题，只有在彻底了解原著思想与中西文化内涵之后，才有可能达到"中西合璧"的理想境界。

（三）人物塑造

除了思想内涵之外，一出戏剧的成功与否，与人物形象是否深刻感人，亦有一定程度的关系。但传统戏曲受到行当固定的影响，人物塑造较容易"类型化"，亦较少刻画人物的内心活动，因此改编如麦克白夫妇这类性格较为复杂的人物，就成了另一个考验。此外，在舞台演出时，角色的生命乃是由演员所赋予，演员对于人物心理的诠释、其眼神动作的流转，都直接关系到戏剧角色的形貌。因此，以下亦将有关身段造型等舞台艺术的部分一并列入讨论。

1. 敖叔征夫人与铁氏

麦克白夫人可说是推动与怂恿麦克白犯下弑君之罪的关键。如果说女巫的预言勾起了麦克白内心对权势蠢蠢欲动的希冀，麦克白夫人的激将法，则推动他化意念为行动。她对麦克白的指责和质疑——如"缺乏那和野心必须联带着的狠毒"、"既不愿有背义的举动，却又妄想非分之事"、"你是不是既要获得那你所认为的人生至宝，而又自承是个懦夫？"[1]等，将麦克白的黑暗之心一步步地牵引出来。初出场的麦克白

---

1 莎士比亚：《麦克白》，第31页，第37页。

夫人野心勃勃而积极坚定,对权势表达高度的兴趣,丝毫不掩饰自己的欲望,更以心狠手辣、残忍刻毒自诩自豪。她向精灵祈求:"把我的血弄得浑浊,把怜悯心的路途塞起,好让我的狠心不致因良心发现而生动摇。"[1]但有趣的是,当麦克白在她的推波助澜下终于下定决心"勇往直前"之后,她与麦克白反倒形成一种"此消彼长"的形势。相较于"恶事既已开端就要恶狠地干下去"[2]的麦克白,她的豪气逐渐消散,先是感叹:"若是愿望达到而心里不安,由害人而享受不稳的安乐,还不如被害的人较为稳妥。"[3]继而产生不停洗手的强迫行为,终致精神错乱。

麦克白夫人这个角色可说完全违背了中国传统对女性的要求,尤其不可能出现在以贤良淑德、温柔婉约为主的青衣、闺门旦的行当。要改编与重释麦克白夫人,面临的挑战与难度可想而知,也难以用单一行当来呈现这个角色,因此演出者魏海敏与张静娴,皆采用融合多种行当的手法来表演。魏海敏结合了青衣、花旦、泼辣旦的身段[4],张静娴则调动了闺门旦、花旦、泼辣旦、刺杀旦等行当[5]。若单就身段唱腔而言,两人在这方面的功力都毋庸置疑,较大的差别或许在于服装造型方面。张静娴的扮相基本上没有逾越昆剧旦角的造型,魏海敏的敖叔征夫人造型则完全创新,华丽而精美的服装固然成为该剧的一大特色,但对身段的呈现也造成一定的影响。魏海敏曾提到敖叔征夫人的服饰里有一个长如尾巴的裙摆,用以象征其蛇蝎性格。但她一开始简直不知该如何"对付"这条"尾巴",最后决定采用踢裙摆的方式,一方面便于行动,亦

---

[1] 莎士比亚:《麦克白》,第32页。
[2] 莎士比亚:《麦克白》,第70页。
[3] 莎士比亚:《麦克白》,第68页。
[4] 林淑惠:《当代感动与古典传奇》,第14页。
[5] 兔兔:《幽兰馨香,玉兰芬芳——记著名昆剧表演艺术家张静娴》,www.kunqu.net/discuss13.htm。

可强化敖叔征夫人的果断。[1] 其实除了裙摆之外，敖叔征夫人的服装对于表演还有其他不利的因素，宽袍的设计与缺乏水袖，使她必须以单手前指、兰花指等手法加强手势。[2] 第四幕第二场的《洗手》，由于没有水袖，演出受到一定的掣肘，无法淋漓尽致地表达敖叔征夫人的内心状态[3]。反观《血手记》中以水袖表演的张静娴，《闺疯》一出唱做俱佳，炉火纯青，得到一致的好评。

尽管服装设计只是角色成功与否的因素之一，但这个例子说明了舞台艺术的整体性。华美的服饰如果不能配合表演的需求，反倒可能减弱戏剧张力。不过归根结底，剧本仍是一出戏的灵魂。不少传统老戏可能纯粹以演员的功力为卖点，但跨文化改编的戏剧却不太可能只以唱念做打为号召，不论观众对原著的了解程度如何，都不可能忽视剧情这个要素。以《欲望城国》与《血手记》来说，魏海敏与张静娴都是不可多得的杰出演员，剧本对人物的行为安排与心理描绘，就成为影响敖叔征夫人与铁氏形象刻画深浅的关键。

敖叔征夫人在《欲望城国》中的戏份，共计《怂恿》、《谋害》、《大宴》与《洗手》四场。《血手记》的铁氏，则出现在《密谋》、《嫁祸》、《闹宴》和《闺疯》，这几场的主要情节安排基本对应。《欲望城国》的《怂恿》和《谋害》，《血手记》的《密谋》和《嫁祸》是以呈现夫人的基本性格以及她推动犯罪为重点。《大宴》与《闹宴》凸显夫人遇事的冷静。最后的《洗手》和《闺疯》在处理夫人因不堪心理压力

1　魏海敏：《水袖与胭脂》，台北：商周文化，1996年，第169—170页。
2　柯立思：《传统戏曲旦行表演新诠释——以当代京剧〈穆桂英挂帅〉、〈杜鹃山〉及〈欲望城国〉之剧场表演为范畴》，台湾：艺术学院戏剧所硕士论文，2000年，第72页。
3　戴雅雯：《做戏疯，看戏傻》，第55页。

终致精神错乱的结局。表面上看，两剧的情节走向与性格设定，并没有太大的差别，但通过细节的诠释与情节的改变，看似雷同的人物形象便有了迥异的内在肌理，传达出不同的思想内涵。笔者以为，《血手记》的铁氏，虽然也有一些改编上的瑕疵，但整体而言却比敖叔征夫人形象鲜明，也与原著之形貌互相呼应。以下试从几个主要的情节分析这两位中国版的麦克白夫人在形象塑造上的差异。

关于敖叔征夫人的形象设定，魏海敏在《水袖与胭脂》一书中曾有详细的说明。她表示："希望呈现一个立体的敖叔征夫人形象，她性格里有城府很深、个性很强韧、很有野心的一面，但她也有作为一个女人细致、女性化的一面，只不过，她身在那样的时代里，一个能干聪慧的女人对于'权力'的向往，只能转而寄托在'直教夫婿觅封侯'上。"[1] 这样的思考方式，多少是出于减少文化隔阂、将莎剧"中国化"的考量。在此，我们可以看到跨文化改编将时空背景"本土化"的同时，对人物塑造也必然产生一定的影响。《欲望城国》为求吻合"臣弑君"之主题，将时空背景转换到战国时代，敖叔征夫人的角色也就受到背景安排的影响，她的野心和欲望，受到"中国古代贵族妇女"身份的牵制，变成以"直教夫婿觅封侯"为起点。但实际上，所谓夫人细致女性化一面的表现，只靠着初上场时一段西皮慢板的唱词传达，如"空闺内，念沙场，独坐明窗"、"倘若是，遂心愿，好梦得偿"，深化人物形象的效果并不显著。

怂恿丈夫弑君一段，虽然亦曾被评为"用典冷僻，说词牵强"[2]，但笔者以为，此段已是《欲望城国》剧较能凸显敖叔征夫人性格的部分。

---

[1] 魏海敏：《水袖与胭脂》，第167页。
[2] 胡耀恒：《西方戏剧改编为平剧的问题》，《中外文学》1987年第11期，第79页。

她得知山鬼预言后,心中燃起对权力的欲望,于是先劝告,后恐吓,最后再顺水推舟,鼓动丈夫刺杀大王。唱腔由一开始的西皮慢板转为快板,将情绪与气氛一步步推向高潮。这一场戏,将敖叔征与夫人的性格做了对比,相较于敖叔征的犹豫不决,夫人显得格外坚决、冷静,甚至霸道。在敖叔征还迟疑着"日出天明事难掩,怎遮众口脱罪嫌"时,她已经拿着酒壶准备去迷昏侍卫了,更指责敖叔征:"难道后悔不成?"因此弑君一事,可说是以夫人的意志为主导的。

与原著差异最大的部分,在于夫人发疯的原因。《欲望城国》将其诠释为夫人杀了使者之后良心不安,又受流产打击,终于精神错乱,悬梁自尽。笔者以为,这样的改编削弱了原著在心理层面的深度。就连魏海敏自己也说,在刚开始演出时,她觉得这个女人没有足够的理由发疯。[1] 原著里麦克白夫人的一句:"可是谁想得到那老头子有那么多的血啊?"[2] 表达出弑君在她心理上造成的罪恶阴影,洗手对她来说变成一种仪式,仿佛只有这样才能洗净她心里与眼中残存的血迹。但《欲望城国》里敖叔征夫人的发疯,除了罪恶感引发的鬼魅幻影之外,似乎更大程度上是因为流产的打击:

> 实指望,从今以后,花团锦簇,永享富贵。又谁知……胎死腹内,美梦成空。如今,坐寝难安,如困牢笼。这长夜漫漫!唉!何时方得天明……喂呀!夫君啊!可怜你我的胎儿已死在腹内了哇!(第四幕第二场《洗手》)

---

[1] 魏海敏:《水袖与胭脂》,第165—168页。
[2] 莎士比亚:《麦克白》,第113页。

加入流产的情节或许是为了强调敖叔征夫妇的恶有恶报,在中国传统的观念中,绝子绝孙无疑是最大的惩罚。但是,使敖叔征夫人发疯的不仅是看到死者的血,还有她自己流产的失血,"血"的象征意义无形中已大为降低。这其实也凸显出跨文化改编时常见的一个困境。加入因果报应的思想虽然可以达到"本土化"、"中国化"的目的,却也必然牺牲了原著丰富的心理内涵。

由上述讨论可以发现,根据剧本所呈现的敖叔征夫人,恐怕并没有达到魏海敏原先所希望的"立体"形象。夫人的对白或唱词除了推动剧情与刻画基本性格之外,也缺乏深刻的内容。如果说这个角色最后仍可传达出撼动人心的效果,要归功于演员在身段、眼神各方面下的功夫。

相对而言,《血手记》的剧本在刻画人物性格方面,则较《欲望城国》深刻一些。铁氏强烈的权力欲,以及性格中刚强、果断、积极的一面,都透过唱词和说白清楚地呈现出来。例如她说服马佩弑君时的一段唱词:

> 将军啊将军,切勿彷徨。只怨他自投罗网。若想要登九五,妙计一桩。趁良宵,神鬼不知血溅龙床。到明朝,嫁祸除王党。你是百官朝拜的好皇上,妾身是铁心铁胆的铁皇娘。(第二场《密谋》)

一句"铁心铁胆的铁皇娘",可说写得精彩,唱得淋漓。此外,她鼓动、说服马佩的过程,也显得条理清晰分明。敖叔征夫人以"君弱臣换"鼓动一直自称"忠义大将"的敖叔征弑君,显得有些不近情理;相形之下，铁氏对君主的提防更为合乎人情。此外，她先以退为进，劝马佩交回兵权，当马佩表示"兵权焉能交得？"她就开始步步逼近："既然交不得兵权，就要动用兵权！"进而献计弑君，显出工于心计的一面。对弑君一事，马佩所能想到的只是"兵变取而代之"，铁氏却能替他分析利害："你若是在家中挟持万岁，大逆不道。况且那郑王，必然结合对付你。不论成败，都落得万古骂名。"之后主动请缨："王爷若信得过我，妾身愿助王爷一臂之力，管教他的性命，难逃我铁娘娘之手！"更强调出她的欲望、果断、积极与狠辣。

在心理转折的描写方面，《血手记》保留了夫人原先要自己动手弑君，却因其睡容安详，状似父亲而无法下手的情节，发疯的理由则加入铁氏因马佩杀死妹夫一家，受良心谴责所致。根据原著的线索而增添的这些情节，基本上在强调铁氏虽然心狠手辣，多少仍眷顾亲情。如此一来，杀害妹夫一家成为她发疯的导火线，同样淡化了原著里夫人背负弑君之罪一事本身造成的巨大心理压力。此外，麦克白夫人因心理作用产生不断洗手的强迫行为，可说已成经典。《欲望城国》的《洗手》一场戏，也透过唱词和身段强调夫人洗手一事：

> 拼全力，洗不净，血迹犹存。恨不能，引江水，洗净红痕。莫不是疑心生幻影，莫不是错觉起惊魂。倘若是信虚无全由心生，为什么偏又觉腥气难闻。顾不得双手疼痛泪难忍，无奈是斑斑滴滴似假还真。

但相形之下，《闺疯》里的洗手却似乎只是铁氏"疯言疯语"的内容之一，用来接续后面看到鬼魂的情节：

王爷，你把双手藏在背后作甚？怕什么？血，血有什么，我这里也有血。万岁。我们大家来洗呀。（作洗手状）洗不掉，也就算了。万岁，古往今来，哪一个帝王手上无有鲜血，怕什么？万岁，你为何惊恐满面？万岁，你看见了什么？

如此重要而具有象征意义的洗手一事，在《血手记》中只以如此几句台词带过，而没有得到应有的强调，殊为可惜。

　　除此之外，《闺疯》一出鬼影幢幢，连枉死的鹦鹉都来索命，亦受到论者的批评，认为"落入了善恶报应、鬼魂索命的传统窠臼"[1]。不过笔者以为，《闺疯》要强调的，应是铁氏受到良心谴责后心中惊恐，出现的种种幻影。她一时辩驳、一时求饶，拼命安慰自己"有什么害怕，不要害怕"，实则更显出做了亏心事后内心的惶惶不安。值得一提的是，此出戏在整体设计上充分发挥了昆曲的特点，唱腔身段都经过细腻的设计，内容结构也堪称完整。从戏曲美学的角度来看，《闺疯》一出几已可作为折子戏单独搬演了。

　　2. 敖叔征与马佩

　　在莎翁的原著里，麦克白的性格与心理转折，又远比麦克白夫人更为复杂。如前所述，他的意志、心理发展与夫人的正好相反；夫人由一开始的积极怂恿转为不堪心理负荷而发疯，他却从犹豫不决转为奋战到底。不过，这样的转折并非突兀不合理，而是经过细腻的层层揭示。麦克白无疑是有野心的，否则他也不会因女巫的预言和妻子的怂恿，就轻易走向弑君的不归路。但是莎士比亚却不是要透过麦克白来揭示一个

---

[1] 王安祈：《传统戏曲的现代表现》，台北：里仁，1996年，第121页。

十恶不赦的人如何遭到报应；相反，他和哈姆雷特、奥赛罗、李尔王这几位悲剧英雄并列，成为"四大悲剧"的英雄主角之一。麦克白的悲剧性，或许正如同麦克白夫人所指出的，是"太富于普通人性的弱点"[1]。他的本性并不邪恶，然而当他心中的黑暗被挑起，罪恶就如滚雪球般逐渐扩大，让他一步步走向毁灭的结局。尽管如此，麦克白仍是有罪恶感的，只不过他选择的是一条不能回头的路。也正是这份罪恶感和至死不屈的气魄，让他成为一位悲剧英雄。如同胡耀恒所言：

> 麦克白固然不自禁地内疚和自责，但是他始终没有改弦易辙。在他看来，生命的路径既经选择，便只有迈步向前。曾经怂恿他的妻子不堪心理的负累去世了，但是被怂恿上台的他，在情势愈恶劣时，愈能维持着国王的威仪与武士的尊严……他的气概使人想起项羽的悲歌慷慨。[2]

即使大势已去，他终于发现自己被女巫所说的"真理的模棱话"所惑，仍坚持战斗到最后一刻："如果他们所说的真个实现，那就无所逃避，无可留恋。"一句"至少我们死的时候要披着盔甲"[3]，气魄令人动容。而《欲望城国》的敖叔征和《血手记》的马佩，则显得苍白无力，少了这份感动人心的力量。

吴兴国以结合老生、武生、大花脸等多种行当的方式来诠释敖叔

---

[1] 莎士比亚：《麦克白》，第31页。
[2] 胡耀恒：《西方戏剧改编为平剧的问题》，第83页。
[3] 莎士比亚：《麦克白》，第124页。

征这个人物，[1] 其武打做工方面的表现可说无懈可击。最后被叛军乱箭射死，由高台翻身倒下的动作，更是十足展现武功底子的高难度演出。但可惜的是，敖叔征这个角色受到主题思想本身的限制、情节的大量删改以及刻画人物功力的不足种种因素的影响，他的行为、心理也就少了原著里复杂曲折的深度。

敖叔征的野心，在《山鬼》一场就透过他对预言的反应表现出来，他在听见山鬼的预言后忘情地说："好似梦见你我心中向往之事。"但有野心不等于他就必然走上犯罪之路。事实上，口口声声说自己是"忠义大将"的他，努力恪守君臣之道。他之所以在山鬼预言成真后感到"心中难安"，乃是欲望被挑起而心中忐忑，因为在道义上，他连叛变的念头都不该有。于是，他只好不断向夫人强调自己的忠义："我本是，忠义将，坦荡成性，岂是那，贪求无厌，有辱皇恩。""想这扶社稷、保君王乃忠臣之职，粉身碎骨在所不辞，怎可心存谋篡，蓄意叛国也！"（第二幕第一场《怂恿》）表面上看来，他是要说服夫人，实际上却是某种自我催眠，仿佛多说几次，自己就能打消心中那些不该产生的念头。直到夫人以大祸临头引发他的不安，弑君背义似乎反而转变成为求自保而不得不然的举动。不过，在整个怂恿的过程中，敖叔征虽然有些动摇，但直到夫人拿了酒壶去迷昏侍卫为止，他仍是不愿行事，除了不愿"一世功名付诸流水"之外，他更担心弑君大罪的后果："只图富贵身荣显，不想碎尸北邙山"、"大王若是蛟龙现，君臣相对愧无言"、"日出天明事难掩，怎遮众口脱罪嫌"。（第二幕第一场《怂恿》）在此，敖叔征虽然经历重重心理煎熬，但这煎熬来自对杀身之祸的恐惧和逃避，实乃人

1　林淑惠：《当代感动与古典传奇》，第14页。

之常情，强调的重点又是他的迟疑和担心，而非野心与罪恶。这样的安排强化了敖叔征性格中"善良"的一面，却使他在夫人短短数语的激将法下，立刻"一言激怒英雄汉，杀气腾腾涌心间"，显得太过突兀而不尽合理。

此外，蓟侯这一形象的单薄无力，也相对减轻了敖叔征弑君背义的罪恶。在原著中英明贤能的邓肯，在《欲望城国》中却显得软弱无能，遇到事情只会不停地说："这……这便如何是好？"（第一幕第二场《三报》）令人甚至觉得敖叔征夫人"君弱臣换"的说辞也有几分道理。第四幕第一场《更夫》原意是要从侧面描写敖叔征治国的暴虐、猜忌，但四位更夫除了说些观众早已知道的事情之外，只透过老鼠往城外跑的异象，表示应该快点离开，不过碍于军令如山而无法行事。单凭此点，实在令人难以感到敖叔征统治的阴暗恐怖，最后大军的叛乱也就少了原著里那种一步步迈向毁灭的戏剧张力。尤其是，全剧的思想内涵笼罩在鬼神主宰命运的宿命论之下，敖叔征最后的抗争，变成意志与命运的对决，从而验证了天意的难以违抗。敖叔征的一生的确有其悲剧意义，或许也比麦克白更令人同情，但这样的改编却使他失去了原著中麦克白最重要的特质，即怀着罪恶感一步步走向罪恶，从而也就失去了黑暗力量吞噬人心产生的震撼。全剧结束时，敖叔征被乱箭射死，但他在燕军攻进城时的反应，实在令人觉得他昏昧盲目。他先是一味相信："这森林古木参天，如此辽阔，它是焉能移动啊？"（第四幕第四场《毁灭》）森林果真移动时，他仍意识不到自己受了山鬼蒙骗，直斥报子一派胡言。最后，当他终于惊觉森林移动时，似乎还来不及思考这一切的意义，就在慌乱中被乱箭杀死了。整个征战过程虽然在武功身段方面足以令人击节赞赏，却缺乏思想上的价值。

至于《血手记》剧中马佩的形象设定，选择的是接近昆剧中"红生"的扮相，[1] 性格则先是透过《密谋》一场铁氏的台词，如"王爷生性懦弱，忒善良了"、"妾身伴随多年，深知王爷心事，既不愿居人之下，而又优柔寡断，故此丧失良机"等语加以透露。但事实上，对马佩的"善良懦弱"，戏里其实着墨不多，较为凸显的是他的野心和邪恶。相较于敖叔征，马佩的野心显得更为明显。在铁氏的提议和怂恿之下，他似乎并未犹豫太久，他对铁氏道："你有此心，难道我就无此愿么！只是此事倘有泄漏，可要满门抄斩。"也就是说，他顾虑的只是事败的后果才不敢贸然行动，弑君之后铲除异己的残暴行为，也远较敖叔征为甚。不过马佩最初毕竟是保有"善良"本质的，因此在下手之前，他仍不免犹豫："转眼间赠剑人要剑下亡，却怎的事临头心簌乱恍。"（《嫁祸》）《闹宴》中看到杜戈鬼魂的情节，亦证明他"这时还有良心，内心还有矛盾。这以后他习以为常，谋杀异己成性，良心已死，也就没有矛盾了。"[2] 马佩此后又一连杀了刺客、将军梅云一家等人。

看到鬼魂是麦克白心理转折的关键。《欲望城国》也有类似的安排，可惜没有利用这段情节铺陈敖叔征的心理转折，只透过下一场的《更夫》侧面描写其暴虐。

马佩的形象刻画，已在一定程度上做到了导演所欲呈现的效果："调动昆剧传统程序来显现一个不无矛盾、不无痛苦，却又不惜以鲜血清洗通往皇室宝座的人的复杂的心理宇宙。"[3] 这的确也符合原著精神。剧中有不少段落，亦可看出编剧转化莎剧思想与词句的用心之处。例如

---

1 李家耀：《莎剧戏曲化》，http://china.sina.com.tw7ent/hl2002-06-03/86007.html。
2 曹树钧和孙福良：《莎士比亚在中国舞台上》，第31页。
3 李家耀：《莎剧戏曲化》。

马佩得知铁氏死亡时的唱词：

> 才做了那短命的铁皇娘，却是那戏中角儿。刚台口一转，又卸妆。笑人生实在的太匆忙荒唐，人人皆一天天向死亡。料来日不长七尺躯，宁战死不投降。（第七场《血偿》）

就结合了麦克白力战至死的决心以及麦克白在夫人死后对生命的体悟："灭了吧、灭了吧、短短的烛火！人生不过是个人行动的阴影，在台上高谈阔步的一个可怜的演员，以后便听不见他了。"[1] 虽然这段唱词并非《血手印》最精彩的段落，却颇能传达出原著的精神。反观《欲望城国》，敖叔征听说夫人的死讯之后，只说了一句："唉，死了，也好哇哇哇……（哭介）。"虽说此时要求演员必须表现出"心中痛苦而复杂"[2]，但再出色的演员，也实在难以用如此简单的语句，仅凭表情令观众感受到心理的错综复杂。

当然，马佩这个角色的设计仍不完美，例如在《问巫》一场，他对女巫说："寡人今日为的是判明天意，如天要亡我，我马佩愿开城投降。"如此一来，他后来力战至死的气魄，就变成认为自己"江山永固"的狂妄，从而削弱了原著的悲剧氛围。最后郑王之子前来报仇，马佩临死前也如敖叔征一样执迷不悟，在得知被蒙骗后，却少了"大彻大悟"的机会与时间。这或许是因为不论《欲望城国》或《血手记》，基本上都是以传统的因果报应观套入《麦克白》。若纯粹以果报观来思考，

---

1 莎士比亚：《麦克白》，第122—123页。
2 李慧敏：《欲望城国》，《中外文学》1987年第11期，第75页。

"得到报应"既是目的也是结果,为非作歹者最后有没有"改过自新"或"大彻大悟",都不在考虑的范围之内。但如此一来,戏剧本身的深度与力度也就相对减低了,这也正是跨文化改编在取舍时最常面临的问题与困境。

三、结　语

以上试从《欲望城国》与《血手记》二剧主题思想与人物形象之改编,管窥跨文化改编戏曲所面临的种种问题。"戏曲现代化"风气日盛,跨文化改编的传统戏曲将会是日后的趋势之一。由于受文化隔阂的限制,跨文化改编之作品亦必然会改变原著的风貌。如何兼顾原著精神,又能让本地观众接受,也就成了考验改编者的难题。在传统与创新、保守与改革之间如何取得平衡点?其实,改编本在某种程度上已具有独立的文学与艺术生命,若改编者有明确的想法与理念,能确实掌握剧种特色、充分理解原著思想与文化差异各项要素,改编本甚至可以产生和原著"对话"的空间与可能。由《欲望城国》与《血手记》的得失,我们可以看到根深蒂固的东方传统思想对剧作主题意识的影响;而更直接关系到剧作张力与深度的,是对人物行为、心理各方面的诠释方式。《欲望城国》与《血手记》对麦克白的改编,各有其成功与值得商榷之处,但他们的尝试与努力,却无疑为戏曲界注入一股新的生命力,为传统戏曲的主题内容与表演方式,提供更多的可能性。

莎翁四大悲剧戏曲编演的成就与不足[1]

曹树钧

戏曲编演莎剧是莎剧艺苑中结出的一朵奇葩,已经引起中外人士广泛的关注。尽管在这一问题上尚存在这样那样的争议,然而,实践是检验真理的标准。戏曲编演莎剧是向十三亿中国人民普及莎剧的重要途径。戏曲莎剧不仅推动了戏曲艺术的改革和革新;而且使莎剧获得了更强大的表现力和艺术生命力,这已经是无可置疑的事实,不少研究生已将它作为专题来研究。其实,"戏曲编演莎剧"完全值得写一部专著加以论述。笔者目前尚无此精力,只能先以一个一个专题的形式进行研究。本文要论述的是莎翁四大悲剧戏曲编演已经获得的成就及其共同存在的一些问题,与关心这一问题的专家、学者一起探讨。

一

莎士比亚的剧作,按思想和艺术的发展,可分为早中晚三个时期。

---

[1] 本文选自张冲主编:《同时代的莎士比亚:语境、互文、多种视域》,上海:复旦大学出版社,2005年。

早期（1590—1600）以历史剧、喜剧为主；晚期（1608—1613）以传奇剧为主；中期（1601—1607），则是莎士比亚艺术生涯中最光辉的时期，代表作是《哈姆莱特》（1601年）、《奥瑟罗》（1604年）、《李尔王》（1605年）和《麦克白》（1606年）。被世人称为莎士比亚的四大悲剧改编成戏曲上演，这是帮助我国人民深入理解莎剧艺术成就、推动我国戏曲艺术改革的重要途径之一。中国戏曲编演莎翁四大悲剧与中国话剧演出四大悲剧有着十分紧密的关系。有时候几乎是同步的。例如1916年，早期话剧"文明戏"舞台上出现了话剧《哈姆莱特》。几乎同时，四川出现了川剧《哈姆莱特》。

根据现有资料，我们可以将戏曲舞台上演出的四大悲剧分为"尝试期"、"成熟期"和"深入期"三个发展阶段。

1 尝试期（1912—1976）

不少人以为，莎剧搬上中国剧坛只是五四运动以后的事。其实不然，早在我国话剧早期发展阶段，即文明戏时期，话剧舞台上就已经出现一批莎剧的剧目，四大悲剧已经全部登上中国剧坛。

1914年，早期话剧的两大流派之一的春柳社派，在上海春柳剧场演出了代表人物陆镜若改编的我国舞台上第一个四大悲剧剧目《倭赛罗》（《奥瑟罗》）。这出戏是中国化的，剧中人物均改成了中国式的姓名。

1916年是文明戏上演莎剧最多的一年。郑正秋主持的药风剧社演出了《窃国贼》（《麦克白》）；徐半梅、朱双云等人主持的笑舞台，在广西路租了一个场地公演《韩姆列王子》、（《哈姆莱特》）、《黑将军》（《奥瑟罗》）。同年，导社在乾坤剧场公演了《篡位夺嫂》（《哈姆莱特》）。此外，《李尔王》被改编为《口孝与心孝》演出。

文明戏时期四大悲剧的演出有以下两个特点：1. 大多数为幕表演出，演员可以在剧中即兴发挥。因此同一剧目往往会有不同剧名。如《哈姆莱特》就有《鬼诏》、《篡位夺嫂》、《乱世奸雄》等几个剧名；《麦克白》也有《窃国贼》和《新南北和》等三个剧名。2. 政治性强，政治宣传色彩浓烈。演员往往根据反帝反封建的旧民主主义革命的需要，在剧中借题发挥，反对复辟帝制。最著名的是民鸣社著名演员顾无为在演出《窃国贼》时，大加发挥，痛骂皇帝，对袁世凯冷嘲热讽，观众报以热烈掌声。袁世凯恼羞成怒，下令逮捕顾无为，直到1916年6月袁世凯在一片讨袁声中忧郁而死，顾无为才恢复自由。这是中国早期话剧史上著名的"顾案"。注意故事情节与艺术观赏性。文明戏时期的莎剧演出基本上没有莎剧文本译文，演出所依据的是1904年林纾、魏易根据英国散文学家兰姆姐弟的《莎士比亚故事集》（*Tales from Shakespeare*）译成的文言文故事集《英国诗人吟边燕语》。演出多为幕表制，因此主要向中国观众介绍了莎剧的故事梗概。为了提高观赏性，有的演出还加了插曲。如郑正秋演的《麦克白》，用唱段倾诉观众对窃国贼的义愤，因此"每唱观众必人受感触，还有一句得一彩"的艺术效果。

之所以说基本上没有莎剧文本译文，是因为也可能有些演出是有莎剧原本为依据的。例如陆镜若演的《倭赛罗》是由他自己编译的，他主持演出的《韩姆列王子》，据袁国兴先生研究，是陆镜若"编译自日本同名剧"。陆镜若早年留学日本，也演过莎剧《哈姆莱特》，因此很可能他们的这次演出是根据日译文改编的，因未见到原本，故此存疑。

这一时期，莎剧开始改编成戏曲演出，成为莎剧中国化的最初尝试。据记载，民国初年，川剧、秦腔、粤剧都曾演过莎剧。如四川雅安地区川剧团王国仁先生就曾将《哈姆莱特》改编为川剧《杀兄夺嫂》演出，这可以说是中国舞台上第一部公演四大悲剧之一的作品，开中国地方戏曲演出莎剧四大悲剧的先河。具体演出情况尚有待于日后资料的发现，才能做进一步的研究。

从1919—1949年这三十年间，四大悲剧剧本均已先后在中国问世。1921年田汉翻译的《哈姆莱特》在《少年中国》发表；1930年戴塑舒译的《麦克倍斯》由上海金马书堂出版；1936年梁实秋译的《李尔王》和《奥瑟罗》分别由上海商务印书馆出版。

但四大悲剧搬上话剧舞台则是在抗战期间。著名戏剧教育家、戏剧家余上沅对莎士比亚的杰出成就与崇高地位有充分的认识，在他主持的国立戏剧专科学校先后演出了《奥瑟罗》(1938年，余上沅导演)和《哈姆莱特》(1942年，焦菊隐导演)，均获得了可喜的成就。

在"孤岛"时期的上海，莎翁四大悲剧则以"中国化"的改编方法出现在剧坛上，先后演出李健吾改编的《王德明》(《麦克白》，一名《乱世英雄》)、《阿史那》(《奥瑟罗》)。1944年，另一位戏剧家顾仲彝则将莎剧"中国化"与"现代化"结合了起来。他改编了《三千金》，将《李尔王》与戏曲《王宝钏》合二为一，并将时间移至中国当代。

这样，莎翁四大悲剧以不同的形态均登上了中国现代话剧舞台，然而四大悲剧在戏曲舞台上还只有零星的尝试性的演出。例如，1937年秋，著名沪剧演员解洪元在上海演出沪剧《银宫惨史》，根据《哈姆莱特》编成幕表演出，主演太子，一曲"太子哭坟"五音联弹唱腔独具风格，风靡一时。1941年12月24日由上海沪剧社复演于上海皇后剧场，改名《窃国盗嫂》，仍大受欢迎。1946年傅全香剧团在上海龙门大戏院演出越剧《孝女心》(《李尔王》)；中华人民共和国成立初期上海越剧团演出过越剧《公主与郡主》(根据《奥瑟罗》改编)，等等。

这一时期戏曲舞台上演过《哈姆莱特》、《奥瑟罗》和《李尔王》

三个四大悲剧剧目，都用"中国化"方法演出，影响不大，均是戏曲编剧四大悲剧的初步尝试。

2 成熟期（1976年10月—1994年9月）

1978年至1988年，是中国莎学的崛起阶段。十年动乱期间，大批"名、洋、古"莎剧演出在中国舞台上销声匿迹，戏曲编演莎剧无从谈起。粉碎"四人帮"，人民得解放。改革开放为中国莎剧事业的繁荣奠定了坚实的基础。这一时期，莎剧译本大量印行，莎剧研究蓬勃兴旺，1984年中国莎士比亚研究会成立，1986年首届中国莎士比亚戏剧节在京沪两地同时举行，中国莎学界迎来了莎士比亚的春天。

这一时期，莎士比亚四大悲剧多次搬上话剧舞台。演出《哈姆莱特》的有：上戏（1984年）、河南话剧团（1984年）；演出《奥瑟罗》的有：广东省话（1984年）、辽宁营口话剧团（1984年）和上戏（1986年）；演出《李尔王》的有：上戏（1982年）、中戏（1986年，将《李尔王》改名为《黎雅王》）、天津人民艺术剧院（1986年）和辽宁人民艺术剧院（1986年）；演出《麦克白》的有：中戏（1981年）和上海广播电台广播连续剧（1986年）。在这样的一个文化背景下，戏曲编演四大悲剧也呈现出一个空前活跃的景象，四大悲剧全部搬上戏曲舞台，并且还出现同一剧目有几个不同剧种的同时排演的盛况。如《哈姆莱特》有越剧《王子复仇记》；《奥瑟罗》有京剧《奥瑟罗》；《李尔王》有丝弦戏《李尔王》；《麦克白》有京剧《乱世王》和《欲望城国》、婺剧《血剑》、昆剧《血手记》等。

由于戏剧工作者的艰苦努力，在1986年和1994年两届莎剧节的推动下，戏编剧演四大悲剧已经出现一批优秀的或比较优秀的剧目，如昆曲

《血手记》、越剧《王子复仇记》、京剧《奥瑟罗》、丝弦戏《李尔王》等，它们在将莎士比亚四大悲剧的艺术特色与中国戏曲的特色相结合上取得了可喜的突破，它们的诞生标志着中国戏曲编剧四大悲剧已经进入了成熟的阶段。

3 深入期（1995年至今）

从1994年上海国际莎剧节之后，戏曲编演四大悲剧仍然是我国戏曲工作者关注的一个现象。这一时期，戏曲舞台上又出现了京剧《歧王梦》（1995年，《李尔王》）、越剧《马龙将军》（2001年，《麦克白》）、川剧《麦克白夫人》（1999年，《麦克白》）、粤剧《英雄叛国》（2001年，《麦克白》）、河北梆子《忧郁王子》（2001年，《哈姆莱特》）等。

同时这一时期，戏剧编演莎剧（特别是戏曲编剧四大悲剧）是莎剧研讨会中经常讨论的一个课题。1998年由上海戏剧学院、中莎会联合主办，澳大利亚"莎士比亚在亚洲"课题组和香港莎学会联合，发起的"莎士比亚在中国——演出与研究国际研讨会"上戏曲编演四大悲剧是研讨会的热点论题之一；2002年在浙江传媒学院和浙江莎学会联合会召开的莎学会研讨会上，丝弦戏《李尔王》、河北梆子《忧郁王子》以及三个不同的《麦克白》，也成为与会者研究的一个重要议题。

结合戏曲编演四大悲剧"成熟期"以及这之后的具体艺术实践进行思考和研讨，这是戏曲编演四大悲剧走向深入的又一标志。

二

戏曲编演莎剧四大悲剧是场攻坚战，越剧《王子复仇记》、丝弦戏

《李尔王》和昆曲《血手记》在三个不同的层次上提供了成功的经验。越剧《王子复仇记》（以下简称《王》剧）通过演《哈姆莱特》，在戏曲表演流派突破、推动剧种坚持男女合演这一层次上创造了新的艺术经验。

　　1986年越剧《第十二夜》的演出显示了越剧男女合演的表现能力，它完全可以成功地扮演莎翁剧作中的许多人物。但这次编演起初有一个明显的不足："越味"太少，广大越剧观众接受不了。《王》剧的改编努力将"莎味"与"越味"结合起来，艺术上既有创新，同时又尊重越剧观众的欣赏习惯，保持越剧这一剧种的基本特色。在导演的启发下，演员努力把话剧内心体验技巧运用到角色的塑造上，并注意与越剧所擅长的表现手段相糅合。《试探》一场，王子扮演者赵志刚的表演既保留了莎翁原作精神，又不失越剧气韵。在演唱技巧上，演员更注重从人物出发，从性格与情感出发。唱腔上既注意赵志刚所擅长的尹派唱腔委婉深沉的特色，又勇于突破流派的局限。《试探》一场，王子从鬼魂处得知叔叔的罪行并加以证实后，惊诧悲愤之处又吸收了老生的唱腔和绍兴大戏班高亢激越的特色，使王子的音乐形象既有"越味"同时又更显丰富。

　　《王》剧的编演既拓宽了演员的戏路，又推动了越剧男女合演前的步伐，越剧素以表演才子佳人故事见长，但这次他们却选择莎剧中艺术成就最高的《哈姆莱特》进行攻坚。剧组全体创作人员在认真研读莎剧之后，没有将它演成一个以情节曲折取胜的复仇故事，而是着重展现王子重整乾坤与王权篡夺者所进行的一场殊死斗争。千方百计突出人物性格的塑造和人物心理的揭示。尤其是赵志刚主演的王子，更让观众耳目一新。《哈姆莱特》是全世界公认的一出难排难演的性格悲剧。英国浪漫主义评论家查尔斯·兰姆甚至认为《哈姆莱特》有太多太深的内心活动与思想内涵，根本无法演出。哈姆莱特这个人物是赵志刚从艺二十年来从未遇到过的复杂角色。经过努力，他基本上成功地掌握了这个人物的基调。他一扫过去所扮演人物的温柔文雅的书卷气，而代之以昂扬挺拔的英武之气。《试探》一场，在表演长达一百七十多字的"生存还是毁灭"这一著名大段独白的心情和装疯后灵魂的搏斗演得入木三分。扇子的一收一撒，一举一放，不仅将人物变化的内心细腻活动外化，而且具有雕塑感和阳刚之美，增强了莎翁原作的表现力。

在唱腔艺术上，《王》剧将赵志刚擅长的尹派唱腔加以拓宽，安排了鬼魂、责母、祭悼三个重点唱段，刚柔相济且又主动分明。在师承前辈的基础上努力发挥自己的艺术个性，创造自己的独特风格，表演细致入微、生动传神，实现了他在艺术上的自我超越，同时也为越剧男女合演的发展做出了新的贡献。正如导演艺术家胡导所指出的："此剧演出在越剧男女合演方面迈出了新的一步，演出产生了女子越剧所不可能有的艺术审美愉悦。"

我国是一个农业人口占多数的国家，如何教育农民，提高农民的文化素质是一个关系到全民素质的战略性问题。莎士比亚来自民间，在他从事戏剧创作之前当过马夫、仆役一类当时最被人看不起的"贱役"，做过最低级的演员，广泛接触过各阶层的生活，同广大人民群众有着密切的联系，因此他的剧作具有高度的人民性和民间性。

莎士比亚来自人民，他的剧作也应该回归人民，在最广大的人民群众中找到知音。我国的戏曲也起源于民间，与人民的感情、爱好声息相通，有朝气蓬勃的艺术生命力。一些戏曲剧团编剧演莎剧，首先着眼于面向广大农民，面向农村。石家庄市丝弦剧团编演的《李尔王》，在戏曲改编莎剧四大悲剧如何面对农村，为广大农民所接纳方面创造了可资借鉴的成功经验。

丝弦戏《李尔王》的演出，取得了出乎主创人员意料之外的成功。丝弦戏是河北省土生土长的地方戏，在农民观众中接受检验，结果受到了广大农民的热烈欢迎。在庙会演出时，将观看巫婆、神汉表演的农民都吸引过来。在南焦村，戏还没散，村长、书记就上了后台，当场拍板，约剧团春节再来演。在市区演出，原先对丝弦戏能否演《李尔王》持怀疑态度的学者看戏时也情不自禁、潸然泪下，并主动向演员献花，诚挚地祝贺演出成功。首演时，英国、加拿大、澳大利亚等外国朋友看后伸出大拇指，用汉语说："太好了！"他们告诉演员，此剧在英国家喻户晓，完全能看懂剧情，并主动要求上台同演员合影留念。丝弦戏《李尔王》之所以能获得如此成功，是该团编、导、演、舞美人员和其他创作人员通力合作，根据农民观众的审美情趣进行严肃认真的艺术创造的结果。由于他们的艰苦努力、大胆探索，在土得掉渣的"丝弦味"与"莎味"的结合上进行了可喜的创造。

农民观众看戏"要故事，要穿插，要紧张场面"。改编本的成功首先表现在剧作家戴晓彤在改编时注意将莎翁原作引人入胜的情节与栩栩如生的人物刻画结合起来。在丝弦戏《李尔王》中，他努力透过曲折生动的故事情节，揭示一个个性格鲜明的人物。大公主、二公主、葛公子这些人物为了财产、权力，出卖、迫害父亲；为了满足自己的情欲，不顾廉耻，争风吃醋，妻子手刃丈夫，姐姐毒死胞妹。剧作鲜明地鞭挞了这些被极端利己主义腐蚀了心灵的恶魔式的人物，歌颂了诚实、正直、恪尽孝道、以仁爱待人的三公主。从道德上对社会进行了深刻的批判，宣扬了人文主义仁爱的思想观念。由于揭示得深刻，直至今天仍具有现实教育意义，对现实生活中某些人利欲熏心、道德沦丧的行为是一个有力的谴责和鞭挞。这也是这个戏在农村演出尤能引起农民共鸣的一个重要原因。

戏剧改编莎剧，在结构上遇到的一个突出问题，就是如何对原作进行妥善的删改。莎剧容量大，通常都有两个以上故事线索平行、交错发展，互相烘托和补充，最后融合在一起。改编成丝弦戏，由于戏曲主要是通过唱腔塑造人物，情节容量有限，就必须对原作进行较大幅度的删改。原作有五幕二十六场，设置了君、臣两个外在的矛盾冲突线，另有一条李尔王内在的心理冲突线。改编本将原作葛罗斯特伯爵和坎特伯爵两个人物合二为一，取爱德华删埃德加；葛大人为正面人物，葛公子为反面人物；而在容量上做适当的压缩，这是很明智的。在场次安排上，将原作第四和第五幕的情节压缩为一场，高潮安排在第五场，高潮过后情节迅速奔向结局。结构上比原剧更为紧凑，也更加适合农民观众的欣赏习惯，将莎翁原作情节的丰富性、生动性有机地再现在丝弦戏舞台上。

剧本的生命在于演出，剧场的生命在于观众，而且是普通的观众。剧作家在改编时心中时刻想着观众，注意尊重我国民族的欣赏习惯，根据丝弦戏的特点，改编剧本时采用许多人物内心外化的手段，取得了很好的艺术效果。例如第一场，此时李尔王是一个年老昏聩、刚愎自用的封建国王。剧本用抽刀断袍表现他专横地割断父女之情；葛大人仗义直谏，他竟取出弓箭，要当场射死他。这两个外化的行为，将暴戾无常、任性跋扈的暴君性格十分鲜明地体现了出来，并具有此国君王地方特色。第二场，大公主花言巧语获得土地和权力之后，立刻翻脸易人。剧本用过河拆桥这个行为将其狠毒、邪恶的内心暴露无遗。

戏剧语言是剧本形式的第一因素，也是戏剧作品是否具有民族特色的首要标志。莎剧原作语言丰富多彩，高度形象化、个性化，是构成莎剧光彩夺目成就的一个重要部分。剧作家戴晓彤在农村从事中小教育工作多年，十分熟悉农民的语言。因此，改编一方面对原作优秀的语言尽可能地采用或化用，另一方面汲取河北农村生活中许多丰富多彩的语言，质朴、形象，给观众以美的愉悦。如"小玩意儿"的双关语"耍不成猴，倒让猴给耍了！""大王，您这下子，把整个天下给倒个个儿啦！"大公主反击父王的话："我等他长大了先掐死他！"李尔王的感叹："小黄雀，尾巴长，娶了媳妇儿忘了娘。"等等，都散发出乡土气息，犹如春风扑面，清新喜人，增加了全剧的地方色彩和北国风味，使广大农民观众感到十分亲切、悦耳。

在戏曲编演莎剧四大悲剧的众多艺术实践中，影响最大、成就最为突出的是由戏剧大师黄佐临任总导演的昆曲《血手记》。它在忠实于莎剧原作精神的前提下，成功地运用了戏民的精湛技艺，在剧本改编、表演、导演、戏曲音乐、舞台美术等方面既具有昆曲剧种特色，又有新的突破，全方位地、准确地体现了莎氏原作的深刻内涵，并大大增加了莎剧原作的艺术表现力。黄佐临确定《血手记》全剧演出的宗旨：向中国人民介绍莎士比亚，向英国人民介绍中国民族艺术。为此导演规定全剧的样式应该是中国的、昆剧的、莎士比亚的。

首先体现在剧本改编上。《麦克白》原作，通过11世纪苏格兰大将麦克白为权欲、野心所驱使，终于堕落成一个嗜血成性的专制暴君这一英国式的宫廷斗争，惊心动魄地揭露了个人主义恶性膨胀，如何一步一步将一个英雄推向无底深渊，批判了现实世界中存在的野心的腐蚀作用。昆曲《血手记》将麦克白改名马佩，将原作的剧情完全中国化了。

它写马佩原系郑王驾前一员优秀的将官，在一次平叛活动中立下奇功，受到郑王重赏。可是，加官晋爵反而激发了他窥视王位已久的野心。郑王住宿在他府第的第一个夜晚，马佩夫妇同谋暗杀郑王，并嫁祸他人，混淆视听，轻易地窃取了王位。"成功"之后，马佩又剪除异己，连心腹亲信也不放过，一双血手，接连干下累累罪行，最后众叛亲离，神经错乱。在复仇大军压境之时，夫妻双双结束了罪恶的一生。这样的剧情和立意与莎翁原作并无根本的不同。

然而，昆剧《血手记》在"中国化"方面做得相当彻底。它不仅采用了许多昆曲特有的艺术（这一点本文将要分别论述），而且在文本结构上对原作做了彻底的改造，将原作五幕改成《晋爵》、《密谋》、《刺杜》、《闹宴》、《亲离》、《求巫》、《闺疯》、《血偿》等八幕，而用御医这一角色串场，使全剧一气呵成。唱词则根据昆曲的特色注重文采，具有浓郁的民族风味。应该说，这是莎剧"中国化"的一种独具特色的改编，是戏曲改编莎翁四大悲剧艺苑中开放出的一朵奇葩。在昆曲表演上，《血手记》的人物形象塑造不脱离传统行当，注重通过唱腔揭示人物复杂的内心世界。

主角马佩取近似红生的化妆而略加变形改造，头戴夫子盔，口挂长黑三，穿绿靠，披斗篷。这样既合乎王爷身份，又便于观众观察演员脸部表情。铁氏为旦角，古装头，束裙，加长水袖，便于舞蹈。将军杜戈为花脸，勾脸，扎靠，其作为鬼魂出现一场，头部披黑纱，在白满髯口中加系红髯。其余人物皆有相应的戏曲行当与化妆。其中三个女巫设计为丑旦，与传统不同者，每人都有一正一反、一真一假两副面容。

计镇华在《血手记》里饰马佩，老生应工。他善于运用唱腔揭示人物内心的奥秘。例如，《集贤聚》是《嫁祸》这场戏中马佩欲图弑君篡位之前,反映他色厉内荏、紧张心态的一段唱。在具有恐怖气氛的前奏过门儿中,马佩拔出宝剑却又心虚战栗,首句"见龙泉心潮陡地涨",先以强硬的情绪唱出,随即在"陡地涨"三字上转入一个先低后高的腔调,以低沉雄浑的音色到达一个昆剧曲调从未有过的低音区,表达马佩的恐惧;然后来个上度大跳,唱出了"涨"字,又表达了马佩的狂。第一句散板头即以旋律、力度的对比变化,交织出人物在特定环境中的复杂心态。以下唱腔,分成三个层次。第一层次,以含蓄的情感唱出"……却怎的事临头心旌乱晃,迷茫茫知在何方,知在何方?"等句,此为铺垫,表现了马佩心头的迷惘和犹豫。第二层次是华彩乐段,马佩眼前突然幻影迭起,紧打慢唱:

> 啥,肯前晃落?又一龙泉,铮铮作响?血淋淋刀刃寒光。(夹白)呀!一会儿它变短变长,一会儿一半显形藏,一次次滑脱手掌……

在这段唱腔中,"血淋淋"的"血"字是全曲最高音。全剧曾用各种艺术手法着意渲染"血"字,在这里不仅音区高、音量大,而且衔接唱法托长音,在"淋淋"二字上又用真假嗓结合的轻音唱出,轻重收放,表现马佩内心的不安与恐惧。以下4/4节拍的唱段则表现马佩从骚动到假作镇定的过程。第三层次"既是纷纷吉兆报祯祥,隐约约天赐龙泉指方向……"以铿锵的快板,用每分钟一百二十拍的速度唱完。随着乐曲的结束,马佩阴谋弑君的计划酝酿成熟,此刻表现得激昂亢奋。全曲虎头豹尾,首、中、尾各处都有华彩之句。

计镇华的歌喉刚健洪亮,唱腔雄厚有力。他的演唱艺术尊古而不泥古，既重视继承又勇于创新。

在舞台美术上，全剧不用实景，不搞宫廷味，基调质朴、宏伟、大块。因每场戏均在晚上这一特定的环境，仅以黑幕、平台以及由平台组合的高合构成写意的典型环境。平台采用无台阶的斜坡式，以便于演员穿厚底靴上下。舞台上气氛的渲染以现代灯光为主要手段，在传统大白光的基础上，加强追光行特写，同时辅以各种侧逆光，使表演造型更具雕塑感。如第五场《问巫》不给面光，而用强烈逆光造成剪影效果，突出马佩四面楚歌、形只影单的形象。全剧百余个灯光程序皆糅合在音乐和演唱中操作变化。舞台体现手段与戏曲表演的虚拟风格浑然一体。

在导演处理上，马佩弑君谋位终致精神崩溃，导演以出现女巫幻觉、弑君前的心理矛盾和杜戈鬼魂追逼为展现其悲剧历程的三根重要外因柱子，给予突出处理。三个女巫，一高两矮，矮女走矮步，同高女巫形成组合，在飘忽不定的灯光中，显出流动的、隐秘的、超自然的力量。其念白运用异于一般台调的长腔长调，行动配以沉重缓慢、恍恍惚惚的鼓动点，造成令舞台人物惊吓的效果，剖析马佩权力欲望和邪恶心肠。弑君前《商调集贤宾》、《逍遥乐》和《上京马》三曲，调整传统板式，处理成紧打慢唱，使恐惧、惶惑、痛苦、挣扎的复杂心情得以充分展示。马佩深知自己行为的罪恶，总感到头上有一柄利剑随时会附落。"血淋刀刃锋芒"一句，放长过门，并加入打击乐，同时黄、红灯光翻转变化，制造出空中悬剑不断旋转的意象。表演设计借助髯口功，以掸须、弹须、捋须等一系列身段动作，表现出野心战胜理智的激烈冲撞过程。郑王和将军杜戈相继被杀，《闹宴》一场，马佩在登位时忽然出现鬼魂。舞台高度运用景的纵深感，让杜戈从黑底幕深处突然变成血糊的红脸。马佩心理错乱，不能自制，拔剑驱鬼而鬼魂紧追不舍，舞台动作组合成一套跪步、甩发、抖髯的技功身段，将人物惊恐万状的心理表现得淋漓尽致。末场以士兵手持树枝的舞蹈，正面表现义军借树林隐蔽进军反击的情景。战斗中，戏曲里的开打、跟斗等技巧皆有运用。

《血手记》的编演在忠实于莎剧原作思想的基础上，在艺术上精益求精，一丝不苟，对剧中人物和艺术手段都力图做到中国化、昆剧化。剧中设计的三名女巫："美与丑"、"善与恶"、"真与假"，代表主角马佩的心理折射。在新写的《闺疯》一场中，加进许多被害死的鬼魂向铁氏索命的场景，运用了传统的"喷火"技巧，获得了很好的演出效果。剧中的铁氏（麦克白夫人），是麦克白灵魂剖析者和野心的催化剂。演员张静娴充分调动了昆曲旦角丰富多样性的表演技艺。尤其是在增补的《闺疯》一场中，突破昆曲角色的局限，将闺门旦、花旦、辣旦糅为一体。演员在20分钟内，边唱边舞，将麦克白夫人外形娇美、内心残忍和精神分裂的疯态表现得酣畅淋漓，人物形象更加丰富、更加具有深度。

1987年8月，《血手记》赴英国演出，参加世界最负盛名的爱丁堡国际艺术节（第41届）。8月25日至12月6日，《血手记》连演两场（由上海昆剧团计镇华和张静娴主演）。这是此次出访的主要剧目。由于是在莎士比亚的祖国演莎剧，在麦克白的故乡演《麦克白》，英国观众逾越语言障碍，完全接受了中国戏曲的特殊表演手段。一个眼神、一串矮步、一个象征千军万马驰骋疆场的场面，都能掀起狂热的波澜。演出结束后，全体观众仍然端坐着，长时间不歇气地鼓掌达7分钟之久。爱丁堡各大报纸纷纷刊登大幅剧照。《泰晤士报》评介《血手记》说，这是一场"令人惊异"，同时具"莎士比亚和中国传统多彩艺术的个性成功的演出"。《每日电讯报》认为：

剧本令人难以置信地忠实于莎翁的原剧，演出自始至终激动人心，真切感人，令观众看得如痴如醉……麦克白是一个复杂的角色。剧中有一大段独唱，演员成功地运用水袖和双手把马克白的恐惧和犹豫心理表现得淋漓尽致……军队的行进是由身披斗篷、手拿枝条的士兵不断变换队形的急速移动来表现的。在这段戏中，一种新颖和充分想象方式表现出了昆曲的传统风格。

伦敦大学英语系教授、戏剧研究专家戴维扬说："我在爱丁堡看了十几场戏，中国昆剧最优美。"[1]

在这次艺术节演出的七十几个剧目中，《血手记》被专家、观众们一致评价为最佳节目。此后又在英国十六个城市巡回演出二十余场，均大受欢迎。1987年和1993年，《血手记》又分别在美国和新加坡巡回演出，又一次受到热烈的欢迎。

1996年4月，笔者在洛杉矶参加第六届世界莎士比亚大会，国际莎协秘书长、英国莎士比亚协会主任普林格对笔者说：

前任国际莎协主席布洛克班克教授参加1986年中国首届莎剧节，观看过黄梅戏《无事生非》、越剧《冬天的故事》、昆剧《血手记》、京剧《奥瑟罗》等戏曲莎剧，十分激动，去世前曾对我们说："在莎剧研究和演出方面，我们得了一种慢性病，死气沉沉，中国却搞得很有生气。我们的病需要用中国的药来治。莎士比亚的春天在中国。"

---

[1]《上海昆剧志》编辑部编：《上海昆剧志》，上海：上海文化出版社，1998年，第277页。

可以毫不夸张地说,昆曲《血手记》在海内外的轰动,不但出色地向中国人民介绍了莎翁的精品,而且让全世界人民对我国戏曲的优秀传统刮目相看,认识到中华民族文化遗产的博大精深。

三

莎士比亚是一位善于以戏剧观照社会人生的戏剧大师。莎翁四大悲剧尤其具有博大精深的思想内涵。这四部悲剧透过表层的戏剧情节,不仅站在审美的高度揭示了变异复杂的人性,而且往往上升到哲理的层面解剖人生。

应该看到,有相当一些戏曲编演莎剧四大悲剧的作品在这方面的开掘明显不足。例如,《李尔王》是四大悲剧中的著名作品之一。在《李尔王》中,莎士比亚以如椽巨笔伸向社会生活深处,具有精深的思想内涵。简而言之,这些内涵有三个层面。第一个层面是从伦理道德角度批判忘恩负义、骨肉相残的极端利己主义行为,弘扬人文主义的仁爱道德原则。第二个层面是从历史政治角度,批判分土裂国的封建倒退行径,主张国家统一。第三个层面,是从哲理角度批判封建社会及人性的腐蚀,弘扬人文主义价值观。然而,在丝弦戏《李尔王》中对第一个层面的揭示比较充分,而对第二、第三个层面的揭示则明显不足。例如第一场葛大人冒死相谏,他阻拦李尔王的内容应不仅仅是为三公主辩护,而且还有力劝他保留自己的权力,"收回这鲁莽灭裂的成命"这一含义。《暴风雨》一场,莎士比亚通过李尔王、葛罗斯特的坎坷遭遇,对如何看待人的本性与价值这一问题做了深刻的哲理揭示与总结。封建权势使李尔王个性畸形发展,导致自我迷失、人性变恶。当他沦落到普通人的地位后,在生活底层遭受种种磨难,这才开始恢复心智,对自己和周围的事物做出清醒的评价,人性也得以复归,认识到人不过"是一个寒碜的两脚动物"。同时,才体会到人民的苦难,只有经过现实的磨难,在接近自然、接近人民的状态中,才能使人的本性复归,对人的本质价值、地位做出人文主义的洞察与理解。这就使此剧在进行现实道德、政治批判的同时,对人性的复杂变异做了深刻的剖析,使此剧获得了超越阶级、超越时代的哲理意义。这一层次的含义,在现在的改编剧本中尚未获得充分的揭示。

又如,京剧《歧王梦》(根据《李尔王》改编)的演员阵容强大,节奏流畅明快,抓住了与京剧艺术相通的重点场面尽情发挥,将莎翁剧作人物内心的细腻刻画同京剧艺术的特长充分结合了起来,在艺术上颇具特色。《暴风雨》一场没有花哨的布景和过多的道具,主要靠演员表演,正是充分发挥京剧表演艺术的极好机会。这一场先用黑灰色的灯光,简洁地渲染出一群衣不蔽体的穷苦百姓流离失所,痛苦万状的凄惨景象,紧接着歧王出场,直到疯狂,自始至终将莎剧特色与京剧艺术的写意表演融为一体。尤其是扮演歧王的著名京剧演员尚长荣载歌载舞,大段唱腔酣畅质朴、苍劲、深厚,悲天怆地,荡人肝肠。念白抑扬顿挫,有度有节,韵味醇厚,饱满有力。尚长荣在表演上将铜锤花脸与架子花脸的表演熔为一炉,借鉴话剧朗诵的某些手法,将七百多字的念白念得铿锵有力,动人心魄。再加上六面风字旗的穿插舞蹈,将山崩海啸、天下大乱的气氛渲染得十分强烈,也将歧王备受风雨摧残和灵魂激烈搏斗的复杂心情表现得惊心动魄。

然而,此剧也还存在着与丝弦戏《李尔王》类似的缺陷,对原作思想内涵的第一、第二个层面揭示得比较充分,但戏剧中哲理层面的开掘显得不足。封建权势导致了李尔王自我迷失、人性沦落。潦倒之后，在社会生活的底层亲身体验到贫困的百姓遭受到的种种人生磨难，直到这时，他的人性才得以复归，才对自己，对周围事物有了明智的认识。这一超越阶级和时代的深刻哲理内涵在《歧王梦》中也未能获得充分的揭示。这也是全剧高潮场面"暴风雨"思想力度不足的根本原因。

迄今为止，戏曲编演莎剧主要采用三种编演方式：

1. "中国化"的改编方法：

将剧中人物、地点、时间、风俗习惯全部或基本上改成带有中国特点的。如昆曲《血手记》、京剧《歧王梦》等。

2. "西洋化"的改编方法：

人物、地点、时间、风俗全部或基本上按照莎翁原作。如越剧《第十二夜》、京剧《奥瑟罗》、川剧《维洛那的二绅士》等。

3. 用英语将莎剧改编成戏曲：

或简称"英文原版"改编法，如1982年京剧演员齐啸云演出京剧英语《奥瑟罗》片断，探讨京剧艺术如何与经典的西洋戏剧结合。

这三种改编方法各有千秋，各有短长。我们主张百花齐放，八仙过海，各显其能，不赞成褒此抑彼，独此一家，别无分店。就戏曲编演四大悲剧的改编方法来看，绝大多数的剧目采用的是"中国化"的改编方法，如越剧《王子复仇记》、《马龙将军》、《公主与郡主》和《孝女心》，京剧《欲望城国》和《乱世王》，婺剧《血剑》，豫剧《花烛泪》，河北梆子《忧郁王子》，沪剧《银宫惨史》，丝弦戏《李尔王》，粤剧《英雄叛国》等十几个剧目采用的都是"国化"的改编方法。这一方法可以说是自民国初年"文明戏"起，就是舞台上惯于采用的介绍外国剧作的传统方法，优点是适合我国观众的欣赏习惯，便于为中国普通观众所接受。

但比较起来,"西洋化"的改编方法更容易被对传统戏曲较生疏的青年观众所接受。这种方法的最大优点,是更接近于莎翁原作。当然,这种改编方法难度也更大一些。它所遇到的外国生活内容与戏曲形式的矛盾在某种意义上也更大些,它需要在情节安排、唱词撰写、对白安排等许多具体方面将莎翁原作同戏曲剧本本身的创作规律统一起来,求得两者较完美的结合,尤其是善于找到戏曲与莎剧内在相通的精神素质。就戏曲编演莎翁四大悲剧而言,现在还只有京剧《奥瑟罗》一个戏采用了这一方面,单从积累经验而言,这也未免过少了一些。

其实,戏曲编演莎剧四大悲剧,除了用上述三种方法,我们还可以解放思想,大胆创造更多的改编方法,例如,多媒体戏曲莎剧、音乐剧戏莎剧,等等。

我国著名莎学家、中国莎士比亚研究会创始人曹禺、孙家琇、张君川、黄佐临等先生都十分重视、支持戏曲编演莎剧。他们充分认识到中国戏曲与莎剧有许多相似之处,但二者又有不同之处:戏曲的表现手段、表现力要比莎剧丰富得多。正如戏剧大师黄佐临所指出的:

> 我国戏曲讲究四功五法、戏不离技、技不离艺,"手眼身法步、精神力气功"。仅凭这一招就比莎士比亚戏剧高明得多。[1]

随着我国综合国力的提升、经济的进一步发展和国际文化交流的加强,戏曲编演莎翁四大悲剧宜采用多种方法形态,方能有利于我国戏曲艺术进一步走向世界,促进东西文化的交流和融合。

---

1 黄佐临:《昆曲为什么演莎士比亚》,《上海戏剧》2006年第8期。

《奥赛罗》与京剧：双向的文化借用[1]

费春放　孙惠柱

　　本文分析和比较戏剧的两种风格迥异的跨文化借用，这两种借用都涉及了莎士比亚的《奥赛罗》和京剧。1983年，北京的演出尝试了中国戏剧借用莎士比亚文本的手段。1994年的文化借用则发生在波士顿，主要是让西方的演员借用中国戏剧的美学观点表演莎士比亚的作品。虽然他们的借用方向是相反的，但是这两个事例为不同文化间戏剧的跨文化借用做出了示范。

　　在西方跨文化戏剧的文本中，焦点通常集中在艺术家与文化"他者"的相遇之上，就像贝托尔德·布莱希特、耶日·格洛托夫斯基、彼得·布鲁克、理查·谢克纳、尤金尼奥·巴尔巴等的作品中表现的那样。因此，在爱德华·赛义德于1973年出版《东方主义》一书的启发下，评论界普遍认为，跨文化借用反映了殖民主义和后殖民主义的权力结构，并且此类借用常常是掠夺非西方文化的。依照赛义德的理论，拉

---

[1] 本文选自张冲主编：《同时代的莎士比亚：语境、互文、多种视域》，上海：复旦大学出版社，2005年。原文为英文，中文由张建翻译。

斯托姆·巴如查写道：

> 我也注意到了西方跨文化主义者对"他者"文化的迷恋（"迷恋"是个关键词），这种迷恋缘于他们对自身文化资源的深深不满。事实上，也可以认为，跨文化交流产生于一种厌倦，一种对荒芜的反抗，接着通过输入"再生材料"寻找崭新的，充满生机的，激情澎湃的源泉。我们需要对这种输入"他者"文化（非西方文化）的意义提出质疑。文化再生是件好事，但是代价是什么？要牺牲谁的利益？[1]

巴如查对西方跨文化交流者们借用非西方文化的素材和形式这一行为进行了批评。然而，这段引文最初的分析同样适用于中国文化借用西方素材的实践。中国人不满于自身戏剧时，会借用莎士比亚戏剧的故事情节和人物来使自己的戏剧获得新生。巴如查或许会说，亚洲人使用西方的文本和形式的行为不能被称为"借用"，因为在殖民历史中，各类西方文化产物——从《圣经》到莎士比亚再到好莱坞的电影——被强加到了非西方人民头上。但是，中国的情况至少有些微的不同，中国没有像印度那样被完全殖民化，当代中国人常常会主动地汲取那些他们认为有用的西方文化产物——以便师夷之长以制夷，同时丰富中国人民的文化生活。20世纪，中国戏剧专业人士对莎士比亚戏剧的借用就是众多事例之一。特别是，1983 年在北京表演的《奥赛罗》是当代中国首次

1　Rustom Bharucha, "Somebody's Other: Disorientations in the Cultural Politics of Our Time", Patrice Pavis ed., *The Intercultural Performance Reader*. London: Routledge, 1996. p.207.

借用莎士比亚文本的戏剧实验。

另一方面，中国人民通常乐意向西方展示他们的文化成果以供其借用。因为他们认为，这是一种向国外显示民族自豪感的方式。梅兰芳自发的、准备周详的国外巡演（日本，1919年和1924年；美国，1930年；俄罗斯，1935年）就是这方面杰出的事例。遗憾的是，尽管梅兰芳在各地受到了一致的认可，但是他的戏剧表演风格被西方的演员和导演鲜有借用（除了布莱希特外，他错误地解释了梅兰芳的表演，以使其符合他的陌生化效果的理论）。直到梅兰芳去世很久以后，随着中西方艺术家之间的文化交流的深入，这种状况才有所改变。波士顿上演的借用京剧风格的《奥赛罗》就是这类范例。

在最近发表的一篇名为《国外的亚洲/国外的莎士比亚，对新亚洲跨文化交流，后殖民和再殖民化的不同注释》的文章中，巴如查察觉到了借用的复杂性：

> 与自由跨文化主义者们不同（他们中存在着诸如"遵循借用"的乌托邦式的状态），有必要注意到，在这个世界上，借用行为以不同方式持续增加。（借用不仅存在于对莎士比亚的戏剧表演中）事实上，没有借用的世界（这是后借用的肤浅假设所建议的）必然不会更自由，更有创造力。要承认的是，不是每个借用在其方法上，修辞上或者效果上必然是帝国主义的，殖民主义的或者是新殖民主义的。[1]

---

[1] Rustom Bharucha, "Foreign Asia / Foreign Shakespeare: Dissenting Notes on New Asia Interculturality, Postcoloniality, and Recolonization," *Theatre Journal*. March 2004. p,7.

实际上，在这篇文章中，巴如查依旧对他所观察到的错误借用事例进行了批评。但是，我们的论文研究了不同类型的借用事例，这些借用事例不仅是非帝国主义的、殖民主义的或新殖民主义的，而且在正面意义上是自由的、富有创造力的。

虽然莎士比亚的戏剧与京剧等中国传统戏剧在内容上大不相同，但是二者在情节结构和程式化的戏剧表演方面有着天然的亲和力。20世纪初，在未阅读过任何一本莎士比亚的戏剧或者对西方风格的戏剧完全不了解的情况下，中国传统戏剧艺术家们上演了许多自由改编的莎士比亚的戏剧。这些改编基于玛丽·兰姆和查尔斯·兰姆合著的《莎士比亚故事集》的汉译本，该著作由林纾所译，虽然林纾并未读过英文原文，却在几个有英语阅读能力的朋友的帮助下，发表了大量的西方书籍的译著。《哈姆雷特》重命名为《鬼召》，《麦克白》变成了《巫祸》，《李尔王》上演为《口孝与心孝》，《威尼斯商人》在三个不同版本中有三个不同的标题:《女律师》、《一磅肉》和《肉券》，等等。这些故事易借用中国舞台表演的程式化规则进行表演。严格意义上讲，大部分的这类作品已不再是传统戏剧了，而属于一类叫作"文明戏"的新类型了，因为文明戏含有新的、西方的因素。不过，文明戏的表演者没有受过现代戏剧的培训，从而使文明戏保存了传统戏剧实践，因此，它自然地应用表演者们所熟悉的传统戏剧规则。

20世纪第一个十年末到二十年代初，以民主和科学为标志的五四运动期间，传统戏剧受到了抨击。此次，在保存表演规则的前提下，用莎士比亚戏剧的故事情节代替数世纪以来传统剧目的故事情节不失为一个聪明的选择，无论是新文化运动者还是传统的戏迷都会接受这一实践。

虽然莎士比亚生活时代相当于中国的明代，但是他的戏剧以其现代性而吸引着中国人。鲍西娅是《威尼斯商人》中的一名女律师，是一位比任何男人都聪明的女性，正是新文化运动所提倡的"新女性"形象（夏洛克是被虐待的复仇的犹太人，与当时的中国人毫不相干）。其他一些喜剧中，例如《第十二夜》和《徒劳无功》，性格开朗的年轻情侣，特别是年轻的女性，也因同样的原因而受到欢迎。在《哈姆雷特》和《麦克白》中，篡夺王位的独裁者的故事与中国20世纪上半叶的政治舞台遥相呼应，因此，促使分别依据《哈姆雷特》和《麦克白》的两个类似题目的改编——《篡位夺嫂》和《窃国贼》——的问世。这两个改编都是影射袁世凯的，他使用武力和诡计夺取了新生共和国的总统大权，其目的是恢复帝制，但是他的帝制仅仅存在不到一百天。故而，莎士比亚的戏剧被看作传递了一些现代的精神，绝不属于所谓的封建的、老式的中国戏剧一类了。

虽然中国的现代派认为莎士比亚的戏剧故事和人物对改变新社会是非常重要和相关的，但是一些传统戏剧艺术家只把它们当作丰富和保留古老的戏剧传统的手段。用沃森（W. B. Worthen）的话来讲：早期中国的莎士比亚戏剧的改编者和表演者的方式是纯表演性的。他们根本不愿试着研究作者的最初意思和意图，而是简单地把他们所能发现的好素材搬上舞台。对他们来说："舞台表演，在某种意义上，是戏剧创作的终极原因，只有在戏剧意图实现的情况下，即在戏剧表演的情况下戏剧才能充分实现。"[1]

但是，这种以完全表演的方式对待莎士比亚戏剧的方法没有持续太久。剧作家田汉首次翻译的《哈姆雷特》（1921年发行于期刊上，

1　W. B. Worthen, *Shakespeare and the Authority of Performance*. Cambridge: Cambridge University Press, 1997. p.4.

1926年成书）唤起了对莎士比亚戏剧的严肃翻译和对这些戏剧相对"真实的意思"和内容的学术研究，一种文学研究方法获得了更大的价值。中国学者开始意识到普遍的自由改编是以牺牲原著真实价值为代价的不负责任的借用。结果是，莎士比亚的戏剧仅仅被当作话剧的剧本，不再被传统戏剧篡改。他们认为传统戏剧的程式化规则不适合莎士比亚的戏剧。随着戏剧内容在实际翻译中被表达得更加准确，人们发现了莎士比亚文本和中国传统戏剧表演规则之间越来越多的差异，害怕这些规则会阻碍莎剧里"公正"的社会环境所蕴含的现代精神的充分表达。同时，五四运动期间，中国传统戏剧在具有现代思想的知识分子的激烈抨击下存活了下来并且恢复原状。中国传统戏剧不再需要莎剧作为拯救它的一种手段。莎士比亚是现代话剧家；传统的中国戏剧是一种保存完好的剧种，更适合表演古代故事。数十年来，两者走上了不同的道路。1949年以后，它们的分歧更大了。虽然政府文化部门对莎士比亚和传统中国戏剧都很重视，但是二者没有在表演上结合起来。

20世纪五十年代，许多苏联戏剧专家被邀请来中国介绍斯坦尼斯拉夫斯基的理论体系。斯坦尼斯拉夫斯基的理论体系被采用作现代话剧的官方风格。但是不久，很多掌握这一体系的人安排在传统剧院中进行写作、导演和设计工作，这使中国传统戏剧变得更加现实化。现代西方戏剧盛行的现实主义的风格抑制了中国传统戏剧自由的叙事结构和程式化的戏剧表演规则，所有的话剧写作上要仿效易卜生式的现实主义戏剧；表演上要采用斯坦尼斯拉夫斯基式的写实风格，这是一种基于对戏剧文本长期而仔细的深入阅读和文学分析基础上建立起来的风格。甚至莎士比亚的戏剧也必须依照斯坦尼斯拉夫斯基的理论体系指示的那样上演。斯坦尼斯拉夫斯基对《奥赛罗》的导演计划的汉译本是话剧导演和演员之必读本。毋庸置疑，这种文学方法是为实现政治目的而对莎士比亚戏剧进行不同方式的借用。具有讽刺意味的是，表演素材也被用来加强这种文学方法。一些由莎士比亚戏剧改编的电影（包括几部在苏联制作的）被引入中国。对中国观众来说，这些作品是可信的，甚至权威的。著名的电影和现代戏剧演员孙道临为一些很有影响的电影的台词配音，比如，奥利佛主演的《哈姆雷特》。这些戏剧经常被中国演员当作标准的莎士比亚式台词加以模仿。甚至现在，奥利佛主演的《哈姆雷特》（孙道临配音）被制成DVD出售给很多想学习正宗莎士比亚语言的现代戏剧专业的学生。

这种对待莎士比亚绝对化的文学方法统治了中国戏剧界半个多世纪。直到1983年，北京实验京剧公司上演的邵红超改编的中译本《奥赛罗》才开始对这种文学方法进行挑战。此时，传统中国戏剧和莎士比亚戏剧所处的环境完全不同。"文革"期间，所有现代话剧（包括诸如莎士比亚一类的所有西方戏剧）和传统古代戏剧被禁演。经过十年之久的"文革"之后，话剧和传统戏剧都迎来了长期的繁荣。但是几年以后，传统戏剧很快耗尽了其老剧目，开始失去对大众的吸引力。这种情况在20世纪八十年代初期还不严重；但是少数有远见的人开始意识到可能的危机。话剧本质上依赖于原创作品的产生，与话剧不同，传统戏剧往往依赖于旧戏剧和故事的改编。现在传统戏剧必须要为其剧本寻找新的源泉。因此，莎士比亚再次出现在人们的视野里。当时政府文化部门号召创作反映关于现当代中国主题的崭新而有原创性的戏剧。但是，很难把现代故事和服装与传统中国戏剧表演风格很好地结合起来。"文革"期间的八部"样板戏"把京剧表演风格和现代故事结合起来，这种做法取得了一定的成功，但是这仅是特例。结果是，十年多来，不断地对"样板戏"修正和完善以至于再无其他戏剧上演。20世纪八十年代早期,这些样板戏仍然没有被免除其政治烙印,因为极度高压的"文革"的挥之不去的记忆与所谓的"样板戏"联系在一起。因此,没有几个人有兴趣涉足现代主题与京剧结合之领域。

北京实验京剧公司的男主角马永安首次想到利用《奥赛罗》为其工具。马永安在样板戏《杜鹃山》中担任男主角,这部剧使他在中国家喻户晓。作为专门演鲁莽武士的著名花脸演员,马永安渴望尝试扮演非传统的人物。在《杜鹃山》中,他所扮演的角色雷刚是一名20世纪三十年代由农民落草为寇的土匪头目,后被收编和改造。这里的花脸人物没有像传统戏剧那样画真正的花脸,这一做法受到广泛的认可,从而鼓励马采取创新。这一独特的经历使他成为少数几个积极盼望新素材的老京剧演员之一,而几乎所有的国家剧院仍然在复兴古装的经典戏剧。重复《杜鹃山》式的现代主题的新剧在政治上是不明智的,因此,马永安不得不转向其他方向,尤其是西方戏剧。逻辑上讲,莎士比亚是首个闪过他脑海的名字。

主要的困难在于京剧剧本和表演中人物的严格的脸谱化。他们包括男性(生)、女性(旦)、花脸(净或花脸)、丑以及他们的亚型,例如,年轻男性(小生)、老年男性(老生)、军队里的男性(武生)和有胡子的男性(须生)。须生包括长胡子的所有男性角色、花脸中长胡子的黑脸而刚正不阿的执法官,以及长胡子的邪恶的白脸的官员。每个人物必须属于某一类型,以便使一生都在训练这一类型人物的演员可以据此表演角色。

郑必先是中央戏剧学院现代戏剧的导演,当时在中国传统戏剧学院导演系任教。在导演郑必先的帮助下,马永安发现莎士比亚戏剧里的黑人奥赛罗与他的表演类型相适应。在莎士比亚的全部经典中，马永安除了奥赛罗外没有更好的选择，因为他在寻找一个主角使之适合他多年来训练和表演的类型。现在他们需要一个编剧来改编这个戏剧。他们找到了邵红超，"文革"后中央戏剧学院首批现代戏剧专业的研究生之一，他当时是中国传统戏剧学院文学系的一名年轻教授。邵把握住了这次机遇；经过与马永安、郑必先以及合作导演刘兴才（一名受过专业训练的京剧演员）的一系列讨论之后，邵红超开始写剧本。

在两者初次相遇后的半个多世纪以来，这批艺术家是首次意识到用传统中国戏剧形式表演莎士比亚戏剧的价值的。一旦开始，他们意识到：只要使莎士比亚戏剧能适合中国的需要，莎士比亚的戏剧就可以为传统中国戏剧注入新活力。但是，在写作剧本时，邵红超和马永安的侧重点稍有不同。作为一名训练有素的现代戏剧家，邵红超更感兴趣的是保持原剧人物多样化性格的完整性，而不是把人物脸谱化。即使在所有莎士比亚塑造的主人公里，在表现人物多样性和丰富性方面，奥赛罗并不是最佳选择，但是邵红超出于不同原因也选择了该剧。他预料到了京剧老专家们的反对，所以努力寻找最能被接受的素材。在莎士比亚的所有经典里，他相信《奥赛罗》与他们当时的需求最接近。与莎士比亚的大部分戏剧不同，实际上，《奥赛罗》紧密围绕一个情节，本质上是家庭失和。它使用很少的演员就可以表演，这对实验性的演出来说至关重要。虽然中国观众对种族问题不是特别感兴趣，但是20世纪八十年代早期，不同社会背景的人之间通婚的问题与中国密切相关。"文革"后半期，政治制度完全阻碍了大多数人的社会流动性。现在"文革"结束了，很多人发现他们的社会地位突然发生了变化或者开始发生持续的变动。这样，奥赛罗因其卓越的军事才能而带来的地位的变化、他与贵族女儿的通婚、他的不安全感和后来的嫉妒心——所有这一切都引起了中国戏迷们的共鸣。

在这个小组相信这个故事的可行性后，他们又发现了人物塑造不同而引起的困难。怎样裁剪莎士比亚塑造的细腻人物形象使之与京剧中人物的固有模式相适合？一种解决办法是把他们变为中国的人物——一项后来一些传统中国戏剧公司采用的实践。但是邵红超决定不采用这种方法，他宣称：

> 我们要塑造人物，不是刻板的模式，这常常是传统中国戏剧里的另一种方式。[1]

他的观点与他的一些老同事相左，他们更强调传统中国戏剧的规则，认为它的人物形象是类型化的，不一定就是刻板的模式。但是在讨论过程中，双方达成了一致。保留剧中人的外国名字，但是同时剧中人要有京剧人物脸谱化的特征（至少在表面上是这样），没有这点他们无法达到目的。他们一起努力寻找并大量修改这样的方法，即"转化"莎士比亚人物使其成为恰当的京剧脸谱化人物的方法。这些方法包括扩展脸谱的表现形式以及把两种脸谱结合在一起的方法。

最终，他们决定把奥赛罗"转化"成刚正不阿的花脸武士类型，由于马的专业，这成为最明显的选择；苔丝德蒙娜，高贵而克制的女性类型；她的父亲勃拉班修，老生类型；凯西奥，年轻武生；她的女仆和伊阿古的妻子艾米丽，活泼的旦角。最大问题在伊阿古，最简单的选择

---

[1] 2003年9月12日，在北京和上海对作者所做的电话访谈。

就是让他和罗德利哥一样成为丑角。但是这会使伊阿古的坏人形象显得弱化和微不足道。最后，选一名专演诡计多端等特殊老生形象的演员演伊阿古。同时，要求他在塑造伊阿古的邪恶形象时，采用一些丑角的舞台艺术。虽然脸谱化类型保留下来了，但是他们的传统外貌被改变。马永安扮演的奥赛罗的确是在脸上涂了颜色，但是那是覆盖了马永安脸部和手臂的摩尔人自然的黑色皮肤，不是传统的面具化的脸谱。苔丝德蒙娜的脸也没有像传统的高贵女性那样化妆，而是呈现出本来的面貌。她的服装是西式裙装和中式长袍的结合。罗德利哥与那些西方的小丑一样，两颊涂上红色，而不是像京剧里的典型丑角那样在鼻子上涂上白色。但是他的行为方式，在大部分时间，与中国舞台上的小丑类似。

邵红超将剧本修改和压缩成六场，拥有二十多个押韵的咏叹调，以便留出时间让演员展示他们精湛的技艺。为了使人物的内心独白能够通过歌唱或者设计的手势和动作表现出来，原剧本里的一些短场景被扩展了。例如，当奥赛罗独自在舞台上，对苔丝德蒙娜难以抑制的怀疑，犹豫是否要杀她时，他不仅演唱了大段充满感情的咏叹调，而且他的整个身体始终不由自主地颤抖。苔丝德蒙娜和奥赛罗之间大段的二重唱是对京剧的创新；这段二重唱中，加入很多代表感伤的情感的手势。另一方面，一些延长的场景与表达情感的真挚或主题意义关系不大，只是为娱乐观众而设计。有这样一场：凯西奥因为伊阿古教唆而喝醉酒，与罗德利哥打架。他们打架的动作模仿著名京剧《三岔口》的打斗片断。在《三岔口》中，打斗双方在明亮的舞台上摸索并试图击打对方，仿佛他们是在伸手不见五指的黑夜中移动和摸索。

总的来说，观众热情地欢迎这种把莎士比亚的文本和京剧表演方式结合起来的做法，尽管在学习莎士比亚的学生眼里，这种做法被看作京剧借用莎士比亚，在京剧专家眼里，这种做法是莎士比亚借用京剧。中国一流的剧作家、西方戏剧专家和莎士比亚学者也在这些痴迷的观众之列，例如：曹禺、孙家琇、卞之琳和罗念生。最重要的是，这是如此成功的重大尝试，以至于继这次表演成功之后，一些传统中国戏剧公司也照样学习，开始改编莎士比亚的戏剧以适应各自的形式。1986年4月，在北京和上海同时举办的第一届中国莎士比亚节上，有五部以中国传统戏剧形式表演的莎士比亚戏剧。除了京剧《奥赛罗》外，还有昆曲《麦克白》、黄梅戏《徒劳无功》、绍兴戏《第十二夜》和《冬天的故事》，在评论这五部戏剧时，批评家易凯注意到了这一现象产生的背景：

> 随着社会结构和经济结构由封闭走向开放，我们的民族精神由静态走向动态，人们的审美观、价值观、心理和去剧院看戏的习惯由集体走向个体化。这些正在发生的巨变对中国传统戏剧的古老艺术产生重大的影响。看戏人数的急剧下降、空荡荡的剧院、陈旧的戏剧、产品质量的下降，所有这一切都是严重问题的表征。这也促使传统中国戏剧开始认真反思其问题和出路。一场深刻而全面的改革在中国传统戏剧界缓慢而又确定地进行着。莎士比亚戏剧以传统中国戏剧形式出现不是巧合。[1]

在枚举完改编莎士比亚戏剧人物以适合传统中国戏剧舞台表演之后，易凯又宣称：

---

[1] 易凯：《崭新的天地，巨大的变革，首届莎士比亚戏剧节舞台戏曲演出观感》，《戏曲艺术》，1986年，第4期，第6页。

那些著名的艺术形象比传统中国戏剧里的单调、固定而又扁平型的人物形象要生动和真实得多。中国封建社会低下的生产力，单调的社会生活，封闭的人际关系，这一切都是传统中国戏剧人物形象类型化的物质基础。历史上，占统治地位的儒家思想和理想主义的哲学思想是中国传统戏剧人物形象类型化的道德基础。[1]

因此，莎士比亚似乎有助于修正这些不足之处。为什么是莎士比亚？除了上文提到的两者之间在戏剧艺术和表现手法相似之外，莎士比亚是最佳选择还在于他的作品里涌现出大量的中国观众喜闻乐见的故事和人物。最后但同样重要的是，莎士比亚是一位受到所有马克思主义的领袖们称赞的作家，因此政府文化部门很容易资助把中国传统戏剧和莎士比亚联系起来的尝试。在利用莎士比亚以帮助中国传统戏剧重新焕发青春的过程中，改编者们不得不删节很多内容以便留出位置进行过分程式化的表演。易凯指出，五部作品里的删节并不都是明智的做法，这些删节有时会损害莎士比亚原作的精神。当吟游诗人的角色被认为太多分层或者过于华丽而不适合中国传统戏剧的人物类型时，他们通常被修改以适应这些类型。某种意义上讲，就寻找能融入传统戏剧形式的新内容而言，莎士比亚解放了中国戏剧艺术家。但是，最终，莎士比亚仍被看作帮助中国传统戏剧进行温和的改革的手段，不会以牺牲太多中国传统戏剧的本质特征而大批量地接受他的价值为代价。

1994年，在波士顿，北京实验京剧公司向一群美国的学生演员播放了其公司出演的《奥赛罗》的演出录像。对他们而言，该演出有着完

---

[1] 易凯:《崭新的天地》，第7页。

全不同的意义。这场演出成为一个为美国演员创办的为期一个月的"莎士比亚与京剧"工作室的一部分学习内容。该工作室1994年成立于塔夫兹大学，由塔夫兹大学戏剧和舞蹈系教授孙惠柱构思，并由他和上海戏剧学院的京剧讲师范一宋合作创办而成。工作室获得了洛克菲勒家族创办的纽约亚洲文化协会的资助。工作室主要目的是向美国人民展示中国传统戏剧的优点，其优点不仅在于显著的、技艺精湛的表演，还在于它能够渲染戏剧主题和人物，即使对非中国文本也是如此。工作室成员看录像时，就相信这种表演方式比自然主义的方式更加有效地表达了人物的情感。听完成员们的反响之后，工作室的指导们对自身的意图感到放心。他们的意图是：探索京剧美学的跨国界使用或借用方法。例如，如何把它转化成或多或少的通用媒介来表达莎剧的主题，使那些过去没有接触过京剧，现在初学京剧的美国演员也可以演出。

工作室的成员经历了密集的体能训练，学习了几个典型人物类型的典型步态和手势。不同类型的人物走路方式明显不同，例如，武生走大步；端庄的女性走小步，以至于一只脚的脚跟挨着另一只脚的脚尖。他们的手势也不同。成员们学习了一些常用的舞蹈，例如，扇舞、手绢舞和水袖。除了前两周的体能训练外，他们还广泛地讨论了《奥赛罗》的主题和人物，以及相关的表演理论，尤其是尤金尼奥·巴尔巴的前表意的观点。

根据巴尔巴理论[1]，传统的亚洲演员的最重要秘密，比如音乐演员和京剧演员，是前表意，即在表达意思之前的动作。文化批评家拉斯托

---

[1] 参见尤金尼奥·巴尔巴：《演员的秘密艺术：一部戏剧人类学词典》（Eugenio Barba, *A Dictionary of Theatre Anthropology: The Secret Art of the Performer*. New York: Routledge, 1991）。

姆·巴如查对"前表意"的观点深表怀疑。他愤怒地质疑：

> 更成问题的是，以祭祀、节奏和日常手势为基础的戏剧文化的"前表意"，比如，部落社会，是否可以去语境化，然后"恢复"到表演技巧中去呢？[1]

孙惠柱和范一宋也发现了巴尔巴的"前表意"理论存在问题。但是，与巴如查的政治批评不同，他们的批评从纯艺术角度，甚至从技术角度出发，质疑巴尔巴对亚洲表演实践观察的准确性；至于巴如查提出的关于"去语境化"的问题，也恰恰是工作室试图探索的问题。借用指的是把某物从原有的环境中取出来，然后放入一个崭新的，截然不同的环境。在中国，已经把很多莎士比亚的戏剧去语境化并且加以改编，孙惠柱希望京剧也可以这样做。莎士比亚和京剧之间的借用是互利共赢的。京剧正式形成于清朝皇宫，这一戏剧形式灵活多变，在过去的两百多年来，它一直在改变自身，最后成为大众化的娱乐形式，甚至在"文革"时期，成为激进的宣传工具。正如早期的中国戏剧艺术家把莎士比亚的戏剧去语境化使之在现代中国完全不同的文化环境下发挥作用那样，一些京剧的技巧也完全有可能去语境化使其在莎士比亚戏剧中，甚至在西方戏剧中，普遍地发挥作用。

当跨文化戏剧要求西方艺术家展示文化他者时，正如彼得·布鲁克的《摩诃婆罗多》那样，赛义德和巴如查等一些学者对此持严肃批评的态度。西方艺术家设想的（或者声称是他们设想的）跨文化戏剧项目

1　Rustom Bharucha, "Foreign Asia / Foreign Shakespeare," p.207.

的重点是文体采用,这一项目常常被指责为对非西方文化不恰当的借用。是否可以着手这样的戏剧实验:在不破坏任何一种文化的前提下,致力于更普遍的、更加纯美学的借用?波士顿的工作室就是这样的一个例子。与过去几十年常见的那种布鲁克或其他西方导演借用亚洲艺术形式的方式不同,此次是两位中国艺术家发起的项目并把它们呈现给西方演员。

虽然与巴尔巴一样,孙惠柱和范一宋试图寻找方法使根植于文化的表演规则和莎士比亚文本都能跨越文化界限,但是他们确信,巴尔巴的"前表意"理论不准确。孙惠柱和范一宋认为,表演者的"前表意"元素更多是涉及他们的训练,而不是他们的实际表演,他们的实际表演常常是"超表意"的。例如,北京实验京剧公司的演员们在表演《奥赛罗》之前,进行了多年的前表意训练。根据京剧需要,邵红超对莎士比亚的原文进行了修改和再创作,在导演郑必先和陆型材的指导下,演员们的任务是使邵红超的文本融入建立在传统戏剧基础上的、固定的表意模式。演员们对他们自身的典型表演程序非常熟练,以至他们可以很容易地调整外国人物类型使之适合中国习俗。从莎士比亚戏剧的严格捍卫者角度来看,他们的"超表意"表演以牺牲文本为代价。然而,从京剧专家的角度来看,熟悉的规则被莎士比亚戏剧的人物和行为的丰富性及外来性过度延伸了,这些是借用不可避免的负面影响;但是也能被看作创造了崭新而有价值的事物,因为他们不再是原初的了。

就这方面而言,塔夫兹工作室也存在同样的现象。但是成员们遇到完全不同的表意问题。除了一位加拿大人、一位来自中国台湾的演员、一位著名的印度尼西亚的小丑演员N·卡特拉(Nyoman Catra)外,这些成员大部分是美国人。在工作室的第一周进行体能训练阶段,演员们主要模仿范老师根据相关的人物类型而做出的动作。这在很大程度上属于"前表意"范畴，因为其目的是，通过夸张的、程式化的行为模式，使演员们从日常行为模式中摆脱出来。这个训练打破了对莎士比亚戏剧表演的传统而权威的观点。这些观点通过演员们的早期训练和所观看的美国版的，由莎士比亚戏剧改编的各类作品和电影而在他们的身心上留下了深深的烙印。（虽然大多数由莎士比亚戏剧改编的各类作品和电影表演的概念和形式大不相同，但是与令人震撼的京剧形式相比较，它们之间显出相似性，因为大部分远非程式化的。）就故事而言，京剧的表演技巧甚至比斯坦尼斯拉夫斯基的表演体系更加有表现力。尽管每个角色的表现范围受到限制，但是表现力的强度却增强了几倍。在第一周的第五天，所有的成员们都被要求用他们学到的任何京剧技巧，两人一组即兴表演求婚的场景。成员们把不同类型人物的动作通过不同方式组合起来加以使用。多亏了程式化的类型模式，寥寥数语，人物性格就能栩栩如生地表现出来。

　　第二周，文学文本最终进入画面，每个莎士比亚的人物被赋予一个类型。但是此次，具体类型不单单是导演和剧作家的选择。当告知演员们《奥赛罗》特定场景的主题并让他们表演时，通常他们会凭本能选一个他们所学的类型，然后以此为基础进行即兴表演。只有在一些特别困难的场景中，老师们才会建议他们应该使用的类型。在第三周开始，工作室的成员们为他们的所有人物找到了合适的京剧类型。就像北京版的《奥赛罗》那样。奥赛罗是刚正不阿的花脸，苔丝德蒙娜是高贵的女性，但是和罗德利哥一样，伊阿古变成了丑角，由专业的印度尼西亚小丑演员卡特拉扮演。这个选择一半基于剧本，一半出于个人原因。卡特拉是印度尼西亚最好的小丑演员之一，他热爱伊阿古这个角色，他自然地把伊阿古看作一个小丑，只不过与他过去扮演的大部分小丑人物不同而已。有了这个选择，伊阿古和罗德利哥成为十分邪恶的一对，经常成对出现——一个是狡诈的计划者，一个是愚蠢的执行者。两个都是小丑，罗德利哥的愚蠢引发伊阿古的威胁。

与1983年北京版的《奥赛罗》相比，塔夫兹的演员们对京剧规则的使用停留在初级阶段。他们认真地修改了所学的表演类型，使其服务于他们的人物。正如中国20世纪初，莎士比亚戏剧经自由翻译后搬上中国传统戏剧舞台那样，这里京剧表演类型被自由翻译后融入新的莎士比亚戏剧的鲜活元素中去。新版的莎士比亚戏剧在即兴创作的过程中被大大地缩短了，最终由孙惠柱编辑而成。总的来说，京剧激发的超表意式的表演类型与莎剧中强化的动作和华丽的语言很好地结合起来。例如，有这样一个场景：奥赛罗进来看见醉酒的凯西奥和罗德利哥在打架，他训斥他们道：

怎么，怎么！为什么闹起来的？难道我们都变成野蛮人了吗？上天不许土耳其人打我们，我们倒自相残杀起来吗？为了基督徒的面子，停止这场粗暴的争吵……（第二幕第三场第165—168行）

醉酒的凯西奥和小丑罗德利哥之间夸张的打斗和辱骂显得庸俗可笑，而奥赛罗夸张的手势和华丽的语言则显得高贵典雅。他的举止方式仿佛带有这样的一种气氛：不需动手就可以制止他们之间的打斗。个人风格和身份的区别比任何演员所想象的要大得多；但是这种不同却能很好地发挥作用。

塔夫兹的演员们也使用了从著名京剧《三岔口》中习得的暗中摸

索和打斗技巧，但是赋予了更多的喜剧变形。原著被巧妙地编排成两名关系好的武士因弄错对方身份而引起的打斗。黑暗中熟练的战斗没有给双方带来损失。在塔夫兹版本里，这场打斗发生在罗德利哥试图执行伊阿古的命令，乘黑暗杀死凯西奥的那一场中。但是笨拙的罗德利哥总是错过目标。最终第三个上场的人是邪恶的伊阿古，他在黑暗里用匕首刺死罗德利哥，但是在最初的京剧版里，一个人提着灯笼出现，使争斗双方认出对方，并达到和解。

另一个例子是手帕舞的场景。在中国传统戏剧和民间舞蹈中，手帕舞通常是欢快而抒情的，常常用以表达浪漫的场面，手帕被看作情人的礼物。虽然在塔夫兹版本的戏剧中，手帕是奥赛罗赠予苔丝德蒙娜的礼物而且在第一场手帕舞中是浪漫的象征，但是在后来的场景中，它的意思和色彩都与前面相反：艾米利亚从苔丝德蒙娜的房间里偷走手帕，伊阿古从妻子手中抢走它并交给凯西奥，凯西奥把手帕交给比安卡时，恰巧被奥赛罗看见。在本剧中，中国传统戏剧中的手帕舞的动作被使用和发挥到一个不同寻常的程度。但是，大部分情况下，它是推动冲突场景发展的工具，而不是装饰道具来渲染甜美的抒情意境。换言之，用中国风格的表演方式表演莎士比亚戏剧剧情的做法使工作室的成员意识到：这种传统的中国戏剧舞蹈动作与他们在没有任何戏剧情节的或人物背景条件下学习的其他基本动作一样，是前表意媒介，可以放入不同的内容以加强不同意义的表达。

随着越来越多的场景生成更多的笑声，孙惠柱和范一宋开始担心：表演是不是过于喜剧化，与莎士比亚的《奥赛罗》剧情不符合。关键的考验在最后一场，在这一场中，奥赛罗杀死了苔丝德蒙娜。如果这场还是令人发笑，那么实验彻底失败了。根据类型而言，在这场中，没有一个人物是喜剧人物。但是彩排时,演员们动作有时看起来滑稽可笑,因为他们对所学的技巧运用得不够自然和流畅。注意到这些问题后,孙惠柱和范一宋给两位演员安排了特别的学习时间来提高他们对不同类型模式的理解,并且通过深入的人物分析帮助他们把动作和戏剧内容结合起来。有一点必须强调,任何一种程式化动作本身都无法当作舞台艺术,一些传统戏剧演员或许偶尔这样做;采用这些动作是为了更准确地定位人物并且使他们的感情更强烈。在这方面,演员们以前所受的斯坦尼斯拉夫斯基似的训练很有帮助。

卢克·乔治森是扮演奥赛罗的演员,是塔夫兹大学的博士生并在其他大学担任表演助教。他说:扎实的写实训练为他创造人物的可信性打下了基础,而短期的京剧训练为他提供了无数的方法来表演那些高于生活的人物,以前他一直在苦苦追寻这些方法而不得。他的意思不是他已经学会了很多京剧技巧——这在短短的几个星期是不可能的,而是他的确获得了一种全新但实用的方法表演巴尔巴所谓的"额外的日常行为"。当乔治森扮演的奥赛罗要杀妻时,除了讲台词外,现在他明白如何使用他的程式化的手势来匹配激烈的语言,他的手有节奏地颤抖着,他的剑随身体一起颤抖。他拉起苔丝德蒙娜的长裙亲吻,然后用它勒死她,最后他把长裙扔掉,冲上去掐她的脖子。这一系列动作比他加入工作室前表演的动作更长,更精细,更扣人心弦。

为期四周的课程结束前,演出了长达一小时的压缩版《奥赛罗》。演出受到了包括戏剧艺术家、学生、教职工和社区戏迷在内的广大观众的热烈欢迎。在演出后的讨论中,剧组成员和观众代表充满激情地回忆了该演出的创作过程和接受程度。著名的戏剧史学家劳伦斯·塞尼里克评论道,美国版的《奥赛罗》往往由那些受过训练的演员出演;京剧表演的《奥赛罗》比我们经常观看的美国版的《奥赛罗》更接近莎士比亚所处的伊丽莎白时代的舞台表演。除印度尼西亚的小丑演员外，所有的演员都从他们的方法训练的框架中解脱出来，因为莎士比亚的文本要求特别的舞台表演以适合其精妙的语言。鉴于欧美的先锋派戏剧艺术家们不断地尝试各种不同的方法，京剧特定的舞台规则提供了一套独特的统一而灵活的方法。但是京剧舞台规则的统一性和灵活性是建立在对演员长期训练的基础之上。一名观众问了一个相关的问题：如果有更多的时间研究《奥赛罗》，那么剧组会做什么。回答是：加入歌唱和更多的音乐，尤其是与京剧各种人物类型相联系的歌唱和音乐。孙惠柱和范一宋很清楚，工作室丢失了京剧的两个关键因素：歌唱和音乐，一部分原因是没有时间，另一部分原因是，京剧的歌唱/音乐比它的视觉动作更难跨域文化界限。例如，1930年梅兰芳在美国的巡回演出受到高度赞扬，但是大多数批评家只关注他的手势和舞蹈，很少提到歌唱和音乐。对没听过京剧的美国观众而言，京剧的歌唱和音乐过于嘈杂和吵闹。巴如查坚持认为，特定国家的音乐很难被去语境化，就这点而言，他或许是正确的。

相比而言，1983年北京版的和1994年塔夫兹版的《奥赛罗》分别为莎士比亚和中国传统戏剧（尤其是京剧）之间的借用做出了范例。在这两个范例中，莎士比亚的文本和京剧的表演规则在不同程度上被彻底改变以更好地适应对方。但是，它们的目标、目标观众、借用材料的方式完全不同。前者主要借用吟游诗人的歌曲，这种借用极大地扩大了中国传统戏剧艺术家的视野，激发了中国观众的兴趣。同时莎剧自身也从中受益。自从1986年的第一届莎士比亚戏剧节以来，几乎没有报道过以传统中国戏剧形式表演的莎士比亚戏剧。1994年的第二届莎士比亚戏剧节上（迄今为止，也是最后一届，以后再未筹划这类节目），仅有两部中国戏剧形式的作品：越剧的《哈姆雷特》和泗县剧《李尔王》；同时，中国传统戏剧公司开始出品更多的原创戏剧，这些戏剧深受莎士比亚戏剧主题和特点的影响。

上海京剧公司出品的《曹操与杨修》（1988年，自此以后成为常备剧目）是一部根据中国名著之一的《三国演义》改编而成，这部戏剧的人物类型是大家已熟知的白脸奸贼，曹操的同义词。但是该剧的主人公性格心理变化多端，以至于该角色的扮演者必须抛弃这种家喻户晓的白脸奸贼的脸谱化标签。在剧中，作为一名精明、骄傲却又疑心很重的统治者，曹操将身边所有的重要人物一个接一个地杀害。但是所有的杀戮都经过复杂的心理斗争和复杂的推理之后，才开始实施，这在以前关于曹操的京剧剧本中很少见。曹操的性格描写和麦克白的性格描写类似。在《曹操与杨修》这部戏中，曹操幻想其他人要刺杀他，所以他先发制人，杀死他们；这个情节从麦克白对被他杀害的受害者的幻觉那里获得灵感。虽然颠倒了杀戮和看见幻影的顺序，但是很明显，《曹操与杨修》借鉴了莎士比亚的舞台艺术。上海淮剧公司出品的《金龙与蜉蝣》是另一个将莎士比亚戏剧的主题特征与中国传统戏剧的表演美学和规则结合的事例。该剧发生在中国某个非特定的朝代，是关于国王和其年轻的王位继承人之间争夺王权的故事。尽管从表面上看，莎士比亚的戏剧故事和人物没有出现在这类新剧中，但是莎士比亚戏剧的内容和精神已被植入中国戏剧故事和人物中。在某种意义上，被借用的莎士比亚戏剧已经很成功地实现了他们的作用：即激励过去那些冒险精神不足的中国传统戏剧艺术家们，使他们获得更广阔的视野和更复杂的戏剧技巧。这是中国戏剧的收获。它是以牺牲莎士比亚戏剧为代价吗？中国人不这么认为，他们也没有听到英国人抱怨。1988年，上海昆曲团演出的《麦克白》由威尔士制片人里查德·高芙引入英国和其他几个欧洲国家，并受到欢迎。

另一方面，塔夫兹版的《奥赛罗》主要借用京剧，但是工作室成员随后表演的莎士比亚其他戏剧或其他西方戏剧里找不到任何京剧技巧的印记。不过，它使这些演员们获得了更广阔的视野和更丰富的舞台词汇。正如在工作室成立之初，孙惠柱和范一宋明确表示的那样：京剧的那些技巧远没有他们所显示出的程式化和"超表意"美学重要。工作室结束后，一些成员告诉孙惠柱：当他们表演莎士比亚的其他作品或者其他西方古典戏剧时，他们会采用程式化的方法以达到额外的表意，这是他们的收获。它是以牺牲中国戏剧为代价吗？当然不是。与彼得·布鲁克借用印度艺术对抗一些印度人的方法不同，塔夫兹工作室主要由两位渴望向西方介绍中国艺术和文化的中国人创办。事实上，由于持续时间短和有限的媒体曝光，该工作室没有像很多人预期的那样扩大影响，当然比不上1983年北京版的《奥赛罗》的影响。这种差异的另一个原因在于全球文化结构的极度不平衡：莎士比亚作为西方文化的杰出标志，尽管被扭曲，在中国的文化场景内依然高大；然而在西方，中国戏剧，无论被扭曲还是忠实原样，都无法在狭小的学术圈和艺术圈之外激起任何涟漪。但是有一个鼓舞人心的消息：孙惠柱最近（2004年）在洛杉矶观看了一场演出，注意到其中一些程式化的舞台艺术和京剧相似。演出结束后，一位演员告诉孙惠柱，他曾经在加利福尼亚由范一宋办的另一个工作室学习过，它是如此鼓舞人心，以至于它似乎永远渗入他的身体。

简而言之，这两个实例显示了跨文化借用中的索取和给予。在把莎士比亚的文本转化成中国传统戏剧的过程中，语言的很多细微变化，社会历史背景和幽默的风格都会消失；但是它具有人文精神导向的故事情节和多层而丰富的人物被强烈地呈现在中国观众面前。西方演员把京剧转化到莎士比亚戏剧的过程中，手势和音乐上的许多细微差别，以及社会历史意义消失了，但是舞台表演的非日常方法和超表意的活力对演员和观众来说都是启发灵感的。在这两种实例中，这些损失是值得的，因为通过与新的、有价值的伙伴结合在一起，它们获得了充分的补偿，甚至是过度补偿。这样，在不牺牲任何人的利益的情况下，给予包括艺术家和观众在内的目标受益人更多收获。如果他们是借用，为什么不呢？

　　本文结束前，提出两点声明。首先，本文对借用的讨论并不是就巴如查反对西方借用印度文化遗产的观点进行争论。如前所述，中印两国情况不同。京剧和莎士比亚戏剧都是世俗化的经典戏剧形式，没有太多宗教约束，不受任何版权法约束，因此二者更易自由结合。这类自由借用不必是一切不同环境下的跨文化相遇的模板。第二，塔夫兹工作室仅仅强调京剧的表演形式，而将它的内容弃之不顾，因为该工作室仅关注将京剧表演形式与莎士比亚的文本联系在一起的问题。这个选择并不是暗示中国传统戏剧只有舞台表演形式才是有价值的。事实上，中国的很多经典戏剧，如《牡丹亭》和《琵琶记》，在文学价值上可以与莎士比亚的戏剧媲美，值得西方观众借用。但那将是其他工作室的研究工作和论文课题。[1]

1　William H. Sun, "Paradox of Acting in Traditional Chinese Theatre: Performance Versus Literature," *New Theatre Quarterly*. Cambridge: Cambridge University Press, 1/1999. pp.17-25.

梆子莎士比亚：改编《威尼斯商人》为《约/束》[1]

彭镜禧

> 但，时光老儿啊，你尽管使坏吧，
> 我的爱会在我诗里永葆青春。
> ——（十四行诗第19首，彭镜禧译）

夏洛：
我要照契约来；我不要听你说；
我要照契约来，所以不必再说了。
……
我不要听。我要根据契约。
——（《威尼斯商人》[2]，第三幕第三场第12行，第13行，第17行）

---

[1] 本文选自《戏剧艺术》2010年第6期，由项红莉译自Ching-His Perng, "Bonding Bangzi and the Bard: the case of *Yue/Shu* (Bond) and *The Merchant of Venice*"。译文主要参考作者的另一篇文章《豫/莎剧〈约/束〉：戏曲与莎士比亚之间的约与束》，并结合译者自己的翻译。

[2] 原文所引《威尼斯商人》根据M·M·马胡德（M. M. Mahood）所编的《新剑桥莎士比亚》（Cambridge: Cambridge UP, 1987）。选段的中文译文以及剧中人名翻译均引自彭镜禧译注：《威尼斯商人》，台北：联经出版社，2006年。本文中的引文，若无特殊标注，均指《威尼斯商人》，不再重复出现。

一

　　莎士比亚是公认的戏剧大家，各个时代、各个地区以不同形式演绎他的剧作。从力求忠实的文本翻译，到改头换面的戏文挪用，形成演绎莎剧光谱的两极，光耀夺目。以种种传统中国戏曲改编莎士比亚的例子很多，各自企图挣脱语言、文化换易过程中无可避免的约束，寻求开创戏曲的新领域。《威尼斯商人》的豫剧本《约/束》[1]的意图也是如此。本文主要介绍改编过程中莎剧同中国传统戏曲之间的约与束。

　　豫剧作为传统戏曲中的一种，在中国观众甚多。它是一门高度程序化的表演艺术，有固定的表演动作，更以大段的演唱代替戏剧叙事。改编莎剧为豫剧，要解决的首要问题是"原剧本有多少需要删减？"莎剧《威尼斯商人》的演出大约需要三个小时；若要保留全剧，则即便是有两倍的时间也不足以演出完整豫剧版。而既然需要大幅地删减，接下来的问题便是："要牺牲哪一部分的情节、人物和对白？"[2]

　　这些常识性问题的答案必然也是常识：一切取决于改编者对原著的体会以及他对豫剧作为一门表演艺术形式的认识。

二

　　《威尼斯商人》中有三条主要的情节线索。1. 巴萨纽对波黠的求

---

[1] 《约/束》剧本由彭镜禧和陈芳编著，英译本（题为 *Bond*）由彭镜禧执笔。台词的译文采用的是彭镜禧的中文版本。

[2] 有关中国传统戏曲形式的莎剧改编问题的进一步讨论，参见 John Hu, "Adapting Shakespearean Plays into the Chinese opera: Pitfalls as Exemplified by Hamlet," *Studies in Language and Literature*, vol 5. Taipei: Department of Foreign Languages and Literature, National Taiwan U., 1992; Li Ruru (李如茹) *Shashibiya: Staging Shakespeare in China*. Hong Kong: Hong Kong UP, 2003, pp.112–160；吴辉：《影像莎士比亚——文学名著的电影改编》，北京：中国传媒大学，2007年，第189—196页。

爱，及其后来的通过金、银、铅三个匣子选婿；2. 犹太人夏洛与信奉基督教的威尼斯商人安东尼之间订的一磅肉契约；3. 巴萨纽把答应妻子要妥善保管的戒指转赠他人后所引起的戒指风波。

这三条线索互相联结，也挑明了这出戏最重要的主题："契约"以及与其相伴而生的"束缚"。如同硬币有两面，契约是为了保护合同双方的利益，但也微妙狡猾，能使合约人冒极大的危险。该剧提醒世人：契约既是保险，也是冒险；既是自我保护，也是作茧自缚。以下稍作阐释。

第一份契约，选匣择夫。波黛尚未登台，就向婢女尼莉萨抱怨道：

哎呀，说到"挑选"！我既不能选择我喜欢的，也不能拒绝我不喜欢的：活生生一个女孩儿的意志就这样给死翘翘父亲的遗嘱抑制了。（第一幕第二场第18—21行）

不管有多么荒谬，波黛显然只有遵从这份遗嘱，才能继承死去的父亲留给她的大笔财产。这份"契约"，波黛即使不情愿，也必须接受。诚然，她中意的巴萨纽如她所愿，最终在选匣的考验中胜出。但在他选择之前，波黛还是十分担心他会选错。当巴萨纽孤注一掷、放手一搏的时候，波黛恳求他：

请您少安毋躁，等个一两天
再来赌赌运气，因为如果选错了，
我会失去您的陪伴，再忍一忍吧。（第三幕第二场第1—3行）

这场选择的游戏，是波黠——无疑也是巴萨纽——人生中最大的赌博。[1] 在决定胜负的最后关头，就连聪慧过人的波黠也会怕输。事实上，我们有理由相信，她是在歌里给了巴萨纽一点提示。此处不再多谈，具体将在后文讨论。

第二份契约是最严厉的，涉及了人身上的一磅肉。安东尼答应替巴萨纽作保，向夏洛借三千金币。夏洛一文利息也不要，只不过有一个条件：倘若三个月后还不了钱，便要在安东尼身上割一磅肉。夏洛一副满不在乎的样子，称这个"游戏合约"（《威尼斯商人》，第一幕第三场第164行）是出于他的好心，想要与对方和解：

> 我是想跟您交个朋友，博取您的爱，
> 忘记您对我做过的羞辱污蔑。（第一幕第三场第131—132行）

安东尼也认为自己捞了个便宜，信心百倍地向谨慎而不安的巴萨

---

[1] 当巴萨纽再次向安东尼借钱，他回想起在求学时代，若是失掉一枝箭：

> 就再射一枝大小、重量、力道相同的，
> 到同样位置，更仔细地观察落点，
> 以寻找另外一枝。

他央求安东尼也这么做，并保证：

> 我会注意目标，若没把两枝都找回来，
> 若没把两枝都找回来，
> 至少会带回您这次所冒的风险，
> 怀着感恩，继续亏欠您的上一次……（第一幕第一场第140—152行）

巴萨纽没有明示，如果他不能"把两枝都找回来"，他将如何去寻回安东尼"后放的一枝"。

纽保证：

> 两个月之内。也就是这份合约
> 到期之前一个月，我等着的
> 回收是合约价值三倍再三倍。（第一幕第三场第151—153行）

这位威尼斯皇家商人不顾巴萨纽的反对，还是签下了借据。他甚至还夸赞夏洛的宽宏大量：

> 犹太人要变基督徒了，他越来越好心。（第一幕第三场第169行）

最后，巴萨纽选对匣子，成了波黠的丈夫，接受了妻子的定情戒指，以及随之而来的约定。波黠警告他说：

> 我连这戒指一并交出；
> 要是您把它舍弃、遗失，或送人，
> 那就预告您的爱情破产，
> 我可就有机会来责怪您。（第三幕第二场第171—174行）

巴萨纽毫不犹豫地接受了：

> 这戒指若是

> 离开这手指,我的命也会离开世界;
> 那时候啊,尽管说巴萨纽死了!(第三幕第二场第183—185行)

得到那枚戒指,巴萨纽的冒险人生也达到了巅峰,他得偿心中所愿[1]——娶到了富家淑女波黠,他可以还清所有的债务,告别以往四处借钱的贫困生活了。但是,波黠也清清楚楚地告诫他,戒指同样制约着戴它的人。巴萨纽无论如何也不能失去它。而后爆发的"戒指风波"也明确强调了不管有多么合理的借口,违约的风险还是很大的。

正是由于"契约"在此剧中至关重要,改编首先要考虑如何保留这三条情节线索,如何凸显契约与束缚互为表里的关系。豫剧改编本《约/束》的题目,字面意思也就是"合约原缚"。

改编本删除部分包括:洁西可和罗伦佐,以及他们私奔的故事;蓝四箩与父亲葛宝,以及他们的插科打诨。波黠看不上眼的追求者们选金、选银的场景在改编时也有所浓缩。所保留人物的很多台词也进行了删减,以便容纳戏曲唱词。

然而《威尼斯商人》不仅仅以"约/束"讨论亲子、朋友和夫妻的关系,也透过夏洛和安东尼的交锋深究了因种族歧视、宗教差异和经济利益矛盾所引起的人类冲突,甚至是根深蒂固的敌对与仇视。莎士比亚在夏洛台词的字里行间流露出的对该角色的同情,以及20世纪令人发指的纳粹对犹太人的大屠杀,使得夏洛的"受害者"形象更为凸显。《约/束》的焦点是种族或族群歧视问题。历史依旧继续,而人类对"他者"

---

[1] 撒雷瑞欧带来了安东尼违约的坏消息,巴萨纽的仆人瓜添诺对撒雷瑞欧说道:"咱是那贾森,咱拿到金羊毛啦。"(第三幕第二场第240行)在希腊神话中,贾森(Jason)率领勇士,历经种种险阻,偷得金羊毛而归。

的怀疑和仇恨态度并没有多大变化。因此，改编的重点转移到"受害者"夏洛身上。故事发生在中国的北宋时期，剧中的夏洛（即夏洛克）是个"大食人"（即撒拉森人），而不是犹太人。北宋年间，大食人曾来到开封，与当时的中国人做生意。这个改编符合剧本立意的要求。对于今天的观众来说，"大食人"这个词并没有具体的指涉，只笼统地暗指了生活在很遥远的过去的一个"外国人"而已。

三

《约/束》的"骨架"既已这样搭建起来，改编的注意力便转向了该剧的"肌肉"和"组织"。其中，最为重要的当然是语言。莎士比亚的剧本通常都是对已存故事的改写，鲜少创作，他的经典地位多取决于其对文字的灵活处理。他真正是可上可下之才，对白放在角色的口里，无不恰当。他的语言与人物动作相得益彰。他的文字游戏一语双关、机智风趣，令人赞叹。《威尼斯商人》的豫剧版保留了原文中可利用的精华，改编者努力将"笔力万钧"的莎剧语言魅力挪移到曲白中去。

例如，当巴萨纽面对三个匣子不知如何选择而自言自语的时候，波黙命乐师唱了一支歌，开头是这样的：

借问爱情何绵绵——
是因两情相悦心相连，
还是姻缘注定在于天？（第三幕第二场第63—65行）

在这几行中每一行的最后一个英文词"bred","head"和"nourished"都与"lead"(铅)押韵,由此推测波點在给巴萨纽暗示要选铅匣。[1] 在《约/束》的相对应幕场中,慕容天(即波點)递给巴无忌(即巴萨纽)一个精美花笺,非常适合中国传统社会出身高贵的小姐。上面写着:

真心问取向花笺,
千里姻缘一线牵;
有意当然成好事,
天长地久自缠绵。(《约/束》,第17页)

这四行诗的韵律是a a b a(jian, qian, shi, mian)。"牵"(qian)与"铅"(lead)同音。值得注意的是。与莎剧中的那支歌一样,慕容天的诗也是意义模糊,有所暗示。[2]

---

[1] 这首歌的前三行原文是:

    Tell me where is fancy bred
    Or in the heart or in the head?
    How begot how nourished?

比较忠实的中译应为:

    爱情何处调教出来,
    是在心里,抑或脑海?
    如何产生,如何培栽?

译文因此稍改文意,使韵脚跟"铅"押韵,以便保持这个趣味(参见彭镜禧翻译本注)。

[2] 在该剧的首演(2009年11月28—29日)中,行云(即尼莉萨)执意在巴公子做选择之前提醒他那首诗。导演吕柏伸的夸张处理,使慕容天的作弊行为更为明显、更具喜剧效果。

在由戒指引起风波的一场中，有许多含有性隐射的双关语。巴萨纽把波黚所赠的戒指转送他人，为此波黚非常生气，宣称从此以后不管谁拥有那枚象征婚约的戒指，她都对之"慷慨大方"（liberal）：

> 凡我所有的，我都不会拒绝他，
> 对，包括我的身体，和我丈夫的床。
> 我当然要见识见识他。（第五幕第一场第226—228行）

当尼莉萨同样地嘲讽瓜添诺，后者反唇相讥道：

> 也罢，随您去。可别让我捉到小书记。否则，我就折断他的那只笔。（第五幕第一场第235—236行）

波黚的"见识"（know）在莎翁时代暗指性交，而瓜添诺的"笔"（pen）明显代替的是"penis"（阴茎）。豫剧相应场景中。慕容天的唱段则是：

> 定情玉戒非罕见，
> 夫君盟誓若等闲。
> 生死相随到永远，
> 句句是你亲口言。
> ……
> 果然是夫妻之间情缘散，
> 我又何必在乎——那一圈！（《约／束》，第53—54页）

"圈"（ring与戒指同）正是莎士比亚剧本的最后一个字，瓜添诺的结束语是：

> 我啊，这辈子不怕担风险，
> 怕只怕保不住尼莉萨那一圈。（第五幕第一场第306—307行）

此处的"那一圈"一语双关，既是戒指，也暗示"女阴"。改编本中，为了使"那一圈"有性暗示，慕容天的指责后面紧接着的是：

> 瓜诺：
> （扑哧一笑）哈，那一圈！那——一——圈！哈哈哈！
> 巴公子：
> （瞪他一眼）亏你还笑得出来！（《约/束》，第54页）

性隐射，加上瓜诺（即瓜添诺）的笑声，缓和了慕容天的严厉惩罚，为下文中两对恋人的重归于好营造了有利的氛围。

《威尼斯商人》中有长篇大论，表明了说话者的振振有词，但这些都不是戏曲语言。这时，改编者则试图采取"存其神而遗其形"的方法，取其精义改写成曲词，以见证该角色当下的思想意蕴。下面有两个例子。首先是巴萨纽对金匣子的沉思，有35行（第三幕第二场第73—107行），改编成豫剧版本后，只有18行。其唱词如下：

> 谁不爱金银珠宝光璀璨，
> 华彩锦缎日日鲜。

谁不爱佳肴盛馔酒满盏，
高车驷马美衣冠。
转眼间烟消云散成虚幻，
富贵荣华难上难。
人世真假莫能辨，
天花乱坠总欺瞒。
自古衙门好手段，
矫饰言语是非搬。
懦夫夸勇兰陵现，
倒戈只在弹指间。
罪恶擅以德行掩，
道貌岸然实藏奸。
外是金玉内败乱，
细推物理探本原。
我可得——小心谨慎选一选，
成败全看这一关。(《约/束》，第18页)

另外，法庭那场，更显不同文化之间的换易。夏洛坚持依法行事，拒不怜悯安东尼，坚持索赔。当公爵要求他能给出一个"好的回答"的时候，他违抗不遵。长达28行的曲白中用了不少的比喻：

有人不喜欢张着大嘴的烤猪；
有人见了猫就会抓狂；
还有人听到风笛呜咽的声音，

就忍不住要小便……
……
我也同样没有理由，也不愿说，
除了我对安东尼的怨恨难解，
厌恶难消，才会跟他打这场
徒劳无益的官司。这算答复了吧？（第四幕第一场第47—50，59—61行）

在改编本中，该段台词被压缩成了仅十二句的押韵唱段，在前十句与点睛的后两句中间插有散文体的曲白：

（唱）芝兰芬芳虽可慕，
海畔自有逐臭夫。
有人喜欢臭豆腐，
有人厌恶烤乳猪。
有人欣赏俏鹦鹉，
有人宁愿养鹧鸪。
有人偏好蓝配绿，
有人只要红带橘。
理不清呀千万缕，
是非缘由人人殊。
（白）你若要打破砂锅问到底，我也没啥好理由，只能说我对他怨恨难解，厌恶难消。
（接唱）他是我的眼中钉、肉中刺，他死有余辜！（《约/束》，第32页）

虽然夏洛的唱段中并没有提到老鼠、猫、猪或是风笛，但总体思想与原剧保持一致：人人各有所好，不需要任何理由。更重要的是，唱段中提及的四种颜色——蓝、绿、红、黄——正好代表了台湾时常针锋相对、争论不休的四个党派，也许会逗乐当地观众。再加上臭豆腐和烤猪是当地有名的小吃，观众更容易理解剧中夏洛的逻辑推理。

此外，为了符合豫剧表演的规范，改编本添加了多个人物的唱段、二重唱以及合唱。以《约/束》第七场的结尾为例。安员外（安东尼）督促巴公子拿戒指答谢匡先生（即慕容天假扮）的救命之恩，巴公子最终不得不屈服。

安员外：

（唱）自从贤弟前程登，

愚兄强颜心不宁。

货船失事无踪影，

合同到期暗自惊。

各处借贷多不应，

坐困愁城白发生。

求告债主遭讥讽，

无端惹来一身腥。

噩梦连连总不醒，

夜夜纠缠到天明。

满腹辛酸如泉涌，

慨叹无穷谁与听？

万念俱灰舍性命，

却不想——绝路又逢生。

玉戒固然为誓证，

毕竟只是以玲珑。

救命恩情如山重，

（白）贤弟啊，他救的可是我的命哪！

（接唱）难道这抵不过、区区一情盟？！

巴公子：

（唱）安兄所言亦成理，

本当奉赠不犹疑。

（举起手，正欲脱下戒指，又停住）

（旁唱）唯恐娘子不体己，

嗔怨于我她不依。

（沉吟半晌，旁白）这便如何是好？

就在这时，场后的合唱响了起来：

（伴唱）一个是情深义重好兄弟，

一个是才貌双全美娇妻。

取舍之间多顾忌，

何去呀何从、患得又患失……

安员外：

（催促着）贤弟，赶快把戒指送给匡先生吧！不然，他可就走远了。

巴公子：

这个……

（看看戒指，看看安员外；又看看戒指，再看看安员外，神情非常苦恼）

安员外：

贤弟啊……

巴公子：

（终于下定决心）也罢。

（接唱）事事岂能尽如意？

回报大恩不宜迟。

（脱下戒指，白）瓜诺，快快赶上前去，把这个戒指交给匡先生。(《约／束》，第47—49页）

在这场安员外与巴公子激烈的争论中，观众听到的，除了这两个人的声音之外，还有巴内心的声音。比起原剧，改编后的巴公子一再拖延行动，也许更能够引起观众对其的同情和原谅。

四

人物塑造也是改编本中值得关注的地方。戏曲里的主人翁往往都是单一的平行角色，这是因为每一位戏曲演员都从属于一个行当，扮演一个既定类型的人物，非善即恶。在中国传统戏剧中，剧作家本人和观众的情感倾向很明显。然而，莎士比亚在讨论众多有争议的问题，如政治、宗教、性别、爱情、家庭等的时候，很少表明自己的立场，他的舞台上的人物性格也是复杂多样的。近年来，越来越多的《威尼斯商人》

的舞台和电影演出将安东尼与巴萨纽之间的情谊诠释为同性恋。[1]原剧中虽然没有明确的描述，但有一些段落依稀给出了暗示。对同志性爱潜台词的挖掘，关键还是现代文化对同性恋的开放态度使然。《约/束》改编者意识到了这一点，尽量保留原文的暧昧，让观众有想象和思考的空间。

又如，传统观点认为，波黠是一个聪明机智而又见义勇为的侠女。为了击败邪恶的夏洛，救出丈夫的挚友、恩人，她女扮男装进入法庭。但当巴萨纽在庭上当众宣称他珍视安东尼胜过其他一切，包括新婚妻子在内时，她会怎么想？

安东尼，我已经娶了妻子，
她的可贵如我自己生命一般；
但我的生命、我的妻子、加上全世界，
在我眼里都不如你的一条命。
我愿抛弃一切，对，用那一切
献祭给这个魔鬼，来拯救您。（第四幕第一场第278—283行）

这段当庭表白——就算是出于男性情谊吧——就不会让波黠担心她以后的婚姻吗？1999年，特雷弗·纳恩（Trevor Nunn）导演的版本中（DVD，2001年发行）有惊人的突破，机智地展现了波黠的心理活动。当夏洛第一次想要割安东尼的肉时，波黠无动于衷，明显地想借夏洛之手为自己除掉一个情敌，但夏洛的失败没能让她如愿。在夏洛鼓足

---

1 如特雷弗·纳恩（Trevor Nunn）和迈克尔·雷德福（Michael Radford）对此剧的电影改编版本。

勇气卷土重来之时，她才开始介入。笔者认为，这段心理刻画非常现实。《约／束》中，当夏洛持刀正要去刺安大人的时候，"匕首"场景定格了，灯光渐暗，接着就是场间休息。改编者做这样的安排，是想借此提醒观众去思考在这个千钧一发的时刻慕容天的心理状态。[1]

中国传统重视家庭，《（约／束）》进一步强调了夫妻关系。整个第八场（《协议》）总共有五个唱段，48行唱词，分别由慕容天（两段）、巴公子、安员外和行云（尼莉萨）演唱，全部围绕这个主题展开。安员外还没来得及再次担保巴公子对其妻的忠贞，巴公子就跪地起誓说：

> 呃，娘子，（下跪立誓状）皇天后土，实所共鉴：我巴无忌誓不辜负娘子。日后如有负心，教我天打雷劈。（《约／束》，第55页）

而这一次，慕容天却没有回应他的誓言，也没有像在第三场（《定情》）那样扶他起来。当时，巴公子接过慕容天的戒指，也发了誓。

> 巴公子：
> （接过玉戒）哎呀，小姐，小生当真无言以对了。
> （套入手指，唱）卿卿待我情意厚，
> 我与卿卿配鸳俦。
> （拉起慕容天的手）执子之手偕白首，

---

[1] 这在实际表演中很难做到。例如，导演吕柏伸认为，场间休息会打断演员的情感抒发。在伦敦国王学院绿林剧场的选段演出（2009年9月11日，正值第四届英国莎士比亚学会研讨会），以及在台北的首演（2009年11月28日，正值第四届台大莎士比亚论坛研讨会），导演都要求将第五场（《折辩》）与第六场（《审判》）合而为一。

生生世世永同修。

（下跪立誓状，白）皇天后土，实所共鉴；我巴无忌誓不辜负小姐。但凡还有一口气在，这个玉戒，是绝对不会离开小生的。除非，小生死了……

慕容天：

（急掩巴之口，扶起他）啊，郎君，别说这等晦气之言。奴家信得过你。（《约／束》，第21页）

对比这两场，可以明显发现，慕容天十分在意戒指所代表的婚约。在她的眼里，巴公子俨然成了一个不信守诺言的人。安员外这个"惹起争吵的不幸人"（第五幕第一场）把这些都看在眼里。这场激烈的家庭纷争让这位见证人感到无比的羞愧难当。《约／束》的跋中写道：安员外在一旁观看了这两对新人——瓜诺与行云、巴公子和慕容天举行婚礼。

婚礼，安员外等众人在场观礼。巴公子与慕容天、瓜诺与行云上，双双行礼。拜完天地，夫妻交拜时，慕容天未拜，定格。（《约／束》，第57页）

慕容天的冷淡是对巴公子和安员外的再一次郑重警告，说明她对婚约的重视。

五

以上的例子足以呈现改编者眼中《威尼斯商人》与《约／束》的异

同。当然，并非一切皆如所料。豫剧本成了一个独立的生命体。比如，剧中两个主人公的命名就非常有意思。波黠在豫剧版本中唤作慕容天。按照中国流行的武侠小说的传统，这个名字容易让人联想到行为正直的女性。因为"天"意味着对正义的最后裁决。夏洛克则音译成了夏洛。在确定了他们的名字、写完剧本后很久，改编人员才发现"慕容"原来是迁移到中国的一支北方部落的名字。这位中国的波黠，于是有了外族的血统。另一方面，夏洛的"夏"字，意思是正统的汉族人；"洛"指代的是洛河，华夏民族根生于此。因此，慕容天与夏洛之间的矛盾成了早期移民与晚期移民之间的冲突：前者保留了自己的外族身份，后者却宁愿放弃。姓名中会有什么深意呢？这一点是改编者们完全没有计划、料想到的，也正强烈讽刺了种族歧视和仇外的主题思想。

正如笔者在一开始所提到的，近些年来，越来越多的莎剧在中国舞台上演，有现代话剧形式的，也有传统戏曲形式的。导演或是评论家有时会用烹饪词汇"原汁原味"来作为评价改编的标准。但是，真的有可能品尝到原汁原味的莎剧吗？李如茹书中所记一例则具有启示意义："忠实于"莎士比亚的《第十二夜》的越剧改编就是一次失败的尝试。[1]

悖论在于，莎士比亚的全球化事实上却使他本土化了，他的全球化的成功大大得益于他的本土化，因为"莎士比亚永远都只是我们当下对他的理解"[2]。这与《约/束》的主题奇异地不谋而合：莎士比亚与豫剧之间相互丰富，却也相互制约。笔者在上文提及了戏曲中角色有着严格的类型。但夏洛克（夏洛）的个性复杂，不能一而概之。他不是简单的

---

[1] Li Ruru, *Shashibiya,* pp.162—167.

[2] Daniel Fischlin and Mark Fortier. eds., *Adaptations of Shakespeare.* London and New York: Routledge, 2000. p.5.

"老生"、"花面"或是"丑角",而是集合了三者的特点。扮演夏洛需要"跨行当",这在豫剧表演中是个首例,对受过严格角色规范训练的演员来说是个相当大的挑战。[1]《约/束》是一次跨文化的改编,对莎士比亚和豫剧都有所改变,两者既相区别,又相交融。

正如翻译的文本必须首先能够立足于译入语的文学传统,不能以"这是翻译,所以请包涵"作为缺失的借口。改编莎剧为传统戏曲——或任何剧种——也必须能够在各自的传统中立足:它必须能够发挥该剧种的特色,甚至拓深刻剧种的戏剧美学;与此同时,还要保留一些"莎味"。莎士比亚曾在诗中断言,他的爱人会因为其诗的流传而永葆青春。希望梆子和《威尼斯商人》签订了合同,经过这一蜕变,两者都能够永葆生机与活力。

---

[1] 王海玲:《我的跨行当挑战》,节目单,《约/束》:(威尼斯商人)的豫剧改编,台北:台湾豫剧团,2009年,第16页。

从《哈姆雷特》到《王子复仇记》
——一则跨文化戏剧的案例[1]

宫宝荣

外国经典戏剧在翻译成中文后再被导演搬上中国戏曲舞台的时候，其间经历了多重的文化编码，至少经历了从外文到中文、从话剧到戏曲这样的跨文化过程；而多重编码的结果则是新作与原著之间会产生巨大的不同。换言之，跨文化编码在让外国原作获得新生的同时，也使之丧失了许多。外国经典戏剧在被搬上中国的戏曲舞台时，在经受了从16世纪英文到20世纪中文的翻译之后，还得经受中国戏曲所特有的编剧符码和演出符码的改造。本文将以莎士比亚《哈姆雷特》的京剧改编本《王子复仇记》为例，对外国经典剧作在跨文化改编中的得失进行探讨。

之所以选择这部作品，一是因为该剧系根据莎剧四大悲剧之首《哈姆雷特》改编而成，具有较大的代表性；二是因为该剧自2005年在上海首演以来，一直受到国外演出单位的追捧，先后应邀前往丹麦、荷兰、法国、德国、西班牙、英国等国上演，获得了欧洲观众的热情欢迎，成为我国近几年来少有的一部影响广泛的京剧莎剧，在当代中国的外国经典作品戏曲改编中具有一定的研究价值。

---

[1] 本文选自《戏剧艺术》2012年第2期。

一

　　一部外国戏剧作品，若要与他国观众见面，必然要跨越两道文化门槛：一是语言文学，一是舞台本身。无论是文学翻译还是舞台演出，因为不同的文化背景造成的误解已经相当严重，它们都是在对原作进行改编。著名的例子有朱生豪的莎剧译本中的"孝"字。中国人在阅读莫里哀时，其喜剧里的意大利假面喜剧元素能够联想到的也不会很多。至于译者有选择的"诠释"或"误读"的例子更是不胜枚举，如20世纪上半叶易卜生戏剧、萧伯纳戏剧以及六十年代的荒诞戏剧。而当这些已经发生偏差的剧本再被改编成传统的中国戏曲形式时，原剧被"走样"的程度之严重可谓不言而喻，甚至是"面目全非"！

　　中国对莎翁经典进行文学改编由来已久。可以说，莎剧从一开始就是经过双重的改编被介绍给国人的。所谓双重改编，指的是由林纾与魏易共同完成的《吟边燕语》，因为两人依据的并非莎翁原著，而是由兰姆姐弟改编的《莎士比亚故事集》（Tales from Shakespeare）。更有趣的是，林纾本人不懂洋文，只是根据魏易的口述来编写。这种编写的莎翁剧作充其量带给中国读者的只是故事内容，无论如何是做不到"拷贝不走样"的。中国读者"得到"的只是莎剧表层故事，"失去"的却是名副其实的莎翁戏剧内涵，甚至连起码的剧本形式都丧失殆尽。《吟边燕语》不仅与莎剧原作相距遥远，而且与兰姆原著也貌合神离，如在根据《哈姆雷特》改编的《鬼诏》中就凭空增加了不少细节。[1]

　　莎士比亚作品正式以戏剧的本来面目出现在中国应是1921年。是年

---

[1] 如将哈姆雷特和奥菲莉娅写成了夫妻。参见彭镜禧：《百年回顾〈哈姆雷〉》，《中外文学》，第33卷第4期。

田汉翻译的《哈孟雷特》（原译名）由中华书局出版，就此掀起中国莎剧翻译和出版的热潮。迄今为止，莎剧中译本已经出版了数百万本，全译本竟有五种之多，仅以朱生豪译本为底本的《莎士比亚全集》就有十种版本！这么多版本的莎剧恰恰说明，两种不同文化背景下的符码对应之困难。在很长一段时间内，国人也并不追求形式对应，更相信"神似"。因此，在整个20世纪都没有能够出现诗体莎剧全集。根据中国莎士比亚学会会长方平先生的分析，中国莎剧翻译先后经历了文言体、白话体和诗体三个阶段，其中又以白话体最为流行，影响广泛的朱生豪和梁实秋的译本也都是白话体的。人们有理由认为，在这长达近一个世纪里，中国读者其实都没有能够看到形式上与莎剧一致的译本，而更多是不同译者的"改编本"。

这种现象直到进入新世纪后，才终于有了改变。2005年，方平先生为主翻译的诗体莎剧问世，莎剧的中译本最终在形式上与原著吻合。与散文体相比，方平版莎剧在形式上努力与原文保持一致，散文译成散文，诗体译成诗体，尽量保留原文的节奏和韵味。毫无疑问，如此众多的莎剧版本问世，对中国读者来说是件幸事，至少可以通过对不同版本的比较参照来全面完整地把握莎剧的原貌。然而，从另外一个角度来看，它也无疑证明，文学翻译作为一项跨文化行为，由于目标语言的文化与原语言的文化在时间与空间上的巨大不同，所以两者之间实际上相距甚远。又因不同译者的不同文化立场，更造成了众多不同的翻译文本，仅举《哈姆雷特》一剧为例，著名的中译本就有朱生豪、梁实秋、卞之琳、孙大雨、曹未风等人的，其余还有林同济、杨烈、余士雄等人的多种。如此众多的版本对学习外语的人或从事研究的人来说也许是件幸事，但对普通读者来说并不见得是件好事。由于本文的目的并不在于分析中文译本，所以将其搁置一旁，而专注于中国戏曲改编。

二

  一部外国经典剧作被翻译成中文出版之后，并不等于其戏剧化大功告成。真正的戏剧艺术是活在舞台上的艺术，即使文学性极强的莎士比亚戏剧也不例外。除去用原文演出，莎剧在中国的舞台遭遇主要有两种：一是直接根据中文译本来演话剧，二是将其改编成传统的民族戏剧形式，即包括京剧在内的各种地方戏曲。就后者而言，在莎剧被搬上舞台之前，它首先得接受"戏曲化"，然后再被"舞台化"。这就意味着，莎剧在从英语源文字符码翻译到目标汉语文字符码之后，还得面临文本和舞台的两度跨文化"翻译"。

  先来看第一次的"文本"翻译。与创作自由度较大的话剧剧本相比，戏曲剧本受到极其严苛的从唱词到结构等方方面面来自舞台演出的限制。换言之，戏曲的任何写作从一开始就必须将演出因素考虑进去，原创如此，改编也如此。《哈姆雷特》从话剧文本被改编成京剧文本《王子复仇记》同样不例外。而这一次由于符码的范围扩大和性质的变化，跨文化因素发挥着更为强烈的影响，因而文本与原著的距离进一步加剧，得与失也就更加彰显。

  作为16世纪英国人文主义的代表，莎士比亚戏剧乃是世界戏剧史上一座丰富的宝藏，而《哈姆雷特》则可谓这座宝藏中一颗闪亮的明珠。然而，如何让这颗闪亮的明珠在中国戏曲舞台上发光放彩，并非一件轻易之举。《哈姆雷特》乃是莎剧四大悲剧中篇幅最长、最复杂、最有争议的一部剧作，全剧共有五幕二十场，原文3924行，英文32241词。[1]莎

---

[1] 数据来自http://www.william-shakespeare.info/shakespeare-play-hamlet.htm。

翁从丹麦历史中取材，将一则相对单纯的复仇故事，演绎成一部充满人文主义时代精神的悲剧；主人公的内涵之丰富以至于出现了所谓"有一千个读者就有一千个哈姆雷特"的说法。就结构而言，经过莎翁的生花妙笔，《哈姆雷特》至少将三条重要情节交织在一起，使得全剧跌宕起伏，扣人心弦。在京剧《王子复仇记》中，剧作者将剧情设置在子虚乌有的赤城国，只保留了哈姆雷特为父复仇的情节，而将挪威王子福丁布拉斯借道攻打波兰并最终成为丹麦国王、雷欧提斯赴法、国王派遣吉尔登斯吞和罗森格兰兹"护送"哈姆雷特赴英并在中途被其识破阴谋等线索一概删除。当然，作者在集中表现哈姆雷特复仇这一中心情节时，也不可避免地涉及了哈姆雷特与奥菲莉娅的爱情、与霍拉旭的友谊、与雷欧提斯结仇等与之密切相关的内容。但无论怎样，与原剧本相比，京剧剧本只有区区八场、一万字左右。[1] 明眼人很快就能发现，仅就篇幅、结构和内涵而言，《王子复仇记》与《哈姆雷特》两者之间已经有着云泥之别！

　　这种巨大差异首先反映出深刻的文化差异。莎剧作为英国文艺复兴时期的产物，在很大程度上反映了这一时期的英国文化特征。16世纪英国处于新兴资本主义上升时期，国力强盛。这是一个大气磅礴的时代，人类对自身、对未来充满自信，剧中关于"人"的台词便是这种精神的体现。但在莎翁创作《哈姆雷特》一剧时，英国恰处于社会矛盾重重、危机四伏的时期，因而才会有思前想后、踌躇不前的哈姆雷特。显然，当它被改编成京剧之后，随着具体的丹麦变成抽象的赤城国、象征着人文主义的威登堡或巴黎也随着情节的简化而被删除，莎翁剧中的这

---

[1] 而卞之琳先生的中译本有68000字之多，朱生豪的译本也将近64000字。

种人文主义精神显然荡然无存。原剧中哈姆雷特有关"人类是一件多么了不得的杰作"（第二幕第二场）这段经典台词应是因为删去了与吉尔登斯吞和罗森格兰兹两人相关的情节被删除，无疑可以视为人文主义精神被牺牲的一大体现！

　　再来看一下莎剧中最为著名的台词"生存还是毁灭"（to be or not to be）。且不论它被挪到了第六场（相当于第四幕），其内容更是有了重大改变。原台词中，哈姆雷特直奔主题，没有一句有关父仇的内容，因而使得这段思考更具普遍的人生与时代意义，而改编本则加进了这样一段台词：

> 我的父亲被惨杀，我的母亲被人奸污，于情于理我都该被不共戴天的大仇所激动，我却因循隐忍顺其自然，似我这样苟活在这人世上还有什么脸面。[1]

这段台词的长处在于令哈姆雷特犹豫不决的原因一目了然，更为集中于其父母和个人，但短处在于使得原剧丰富深刻的内涵精神变得狭窄与浅显。

　　那么，改编本究竟表现的又是什么样的主题呢？换言之，在失去了原剧的时代精神之后，得到的又是什么呢？不妨听一听改编者的解释：

> 人类时时刻刻都面临着罪恶的诞生，但人类也时时刻刻在重

---

[1] 该段台词见于演出本，而最初的文字本中位于第七场，内容与之差别不小，可见舞台的影响之大。

建自己生存的家园，追求着美好、和谐，个体生命也在这样的打破与建立之间完成它的价值体现。这种亘古不变的规律，接通了诞生于四百年前的《哈姆雷特》与新编京剧《王子复仇记》之间的血脉，并为后者提供了坚实的基础。[1]

换言之，经过对剧本的京剧化、抽象化和精简化，原作通过反映时代来揭示人类精神困境的主题被转变成了反映一种更为普遍的亘古不变的规律。

三

由于戏剧本质上并非文学，因此在考察外国经典在中国的遭遇时，还得不可避免地要研究其舞台呈现。《王子复仇记》之所以受到欧洲各国广泛邀请，也正是基于其舞台演出的成功，而非其文本阅读。剧本被搬上舞台的行为，在导演的语汇中乃是"二度创作"，在符号学者的眼中却是又一次的"翻译"或"改编"。戏剧符号学家于布斯菲尔德认为，剧本与演出各自使用的符码性质不同，因此两者无法做到意义上的完全对应。[2] 即使在英国或其他西方国家，当导演搬演莎士比亚时，也会因为使用的各种演出符码不同于16世纪而造成极大的差异。而《王子复仇记》为一部定制之作，其命运更是注定与京剧舞台捆绑在一起。如前所言，编剧之所以将枝繁叶茂、盘根错节的巴洛克式剧本削减掉近六分之五，盖因一切必须从京剧演出实际出发。

---

[1] 冯钢:《新编〈王子复仇记〉情况介绍》，参见 http://www.pekingopera.sh.cn/detail.asp?pzlid=607。
[2] 参见安·于布斯菲尔德:《戏剧符号学》第一章，北京：中国戏剧出版社，2004年。

作为"以歌舞演故事"的中国戏曲的一部分，京剧是一门集唱念做打于一体的综合艺术，其中音乐和舞蹈又占据着极其重要的位置，并对戏剧文本产生着直接而又重要的影响。与根据情节安排来分幕分场的西方剧本相比，京剧剧本有着独特的结构方法。现代京剧已经扬弃了传统的以曲牌联套体来安排情节的结构方法，取而代之以板式变化体来构成各场戏的音乐。虽说音乐本身必须服从戏剧结构，但结构受制于音乐应是不争的事实。换言之，剧作家在创作时，不仅要考虑剧情本身，还得考虑音乐以及演员的表演，并根据两者的需要来安排所谓大场子、小场子、过场戏，而演员则在演出时充分运用唱念做打等各种艺术手法。因此，戏曲剧作家一般都与舞台一线有着不解之缘，《王子复仇记》的改编者便是一个毕业于上海戏剧学院、又长期在上海京剧院受其浸润的成熟编剧。也正因为如此，同样是在两个多小时内，莎剧的文学文本少则二万多字，多则四五万字，但在改编成戏曲并被搬上舞台时，则因唱念做打，尤其是唱的缘故而不得不大大删减。值得一提的是，与其文学定稿版相比，《王子复仇记》的演出版进一步被删节，减去了雍叔登基称王的第一场，而直接从表现哈姆雷特夜遇父魂的第二场开始，从而又减少了八分之一的文学本。不难想见，这并非改编本存在什么问题，更多是受制于京剧的表演性质和演出时间本身。可以说，观众在获得一部京剧莎剧的同时，也失去了其固有的西洋戏剧形式。

另一个与莎剧差别巨大的是，京剧演员有着极其严格的行当分工，表演遵循的是写意原则，有着一套完整的程式。《王子复仇记》的舞台版本里，演子丹的是文武老生，两位女主角均为青衣花旦，演已故国王和现任国王的分别是铜锤和架子花脸，宰相殷甫的儿子殷泽将军同样也是花脸。这样的演员阵容无疑昭示人们，这是一出文武并重、载歌载舞的戏剧,而非单纯的文戏或武戏。当然,作为一部外国戏剧的改编演出,行当也无疑与传统的有了较大的不同,它被更多地糅合了所谓的性格因素。改编者在介绍如何利用行当特长来塑造人物时分析道:

> 子丹为不戴髯口的文武老生,并融合武小生的表演特点,表现人物英武、俊朗的气质;姜戎为梅派青衣,在表现她雍容的王后气度外,进一步加强她性格复杂的一面;殷缡在程派的基础上融入花旦的表演,突现她青春少女悲惨的命运;雍叔为架子花脸,显示他阴险狡诈的内心;殷甫为走矮子的三花脸,外化他虚伪、精于世故真面目;其他如铜锤花脸应工的雍伯、武花脸应工的殷泽、武生应工的夏侯牧、小花脸应工的掘坟人等都能恰到好处地体现人物的性格特点。[1]

如此阵容,《王子复仇记》的京剧味已然相当浓厚,再加上这些行当的服饰、动作与演唱,比如演员表现子丹在遇到鬼魂时,运用了趟马、翎子、甩发、朝天蹬、僵尸等高难度却是中国戏曲所独有的动作来揭示内心的震惊与恐惧。可以设想的是,如果没有提示的话,对于那些不熟悉莎剧的中国观众来说,定然不会想到它是从外国名剧改编而来!因此,中西观众的收获有所不同,前者得到的是一部相当纯粹的京戏,后者则是一部京剧化的"莎剧"。

然而,就演出本身而言,《王子复仇记》也是一部得失兼具的莎氏京剧,集中体现在导演将殷甫定位为走矮子的三花脸丑角之上。一般而

---

[1] 冯钢:《新编〈王子复仇记〉情况介绍》。

言,莎翁戏剧虽然有着明显的悲喜之分,但更多情形则是悲喜交织。尤其是在莎氏悲剧之中,剧作家往往会加入一些喜剧性角色和场面,旨在或弱化或加强悲剧效果,如在《哈姆雷特》情节中加进罗森格兰兹和吉尔登斯吞一对可笑人物、在第五幕加上掘墓人调侃的场面,又如《麦克白》剧中当麦克白在杀害国王时加上看门人插科打诨的段子等。与这些只是作为悲剧的点缀不同,《王子复仇记》剧由于殷甫被定为丑角(严庆谷饰)并且在全剧八场中出现于五场之中,从而使得该剧在很大程度上成为一部悲喜相交的混合剧,并由此改变了原作的悲剧特质。

四

在将外国名著改编成中国戏曲时,一般有两种倾向:一是所谓"话剧加唱",二是更注重以戏曲形式来改造莎剧,亦即"莎剧中国化"和"戏曲莎剧化"。然而,无论哪一种,都是试图将莎剧的符码与中国传统戏曲的符码结合在一起,从而创作出一种新的艺术作品。而这种新的艺术作品与莎剧原作的差距,可以用"枳"与"橘"来比喻,两者表面十分相似,实质却是南橘北枳。上述分析表明,《王子复仇记》剧虽然留取了主要情节,然而充其量只是原作的六分之一,可失掉的却远不止六分之五,然而这种损失还并不局限于篇幅一项。

1994年,上海越剧院明月剧团也曾将《哈姆雷特》剧改编成《王子复仇记》。当时就有人认为,虽然越剧有过成功的先例,但并非所有的莎剧都适合搬上越剧的舞台。就《哈姆雷特》剧而言,"这出戏哲理性很强,风格冷峻和沉郁,这和充满诗情画意的越剧差距很大,其哲理负荷之重是越剧难以承担的。"作者进而举出"生存还是毁灭"这段独白为例,表示主创人员"煞费苦心地运用吟唱、起调、舞扇等手段来表现,虽然比较好看,却无法提示这段独白的深刻内涵……"[1]当时,学者们围绕着"越味"和"莎味"进行了热烈的讨论。莎剧专家方平就提出:

> 不必把"莎味"看作一种含金量,戏曲演出莎剧,总是要考虑发挥自身的长处,同时还得受自身条件的限制,在"莎味"上提出过高要求,这也许会有失公允。[2]

总之,在跨文化的改编中,由于莎剧、越剧、京剧分属不同的文化,使用不同时空的文化符码,再加上从文学到舞台,重重编码的结果自然便造成了形似神不似的"枳"与"橘"。十年前的越剧《王子复仇记》如此,五年前的京剧《王子复仇记》也是如此。可以预见,十年后的任何中国戏曲版本的《哈姆雷特》剧恐怕依然如此。

---

[1] 陈竹:《〈哈姆雷特〉能"中国化"吗?》,《上海戏剧》1994年第5期,第56页。
[2] 方平:《真疯还是假疯》,《上海戏剧》1994年第5期,第22页。

莎士比亚电影改编研究

莎士比亚的文本、电影与现代战争[1]

程朝翔

莎士比亚是一位经常受到"利用"的作家。甚至在现代战争中，人们也会利用莎士比亚的文本，或者将他的文本改编成电影，以宣扬或者反对战争。在莎士比亚的作品中，有的并不直接涉及战争，只是被作为一种文化符号来加以利用；但有的作品则直接描写战争，所以更便于在战争中得到利用。在这类作品中，《亨利五世》是一个典型的例子。

《亨利五世》是莎士比亚的第二组英国历史"四联剧"中的最后一部。在该剧的前一部剧作《亨利四世》（下篇）中，亨利五世的父王在临死前告诫儿子：

> 你的政策应该是多多利用对外的战争，使那些心性轻浮的人们有了向外活动的机会，不至于在国内为非作乱，旧日的不快的回忆也可以因此而消失。[2]

---

[1] 本文选自《国外文学》2005年第2期。
[2] 莎士比亚：《亨利五世》，方平译，《莎士比亚全集》，朱生豪等译（第五卷），北京：人民文学出版社，1978年，第211页。以下所引莎士比亚剧作中译文皆出自该译本，特别注明处例外。

在《亨利五世》中，亨利五世听从父亲的劝告，主动挑起国外战争。他决心征服法国，夺回以前属于英国的法国领土。他的政治和军事顾问们也极力怂恿他夺取法国王位，以重现父辈的辉煌。在该剧中，亨利五世有两段极富煽动力、充满爱国和军国主义辞藻的演说，即第三幕第一场在法国哈弗娄城前的"向缺口冲去吧"演说和第四幕第三场在英军阵地上的"克里斯宾节"演说。这两段演说已经成为战争文学中鼓舞士气之作的经典。该剧中的阿金库尔之战是全剧"预先就确定的高潮"，因为该剧本来就是一出"庆颂之作，纪念的是一次举世闻名的大捷"。[1]

《亨利五世》是莎士比亚的系列历史剧中的一部。我们不知道莎士比亚是否受到伊丽莎白女王宫廷的影响，为女王陛下的政府创作"战争文学"，但《亨利五世》确实曾被英国政府充作战争宣传之用，鼓舞英国人民的士气。当然，这种利用必须基于对莎士比亚剧作中各种复杂成分的取舍，因为莎士比亚的剧作既宣扬战争，又质疑战争。批评家对此各执一词，见仁见智："该剧是讴歌民族辉煌，将亨利树为一位真正英勇尚武的国王，还是抑郁地讽刺战争和权力的滥用？"该剧到底是一部"民族史诗"，还是"反战讽刺作品"，这是一个一直存有争议的问题。[2]

与传统的莎士比亚批评大相径庭的"新历史主义"和"文化唯物主义"批评在该剧中发现了"颠覆性"成分。"文化唯物主义"的代表人物艾伦·辛菲尔德和乔纳森·多利莫认为："虽然往往认为莎士比亚

---

[1] 莎士比亚：《亨利五世》，T·W·克雷克编：《阿登版莎士比亚全集》，1995年，第34页，第35页。
[2] 理查德·达顿：《第二组四联剧》，斯丹利·威尔士编：《莎士比亚》（牛津书目指南），牛津：牛津大学出版社，1990年，第362页。转引自克雷克编：《阿登版莎士比亚全集》，第69页。

在该剧中最接近于国家宣传，但剧中对于意识形态的建构是复杂的——即使在巩固某一意识形态时，该剧也揭露出内在的不稳定因素。"[1]

正是由于《亨利五世》中有诸多矛盾的成分，该剧才受到不同的利用。又由于该剧"最接近于国家宣传"，它才在第二次世界大战中成为英国政府鼓舞士气的工具。1944年，劳伦斯·奥利弗在战火中导演并主演了《亨利五世》。该片片首的题词是：

  本片谨献给大不列颠的突击队员和空降部队。在以下的场景中，本片将谦恭、努力地再现他们父辈的精神。[2]

该片于1943年至1944年间在中立国爱尔兰拍摄。在拍摄战争场景时，剧组曾停止拍摄，以观看空中英国战斗机群攻击正飞往伦敦进行轰炸的德国轰炸机编队。当空中的实战消失在剧组的视野之外时，他们才重新开始拍摄战争戏剧。[3]

这部影片"赋予战争以魅力，并将英国的胜利浪漫化"[4]……安东尼·戴维斯这样认为，是由于以下三个原因：1. 在战时拍摄的影片难免反映当时的民族情绪；2. 奥利弗接受了英国信息部负责战时娱乐业宣传的官员委派的两项任务，拍摄《亨利五世》便是其中之一；3. 在20世纪四十年代，奥利弗经常公开朗诵莎剧中鼓舞人心的演讲，并参加鼓舞士

---

1 艾伦·辛菲尔德和乔纳森·多利莫：《历史与意识形态：以亨利五世为例》，约翰·德瑞卡克斯编：《另一种莎士比亚》（第二版），伦敦和纽约：劳特利奇，2002年，第216页。
2 劳伦斯·奥利弗导演并主演的《亨利五世》，英国1944年出品；DVD发行日期：1999年。
3 参见"互联网电影数据库"（www.Imdb.com）《亨利五世》的花絮（http://www.imdb.com/title/tt0036910/trivia）。
4 罗素·杰克逊编：《剑桥莎士比亚影片指南》，剑桥：剑桥大学出版社，2000年，第166页。

气的公众集会,这奠定了他作为一位爱国演说家的地位。[1] 以上这些因素使该片难免打上特定的战争时代的印记。

在这部135分钟的影片中,奥利弗删去了原作大约四分之一的篇幅。为了塑造一位战时领袖的光辉形象,影片没有采用莎剧原作中可能会不利于这位杰出国王性格的描述。在原作中,亨利五世两次下令杀死全部战俘。在面临法军反攻时,亨利王下令:

> 每个士兵把他看管的俘虏全杀了吧!去把这话传遍全军。(第四幕第六场)

而在他得知法军把英方"看管辎重的孩儿都杀了"之后,再一次下令:

> 在押的俘虏,我们全都要杀掉……而我们还准备抓到一个杀一个,一个都不饶恕。(第四幕第七场)

按照战争的法则,这种杀害战俘的行径即使在当时也是战争罪行。否则,"哪个敌人会愚蠢到让自己成为俘虏?"[2] 作为军事领袖,亨利五世只关心以武力征服对方,而并不关心对方的人权。在最近的伊拉克战争中,美军在攻打费卢杰时,有士兵枪杀了身负重伤的伊拉克士兵,并被美国全国广播公司(NBC)的记者拍摄下来。对于此段录像,数家卫星

---

1 罗素·杰克逊编:《剑桥莎士比亚影片指南》,第166页。
2 约翰·萨瑟兰和塞德里克·沃茨:《亨利五世,战犯?以及其他莎士比亚之谜》,牛津:牛津大学出版社,2000年,第109页。

电视台每小时播放数次,并有评论员将其与美军阿布哈里卜监狱的虐俘丑闻相比。而美军则虽已开始调查,但美军发言人和美国媒体却认为此事尚有疑点,如不能肯定被杀叛军是否是在装死。[1] 战争中敌对双方的角度不同,军事角度和人权角度也不相同,这使人们对于同一问题的解释出现模糊性。莎士比亚试图在亨利五世身上体现这种模糊性,而"爱国影片"则尽量黑白分明,避免引起混乱之处。

为便于进行爱国主义和军国主义宣传,奥利弗的影片还略去了亨利王在哈弗娄城门前对法国军民充满着猥亵下流语言的烧杀奸淫的威胁(第三幕第三场)。同时,为了使己方同心同德,团结一致,影片也删去了亨利王利用特务揭露身居高位的叛国者并将他们当场处死的情节(第二幕第二场),以及亨利王不念旧情,公事公办地处死抢劫教堂的旧部巴道夫的情节(第三幕第六场)。

不过,奥利弗虽然"将艺术政治化"[2],但并未完全将艺术变成政治宣传。肯尼斯·罗斯维尔认为,如果说该片是宣传的话,那它的走向也是本雅明所说的"将政治美学化"[3]。而杰克·乔根斯则认为,在战时,奥利弗一定受到很大压力,要他"拍摄一部引人入胜的民族主义影片,丝毫不被莎士比亚的反讽搞得复杂……但值得称道的是,尽管有这种压力,奥利弗还是保留了原作中的某些复杂成分,拍摄出了一部不仅仅是

---

[1] 罗伯特·沃斯:《拍摄陆战队员射杀俘虏的记者保持沉默》,《纽约时报》(国际版)2004年11月18日(http://www.nytimes.com/2004/11/18/international/middleeast/18mosque.html)。

[2] 沃尔特·本雅明提出了"政治美学化"和"艺术政治化"的著名论点。参见沃尔特·本雅明:《机械复制时代的艺术品》(第二稿),霍华德·爱兰德和迈克尔·W·詹宁斯(Howard Eiland and Michael W. Jennings)编:《沃尔特·本雅明选集》(第三卷,1935—1938),哈佛大学贝拉纳普出版社,2002年,第122页。

[3] 肯尼斯·罗斯维尔:《莎士比亚在银幕和银屏上的历史》,剑桥:剑桥大学出版社,1999年,第53页。

杰出的宣传样本的影片"[1]。

影片中的一个情节揭示了亨利王这位战时领袖性格的另外一面，即他的冷酷无情。在《亨利四世》（下篇）中，刚刚成为国王的"哈尔"马上与自己的过去决裂，抛弃了自己以往的狐群狗党，其中包括受人喜爱的胖爵士福斯塔夫。福斯塔夫得知"哈尔"成为国王后，马上兴高采烈地前去寻找这位已被众多随从所簇拥着的往时好友，以求升官发财。但昔日的"哈尔"已不复存在；福斯塔夫所面对的是一位他并不熟悉的亨利王。在莎士比亚的原作中，亨利王当面拒弃并训斥了福斯塔夫。但在奥利弗的影片中，被"哈尔""伤透了心的"福斯塔夫却是躺在病床上，临终之前回光返照地复述了他与"哈尔"的最后会面：

福斯塔夫：

上帝保佑陛下，哈尔吾王！我的庄严的哈尔！上帝保佑你，我的好孩子！我的王上，我的天神！我在对你说话，我的心肝！

亨利五世：

我不认识你，老头儿。跪下来向上天祈祷吧。苍苍的白发罩在一个弄人小丑的头上，是多么不称它的庄严！我长久梦见这样一个人，这样肠肥脑满，这样年老而邪恶；可是现在觉醒过来，我就憎恶我自己所做的梦。现在你也不要用无聊的谐谑回答我。不要以为我还跟从前一样，因为上帝知道，世人也将要明白，我已经丢弃了过去的我，我也要同样丢弃过去跟我在一起的那些伴侣。[2]

---

[1] 杰克·乔根斯：《电影中的莎士比亚》，布鲁明顿：印第安纳大学出版社，1977年，第126页。
[2] 奥利弗影片《亨利五世》中福斯塔夫临终前的这段回忆取自莎士比亚的剧作《亨利四世》（下篇）第五幕第五场。

将当面拒绝的场面转化为临终"梦境",而片中人物也强调福斯塔夫被亨利王"伤透了心",这无疑增加了人们对福斯塔夫的同情,而且揭示出亨利王的冷酷无情。这段情节"放在那里是为了让我们与亨利拉开距离,提醒我们在他继承的遗产中也有其父王博林布鲁克铁石心肠、残忍冷酷的成分"[1]。这段情节的配乐是威廉·沃尔顿哀乐似的帕萨卡里亚舞曲,以低音乐器的演奏表达了对人生苦短的无奈。这段伴乐似乎将福斯塔夫与一般人紧密地联系起来,从而更增加了观众与亨利王的距离。其实,在影片开始时,伊丽莎白时期环球剧院站席上的下层社会观众就已经充分表达出他们的好恶。在坎特伯雷大主教和伊里主教谈论亨利成为国王之后的变化时,他们提到了亨利王对福斯塔夫的处置:福斯塔夫一伙人都被放逐,"必须距亨利王十英里之外,一旦越界,即处死刑"[2]。当两位教士刚刚提到福斯塔夫时,观众一片欢呼;当说到福斯塔夫被放逐时,观众一片嘘声;当提到福斯塔夫"必须距亨利王十英里之外,一旦越界,即处死刑"时,观众的不满已达到高潮。因此,当伊里主教说国王"变得好!我们是有福了"时,有一观众以嘲弄的语调大声重复伊里主教的话,引起了哄堂大笑。这段奥利弗影片中特有的情节既描述了民众对国王和福斯塔夫的不同态度,也揭示出亨利五世在战争中领导民众的难处。总之,通过上述电影情节和手法,政治与人情之间、领袖与民众之间的对立与冲突昭然若揭,亨利王性格的复杂性也得以展示。一位杰出的战时领袖似乎必须超越人情与同情,以铁腕掌控一切。

从电影艺术的角度看,奥利弗的影片也是一部杰作。这部影片使莎士比亚真正进入了电影时代;这部影片"推出了,或者应该说,创造

---

[1] 罗素·杰克逊编:《剑桥莎士比亚影片指南》,第169页。
[2] 亨利王对福斯塔夫一伙人的放逐令亦来源于《亨利四世》(下篇)第五幕第五场。

了现代莎士比亚影片"[1]。影片开始时,一张戏单在空中飞翔,最后定格为"宫内大臣剧团于1600年在环球剧院主演的《亨利五世》在法国阿金库尔之战的编年史"。然后,镜头俯瞰整个伦敦,并逐渐拉近到泰晤士河畔的环球剧院。影片展示的不仅是"亨利五世的编年史",而且像最近的《恋爱中的莎士比亚》[2]一样,展现了莎士比亚时代剧院的情况。影片以"戏中戏"或者"片中片"的形式,再现了当时戏剧演出和接收的全过程。在剧场中,有男女观众的调情,有小贩的兜售。在后台,有男孩往衣服里塞苹果充乳房,以扮演女性角色;有主角伯比奇出场前先清喉咙;有扮演伊里的演员笨手笨脚,忘记道具,又丢掉帽子。在演出中,有观众的笑声、嘘声,也有演出在雨中继续的镜头。这一切都是以现代的电影手法来再现伊丽莎白时期戏剧演出的情况。在戏剧手法无能为力时,电影镜头便当仁不让地切换到更广阔的场景(例如阿金库尔之战)或者更加私密的空间(例如福斯塔夫病中居住的阁楼房间)。电影技巧与戏剧手法交替使用、交相辉映;电影技巧凸显了戏剧的丰富与不足,而戏剧手法又对电影加以评论和补充。作为一部成功的电影作品,奥利弗的《亨利五世》的艺术价值和多重视角使政治宣传的力量大大增强,成为战争期间鼓舞士气的重要工具。

《亨利五世》原作本身的"含糊性",使之既可以成为战争宣传的工具,也可以成为表达反战情绪的媒介。肯尼思·布拉纳的影片《亨利五世》[3]正是一部表达了明显的厌战甚至反战情绪的影片。其实,布拉纳

---

1 肯尼斯·罗斯维尔:《莎士比亚在银幕和银屏上的历史》,第52页。
2 约翰·麦顿导演:《恋爱中的莎士比亚》,米拉麦克斯(Mramax)影业公司1998年出品;DVD发行日期:1999年。
3 肯尼思·布拉纳导演并主演:《亨利五世》,米高梅公司1989年出品;DVD发行日期:2000年。

"从一开始就承认自己对于奥利弗影片的借鉴"[1]。但是，布拉纳又认为：

> 尽管奥利弗的影片作为战争努力的一部分而受到欢迎和赞美，该片表面上的民族主义和军国主义侧重却在20世纪后期的观众身上造成了对于该片价值的怀疑和含糊。[2]

所以，布拉纳在借鉴奥利弗的基础上，又与奥利弗有很大不同，拍摄出了一部新时代的全新的《亨利五世》。

布拉纳的影片一开始，便有一位美国有线新闻网络（CNN）战地记者似的人物[3]，扮演"致辞者"（"歌队"）的角色。在当今的世界上，无论在哪个角落，只要有战争，就会有这类角色出现。这一角色的出现，将戏剧、电影、电视联系起来，使《亨利五世》有了现代战争的现场报道的切身感。这位美国主流媒体的代表将观众也将莎士比亚带进了真正的电影和电视时代。在奥利弗时代，电影与戏剧有交互作用、互相影响和评价的关系。而布拉纳的时代则是电影占据支配地位的时代。即使是CNN战地记者这一"歌队"的变体也面对着电影制造过程本身。在"开场白"中，"致辞者"置身于放着各种电影道具的摄影棚中，诠释电与光时代的诗句。他划亮火柴，以"炎炎诗神"[4]的光芒寻找配电盘；他合上电闸，顷刻间，摄影棚拱顶上耀眼的灯光构成了"无比辉煌的幻想的

---

[1] 斯蒂芬·布勒：《影院中的莎士比亚：视觉上的证明》，纽约：纽约州立大学出版社，2002年，第107页。

[2] 转引自斯蒂芬·布勒：《影院中的莎士比亚》，第107页。

[3] 肯尼斯·罗斯维尔：《莎士比亚在银幕和银屏上的历史》，第247页。

[4] 莎士比亚：《莎士比亚全集》（下卷），梁实秋译，呼和浩特：内蒙古文化出版社，1995年，第5页。梁实秋将"歌队/致辞者"译为"剧情说明人"。

天空"[1]。诗人的想象将要仰仗本雅明所说的"机械复制时代"的技术手段来得以实现。

在该剧最主要的战争场面，即阿金库尔之战的表现上，布拉纳与奥利弗有重要的不同之处。在奥利弗的影片中，阿金库尔之战这段17分钟的剧情整整拍摄了三十九天，耗费了大量的金钱并征用了近千名爱尔兰国民警卫队士兵做临时演员。战争场景大部分都是远距离的长镜头拍摄，表现出壮观和宏大；阿金库尔战场是一片阳光灿烂的绿色草地，几乎看不到血腥与泥泞。亨利五世置身于华丽的中世纪武士风格的色彩搭配、旌旗服饰、盔甲武器之中，时刻保持着尊严与体面。他的士兵们如同《暴风雨》中虽遭到海难，但全身衣服竟崭新如初的人物一样[2]，身上奇迹般地几乎没有任何厮杀的痕迹。胜利对于奥利弗的亨利五世来说似乎是一个"奇迹"，虽然为了使这一奇迹更为可信，奥利弗将英军的死亡人数从莎士比亚的二十五人改成了五百人——而布拉纳则并未做如此改动。

在布拉纳的影片中，阿金库尔之战这段情节也动用了"一百五十名临时演员，三十匹马，数量众多的马车、演员和替身演员"[3]。但与惯用长镜头的奥利弗不同，布拉纳更多地采用了特写镜头，表现出人们在战争面前的疑惑、愤怒、无奈、悲伤等情绪；也通过对于血腥、泥泞、尸首等的特写，表现出战争的残酷。在该片中，士兵洗劫尸首上的贵重

---

[1] 肯尼斯·罗斯维尔论述了"致辞者"将这两处诗句与火柴、配电盘、拱顶灯联系起来，所做的"巧妙变通"。参见肯尼斯·罗斯维尔：《莎士比亚在银幕和银屏上的历史》，第247页。

[2] 在莎士比亚的剧作《暴风雨》中，按照普洛斯佩罗的安排，海难中所有人"穿在身上的衣服也没有一点斑迹，反而比以前更干净了"（第一幕第二场）。剧中的忠臣贡柴罗注意到了这一点："我们现在穿着的衣服新得跟我们在突尼斯参加公主的婚礼时一样。"（第二幕第一场）

[3] 肯尼思·布拉纳：《开始》，第234页。转引自肯尼斯·罗斯维尔：《莎士比亚在银幕和银屏上的历史》，第250页。

物品；法国寡妇发泄出对于亨利王的仇恨；亨利王则肩扛着被法军屠杀的儿童的尸体在战场上缓步前行。战争不再有浪漫色彩，而是充满血污与黑暗。

在奥利弗的影片中，战争虽也引起英军内部的怀疑甚至不满情绪，但却并未引发危机。而在布拉纳的影片中，战争不仅引发危机，甚至几近引起兵变。剑桥伯爵、斯克鲁普勋爵和托马斯·葛雷爵士三人收受法军贿赂，准备暗杀国王，出卖祖国。在他们的行径被亨利五世的特务所发现并为国王本人所揭露之后，他们共同拔剑，拼死一搏。但人多势众的国王亲信早有准备，立刻以武力将他们制服。随后，亨利王粗暴地将剑桥伯爵按压在桌子上，发泄着心头的怒火。据唐纳德·赫德瑞克说，这种粗暴殴打的场面就如同"黑手党头目的聚会"[1]，抹黑了亨利五世的道德形象。最后，这三位叛国者都被处决。

在英军内部，亨利五世所要镇压的不仅是叛国者，而且还有违犯军纪者。亨利的旧友巴道夫抢劫了教堂，所以被处以绞刑。布拉纳的影片以闪回镜头的形式回顾了亨利王登基前与巴道夫等人一起寻欢作乐的美好时光，从而衬托出权力与战争对于人际关系和下层人物处境的根本改变。在处死巴道夫的片断中，不断有尸首全身和面部的特写；当法国特使前来递送口信时，又以特写镜头强调了悬在空中的尸体双脚。在这段情节中，悬空的尸体成为电影画面中的重要"道具"。

亨利五世发动战争的目的本来是缓解国内矛盾；但在国外战争的压力下，内部矛盾激化成为危机，最后不得不以暴力手段加以解决；而

---

[1] 唐纳德·赫德瑞克：《战争即泥泞：布拉纳的〈肮脏哈里五世〉和政治模糊的类型》，理查德·波特和林达·布斯编：《莎士比亚影片：在电影、电视、录像、DVD上普及戏剧》（第二集），伦敦和纽约：劳特利奇出版社，2003年，第218页。

在战争中暴力横行的情况下，内部人员的道德和法律制约机制也会失控，最后仍需以暴力手段加以镇压和规范。战争不仅使敌人遭受暴力，而且也在内部引发暴力，最后再以更多的暴力加以制约。布拉纳以电影语言描述了战争中这无所不在的暴力。这种暴力即使在以正义为名而进行的战争中也无所不在。

在战争中，宣战的公开理由往往都很可疑；真正的理由往往秘而不宣，或者深藏于宣战者的无意识之中。在莎士比亚的原作中，亨利五世发动战争的理由也很可疑，这在两部《亨利五世》影片中都有所强调。坎特伯雷大主教和伊里主教出于教会的私利，从所谓"舍拉继承法"中为君王寻找开战的理由。坎特伯雷大主教对此的论证极其冗长，充满着人名、地名、日期、法律术语、拉丁词语，并且不断地重复。因此，这"显然不仅是故意啰唆，而且是故意啰唆得可笑"[1]。尤其是他说这一切"有如夏天的太阳一般明显"（第一幕第二场，梁实秋译文），更是可笑之至。其实，发动战争的表面理由往往是很含糊的，也是任何人都不会当真的。这也是莎士比亚让坎特伯雷大主教说战争的理由"有如夏天的太阳一般明显"，以对相信战争的表面理由的人进行嘲讽的原因。在奥利弗的影片中，对于战争理由的陈述被处理成喜剧情节：伊里主教笨手笨脚，将有关文件散落在地上；坎特伯雷大主教则手忙脚乱，几乎找不到相关的一页；到了"有如夏天的太阳一般明显"一句时，更是达到喜剧的高潮，引起观众的捧腹大笑。而在布拉纳的影片中，到了"有如夏天的太阳一般明显"一句时，亨利五世宫廷里"紧张的贵族听出了嘲弄的意思，放松地窃笑起来"；而"爱克赛特和威斯摩兰两位则

---

[1] 约翰·萨瑟兰和塞德里克·沃茨：《亨利五世，战犯？》，第119页。

意味深长地交换眼色，暗示他们之间有密谋，设计将他们的君王拖入侵略战争"。[1] 两部影片的类似情节异曲同工。

对于今天的美国和英国来说，以萨达姆政权制造大规模杀伤性武器为理由来攻打伊拉克，这是一个表面的、连民众也不会相信的理由；所以最终证明大规模杀伤性武器并不存在时，布什照样赢得选举，战争照样继续。对于亨利五世来说，发动战争的深层理由很多。除了利用国外战争来化解国内危机之外，更重要的原因是他"热爱法国"：

> 因为我爱法兰西爱得那么深，我不愿意舍弃她的一个村子，我要叫她整个儿都属于我。（第五幕第二场）

只要他坚信战争符合英国的利益，而且能得到教会和宫廷两方面的支持，那么战争就是有道理的。也许在内心深处，亨利五世并不看重那些不太得力的人物为他找到的并不充分的战争理由。他虽有疑虑，但叩问良心，坚信侵略战争从道德上符合英国的根本利益，便可以顺手利用现成的、不太完备的借口，抛开法律和道德上的小小不便，义无反顾地走向战争。亨利五世的思维模式也许像幽灵一样徘徊在布什、布莱尔以及他们的公民的下意识当中；虽然他们对自己情报部门的说法也不尽相信和满意，但这一说法毕竟是一个现成的、可用的借口。只要他们从道德良心上相信伊拉克战争是正义的，那么它就是正义的。对于"二布"来说，符合世界上最主要的"民主政体"的最根本利益的，只能是正确的。

战争是以暴力手段达到政治目的，因此强暴不可避免，秩序必然

---

[1] 肯尼斯·罗斯维尔：《莎士比亚在银幕和银屏上的历史》，第248页。

打乱。战争与秩序是矛盾的,"战争法"一词不免会有自相矛盾的特点(paradox),甚至是一"矛盾修辞法"(oxymoron)。莎士比亚在他的剧作中并不回避这一点。因此,在《亨利五世》原作中,作战的双方都有"战争罪行"。莎士比亚剧作是商业演出的产物,需要取悦观众;但莎士比亚的观众似乎并不在乎自己人的"战争罪行",所以莎士比亚对此的描写直截了当。遮遮掩掩、有所回避的是缅怀大英帝国昔日辉煌的时代;是在"多元文化"和"文明冲突"的背景下,讲究"政治正确"的时代;是电影这一完全靠商业票房生存的大众媒体。

在这两部《亨利五世》影片中,法国人的战争罪行得到强调,而英国人的则被回避或者掩盖。即使在布拉纳的影片中,也回避了亨利五世的战争罪行;相反,强调了他挥泪处决旧部巴道夫,以整肃军纪。同时,也刻画了他对于法国人的战争罪行的愤怒。法国人屠杀了在后方看管辎重、毫无武装的英国孩童;影片中的弗鲁爱林悲愤地说:"这分明是违反了战争的规矩。"亨利王则说:"自从我来到法兰西,我还不曾发过一次火;今天,为这件事,我可按捺不住了。"影片中的亨利五世"按捺不住"地殴打了法军使节。但莎士比亚原作中亨利五世两次下令屠杀战俘的情节却全然消失。

约翰·萨瑟兰和塞德里克·沃茨对布拉纳这位"完全的局外人"凭借《亨利五世》一片获1989—1990年度奥斯卡电影金像奖以及电影票房收入上所获得的巨大成功表示惊奇,因为布拉纳的影片有三个不利之处:

> 它是英国片;它是文学片;它是低成本制作。[1]

---

[1] 约翰·萨瑟兰和塞德里克·沃茨:《亨利五世,战犯?》,第108页。

而他的成功虽然原因众多，最重要的原因之一也许是他懂得现代美国和英国观众的深层心理，那就是不能触及他们内心深处对于自己军队在历次战争中虐待、杀害战俘和平民的负罪感。这也许是布拉纳也可以表现战争的残酷，可以揭露法军的战争罪行，但却必须回避亨利五世的两次屠杀战俘命令的原因。由于布拉纳热衷于商业上的成功，"可以理解，他效仿了有名而且成功的奥利弗"[1]。他的影片拍摄于越南战争和马岛战争之后，自然与奥利弗的影片有所不同。但在不少方面，这两部影片之间的差别只是"重点的不同"；甚至像布拉纳本人所说，只是"表面上"的不同。[2] 布拉纳的影片在表面上有反战倾向，使之在当代更容易得到认可，从而掩盖了其深层的符合官方和大众意识形态的本质。所以，有批评家认为布拉纳的影片"在意识形态上不稳定，在政治上有害"[3]。其实，正如诺曼·拉布肯所言，布拉纳"折中主义的想象力容纳了编织进莎士比亚剧作的组织之中的诸多矛盾"[4]，因而充满着含糊性。

　　在战争的力量对比中，如果一方占有压倒性优势，则不仅优势方的战争罪行得到掩盖，罪行还有可能转化为既定秩序的一部分。在布拉纳的影片中，潜在的战争罪行转化为文明社会的礼仪，这种转化使布拉纳的影片更具现代性，也更能迎合战后思考着的一代人的口味。在影片中，亨利五世在哈弗娄城门前发出声嘶力竭的威胁：

　　　　如果是你们自己害得自己的闺女落在那火热的奸淫者的手中，

1　斯蒂芬·布勒:《影院中的莎士比亚》，第107页。
2　斯蒂芬·布勒:《影院中的莎士比亚》，第108页。
3　参见罗素·杰克逊编:《剑桥莎士比亚影片指南》，第228页。
4　转引自罗素·杰克逊编:《剑桥莎士比亚影片指南》，第228页。

> 那跟我又有什么相干？那邪恶的淫欲正势不可挡地从山坡往下直冲，有谁能将它制住？（第三幕第三场）

这是奸淫的威胁，但这种威胁即使被付诸实施，似乎也比布拉纳隐去的杀戮战俘的行径更为温柔。

> 即使亨利王将凯瑟琳按在地上强奸，这桩战争罪行也远远不如舞台上出现的战争罪行更令人发指——如果人们允许这桩战争罪行在舞台上搬演的话。[1]

在布拉纳的影片中，屠杀战俘的场面并未出现，而奸淫的威胁也化解成为异族和睦通婚的现实。紧接在哈弗娄城门外的奸淫威胁的场面之后，便是凯瑟琳学英语时，与侍女艾丽丝嬉闹的情节。当他们用英语嬉闹时，恰巧遇到父王及随从路过。面临亡国之灾的国王悲伤、忧郁、无奈地凝视着兴奋地苦练外语，以迎接新生活的女儿。法国公主为了嫁给外国国王而学外语，可能也是引发影片中法国皇太子愤怒的由头：

> 法国的媳儿们在把咱们嘲笑，她们甚至明白说，我们早已泄了气，她们准备拿自己的身子去满足英格兰小伙子的淫欲，好借这班杂种来替法兰西重新接种。（第三幕第五场）

在英军获得全胜后，在亨利五世提出的和平条件中，第一条便是要娶凯

---

[1] 约翰·萨瑟兰和塞德里克·沃茨：《亨利五世，战犯？》，第109页。

瑟琳为妻：

> 她，是我们要求中首先的着眼点，包含在我们提出的款项的第一条里。（第五幕第二场）

凯瑟琳对于英王不是抗拒，而是主动接受；她已成为和平的条件，而不是强奸或者战争罪行的牺牲品。主动学习外语和外来文化并与征服者通婚的凯瑟琳最终成为新秩序的一部分，甚至成为新秩序的象征。强暴转化为和谐。

唐纳德·赫德瑞克认为，与干干净净的奥利弗影片不同，布拉纳的影片充满着肮脏与泥泞。但布拉纳恰恰就是利用肮脏与泥泞来进行"漂白工作"：

> 影片隐含的意思是，如果战争必然有黑暗或者泥泞的一面，那么亨利王的品格就会得到洗刷；如果国王也有黑暗的一面，那么战争的性质也就得到洗刷。[1]

现实的国际政治（包括伊拉克战争）中也许也有这种"漂白工作"；由于战争的肮脏，"不得不"发动战争的政治人物与不得不进行战争的将士的凶暴也就无可指责；他们虽有各种非人道的暴行和丑闻，受到舆论的谴责，但却是为国效忠，为自己的人民做着肮脏的工作，"虽辱尤荣"。反之，由于人性的污点，残暴之举也就在所难免；暴虐的小人物

---

[1] 唐纳德·赫德瑞克：《战争即泥泞》，第215页。

被绳之以法，成为大人物的替罪羊，战争的性质也就得到"漂白"。

其实，唐纳·赫德瑞克也将电影与国际政治联系起来，认为在美国的对外关系中，充斥着匪盗影片和西部片中的暴徒语言。美国前总统里根说利比亚总统卡扎菲"可以逃亡，但却无处藏身"，便是这类语言的一个例子。他还在伊拉克战争之前，提到了美伊关系：

> 正如美国对伊拉克的反外交所证明，在对付国外实在的或者虚张声势的流氓时，我们越来越多地使用流氓的言辞。[1]

布拉纳的亨利五世拥有与奥利弗的亨利五世不同的特点，那就是他会有暴徒和流氓的行为，这把他与现实国际政治联系在一起。

莎士比亚不仅可以用于战争宣传或者反战宣传；在通俗文化中，莎士比亚似乎还可以用于军事教育。在美国喜剧影片《文艺复兴人》[2]中，军队通过教授莎士比亚的作品，将一批智商低下的新兵培训成了"文艺复兴人"。

"文艺复兴人"是所谓"文艺复兴时期的人本主义"的最重要概念之一。根据这一概念，人是万物的中心，具有无限的潜能；通过努力，人类能够得到最全面的发展，拥有多种才能。[3]在现实生活中，"文艺复兴人"的最著名例子便是达·芬奇，他身兼"画家、科学家、音乐家、发明家、作家"[4]。在莎士比亚的剧作中，也有不少多才多艺、无所不能

---

[1] 唐纳德·赫德瑞克：《战争即泥泞》，第217页。
[2] 彭尼·马歇尔导演：《文艺复兴人》，博伟（Buena Vista）1994年出品；DVD发布日期：2003年。
[3] 参见《大不列颠百科全书》2004年CD版的词条："文艺复兴人"。
[4] 参见《大不列颠百科全书》2004年CD版的词条："文艺复兴人"。

的"文艺复兴人"的例子,《哈姆莱特》中的丹麦王子哈姆莱特便是其中最著名的一位。他是莎士比亚绘出的"人文主义王子的肖像"[1];被形容为"朝臣的眼睛、学者的辩舌、军人的利剑、国家所瞩望的一朵娇花:时流的明镜、人伦的雅范、举世瞩目的中心"(第三幕第一场)[2]。在以上特征中,最重要的也是最常出现在莎士比亚作品中的便是"学者"和"军人"这两者合而为一的身份。这也许是莎士比亚心目中"文艺复兴人"的最重要特征。哈姆莱特本人被赞誉为"学者的辩舌"和"军人的利剑";而哈姆莱特认为他志同道合的好友也具有同样的特征:"好朋友们,你们都是我的朋友,都是学者和军人。"(第一幕第五场)在《威尼斯商人》中,鲍西娅的意中人巴萨尼奥也被形容为"学者和军人"(第一幕第二场,朱生豪译为"文武双全")。在《一报还一报》中,公爵面对路西奥的当面诽谤,极力为自己辩护,说:"即使妒忌他的人,也不得不承认他是一个学者、一个政治家和一个军人。"(第三幕第二场)在《奥赛罗》中则有相反的例子:面对社会地位低下的伊阿古,凯西奥居高临下,优越感十足,只"把他当作一个军人,不把他当作一个文士"(第二幕第一场)[3]。在《亨利五世》中,亨利五世不断自称为"军人":"我是个军人——这称呼在我的思想中跟我最相配。"(第三幕第三场)在向凯瑟琳求爱时,亨利五世更是反复自称是一个"当兵的"。但

---

[1] 阿伦·布洛克:《西方人文主义传统》,董乐山译,北京:生活·读书·新知三联书店,1997年,第44页。

[2] E·M·W·蒂里亚德(E. M. W. Tillyard)在《伊丽莎白世界图画》(1943年)之后的一本著作《英国文艺复兴:事实还是虚构?》中指出,在哈姆莱特这幅丹麦王子的图画里,在哈姆莱特对于人类的颂歌里,也包含着另一面,那就是"被罪恶所堕落的人类的图画"。这与人类完美的一面一起,构成了一幅完整的图画。这也许指出了"完美的人类"的另外一个潜能,即罪恶和堕落。参见《英国文艺复兴:事实还是虚构?》,伦敦,1952年,第20页。

[3] "文士":即"学者"。——作者注

与他一样工于心计的教士们却并没有被其表象所迷惑，早就知道从其父王驾崩之时起，他已经完全改变："从来没有人这样突然地就变成一位学者。"（第一幕第一场）[1] 在亨利五世这样一位战时领袖身上，"学者"和"军人"的素质完美地结合，构成杰出政治家的品质。

在《文艺复兴人》这部喜剧影片中，导演似乎也要体现这种"学者"和"军人"的完美结合。在影片开始时，主人公瑞构先生只是一位失业的平民；命运之神使他成为军队的英文教师，面对着一批既缺乏智商又骁勇不足的新兵。通过教授《哈姆莱特》，瑞构先生开发了学生的智力；通过观赏和学习《亨利五世》，瑞构先生使他的学生们成为真正的军人。而军营生活的熏陶，也许还有莎士比亚《亨利五世》的活学活用，也使瑞构先生增加了阳刚之气和孔武之力，使他得心应手地担当起军队教师的角色。瑞构先生将自己和学生们都培养成为"文武双全"的"文艺复兴人"。这部影片也许是导演在新的时代对于集"军人"和"学者"于一身的"文艺复兴人"的阐释，投射出导演对于人的全面发展的理想。莎士比亚是培育所谓"人文素养"的良好教材，而所谓"人文素养"，正是要求个人和人类的全面发展。这种全面发展，不仅包括文化修养，也包括尚武和体育精神。的确，和平时代需要体育精神；而在我们这个多事的岁月，尚武精神也不乏用武之地。

莎士比亚的《亨利五世》是一部战争描写较多的剧作，人们在谈到莎士比亚与战争的关系时经常提到。其实，莎士比亚的许多其他剧作也直接或者间接地涉及战争或者征服。例如，莎士比亚的《李尔王》不

---

[1] 本文作者的翻译。方平译为"胸有成竹"，梁实秋译为"斯文的人"，皆无法体现"学者"与"军人"的对应。

仅涉及内战，也涉及外来侵略；不仅涉及战争的政治因素，也涉及发动战争的道德理由。《亨利五世》涉及英国对法国的侵略，而《李尔王》则涉及法国对英国的侵略。在《亨利五世》中，已征服法国的英国国王娶法国公主为妻，名正言顺地成为法国国王；而在《李尔王》中，法国国王娶英国公主为妻，试图以武力征服英国，最终遭遇失败。

该剧开始时，李尔王说他要将自己的王国一分为三，交给三个女儿。他这样做是"为了预防他日的争执"（第一幕第一场）。所谓"争执"（strife），指的正是"内乱"或者"内战"。[1] 但李尔王的行为恰恰导致了"内乱"。

李尔王是一位极权统治者，也是剧中的第一个施暴者。他不仅在暴怒中剥夺了考狄利娅的继承权，而且对于谏阻他的愚妄行为的肯特，也拔剑相向，欲置之于死地；虽经劝阻，最终还是予以放逐（第一幕第一场）。这样一位有凶暴一面的极权统治者，在退位之后还试图保持并且统帅一支由一百名骑士组成的私人军队，而且还不断惹是生非，[2] 这就难免对现任统治者造成威胁。所以高纳里尔说：

> 一百个骑士！让他随身带着一百个全副武装的卫士，真是万全之计；只要他做了一个梦，听了一句谣言，转了一个念头，或者心里有什么不高兴不舒服，就可以任着性子，用他们的力量危害我们的生命。（第一幕第四场）

---

[1] 莎士比亚在《裘力斯·凯撒》一剧中亦用过"strife"一词，提到"内乱"（civil strife）（第三幕第一场）。参见《牛津英语词典》（第二版）"strife"词条。

[2] 李尔王殴打高纳里尔的卫士（第一幕第三场），肯特殴打奥斯华德（第一幕第四场），李尔王的卫士有"种种不法的暴行"（第一幕第四场），肯特拔剑攻击奥斯华德并辱骂康华尔（第二幕第二场）。

在此，高纳里尔说"真是万全之计"其实是反话；她的真实想法是，让李尔王拥有一支私人军队"在政治上既不审慎又不安全"[1]。所以，高纳里尔和里根必须进行先发制人的预防性打击，彻底解除李尔王的武装。

既然是解除一支军队的武装，就难免受到顽强抵抗，就难免有极端行为。在李尔王拒绝解除武装之后，里根和高纳里尔决定将李尔王的军队驱逐出去。里根说："他有一班亡命之徒跟随在身边，他自己又是这样容易受人愚弄，谁也不知道他们会煽动他干出些什么事来。"（第二幕第二场）所以，她对葛罗斯特下命令说："关上您的门。"而康华尔又一字不差地重复了她的命令。据弗克斯说："这重复命令强调说明了将李尔驱逐出去的象征含义。"弗克斯还说：

> 虽然我们不知道在环球剧院是如何搬演这一场的结尾，但后来的舞台演出有时"使紧闭的大门成为李尔被放逐（alienation）的主要视觉形象"，而柯津采夫的影片也是如此。[2]

其实，在布赖恩·布莱斯德的影片中，也有紧闭的大门的特写镜头[3]；而在麦科尔·爱略厄特导演、奥利弗主演的电视剧中，则有在雨中关上大门的镜头。[4]关闭的大门构成了一条时间上的分界线；在此之前，李尔

---

1 "真是万全之计"的原文是"'Tis politic and safe"。"politic"指的正是"政治和公共生活中"的审慎和明智。参见《牛津英语词典》（第二版）"politic"词条。
2 莎士比亚：《李尔王》，R·A·佛克斯编：《阿登版莎士比亚全集》（第三系列），1997年，第258页。佛克斯的引文出自马文·罗森伯格：《李尔王的面具》，伯克利：加利福尼亚大学出版社，1972年，第182页。
3 布赖恩·布莱斯德导演：《李尔王》，英国1999年出品；DVD发布日期：2003年。
4 麦科尔·爱略厄特导演、奥利弗主演：《李尔王》（电视剧），英国1984出品；DVD发布日期：2000年。

王是一位极权君王；在此之后，他变成了受苦、受难、受压迫的普通老人，而他的两位女儿则成为邪恶的统治者和压迫者。

在两位邪恶的女儿全面走向极端之前，善良的奥本尼公爵只是劝说高纳里尔要有节制。他对高纳里尔说：

> 也许你太过虑了。
> ……
> 我不知道你的眼光能够看到多远；可是过分操切也会误事的。
> （第一幕第四场）

奥本尼恪守"中道"，也就是亚里士多德在《尼各马科伦理学》（*The Nicomachean Ethics*）中所说的在"过分"与"不足"之间的"中道"，即美德。而高纳里尔则坚持要走向极端，即美德的反面。她说：

> 过虑总比大意好些。与其时时刻刻提心吊胆，害怕人家的暗算，宁可爽爽快快除去一切可能的威胁。（第一幕第四场）

虽有奥本尼的劝阻，她还是一定要进行先发制人的预防性打击，即使这种打击可能会伤及无辜也在所不惜，即使这种打击师出无名也在所不惜。

在戏剧开始时，李尔王有极端的想法、采取了极端的行动。但在受到极端的打击之后，李尔王反而获得了智慧，关心起身边的芸芸众生，最终以温和谦恭的态度与被他剥夺了所有权利的考狄利娅重归于好。与此相反，高纳里尔和里根在获得绝对权力之后，不惜采用极端的手段，不仅剥夺了李尔王的军事打击能力，而且也剥夺了他的基本生活权利。她们全面走向极端、愚蠢和邪恶，实施高压之下的暴政。这些暴政和暴行包括：实际上剥夺了李尔王及其随从的居住权和饮食权，使之在黑暗的暴风雨之夜流落于荒野；图谋杀害李尔王；[1] 因葛罗斯特帮助李尔王而挖出了他的眼球（第三幕第七场），后来又下令杀害他（第四幕五场和第六场）；图谋杀害奥本尼（第四幕第六场）。高纳里尔和里根的邪恶还包括她们同时追求爱德蒙，并为此而自相残杀（第五幕第三场）。

在高纳里尔和里根的暴行中，挖出葛罗斯特眼球的情节是直接表现在观众眼前的，因此最具有戏剧性和震撼性。在不同的电影版本中，对此有不同的表现。在柯津采夫的影片中[2]，康华尔用马靴上的马刺挑出了眼球；在彼得·布鲁克的影片中[3]，康华尔用勺子挖出眼球；而在布赖恩·布莱斯的影片中，康华尔则是用双手的拇指在嗜血的快感中抠出了眼球。这些不同的电影剧本，以不同的形式，在银幕上强调了这一极其残暴的行径，形象地展示出这一伙统治者及其帮凶的血腥与邪恶。

高纳里尔、里根、康华尔、爱德蒙一伙是邪恶的化身，他们共同组成了一个邪恶的政权、邪恶的轴心。与他们的邪恶相对立，法国似乎构成了文明的一端。文明与野蛮发生了冲突：

> 文明的美德先由法国国王所体现，后来又由他的皇后考狄利娅所体现；文明的美德通过多佛这一门户踏上了不列颠的野蛮。[4]

---

[1] 葛罗斯特两次提到此事："她的女儿们是要置他于死地"（第三幕第四场，梁实秋译本），"我已经听到了一个谋害他生命的阴谋"（第三幕第五场）。而高纳里尔和里根的心腹和同伙爱德蒙后来也下达了杀害李尔王和考狄利娅的书面密令。（第五幕第三场）
[2] 柯津采夫导演：《李尔王》，苏联1969年出品；DVD发布日期：2004年。
[3] 彼得·布鲁克导演：《李尔王》，英国1971年出品。
[4] 斯坦利·威尔斯编：《前言》，《牛津版莎士比亚全集》，牛津：牛津大学出版社，2000年，第34页。

但是，文明与野蛮之争，是否构成法国入侵不列颠、解除现有政权武装的理由呢？要知道，法国军队是由已经成为法国王后的考狄利娅所指挥的；因此，分析考狄利娅这一人物或许会有助于我们理解这场战争的性质。

传统批评家对考狄利娅情有独钟，认为她是诸多美德的化身，对她的悲剧唏嘘不已。英国18世纪批评家塞缪尔·约翰逊在他著名的《莎士比亚前言》中写道：

> 多年来，我一直为考狄利娅的死亡所震撼，所以在我作为编者动手编辑之前，我一直不知道自己是否能忍心重读最后几场。[1]

其实，在约翰逊博士之前，内厄姆·塔特已于1681年将李尔王的悲剧结尾改变成好人皆有好报，考狄利娅与爱德伽有情人终成眷属的大团圆结局。[2] 由于迎合了民众和宫廷的爱好，这一改编本在其后的一百五十年间大行其道，经过多人的数次修订，不断上演。到了20世纪初，有批评家认为《李尔王》一剧体现了基督教的救赎精神，考狄利娅成为救赎人类的殉难者。

20世纪著名的批评家布拉德雷甚至建议将《李尔王》一剧改名为《李尔王的救赎》[3]。这种"救赎式"的解读"一直兴盛到20世纪六十年

---

[1] 塞缪尔·约翰逊：《莎士比亚前言》，转引自伯特兰·布朗逊和简·欧米拉编：《约翰逊论莎士比亚言论选编》，纽海文：耶鲁大学出版社，1986年。

[2] 参见丹尼尔·费士林和马克·佛梯叶编：《莎士比亚改编》，伦敦：劳特利奇出版社，2000年，第66—96页。

[3] A·C·布拉德雷：《莎士比亚悲剧》，伦敦：麦克米伦，1904年，第284—285页。

代,直到现在仍有影响"[1]。

但在20世纪后半叶,对考狄利娅的评价却出现了分歧。这首先是由于校勘学的新的发展,对于《李尔王》的两个不同版本的认识发生了变化。以往,批评界一般认为,1608年的四开本《李尔王的历史》是莎士比亚最初完成的剧本,而1623年的对开本中的《李尔王的悲剧》则反映了莎士比亚后来对该剧的修订。但这两个版本虽各有增删,却并无本质上的区别。因此,批评界往往对这两个版本进行校勘,将其整理成"合并本"(conflation)。这一传统始自亚历山大·蒲柏1723年的版本,并一直延续到二十年之前。

1988年出版的《牛津版莎士比亚全集》(The Oxford Shakespeare,以下简称《牛津版》)标志着对《李尔王》版本研究的一个里程碑式的变化。《牛津版》的主编斯坦利·威尔斯和加里·泰勒认为:"两个不同版本中差别的总和造成了基本情节的表现和解释上的重大变化……总之,我们认为,有两部不同的《李尔王》剧作,而不仅仅是同一部剧作的两个不同文本。"[2] 因此,他们在自己的版本中同时收入了"四开本"《李尔王的历史》和"对开本"《李尔王的悲剧》。新历史主义者斯蒂芬·格林布拉特也同意这种做法,他主编的《诺顿版莎士比亚全集》(The Noton Shakespeare)正是基于《牛津版》的校勘,但不是按"牛津版"的做法将"四开本"和"对开本"分前后排列,而是将其在迎面页中并列。同时,为了方便一般读者,他还提供了一个整理合并本。

在两个不同的李尔王故事中,差别主要体现在何处?《牛津版》的

---

[1] R·A·佛克斯编:《阿登版莎士比亚全集》,第81页。
[2] 斯坦利·威尔斯和加里·泰勒主编:《总前言》,《牛津版莎士比亚全集》,牛津:牛津大学出版社,1988年,第XXXVII页。

《总前言》认为:"在最后两幕的军事情节中,这些差别尤其明显。"[1]《牛津版》的主编之一泰勒认为,在"四开本"中,有明显的对于法国入侵的描写;而"对开本"中对最后几幕的删节,则使军事冲突由法国入侵变成了国内暴乱。因此,考狄利娅"领导的不是一场入侵,而是像博林布鲁克和里士满那样的叛乱"[2]。《新剑桥莎士比亚:李尔王的悲剧》(New Cambridge's Shakespeare king Lear's Tragedy)的编者也同意这种观点:

考狄利娅试图恢复合法政权,预防一场不可避免、席卷一切的混乱,而不只是要扩张政治势力,尽管如有扩张,则是国际上的政治势力的扩张。[3]

与之相反,《阿登版莎士比亚全集》(The Adam Shakespeare,第三系列)《李尔王》的编者则认为,"对开本"虽对最后几幕有所删节,但"仍有足够的细节证明,考狄利娅统帅法国军队登上了多佛或者多佛附近"。李尔王从睡梦中醒来(第四幕第七场第76行),竟然认为自己身在法国,"这让人想到或许舞台上有法国徽章……"而且在"对开本"中,有三处舞台说明(第一幕第四场;第五幕第一场,第二场)要求英法双方展开"各自的旗帜"[4]。这些细节充分说明,考狄利娅作为法国皇后,统帅法国军队,侵入了英国这一主权国家。

---

[1] 斯坦利·威尔斯和加里·泰勒主编:《牛津版莎士比亚全集》,第XXXVII页。
[2] 加里·泰勒:《〈李尔王〉中的战争》,《莎士比亚研究综览》(第三十三卷),剑桥:剑桥大学出版社,1980年,第31页。
[3] 杰伊·海里欧编:《前言》,《新剑桥莎士比亚:李尔王的悲剧》,剑桥大学出版社,1992年,第28页。
[4] R·A·佛克斯编:《阿登版莎士比亚全集》,第140—141页。

对于法国入侵的强调，自然也影响到对于考狄利娅形象的刻画。考狄利娅成为一个强壮的人物；她统帅法国大军，入侵英国的原因便是要帮助父亲夺回他并不想要的王位。所以，当李尔王醒来时，她称呼他为"父王"和"陛下"，而不是父亲。[1] 其实，历经磨难的李尔王已经万念俱灰，说："你们害了我，——不该把我从坟墓中／拖出来受罪。"（第四幕第七场，方平译本）他要求考狄利娅"忘怀并且原谅"（第四幕第七场，梁实秋译本）。但考狄利娅并没有听他的话，因为她"动兵"的原因本来就是为了"老父的权利"（第四幕第四场，梁实秋译本）。所以，考狄利娅"从一个象征着怜悯的圣洁的形象，转变为一位决心要将父亲重新扶上王位的武士"[2]。她出场时，总是伴随着"战鼓与旌旗"，身边簇拥着"众多士兵"[3]。

综上所述，无论采信以往的评论还是现今的分析，无论采用"四开本"还是"对开本"，无论认为考狄利娅柔弱善良、富于同情，还是认为她独断任性、支配欲强，都无法否认法国入侵英国这一基本的事实，也无法否认考狄利娅执意要为父亲的权利而与英国军队展开殊死较量。考狄利娅和她两位姐姐的善恶已经不是问题的关键。在英法之间的民族战争中，简单的、黑白分明的道德判断已经无关紧要，重要的是民族的利益。无论她本人多么善良，无论她的两位姐姐多么邪恶，考狄利娅都无权在法国军队的支持下，建立一个以父亲为首的傀儡政权。在这场战争中，阵营的划分并非基于道德判断，而是基于民族身份。善良的奥博尼和爱德伽，与邪恶的高纳里尔、里根、康华尔和爱德蒙并肩作

---

[1] 马文·罗森伯格：《李尔王的面具》，第283—291页。
[2] R·A·佛克斯编：《阿登版莎士比亚全集》，第139—140页。
[3] R·A·佛克斯编：《阿登版莎士比亚全集》，第140页。

战。他们不仅为民族利益而战,同时也是在捍卫国际法。法国国王和皇后正是在践踏国际法。也许,法国国王侵略英国的动机也与亨利五世一样,是为了化解国内危机——他刚刚登上英国国土,就因为一件"有关国家的安全"的事情,"不能不亲自回去料理"(第四幕第三场)。也许他侵略英国就如同亨利五世侵略法兰西一样,是"因为我很爱法兰西,即使是一个小小村庄我也舍不得放弃;我要全部据为己有"(《亨利五世》,第五幕第二场,梁实秋译本)。

在战争中,纯粹道德的原因往往是虚伪的原因,号召力极为有限。战争中不同阵营的构成由多方面的原因和利益所决定。德利克·科恩说:

> 在抵抗入侵法军的战争中,不同的人们结成了奇怪的盟友,比较突出的有:爱德伽与爱德蒙并肩战斗,奥博尼与里根和高纳里尔并肩战斗。显然,在所有英军的心目中,考狄利娅是对国家稳定和安全的威胁,因此必须被打败以保卫国家。她是来推翻一个似乎邪恶的政权,并建立一个她将决定其性质和政治的政权,以将其取而代之。而这在一个很重要的意义上,也是她之所以必须死的原因。[1]

考狄利娅扮演的角色极为含糊,"这为从政治角度解释她的死亡提供了依据"[2]。在莎士比亚的悲剧《李尔王》中,李尔王的两个女儿是邪恶的化身,但这并不构成法国入侵不列颠的理由。即使是为消灭这两个邪恶的女儿而发动的侵略战争,也是非正义的战争,最终难免遭到不列

---

[1] 德利克·科恩:《莎士比亚的暴力文化》,伦敦:麦克米伦出版社,1993年,第105—106页。
[2] R·A·佛克斯编:《阿登版莎士比亚全集》,第74页。

颠军民的迎头痛击,将侵略者和叛国者绳之以法。

在国际政治上,也许还有另一种现实的可能性:考狄利娅,或者她背后强大的法国,可能会推翻邪恶的英国政府,建立一个以年老体弱、不问政务的李尔王为首的傀儡政权。李尔王的模拟法庭(第三幕第六场)将会成为真正的审判,高纳里尔、里根、爱德蒙以及他们的爪牙将会受到法律的制裁。法国军队将会无限期地驻扎在英国,以维持一个"民主"政权的存在。法国旗帜将与英国旗帜一起飘扬在英国上空。然而,法国军队不仅推翻了一个邪恶的政权,同时也弹压了英国人民的反抗。英国的爱国志士必将发起抵抗运动,而考狄利娅将从解放者逐渐蜕变为占领者和压迫者。考狄利娅最终将从悲剧人物转变为闹剧人物。

莎士比亚的"战争戏剧"是开放式的,可以有不同的结局。但这种开放又是在某一戏剧类型的约束下的开放,必须遵循戏剧类型的约定俗成和固定程式。悲剧、喜剧、历史剧中的战争会有不同的结局,而这些不同结局的开放性除了体现出不同戏剧类型的不同规则之外,更体现出文学与政治、个人与社会、主权与人权、道德与权力之间的交错与互动。战争结局的开放性来源于战争动机与进程的含糊性和复杂性;而某一特定背景中的确定性也反映出战争中的必然性。

斯蒂芬·马克斯认为,莎士比亚的剧作经历了从尚武精神到和平主义的过渡。他认为,莎士比亚的第一阶段"有第一组历史四联剧中的马娄式的尚武精神和《泰特斯·安德洛尼克斯》与《驯悍记》中对于暴力的美化"。在第二阶段,在《约翰王》和第二组历史四联剧中,虽然"战场仍是施展个人和集体美德的舞台","尚武观点的表达也越来越显著和成熟",但"和平主义的批评"不再被淹没。然后,《特洛伊罗斯与克瑞西达》以及后来的几部悲剧则对尚武精神的道德提出疑问。最后，在后期的传奇剧或者悲喜剧中,"他从反尚武主义的批判走到了对于和平状态的肯定"[1]。

斯蒂芬·马克斯指出了莎士比亚作品中尚武精神和和平主义的对立,这种对立造成了价值判断上的含糊性。这种含糊性又使莎士比亚作品既能被用来宣扬战争,又能被用来反对战争。但简单地把莎士比亚用在任何一个单一的方面都会导致偏颇和误读。阅读莎士比亚也许正是要理解文学和世界、理念和观点的多元性和含糊性。多重视角的形成需要对于文学和世界的深刻理解;这种理解也许会造成哈姆莱特式的"延宕",但也能避免黑白分明、非此即彼、以自我为中心的思维模式。

---

[1] 斯蒂芬·马克斯:《莎士比亚的和平主义》,《文艺复兴季刊》1992年春,第45卷第1期,第49—95页。

人这织成梦幻的材料:《普洛斯佩罗之魔法书》[1]

张 琼

莎士比亚在被人们称为天鹅绝唱的最后一部戏剧作品《暴风雨》(The Tempest)中有这样一句借着主人公普洛斯佩罗之口发出的感叹:

论我们这块料,也就是凭空织成那梦幻的材料。我们这匆匆一生,前后左右都裹绕在睡梦中。(第四幕第一场第156—158行)[2]

或许,这是剧作家饱经人世冷暖的一句总结,也是对艺术创作和生命的一次告白。1991年,导演彼德·格林埃维(Peter Greenaway)[3]改编了《暴风雨》,以《普洛斯佩罗之魔法书》(Prospero's Books)之名将其搬上了大银幕,为这句感叹作了一场长达135分钟的淋漓尽致的诠释,并将此片在1991年威尼斯电影节上首次公映。影片中,一切都像是漂浮在

---

[1] 本文选自张冲和张琼:《视觉时代的莎士比亚》,北京:北京大学出版社,2009年。
[2] 英文原文为:"We are such stuff / As dreams are made on; and our little life / Is rounded with a sleep."
[3] 格林埃维是著名的视觉艺术大师,从事电影导演之外还是画家和艺术史学家。他的其他作品包括:超现实主义 The Falls(1980)和 The Cook, the Thief, His Wife & Her Lover(1989);儿童电影 The Baby of Macon(1993)以及 The Tulse Luper Suitcases: The Moab Story(2003)。

水中和轻盈空气中的幻梦，连众多裸露的人体都失却了色情、肉欲和真实的材质。全片突出水笔饱蘸墨水后在纸上书写的意象，由一本本绚烂、神奇、精美的书籍串联了所有的故事，将真实和虚构交织，把人类的幻想本能和艺术想象力张扬到极限。在银幕的视觉冲击下，观众一次次地被激发起书写的热忱，看到墨水像雨滴般饱满地落下，发出了水滴坠入大海般清脆的声响，听到笔在厚实的纸张上沙沙地划过，那种参与创作的冲动不断叩响心门，使人心甘情愿地要将自身织进这场人生的幻梦。

  当然，格林埃维在创作之初就确定了目标观众，即那些具有相当文化艺术欣赏能力的小众，他们必须了解原剧本的故事脉络和创作背景。因为，抓不住情节线索的观众瞬时就有被抛弃般的茫然无措感。格林埃维所采用的电影手法在当时已属前卫，在布景和数字技术处理上尽显豪华绚丽，在故事叙述上倒显得月朗风清，没有任何戏剧性的渲染。值得一提的是，电影中的语言表达忠实于原著，甚至多次通过普洛斯佩罗（约翰·吉尔古德爵士饰[1]）的笔，让它真实地以伊丽莎白时期的书写形式展现在纸上（银幕上）。不同于大多数莎剧改编的电影的是，在《普洛斯佩罗之魔法书》一片中，视觉形象以绝对的优势替代了声音的表述，例如，卡力班（Michael Clark）的性格展现完全诉诸芭蕾舞剧形式的肢体语言。

  莎剧突出的是语言艺术的魅力，而《普洛斯佩罗之魔法书》却竭尽意象、画面、舞蹈、美术设计、音乐编排的功力，尤其在场景及画面的处理上尽显文艺复兴时期的艺术风格。更引起影评界争议的电影处理

---

[1] 约翰·吉尔古德爵士（Sir John Gielgud），该演员曾经在舞台上五次演绎普洛斯佩罗，并以此角色驰名莎剧表演界。

在于，全片大规模地出现男女裸体演员，无论是水中的胴体，还是行走在神秘小岛上的裸体精灵，他们以活动布景的形式充当艺术象征的符号，以空气般轻盈的灵魂和生命的意象受控于普洛斯佩罗的魔法和想象。当普洛斯佩罗大厅里的支型烛台都被点亮后，所有的人形都坦然地裸露着，舞动着，丝毫没有任何不安和羞涩，全然一幅伊甸园的景象。面对着这样的画面，那个属于梦境、回忆、想象的空间是纯粹艺术和创作的家园，在那里，连普洛斯佩罗十二年前的往事回忆都失却了痛苦的重量。

电影保留了剧中的原有人物和原作的故事梗概。普洛斯佩罗曾经是米兰的合法公爵，因为沉溺于钻研知识和魔法，其弟安东尼篡夺了爵位，并串通了那不勒斯的国王阿朗索，向那不勒斯称臣纳贡，还将普洛斯佩罗和他年仅三岁的女儿米兰达驱逐出境，放逐于大海。多亏有大臣贡扎罗的帮助，他在普洛斯佩罗的船上装满了公爵一直珍爱的图书及维持生活的食品和淡水。父女两人最终流落到遥远的荒岛，在那里度过了十二年光阴。十二年的流放生活中，普洛斯佩罗用知识和魔法控制了岛上众多的精灵和怪物（其中包括女巫所生的畸形怪物卡力班），并努力培养教育女儿。十五岁时，米兰达出落成一个美丽、善良、纯洁的少女。电影中的这段伤心往事，是普洛斯佩罗对着熟睡的女儿米兰达说出的。随着故事的发展，经历了磨难的普洛斯佩罗用魔法制造了一场暴风雨，将昔日的仇人引到了小岛上，而女儿米兰达则与那不勒斯的王子腓迪南一见钟情，堕入情网。普洛斯佩罗最终以宽恕的方式和仇人达成了和解，使两个有情人终成眷属。

原剧作《暴风雨》完成于1611年前后，与莎士比亚其他三部晚年作品（《佩里克利斯》、《辛白林》和《冬天的故事》）一样，以惩罚、宽恕、和解为主题，极具传奇色彩。它以自然界的风起云涌来隐射人物纷繁复杂的内心世界和澎湃激情。不同于原剧的是，电影让普洛斯佩罗成为创造一切幻象和想象的艺术创作者，让他掌控所有其他人物的语言和思想，并以配音的方式来完成所有人物的话语叙述（除了电影尾声场景外）。电影中，普洛斯佩罗一个人的叙述带着催眠般的效果，将情节淡化，而艺术效果却得到了强烈渲染。在格林埃维的现代数字多媒体运用中，影像和文本产生了深度交织，绚烂的画面将视觉、声音、阅读、书写、评论等元素综合显现。对此，有关的莎剧影评研究指出，如果将电影对原剧做改编的程度进行从一到十的等级划分，而且将最忠实于舞台剧传统和原作文本的归为一级（即传统或封闭型），并随着革新改动程度的递增将级数提高，那么格林埃维的《普洛斯佩罗之魔法书》就应该归属于第十级，是最为激进和开放类型的改编。[1]

有学者甚至认为，格林埃维的此部莎剧改编电影是"视觉艺术的芬尼根的觉醒"[2]。当然，电影的开放性改编为观众留下了一个意味深长的思索，让人们体验了艺术创作和现实生活的交错关系，甚至感到影片带有某种元批评的思想，是对人类想象和梦幻领域的探索。这种感觉，尤其在电影片名《普洛斯佩罗之魔法书》中可以得到某种程度的验证。在影片中，普洛斯佩罗对文艺复兴时期的科学文化艺术充满了强烈的兴趣，他热衷阅读和书写，博才多学，在被放逐前，善良的大臣贡扎罗将普洛斯佩罗喜爱的二十四卷题材各异的书籍装到了逃难的破船上，而正是这些书卷给了普洛斯佩罗智慧和力量。这二十四卷书籍包括了《水之书》、《镜像之书》、《神话之书》、《几何学》、《生育解剖》、《弥诺陶洛

---

1 参见Kenneth S. Rothwell, *A History of Shakespeare on Screen.* Cambridge University Press, 1999. p.219。其他对于莎剧仅采取故事框架或主题提取的电影不属于分类范畴。

2 Kenneth S. Rothwell, *A History of Shakespeare on Screen*, 1999. p.209.

斯[1]之92解》、《语言之书》，以及最后出现的《三十六个剧本》。因此，当影片多次以这二十四卷包罗万象的书籍和普洛斯佩罗的奋笔疾书为引子展开叙述时，人们会不断地体验到创作和现实的相互关系，感受到普洛斯佩罗在片中所承担的艺术创作和想象的主体角色。在普洛斯佩罗的艺术畅想中，无论是小岛、动植物、精灵、建筑，还是海难沉船事件等，这一切都是想象和梦幻交织而成，而普洛斯佩罗写下的文字就是语言对于梦想的记录，它让一个个人物和故事跃然纸上。在格林埃维对莎士比亚的解读中，人类的不公、贪欲、野心、虚伪都可以通过魔法（艺术构思）得以消除，冤屈者心中的块垒也从而消弭，而最终的宽恕也正是验证了生命较之艺术和幻想的虚妄，说明了那句感怀万千的话："论我们这块料，也就是凭空织成那梦幻的材料。我们这匆匆一生，前后左右都裹绕在睡梦中。"因此，格林埃维刻意地在影片中抹去激愤和委屈，有意让观众徜徉在如梦如幻的视听艺术中，淡却"人世几回伤往事"的怅然。

在银幕上，普洛斯佩罗展开的魔法和叙述通过不同的方式演绎着，例如，在精灵们抬起的镜子中，观众和普洛斯佩罗一同看到了镜像中的故事，看到笔下的文字构成了栩栩如生的世界；在普洛斯佩罗鹅毛笔划出优雅斜体字的特写之后，平面的世界顿时变形为三维空间；普洛斯佩罗在片中几乎为所有的角色配了音，而执行魔法任务的小精灵爱丽尔也在他的想象中不断变换样子，由好几位演员来演绎和展现这同一个角色。有趣的是，莎士比亚创作剧本的过程也在银幕上得以隐喻展现和刻画，因为在影片结束时，最后一卷书就是莎翁的《三十六个剧本》（即1623年首部莎剧对开本），而《暴风雨》单本也最后收入该卷书籍，并在

---

[1] 弥诺陶洛斯，希腊神话中半人半牛的怪物。

导演的有意安排下违背真实性地被编辑在所有剧本之首,这就使普洛斯佩罗与一直呕心沥血谱写心曲的莎士比亚本人重叠起来,创作的主体和客体就此在尾声的宽恕和谅解主题中融合,因为创作主体决定了艺术客体的内容,而艺术客体也在自身生命的发展中改变着主体的思想。

在这个想象和虚构的小岛上,普洛斯佩罗(也是格林埃维的创作班底)依照他所喜爱的文艺复兴时期的建筑风格和模式,规划、布置了一切,并且让充满远东风格的异域音乐环绕着故事场景。在汗牛充栋的图书室里,普洛斯佩罗充满激情地翻阅、冥思、书写着,安排着自己和所有旁人的命运。

魔法书之投射

影片中,莎士比亚略去的普洛斯佩罗的书籍描述在现代传媒的演绎下得以补充和展示。在岛上的每个地方,墙角、物架、桌凳、地板上,到处都堆放着书籍,散发着时隐时现的光芒,有一些书竟然会自动开合,甚至自己燃烧起来,但却不被烈火烧毁,怎样都不会化成灰烬。书页充满了美丽的插图,不断地在光影中翻动着;《水之书》突出的是源泉一般的生命本源,连小精灵爱丽尔往浴池中不断撒尿的意象都能激发起一场海上沉船事件;而《镜像之书》则显现了镜像般梦幻的人生,在众多裸体行走的男女精灵中,火光明灭摇曳,水与火交替在画面上出现。在字幕推上的片刻中,观众或许才意识到,大海上的暴风雨已然发生,而大厅中的那个土耳其浴池和撒尿小童就是普洛斯佩罗施加魔法的海水和风暴源。走在众多裸体的生灵中的普洛斯佩罗穿越着斑驳的光影,而精灵们或在跳绳,或在舞蹈,或在用肢体诉说着不同的情感……

最终，他们将一本本书籍传递下去，背景中的图书堆放着，火把闪烁，原始人的生活图景被烘托着。普洛斯佩罗依然在行走，走过一个个背景，米兰达幼时的玩具船在池水中沉没了，而小精灵们吹口气就加剧了海上的暴风雨，镜像的虚幻表现了那不勒斯国王一行的海上沉船。纸张飞扬着，水光摇曳着，暴风骤雨从画外呼啸而过，一切都发生在人们的想象中。

《暴风雨》的电影改编突出了二十四卷书籍的关键性和艺术投射性。正是潜心阅读了这二十四卷书，普洛斯佩罗才获得了施展魔法的能力；并且，这些书也几乎涉及了文艺复兴时期人类和自然界的各种现象和文化主题，包括水、宇宙、人体、语言、动植物、殖民开发、建筑、音乐、神话等等。从这二十四卷书籍中，普洛斯佩罗创造并演化了整个想象中的世界，而格林埃维则利用现代的数字多媒体技术将莎士比亚时代的科学技术和人类文明再现，把人类从印刷术到数字传媒的发展历程浓缩和交融起来。像莎士比亚那样，银幕上的普洛斯佩罗创造了各异的人物和情境，他一边执笔，一边动用书本所赋予他的知识和想象；他构思着故事情节，并体会着各个角色，甚至代替剧中所有人物叙述台词。随着想象故事的发展，普洛斯佩罗最终改写了自己的报复故事，让自己的思想和剧情都发生质的转变。

科学和神话的隐喻

首先，普洛斯佩罗的魔法书以艺术的视角隐喻性地展现了人类科学和神话的力量。银幕交织着绚烂的色彩和多变的图形。普洛斯佩罗钻研知识，洞察大自然。解剖学、光学都幻化在他翻动的书页中，画面诠释女性的孕育机能和人体的结构。这时，小精灵爱丽尔幼小的口腔中发出了成熟女性的美声歌唱，象征大海的浴池上精灵们在跳跃翻腾。在《色彩之书》的标题下，爱丽尔登场，接着原剧中小岛土著居民卡力班（巫婆所生的怪胎）出现。出人意料的是，原剧中畸形的卡力班在电影中却有着匀称矫健的身体，他做着各种奇怪而夸张的肢体动作，俨然在展现人体的各种运动机能。观众或许会更偏爱《神话之书》所演绎的电影内容。小岛上的精灵们的生活状态都与神话密切相连，而岛上建筑的许多细节也藏有神话故事中的造型。对应于原作中的精灵扮演众女神的假面剧，电影充分展现了文艺复兴时期意大利绘画中的酒神节图景，突出的是神话的浪漫与诗意，并衬托着米兰达和腓迪南被祝福的爱情，推出了一段神话中的爱情和爱情中的神话的美妙组合。女神们深情地歌唱着，爱神丘比特不断调整射箭的角度，要把爱情射向纯真的一对对恋人。在五谷女神、彩虹女神、仙后们的歌声中，精灵们捧上了各种水果、谷物，呈现出盛大的丰收景象，四周洋溢着和平和安宁。于是，神话的篇章之后，普洛斯佩罗之"宽恕我所有的敌人"（"lie my mercy on all my enemies"）也就自然成为剧终的主题。

生命创生和艺术创新

其次，普洛斯佩罗的书籍也突出了人类的生命创生和艺术创新能力。在《运动之书》的标题下，画面更加绚烂，充满了动感，一手执笔的普洛斯佩罗不禁地感叹人体做出各种舞蹈动作的极限可能。众多的裸体或半裸体人形充斥着画面，这多少会令人想起电影在公映之后，《花花公子》杂志所发出的"极富色情……是一次里程碑！"的感喟。不过，从《水之书》开始，电影就始终突出一种伊甸园似的天真无邪的原始生活状态，几乎每一幅画面都具有美术作品式的艺术效果，在舞蹈和集体肢体运动的编排中，观众并不认为画面具有强烈的色情意味或生理欲望的过度刺激。各种人体在行进或运动，他们或胖或瘦，或高或矮，有优雅的，有丑陋的，人物的表情也自然无邪；他们更多的是在展现生命的无限可能，展现天赋的各种孕育、劳作、运动等机能。在关于《生育解剖》的书籍中，电影画面真实地展现了孕育生命的神奇，大胆而细微地剖析了女性的身体。影片中出现了卡力班从女巫身体分娩而出、爱丽尔从开裂的老树身上脱胎新生的场景；而另一幅最大胆的生育画面是，一位怀孕女子静静地开启了自己的腹腔，袒露了子宫和身体器官（其中类似活体解剖的镜头引发了诸多争议，有一些批评甚至从心理分析的角度阐述了普洛斯佩罗对于女性身体的畏惧和企图控制女性生殖繁衍能力的潜意识）。然而，从一定程度看，当代的电影语言确实结合了原剧本诞生的历史背景，即文艺复兴时期所倡导的人文主义思想，张扬的人体之神奇和创生力，将它在新的时代语境和视觉传媒中得以再现。因此，从隐喻的角度看，故事中的爱丽尔、米兰达、卡力班等实际上都成了普洛斯佩罗所创造的生命，成了艺术创作的产物。并且，从各个人物最初全部由普洛斯佩罗配音，到电影尾声时各自具有了自己的声音的过程，创作客体自足的生命力也不断在银幕上发展起来。尤其是小精灵爱丽尔，当他第一次有了自己的声音后，他竟然越过普洛斯佩罗的肩膀，阅读主人写在纸上的文字，甚至最终拿过了普洛斯佩罗的笔，写下了一段规劝他宽恕、仁慈和谅解的文字。稚嫩的字迹对照普洛斯佩罗成熟流畅的笔调，在画面上形成了一对创造和被创造的互动关系，着实意味深长。

此外，在影画中，多处的意象暗示着艺术创作和创新：一颗晶莹圆润的水滴一旦坠落就是一场暴风雨；爱丽尔始终不停地撒着尿，喷出了一道没有止境的弧线，为这场暴风雨推波助澜；米兰达幼时的那只玩具帆船在浴池中覆没，大海上就是一场沉船海难；精灵们在普洛斯佩罗眼前支起了一面巨大的镜子，那个镜像中的海上风暴应该就是翻腾在创作者心中的艺术想象。普洛斯佩罗的声音和羽毛笔都是创生和创新的工具，从文字到篇章，从篇章到书籍，从书籍到叙述声音，再到画面显现，这一切都在竭力展现艺术创作的绚丽。

与原剧作的关系

戏剧最后，给了所有人自由的普洛斯佩罗解除了魔法，也在水和火中将一部部的书抛入了大海，而最后的一卷——作者为莎士比亚的三十六部戏剧的首开本，以及普洛斯佩罗插入其中、放在三十六部作品最先头的《暴风雨》两部书——却得以保留。那一段收场白伴随着普洛斯佩罗的脸部特写出现。当影片上所有超越和挣脱了原剧的瑰丽想象最终又回归到原剧的收场白，观众不禁会对那段话语再次凝神定气：

> 我一切魔力，如今都一齐抛弃，
> 剩下的只是我本来的力气；
> 可怜我已年衰体弱，那么说实情，
> 全凭你们：把我在这岛上监禁
> 还是放我去那不勒斯。我重又登上
> 我公国的宝座，害我的同党
> 我已经把他们饶恕；那么别让我

注定把这个荒岛当作老窝;

把我从困住我的魔法中解放,

全靠各位帮忙,多鼓几下掌——

你们喝声好,便把我的帆吹饱,

否则我就达不到我的目标——

那是讨诸位喜欢。如今我再没有

精灵好驱使,再没有魔法和符咒,

我的下场只落得伤心苦恼;

除非依靠向上天多多祈告。

祈祷有一股力量,直冲天堂,

慈悲的上天便把过失原谅。

你们有罪过,希望能得到宽宥,

愿你们也宽大为怀,放我自由。(第四幕第一场第148—168行)[1]

在戏剧和艺术创作的高潮部分,普洛斯佩罗(亦是格林埃维和莎士比亚)终于拨开魔法的外衣,抛却了创造者、魔法师、岛上君主、父亲的多重角色,坦诚地面对自己的内心,剖析了创作主体的心绪。在叙述这段收场白时,普洛斯佩罗的脸部特写带着凝固的表情,而镜头逐渐

---

[1] 英文原文为: Now my charms are all o'erthrown, / And what strength I have's mine own, / Which is most faint. Now'tis true, / I must be here confin'd by you, / Or sent to Naples. Let me not, / Since I have my dukedom got, / And pardon'd the deceiver, dwell / In this bare island by your spell; / But release me from my bands / With the help of your good hands. / Gentle breath of yours my sails / Must fill, or else my project fails, / Which was to please. Now I want / Spirits to enforce, art to enchant; / And my ending is despair / Unless I be reliev'd by prayer, / Which pierces so that it assaults / Mercy itself, and frees all faults. / As you from crimes would pardon'd be, / Let your indulgence set me free.

拉远后，在四起的掌声中，小精灵爱丽尔奔跑着，在歌声中，他一跃而出画面，让我们仅仅捕捉到那即将跳离画面的双腿……然而，导演所要传达的"放我自由"和渴望自由的心绪已经通过画面传达给了观众。而且，更深一步地思索，这段收场白和感伤的凝望何尝不是艺术创作者的心声？莎士比亚惯于在剧本最终揶揄地讨点掌声，格林埃维也异曲同工地在画外增添了热烈的掌声。或许他们都深知并共鸣：艺术创作主体虽然对客体具有话语的操控权，但是归航的风帆依旧要观众的掌声来吹饱。因此，在普洛斯佩罗给所有人谅解和宽恕的同时，剧作家和导演也在恳请人们理解和首肯，尤其是莎士比亚本人，在写下这部最后的剧作后，自由和理解成为艺术想象的终极主题。

声音和话语权

除了魔法书对艺术想象与创作的隐喻性投射之外，影片中角色的声音传达也在很大程度上再现了人类的瑰丽梦想。例如，米兰达和那不勒斯王子腓迪南的首度见面就一见倾心，电影画面中打出了《爱之书》的标题，画面浪漫美好，他们的身后甚至都出现了好几只孔雀，但是观众会渐渐意识到，相爱的彼此竟然没有自己的声音，他们的交流始终通过画外音来进行，那声音空旷虚幻，似乎在渲染这场没有人世庸俗和偏见的爱情，这一场由创作者的想象所构思的爱情。又如，在暴风雨引发的沉船事件后，阿朗索等一行出现，他们服装怪异，戴着网状眼罩，而《乌托邦之书》一卷就此翻开。此时，普洛斯佩罗的画外音在叙述着他心目中的理想国；但故事中，阿朗索的弟弟西巴斯显和普洛斯佩罗的弟弟安东尼却在商谈篡位弑君的阴谋。平行的时间里，卡力班遇上了小丑特伶口和船员斯蒂番,在酒精的作用下三人癫狂到要杀掉普洛斯佩罗,成为小岛的主人。用舞蹈来表达自我的卡力班几乎没有莎士比亚笔下的那种丑陋和愚蠢的特征,反而带着人在梦中常见的虚幻漂浮的肢体语言。这些人物共同的特征在于,他们都失去了语言,只能通过空旷缥缈的画外音来表达自己。颇具讽刺的是,即使卡力班再控诉和诅咒普洛斯佩罗所施加的不公命运,他只能用后者教会他的语言来表达自我,而且只能通过后者的配音。因此,故事中的思想和话语权都操控在普洛斯佩罗手里,他不断地奋笔疾书和画外叙述,为观众提供所有角色的语言,并建构起整个故事。画面中,水笔饱蘸了幽蓝的墨水后在纸张上沙沙地书写着,此幅意象不断重复出现,冲击着观众的视觉理解,联系着艺术创作、真实、幻象之间的关系。

然而,在影片接近尾声时,当众人都进入了普洛斯佩罗所划定的圆圈后,宽恕和善良的本性最终使公爵解除了魔法,也重新获得了米兰公国。船员们醒来后,发现大船完好如新,大家最终启程重归故里。渐渐地,观众又发现,自从宽恕和谅解抚慰了人们的灵魂后,银幕上的人物终于都有了自己的声音和话语权,不再陷入空旷虚幻中。在创作和被创作的关系上,人物声音的失却和获得似乎在暗示:作品一旦完成并取得自足性之后,即具有了脱离主体想象的自由和自主的生命力。

科技、传媒对于经典作品的介入

因此,在二十四卷书籍的隐喻投射和叙述声音的话语权利中,人这块梦幻的材质不断地被想象打造和塑形着。同时,因为科技、传媒对于艺术创作的介入,这一段段梦幻交织的想象才得以更有效地落实。在数字技术的介入上，格林埃维这部被人称为《暴风雨》之"后后现代"[1]改编的影片，也成为专家学者探讨视觉时代之经典作品的重要案例。在格林埃维的电影手法上，大多摄制完成的画面不是一次成像，而是在数字技术的辅助下得以变换、连接、融合、叠加，静态的书卷在银幕上具有动态效果。眼花缭乱的画面和图案变形，节奏紧凑的出场和情节更替，经典戏剧在电影语言中幻化为交织文本、绘画、舞台动态等众多艺术元素的特殊形式。数字技术在画面质量、音响效果（如普洛斯佩罗施加给不同角色的声音就是通过复杂的数字混音录制而成）、情节发展的时间掌控、画面的重复交叠、平行时空处理、隐喻投射方面具有相当的优势。电影语言和人类梦境具有异曲同工之妙的地方在于，人们始终以正在进行时体会故事，沉浸于情节发生的即时状态中。《普洛斯佩罗之魔法书》的反线型时间处理就是在电影技术的介入中得到有效展现的，而这种时间体验恰恰又符合人们在梦境中的感觉。如果说莎士比亚无法用语言文字来逼真展现那句"我们这匆匆一生，前后左右都裹绕在睡梦中"的话，那么现代人正竭力用影视媒介来介入经典作品的诠释。

但是，在人们逐步认识到电影语言中的数字技术在经典作品再现上所担负的重要角色时，已有不少专家开始担忧人们正在科技中失却感性和情感。观众或者也会在《普洛斯佩罗之魔法书》的绚烂画面中发现一些隐藏的忧虑：纯熟的电影技巧和数字信息技术似乎压抑了戏剧情绪的高涨和情感的流露，而科技传媒的介入究竟能否释放想象和给予艺术的自由也一直是人们思考的问题。难怪有评论认为，尽管《普洛斯佩罗

---

[1] 此说法来自 Kenneth S. Rothwell, *A History of Shakespeare on Screen*, p.208。原文中称之为"post-post-modernist"。

之魔法书》在科技上具有艺术鉴赏力,但格林埃维对《暴风雨》的现代阐释只能停留在书本层面,无法直入人心灵。[1] 不过,格林埃维的此部电影意在突出普洛斯佩罗想象中的重重意象和画面,而这些想象和梦境又大多来自他的阅读和真实经历。影片中,虽然画面出现的次序并不符合戏剧的叙事结构和线性时间,但是在经典作品与新视觉元素的结合中,影片极富美学特征的视听效果倒是给莎剧电影研究提供了新的视域。尤其在对原剧做时间安排和回忆叙述的处理上,电影语言的技术手段使梦想这一意象得到了更为充分的诠释,将人的想象与梦想逼真再现。

人之梦幻和想象超越时空的恒久意义

从格林埃维的剖析角度看,普洛斯佩罗生活的小岛实际上是他获得自由和创造力的地方,也是他最终走出自我中心,承认个人独立和尊严的平台。电影接近尾声时,腓迪南与米兰达的出场美轮美奂,写有夏、秋、冬、春的四重帷幕拉开后,两个年轻人正在对弈,一副浑然忘我的样子。《游戏之书》的标题出现,而此后走入众人的米兰达在看到国王一行人后,居然天真地感叹:

瞧这儿,那么多风度不凡的人儿!人类是多美好啊!这个新世界多棒呀,有这么好的人们!(第五幕第一场)[2]

---

[1] 有关叙述,详见Peter S. Donaldson, "Shakespeare in the Age of Post-Mechanical Reproduction: Sexual and Electronic Magic in *Prospero's Books*," Lynda E. Boose and Richard Burt, eds., *Shakespeare The Movie: Popularizing the Plays on Film, TV, and Video*. London and New York: Routledge, 1997, p.183。

[2] 英文原文为:"O, wonder! How many goodly creatures are there here! /How beauteous mankind is! O brave new world/ That has such people in't!"

看来,在宽恕的主题之后,这一次感叹,无论剧作家、导演用意如何,讽刺与否,获得自由和生命肯定是尾声中最动人的情景。因此,影片结束之际,仇人们获得谅解扬帆返航,普洛斯佩罗抛却了一卷卷书籍,爱丽尔跃出画面获得新生,唯一能超越时空的,只有人的梦幻和艺术想象。在影片关于书写、创作、梦幻和终极宽恕的主题中,导演传达的是艺术创作历久弥新的恒久意义。与莎士比亚作品相符合的是,在接纳和解的结论中,人性得以复活和新生。当然,在剧作和电影的两位创作者都通过普洛斯佩罗之口谦恭地请观众允许自己退场之际,他们留给观众的是充满梦幻和想象色彩的回味,是梦里不知身是谁的沉醉。

从《哈姆雷特》到《喜马拉雅王子》
——一系列跨文化的移植和浸润 [1]

俞建村

莎士比亚四大悲剧之一的《哈姆雷特》，从它四百多年前问世起至21世纪的今天，阅读、观看和改编者不乏其人。无论是观众还是导演，或是其文本的读者，他们中虽然仍有许多人坚持认为《哈姆雷特》应该以原汁原味的方式呈现给观众。然而当代戏剧舞台上的实际情形是，世界各国的编导们总是站在跨文化的视角，对莎士比亚的作品进行着各种不同版本的解读，传达着"说不尽的莎士比亚"，延续着莎士比亚及其作品的生命。《哈姆雷特》更是如此。中国第五代导演胡雪桦拍摄的《喜马拉雅王子》，这部中国版的《哈姆雷特》就是其中之一。这是一部浸润了中英文化特点的作品。虽然其构架仍是西式的，我们看到的更是中国文化理念和中国文化神韵与西方文化神秘交融的跨文化特点以及21世纪中国导演胡雪桦对《哈姆雷特》的全新解读。

一、人本恶还是人本善

以复仇为主题的文学艺术作品在人类的历史长河中可谓星星点灯。

---

[1] 本文选自《电影文学》2009年第4期。

有一般性的平民复仇故事，也有位级最高的王权之争。王权之争往往与篡位有关。复仇与篡位本属两个不同的命题，然而有了王权作为中介，两者似乎常常紧密相连，难以割舍。《哈姆雷特》就是这样一个故事。弟弟克劳狄斯趁哥哥老国王熟睡之时将他无情杀害，篡位当上新国王，不久还将王后据为己有。老国王的儿子哈姆雷特受显灵之托奋起复仇。故事由此展开，哈姆雷特通过装疯、牺牲女朋友奥菲莉娅等手段终于达到复仇的目的。然而复仇所带来的血腥屠杀导致了整个王朝的灭亡。个人复仇的实现让人看到的是王室成员一个个无辜者直接或间接地死在哈姆雷特的屠刀下。第一个牺牲品是御前大臣波洛涅斯，随后是与新国王的阴谋毫无关系的卫兵，可怜的母亲葛特露也间接成了这场复仇的牺牲品，尽管老国王一再要求不要伤害她也无济于事。新国王克劳狄斯自然也逃不脱他的悲惨命运，惨死在愤怒的哈姆雷特的屠刀下。

　　从整个作品来看，莎士比亚的思想是非常明确的，用中国的话来说，血债要用血来还，至于在讨还血债的过程中，他人可能成为牺牲品，莎士比亚是不会关心的。意欲复仇者更是不会想到这个问题，也不需要思考这样的问题。于是，一个活生生的王朝一夜之间不复存在。当然他人的生命还是会延续的，莎士比亚于是巧妙地运用福丁布拉斯来完成朝代的更替和继续。可见莎士比亚对复仇的认识是直接而明确的，他对人性的认识简单说来就是人本恶。一般说来，兄弟之间为王权而争斗，并引发相互残杀，这是一种历史的必然，同时也是一种人性恶的表现。新国王克劳狄斯谋权害命，罪孽深重，死有余辜。虽然哈姆雷特有以恶治恶的权利，但是，如果一场复仇计划的实现导致了整个王朝的覆灭，无论是莎士比亚还是哈姆雷特的动机就值得研究了。而且哈姆雷特的恶意当中对克劳狄斯死后的精神折磨都考虑到了，这不得不让人思考莎士比亚及其人物的世界观和人性观。从整个作品看来，莎士比亚通过他的人物哈姆雷特展现人性恶的观点是毫不为过的。莎士比亚人性恶的观点其实在他的其他作品中也能看到。

然而，如果我们来看看胡雪桦根据莎士比亚的《哈姆雷特》改编并导演的《喜马拉雅王子》，我们可能会有一种别有洞天的感觉。如果说莎士比亚是以人本恶作为《哈姆雷特》的基调的话，胡雪桦却是以人本善作为他的基本思想取向的。同样是一个复仇主题，我们看到的是另外一种景象。首先他承认这个世界有恶的存在。老国王的强娶以及强娶所带来的人间悲情都是恶的表现。王子拉摩洛丹受老国王的梦之托激起复仇也是恶的表现。他装疯卖傻致使女友奥菲莉娅走向生命终点，他刺杀大臣心不惊、肉也不跳的场景等都是他恶的表现形式。作品中还有其他恶的表现形式，但是我们看到更多的是导演对恶独到的处理方法。他创造了原剧当中没有的人物——狼婆。这个看似简单、类似巫婆的狼婆在这里却是胡雪桦的神来之笔。她沟通上下两界，这是我们通常的解读。然而在胡雪桦的镜头下却赋予其更多的使命。除了她的预言功能之外，我们还看到她的抑恶扬善之功。老国王死不瞑目，鬼魂随时出现，一心想通过儿子实现他的复仇计划。狼婆常常跳出来，进行抑制干涉。对于为何新国王要谋杀老国王，莎士比亚没有明确交代，只是通过篡位劫色的行为来表现，更多地体现了人性恶的一面。然而，胡雪桦却给我们提供了一个动人的爱情故事，把一个赤裸裸的人性恶变成了不得已的正当防卫。原来，王后本不应该为老国王之妻，王后真正爱的是新国王，她只是屈从于老国王的权力才嫁给他的。新国王之所以杀老国王也是被迫无奈，如果不杀他，不但他自己，连王后的生命都会有危险，这样他才不得已而为之。宫廷里少不了尔虞我诈，但胡雪桦仍然认为宫廷更有真情在，更有生死相依的爱情和忠贞。他们为了爱而付出，他们为了爱而战斗。为了爱、为了爱的结合他们往往进行着宫廷中难得的正当防卫。他的观点几乎颠覆了传统的宫廷人性观。胡雪桦虽然也承认宫廷里有人之恶的存在,但他并不认同莎士比亚的人性观。他坚持的是人本善的中国传统观点。人的本性是善良的,虽然并不否认恶的存在。人的本性是好的,是善良的,虽然还会有复仇故事的存在。胡雪桦这个长期受着中国文化熏陶,同时也受过西式教育的学者型导演这样来处理一个外来的作品,看来是不足为怪的了。

二、藏族本教文化的浸润

《喜马拉雅王子》除了中国古典文化与西方文化的跨文化的结合外,中国藏族文化与西方文化的嫁接也是不可忽视的。电影一开场,映入眼帘的就是一幅壮阔的西藏场景。西藏的天、西藏的地,开阔的雪域高原,典型的西藏建筑,身着藏袍的人民,无论是人文还是地理。拉摩洛丹替代了哈姆雷特。哈姆雷特仿佛从大西洋东岸来到了雪域高原,挪威王子成了雪域王子。这一重大的转移由于导演的周到处理,恍惚让我们置身在真正的雪域高原,天衣无缝。然而,这还只是一种画面的表层复合,真正的深层次融合还在于它的文化浸润。藏族是中国有着深厚文化传统的民族,特别是藏族的本土教本教就是其中之一。莎士比亚的《哈姆雷特》中没有狼婆这一角色,然而在胡雪桦的《喜马拉雅王子》中,为了体现西藏的本土文化,他大胆而巧妙地设定了一个新的人物——狼婆。狼婆起到了遣送役使鬼神的重大作用。据传,在雪域高原,有一个大巫师,他宣称能通鬼神,有遣送并役使鬼神的法术。他能上祝天神,下镇鬼怪,中兴人宅。狼婆不正是藏族巫师的翻版么!

莎士比亚的思想倾向性是明确的。他没有考虑王室的生存问题，整个作品弥漫着一种毁灭的气息。哈姆雷特在实现自己的复仇愿望时，他只考虑复仇问题。在老国王被谋杀后，新国王克劳狄斯、王后葛特露以及与此相关的重要人物无一能幸免，王室最后全部毁灭在哈姆雷特复仇的屠刀下。"是生存还是毁灭"，莎士比亚最终让哈姆雷特选择了毁灭。这种无论是基督教还是天主教都反对的复仇方式反映了当时的英国文化。电影作品《喜马拉雅王子》在保留了原有复仇思想的同时，对原剧进行了提升和发展。能通天界的狼婆就是其中最大的亮点。然而，最能体现本教创世记思想的乃是新一代王子的延续。本教认为，世界是由一个或几个巨大的卵演变而来的。人类和天神的共同始祖是什巴桑波奔赤，他头发青绿色，皮肤呈白色。本教认为人类是这样产生的：大海曾吹来一个气泡，撞裂了一只深蓝色的卵，卵破之后跳出一个青蓝色的女人。什巴桑波奔赤给她取名叫曲坚本杰真。他们没有点头，也没有触鼻就结合并生下了野兽、牲畜和鸟类。他们低下头，互触鼻子，就结合生下了九个兄弟和九个姐妹。这九个兄弟被称为世界男神，九个姐妹被称为世界女神。他们的任务是确保世界的延续。由于有了藏族本教的思想基础，藏族人民是不能容忍王室全盘毁灭的。于是胡雪桦将藏族"本教"文化移入《喜马拉雅王子》，让一个精神错乱的拉莫罗丹女友在水中产下一男婴，王室于是有了香火，生命可以延续。一个男婴的生命打破了全剧的性质，打破了西方全面的否定观，与莎士比亚的文化观在冲突中有了新的跨文化结合和浸润。中国哲学是一种生命哲学。两千多年前的孔子曾发出深沉的浩叹："逝者如斯夫，不舍昼夜！"这位儒学的奠基人从哲理的角度告知人们，生命是无始无终的。胡雪桦导演没法接受莎士比亚全方位的毁灭观。于是，他镜头下的生命哲学就将中原文化和藏族的本教文化以及西方的复仇文化进行了支配性的跨文化嫁接和融合。

三、社会伦理与道法自然

　　对胡雪桦思想的影响还远不止是本教和儒教，道教思想在他的作品中也有深刻的表现。莎士比亚的《哈姆雷特》在处理新国王克劳狄斯与王后葛特露的关系时，没有提到他们之间的不和谐，直到哈姆雷特发现他们之间的隐情才出现了不和谐的音符。哈姆雷特与其女友的关系也是正常的，只是到了哈姆雷特为实现自己复仇目的时才开始了顺势之中的逆转。然而，胡雪桦的思想视野远远超出了这种世俗的局限性。对于人类的社会性与自然性，胡导表现得更多的是其道教思想。他反对由于人们的自然性存在而力图做出伦理性解释的倾向。他总是从人性自然的角度培养人的平等思想，并根据这种意识对伦理体系进行调整。在他的作品中，对于王子拉摩洛丹的出生，我们没有看到任何伦理教化和社会公共规则对王子的任何指责和影响。这种崇尚自然，由自然而来的生而平等的观念最终还体现在王子出生问题上。新一代的王子在没有任何婚姻框架的前提下就出生了，代表着神圣的狼婆高高举起这新一代王子，兴奋地向世人宣布，王室的血脉将继续延续下去。

　　至此，胡雪桦向世界宣告的远不止是一个孩子的出生，他向世界宣告的是中国传统的道教理念。胡雪桦在此表达了他追求自然的本真状态，他遵循的原则是尽量随万物的自然发展过程，而不要以人力去强行改变的深刻思想。这种自然观与平等观，其实与他的整体作品的思想是一致的。对老国王的处理，对新国王的保护，狼婆的独特作用，两个女人的独特地位，追求善抑制恶的整体思想，都表达了整体的合理的自然平衡。该作品的思想空间很大，道教只是其中之一。道教对于生命孕育的基本立场保持着生命孕育的自然属性，人人都有繁衍生息的权利，尽管它将节欲、禁欲作为回归生命的原始之道。

　　道教的生态伦理思想,其中有一条就是"道法自然",另一点就是"返璞归真"。"道法自然"是道教生态伦理思想的核心,"返璞归真"是道教生态伦理思想的人生宗旨。道教生态伦理观的一个重要特点就是崇尚自然,即自然而然,而生命中心主义则是道教生态伦理观的核心内容。至于道教生态伦理观的目的,乃是试图使自然环境免遭破坏,给人们营造一种良好的生存空间。因此,道教非常重视"自然"状态,认为这才是万物的本真状态。故,人们应该尽量地顺着自然万物的发展过程发展,而不要以人力去强行改变。胡雪桦对于两个王子出生的处理,显然是其道法自然的自然结晶。

四、结　语

　　胡雪桦的作品,笔者接触的不多。然而,一接触就深感其作品的文化意蕴深刻,思想火花闪烁不断。《喜马拉雅王子》就是典型的例证之一。《喜马拉雅王子》一改过去以恶为主线的基本理念,将中国传统文化中的人本善、道法自然、古老的藏族本土教——本教的观念移植到莎士比亚的《哈姆雷特》当中,而且它不只是故事情节的简单移植,而是以文化的移植、交流和浸润为要义。胡雪桦通过他的镜头语言将一个典型的西式作品移入中国后,使它发生了重要转变,它变成了一个符合时代要求,反映和谐命题,体现跨文化特色的作品。至此,英国的《哈姆雷特》不再只是英国的《哈姆雷特》,更是中国的《喜马拉雅王子》了。

改编的艺术
——以莎士比亚为例[1]

吴 辉

引 语

在一百多年来的电影创作中,有多少是根据文学作品改编而来的影片?其中,又有多少是根据莎剧的改编或者依托其创意而拍摄的影片?

美国学者林达·赛格给出了一组惊人的统计数字:许多伟大的电影都来自书籍、戏剧和生活中真实的故事。百分之八十五的奥斯卡最佳影片是改编作品;百分之四十五的电视、电影是改编作品;百分之七十的艾美奖获奖电视片也来自改编电影。[2] 另外,据互联网电影资料库(IMDB)网统计,电影问世一百一十四年来,全世界总共制作了大约三十万部剧情片。其中,对于莎剧的改编或者依托其创意的作品至少也有四百部左右,而且不乏传世之作。

---

[1] 本文选自张冲主编:《文本与视觉的互动:英美文学电影改编的理论与应用》,上海:复旦大学出版社,2010年。

[2] Linda Seger, *The Art of Adaptation: Turning Fact and Fiction into Film*. Henry Holt and Company, Inc., 1992. p.xi.

的确，在莎剧改编电影的历史上，有很多影片曾获各种电影节大奖的殊荣。例如：20世纪三十年代美国亚历山大·考塔的《亨利八世的私生活》获奥斯卡最佳男主角奖；四十年代英国劳伦斯·奥利弗的《哈姆雷特》赢得一项英国电影学院奖、两项金球奖、两项威尼斯电影节奖和五项奥斯卡金像奖；五十年代苏联尤特凯维奇的《奥瑟罗》荣获第九届戛纳电影节最佳导演奖；六十年代美国罗伯特·怀斯根据《罗密欧与朱丽叶》改编的《西区故事》获第34届奥斯卡十项大奖；八十年代日本黑泽明根据《李尔王》改编的《乱》获奥斯卡服装设计奖和最佳外语片奖；九十年代美国约翰·麦登的《莎翁情史》(Shakespeare in Love)一举拿下七项奥斯卡金像奖和四项英国电影学院奖；[1] 2001年美国狄姆·布雷克·尼尔松根据《奥瑟罗》改编的《O》获西雅图国际电影节最佳电影和最佳导演奖；2006年中国胡雪桦根据《哈姆雷特》改编的《喜马拉雅王子》获2007年洛杉矶电影节的特别嘉奖，获2008年摩纳哥电影节最佳男主角和最佳导演奖，同年还获得意大利卡勒波瑞亚国际电影节最佳影片大奖和最佳导演奖。

由此可见，影视改编无疑为文学艺术的发展与传播带来了生机和繁荣。

一、为何改编：可能性与动因

首先，从艺术创作的性质来看，像所有的戏剧、小说一样，莎剧和电影、电视剧同属于叙事类的创作，即通过故事情节和人物形象来达

---

[1] 参见姜东和李超编著：《奥斯卡大观》，长春：吉林文史出版社，1990年。

到艺术作品的认识、教育、审美和娱乐的功能。因此，莎剧本身在许多方面为影视改编提供了潜在的可能性。

18世纪末，意大利戏剧家卡罗·葛齐公开宣言：世界上只能有三十六种剧情，不可能再多了。20世纪初，法国的乔治·普尔梯曾引证上千部戏剧或小说，不得不承认："三十六"是不可超越的。这三十六种剧情是：机遇、求助、救援、竞争、反叛、复仇、追逐、绑劫、谋杀、诈骗、误会、不幸、灾祸、壮举、革命、恋爱、不成功的恋爱、恋爱被阻、偷情、寻找、发现、释谜、取求、野心、牺牲、丧失、冒险、过失、重逢、磨合、疯狂、鲁莽、嫉妒、悔恨、恐惧和滑稽。在三十七部莎剧中几乎包括了上述绝大部分的叙事模式或故事类型，甚至在一部作品里就并存在着几种剧情模式。如《哈姆雷特》中的复仇、不幸、释谜、野心、恋爱被阻、误会、悔恨等。再如《罗密欧与朱丽叶》里的竞争、不幸、恋爱被阻、冒险、过失、悔恨等。所谓三十六种剧情，是对社会矛盾、人生命运和人性世界的高度概括，是人事、历史、生活的规律，是人存在于世界的范式。此外，就人物塑造来看，莎剧创造了一系列个性鲜明、情感丰富的主人公，如哈姆雷特的思考和忧郁、奥瑟罗的轻信和残忍、麦克白的野心和良心，以及李尔王的刚愎自用和忏悔自赎，等等，还有剧中一些富于哲理的精彩对白。这些都为名著改编提供了可能性，即影视创作可以从文学作品中获取大量经典的故事情节、生动的人物形象和适合于视听艺术的语言。

其次，从早期电影工业发展的历史来看，因编剧数量供不应求，于是大量的古典名著，特别是莎剧被搬上了银幕。

众所周知，电影是一门年轻的艺术，但作为一种特殊的产业，其发展的速度却是始料未及的。例如，到1908年为止，美国已有近一万个

"五分钱戏院",原因就在于如果1905年投资六百美元建造这样一个戏院,三年后每周就可回收五千美元的利润。像美国维塔格莱弗这种较大的电影公司一个星期就能拍出四部片子。如此的拍摄速度,急需大量的电影剧本。靠当时作家的创作已远远供不应求,于是就从以往的小说、戏剧中寻找素材。更何况,改编莎剧或名著不涉及版权问题,电影公司也不必在拍摄前先付出代价。据史料记载:到1911年为止,世界电影拍摄总数大约为五十部,莎剧电影就占十七部。次年,又有一项重大突破,即美国和法国拍摄的三部莎翁喜剧全都由原来的一卷增加到二卷或三卷。1913年,在此基础上又翻了一番,增加到六卷。这使电影的故事情节逐渐趋于完整、叙事功能也随之进一步加强。为了造成视觉的冲击效果,维塔格莱弗公司还有意打乱原剧的顺序,把剧中动作性强的情节和场面放在影片的开始使莎剧越来越电影化。因此,早在1908年就曾在欧洲和美国掀起并持续了五年之久的"莎剧电影改编热"。特别是1927年有声片的诞生与成功,更使莎士比亚电影如虎添翼。[1]

再次,从电影作为一种文化的视角来看,莎剧的电影改编曾经是一项重要的民族文化认同的策略。

毫无疑问,莎剧不仅仅是一部艺术宝典,还是英国民族文化价值体系的一部分。过去它曾作为精神产品强行输出给亚洲、非洲和美洲的英属殖民地,使莎士比亚从大不列颠走向全世界。如今,英国的莎剧电影和电视剧又以其独特的魅力在全球上映。无论是导演劳伦斯·奥利弗,还是彼得·格林那威和肯尼斯·布莱纳,以及把三十七部莎剧全都改编成了电视剧的英国BBC广播公司,尽管它们在创作风格上各有千

---

[1] 吴辉:《影像莎士比亚》,北京:中国传媒大学出版社,2007年,第185页。

秋，但是借助大众媒介的影响都比文学和戏剧更加广泛地传播了莎剧。据统计，英美制作的莎士比亚电影和电视剧占世界总产量的三分之二还多。

美国是一个多民族融合的年轻的国家，英语是其主要语言。早期的美国戏剧主要移植于欧洲，特别是英国戏剧。因此，莎剧也就成为一种高贵的艺术舶来品在美国生了根，并成为这个新生的国家文化中一个重要的组成部分。例如，莎剧不仅活跃在舞台和课堂上，还经常在美国重大的社会活动和体育赛事上扮演角色。自从电影诞生后，法国导演梅里爱的艺术电影思潮颇为盛行。莎士比亚难道不是世界上最伟大的剧作家吗？何不把莎剧搬上银幕来吸引更多的观众，从而提高影片自身的声誉和影院的上座率？为什么偏偏是莎士比亚，而不是其他同样伟大的作家？显然，不可忽视的事实是：电影虽然诞生于法国，但美国却是它最大的生产基地。通过历史上影响巨大并已成为西方文化偶像的莎士比亚，把其作品与现代媒介迅速而紧密地结合，再通过电影大众娱乐的方式，以达到盎格鲁美国人的文化身份认同，并占据美国文化的主导地位。

最后，从电影工业的角度来看，作为一种特殊的文化产业，商业赢利的目的和娱乐消遣的功能成为改编的现实动因。

事实上，电影从诞生的那一刻起，从五分钱就可以买一张电影票开始，它就不仅仅具有艺术功能，还具有明显的娱乐和商业功能，更何况商业与娱乐原本就有着密切的关系。从某种意义上讲，改编也是文化产业的一种策略，它不仅丰富了市场，更吸引了观众，而且更能带来可观的经济效益。从20个世纪八十年代以来，特别是当下越来越多的影视改编，已被一些学者们归结为后现代的一种文化现象，其实质是"后现代性中形象取代语言的问题"[1]。形象这种文化生产"不再局限于它早期的、传统的或实验性的形式,而且在整个日常生活中被消费"[2]。显然,影视改编是在这种大的社会文化语境下对所谓经典、名著的重新理解、重新诠释与重新创造(重写),也是在当下的商品经济时代里,电影工业生产的一种可消费的文化产品。正如莎翁时代的戏剧一样,被列宁称为在所有艺术中最重要的电影艺术,已逐步成为现代社会人们日常娱乐消遣的主要方式之一,并为电影文化市场提供了"远大前程"。于是,一系列的经济因素在电影改编中占据着重要的地位。

二、如何改编:忠实媒介的特征

所谓影视作品的改编,即"运用电影、电视剧独有的思维方式,遵循影视艺术的创作规律与特性,将其他体裁的文艺作品改写为电影或电视剧"[3]。以莎剧为例,改编的历史几乎与电影的历史一样长,并且经历了在创作理念和创作实践上的不断探索、认识,再探索、再认识的一个艰辛的历程。

首先,改编理念要与时俱进。如果从1899年的四分钟默片《约翰王》算起,真正的莎士比亚电影时代的到来,应该是以奥利弗于1944年出品的《亨利五世》为标志的。该片是第一部有声、彩色、全本的莎剧电影,以及该导演后来又拍摄的《哈姆雷特》和《理查三世》,无论在艺术上还是票房上都在当时大获成功。与此同时,来自美国的另一位身

---

[1] 弗雷德里克·詹姆逊:《文化转向》,北京:中国社会科学出版社,2000年,第108页。
[2] 弗雷德里克·詹姆逊:《文化转向》,第108页。
[3] 王光祖、黄会林和李亦中主编:《影视艺术教程》,北京:高等教育出版社,1992年,第144页。

兼编剧、导演和演员于一身的奥逊·威尔斯，可谓莎士比亚电影史上的又一位奇才。如果说，奥利弗是用视觉化的电影直接翻译莎剧，那么威尔斯则用视觉化的电影来阐释他所理解的莎剧，并在改编中特别强调电影的形式功能。尤其是他的《奥瑟罗》，已成为电影改编史上的一部经典之作。事实上，威尔斯已经触及创作中的"忠实"和"超越"这个一直争论不休的论题，即改编到底忠实的是什么。过去，一些传统观念强调的是忠实原著的内容和人物等，这是因为人们从文学、戏剧的角度看，改编电影在某种程度上是对原著的歪曲并使其审美格调大大降低。如果从电影的角度看，正像巴赞认为的那样：这一问题不是绝对不可解决的，关键在于电影制作者们是否有足够的视觉想象力去创造出与原著风格相匹配的电影作品。所谓"相匹配"的含义，不是彻底地照搬、忠实原著，而是在另一种不同于原著的艺术形式里达到某种精神实质上的契合。无疑，改编要从原著里汲取精华，然后使其折射在另一位创作者的意识里。后者创造出的美，不可否认同样具有艺术价值。因此，改编要忠实原著精神。如今，随着影视技术的发展和审美观念的变化，人们从偏重艺术的认识和教育功能越来越强调其审美和娱乐的功能，越来越重视媒介自身的艺术特征和传播效果。这也是艺术区别于其他学科的关键，即形式感，不同的艺术美取决于不同的形式或媒介。因此，改编要忠实于媒介的特征。以莎剧改编为例，就是要从舞台的假定性向银屏的逼真性转换，从相对固定、变化较小的时空向不断运动、多变、自由的时空转换，从戏剧化的语言和表演向生活化的语言和表演转换，等等。改编拓展了艺术的表现力并带给观众独特的视听享受。

其次，改编创作提倡多样性。正如文无定法一样，影视改编也没有一成不变的方式和风格。美国电影理论家杰·瓦格纳把改编分为三种，即移植式、注释式和近似式。[1] 北京电影学院教授汪流把改编归纳为六种：移植、节选、浓缩、取意、变通取意和复合。[2] 以上都是影视创作者在忠实于原著或者原著精神的基础上进行划分的。如果从对原著的理解与阐释的角度看，又可以按美国电影研究学者达德利·安德鲁的方法把改编分为借用、交叉和变形三种。[3] 此外，还可以分为解读、解构与重构三种方式。综观莎士比亚电影史，解读是一种多样化的理解和创作。事实上，无论是英语文化背景的奥利弗和威尔斯，还是意大利文化背景的杰弗瑞利和俄罗斯文化背景的柯静采夫，虽然他们的影片在创作风格上迥异，但实质上都是忠实原著精神的多元解读，他们的创作实践逐渐完成了从舞台向银幕两种不同艺术媒介的转换。而以罗曼·波兰斯基的《麦克白》（1972年）、彼得·格林那威的《普洛斯佩罗之魔法书》（*Prospero's Books*，1991年）和巴兹·卢汉姆的《威廉·莎士比亚的罗密欧与朱丽叶》（*William Shakespeare's Romeo and Juliet*，1996年）为代表的一些影片是对原著和传统的解构，这与当时的社会政治语境有直接的关系。

> 解构不是一种单纯的理论姿态，而是一种介入理论和政治转型的姿态。因此，也是去转变一种存在霸权的情境，去叛逆霸权、置疑霸权。[4]

具体地说，波兰斯基的麦克白是一位敢于向最高权威的代表国王挑战的

---

1 参见杰·瓦格纳、陈梅：《改编的三种方式》，《世界电影》1982年第1期。
2 汪流：《中国的电影改编》，北京：中国广播电视出版社，1995年，第21页。
3 吴辉：《影像莎士比亚》，第89页。
4 郑乐平：《超越现代主义和后现代主义》，上海：上海教育出版社，2003年，第55页。

人，并以极端的暴力方式颠覆了至高无上的权力。格林那威则用充满视觉画面的影像冲击了印刷文化的书籍所固有的优越感和权威地位。而卢汉姆在影片中彻底解构了传统爱情和宗教的虚幻、虚伪的一面，宣扬了不以政治和伦理为价值判断，强调视听冲击效果的暴力美学。在这一类影片中，作者们探索了艺术和传统文化、政治意识形态的关系。至于创造性的重构，是越来越普遍的一种改编方式，又分为本土化和国际化的重构。如黑泽明日本版的《李尔王》和胡雪桦中国版的《哈姆雷特》——《喜马拉雅王子》，以及布莱纳五部国际阵容大制作的莎剧电影，都给观众带来耳目一新之感。同时，当代的影视创作也不再把艺术和商业视为一种悖论，而是要"既叫好又叫座"。

最后，改编创作要有媒介意识。对影视改编而言即空间、运动、画面和声音意识。所谓空间意识，是把那些无形的感受、抽象的情绪、内在的思想和人物的塑造通过视觉造型外化出来。这是从小说到电影的改编。作为戏剧的影视改编要把有限的舞台空间进行最大化的拓展。例如，早在20世纪的四十年代，奥利弗就走出摄影棚把《亨利五世》中的阿金库尔战役放在野外的实景拍摄。威尔斯的《奥瑟罗》几乎全部是实景拍摄。因此，影片给观众带来真实的体验和感受。即使在摄影棚里拍摄，导演也会运用深焦距镜头和长镜头等以表现场面的宏大和画面的纵深感。所谓运动意识，是把小说中的静态描写和舞台上假定性的环境、大段的独白和对白，不仅通过演员的一系列动作来表现，还要通过环境空间的流动变化等来展现，由此推动情节的发展，完成人物的塑造。例如，原剧中罗密欧与朱丽叶的阳台会是一个精彩的文学段落，语言优美、文字华丽。但在舞台上必须要营造出夜晚花园的气氛、设计出对白时的表情动作。改编成电影后，阳台会不一定是高潮段落，而且要删减过多的台词。而相对运动感较强的舞会和械斗两个场景就会变得十分吸引人并成为看点之一。所谓画面意识，就是用摄影机推、拉、摇、移的视角和光影的效果来构图、塑造银幕形象，甚至用主观视角和镜头来表现人物的思想感情。画面意识还表现在大量蒙太奇的剪接和组合上，以体现电影的节奏并产生新的意义。例如，当波兰斯基的麦克白独自站在阳台上自言自语："在这种事情上，我们往往逃不过现世的裁判。"[1] 就在这一刻，画面上出现脱了缰绳的马从马厩里跑出来，冲出城堡的大门。这一组声画对立的镜头暗示了麦克白的思想也欲将"挣脱"传统道德的束缚和良心的拷问。再如，冯小刚在《夜宴》中使用了十分阴郁昏暗的光效，以表达一种压抑的情绪和悲剧的气氛。相反，胡雪桦在《喜马拉雅王子》中利用户外强烈的光线、明亮的色彩和广角拍摄，来表现青藏高原上人与自然的和谐。所谓声音意识，就是把音乐、音响视为影视创作中的重要元素。巴拉兹指出：

> 当声音的效果能对剧情的发展起决定作用时，声音的剧作意义就变得更深刻而更重要了。[2]

因此，冯导和胡导都请了世界一流的作曲家谭盾与何训田分别为他们的影片作曲。《夜宴》里反复吟唱的《越人歌》和《喜马拉雅王子》中的主题曲《神香》都生动地表达了人物的思想感情并推动了剧情的向前发展。

总之，作为视听综合艺术，影视创作是一个用声音和画面来构思

---

[1] 莎士比亚：《麦克白》第一幕第七场，《莎士比亚全集》，朱生豪等译，北京：人民文学出版社，1984年。
[2] 贝拉·巴拉兹：《电影美学》，北京：中国电影出版社，1978年，第211页。

的过程，不仅包括表演和背景，还包括摄影机的方位和运动，镜头段落的剪接和声音的运用。因此影视改编要忠实的正是这样一种艺术媒介的特征。

三、改编的意义：转变与挑战

首先，从创作者的角度看是思维方式的转变，即把一个文学个体的想象纳入到一个影视集体的想象之中，从抽象到具象、从文字到影像的转换过程。

虽然影视剧和文学有着共同的艺术规律，都是以形象反映生活，但文学是用语言构成文字形象，即语言文字通过意义和表象的符号刺激了大脑皮质后在脑海中引起的某种视觉形象和听觉形象，具有间接的、朦胧的、不稳定和不确定性。影视剧是用镜头画面构成银屏形象，具有直接的、逼真的、稳定和明确的性质。也正因为这样，文学形象有较大的想象和再创造的余地，在朦胧中蕴含着象征意义，在不确定中包容着多义性和丰富性。因此，文学的思维方式侧重于理解和分析。而影视剧形象鲜明强烈，有着巨大的表现力和感染力，直接作用于人们的感官体验，相对比较单纯，就如普多夫金所说的那样：

> 小说家用文字描写来表述他的作品基点，戏剧家所用的则是一些尚未加工的对话，而电影编剧在进行这一工作时，则要运用造型（能从外形来表现的）形象思维。[1]

---

1 普多夫金：《论电影的编剧导演和演员》，北京：中国电影出版社，1984年，第22页。

此外，文学创作是个体的想象活动过程，戏剧和影视剧的创作是集体的想象过程。但同是"协同工作"（team work），戏剧创造的是只限于舞台上假定性营造出的现场真实，影视剧则通过摄影机再造出现实中的真实。

其次，从欣赏者的角度看是审美习惯的转变，即从抽象到具象与从具象到抽象的逆向转变，从自在的个体阅读到仪式感的集体观赏，再到生活化的个人观看的转变。

文学欣赏，如阅读小说和剧本等，读者要靠语言文字的时间积累来接受文学形象，并且只能心领神会地感觉到却看不到；因此，每个人都根据自己的主观感受和生活经验来想象这个形象，于是才产生了"一千个读者有一千个哈姆雷特"的著名论断。这是以形象性的语言为媒介在读者脑海里出现的人物形象并靠读者自己去完成，这是一个从抽象到具象的思维过程。影视剧的形象则靠视觉画面的空间表现直接诉诸观众的视觉和听觉，没有想象的余地。如果看1948年版的影片《哈姆雷特》，哈姆雷特只有一个，那就是劳伦斯·奥利弗。如果看胡雪桦改编版的哈姆雷特，那就是藏族演员蒲巴甲，然后再认同、评判和理解等。显然这是一个从具象到抽象的思维过程。从欣赏的环境看，文学作品是个体的阅读，可发生在各种公共或私人的空间场所。而戏剧和电影要在剧场和影院里集体观看。不同的是，戏剧演出是演员与观众现场直接的交流，双方的互动能够直接影响演出和接受的效果，戏剧观众之间并不交流。在西方，去剧场时观众要正装出席。传统的舞台也比较高，观众坐在下面需"仰视"，从而体现出艺术殿堂的神圣高雅，观赏戏剧也就有了一种仪式感很强的特点。电影观众面对的不是活人而是活动的影像，他们的反应干预不了创作者，但会在观众之间互相传播产生影响。正如苏联理论家列·科兹洛夫说的那样：

> 感受电影画面的实际行动每一次都会形成一种独特的社会集群，一种在心理上这样或那样联系在一起的集群。而在这集群的范围内会出现某种审美沟通，并通过它出现某种社会行为情境。[1]

电视剧观众一般都坐在家里的沙发上面，对的是电视机。从观赏效果上看，电视既没有舞台的现场真实感也没有电影的视觉奇观，但正因为电视机的尺寸小、观看场所具有个体私密性，所以更需要观众的参与。所不同的是，剧院里台上与台下的互动主要来自现场观众情绪上的参与，而房间里的电视内与电视外的互动更多的则来自受众心理体验上的参与。从观赏的环境看，家庭固然给人自由与方便，却会在一定程度上造成电视受众自我意识的削弱与剥夺。因此，看电视成为日常生活的一部分。

再次，从文化的角度看是从精英文化到大众文化的转变，是大众文化的回归。

事实上，影视改编其意义不只是对艺术的一次探索，还是对文化的一次反思。由于影视创作不是以西方文艺复兴以来的书面文化形态占主导地位的再现，而是用生活化的口语形态来表现的，它没有阅读或书写那种抽象、独立的符号特点，相反是靠语境和视听传达信息的；因此，它改变了人们对艺术体验的方式，修正了过去一直强调精神愉悦高

---

[1] 列·科兹洛夫：《电影与电视：相互影响的若干方面》，章柏青和张卫：《电影观众学》，北京：中国电影出版社，1994年，第250页。

于感官愉悦的观点。被麦克卢汉称为"冷媒介"的电视，在语言上不如戏剧，在景观上不如电影，却让这位西方文化的偶像莎士比亚走下了宽阔高大的舞台，甚至走下了巨型悬挂的银幕而进入一个只有十几英寸的荧屏，被放置在具有日常起居、个体私密性的室内供个人观看。这意味着从此丧失了有史以来人们习惯于对艺术的一种集体观赏的仪式和隆重感，同时也意味着去掉了那个始终令众人瞩目聚焦的中心，神圣、高雅的艺术便随之消失了，以致艺术与生活也没有了边界。如此变化，标志着从20世纪后半叶开始的一次意义重大的文化转型，即从精英文化向大众文化的转型。这两种文化不仅在品位、格调和价值取向上不同，而且彼此有着一定的偏见。以莎剧为例，这种偏见并非来自艺术或者说莎剧本身，而是来自掌控艺术或莎剧的人，即"某些特定的人拥有确保文化作品与实践再生产的权利和文化权威"[1]。同时，它也体现出一种文化优越感，因为"高雅文化代表着创造艺术并制定美学标准和批评原则；而通俗艺术只能使用这些标准和原则并靠满足观众的价值愿望而存在"[2]。

然而，任何事物都不是绝对的。例如，莎剧就是最早出现于英国的工业化和城市化大背景下的大众文化，拥有大批的平民观众，后来才被推崇为学术的奥林匹克巅峰并被纳入精英文化，以致在相当一段时期里成为象牙塔里的学术权威们顶礼膜拜的圣人。这种有着悠久历史的文化现象、学术模式，以及文化品位被赋予制度的形式，显然是与英国在前几个世纪里殖民主义的霸权地位不可分割的，因为：

---

[1] 约翰·斯道雷：《文化理论与通俗文化导论》，南京：南京大学出版社，2001年，第279页。
[2] Susan Will, *The BBC Shakespeare Plays Making the Televised Canon.* The University of North Carolina Press, 1991, p.316.

> 文化的差别是社会统治集团与被统治集团之间进行斗争的一个重要方面。文化中所包含的任意的品位和任意的生活方式，不断地变化成为合法的品位和唯一的生活方式，最终被用来证明社会统治形式是正当的。[1]

电影的诞生和改编使莎剧重新回归为大众文化，但不同于莎翁时代的剧场大众文化，而是以大众艺术媒介为特征的大众文化。从20世纪九十年代开始，西方的一批导演特别热衷于重新改编古典名著，其中包括莎剧在内。值得注意的是，对于那些经过岁月考验的名著进行改编，不单是电影创作的一个重要源泉，同时还能为电影投资商带来可观的回报。从文化的角度看，对古典文学，尤其是那些已成为标准的作品进行改编，就必须正视对于特定社会历史的叙事，并从这种叙事中获得历史、阶级、语言，以及更多相关的、合法化事物的感性认识。这也是名著改编的电影高于一般流行电影之处，但也正是这一点恰恰隐含着文化被颠覆的危险。正如20世纪八十年代末，布莱纳的《亨利五世》是对奥利弗的经典影片进行颠覆一样，九十年代末的一部影片《我恨你的十件事》是对杰弗瑞利的《驯悍记》的颠覆。该片中的人物完全生活在当代的现实社会里，其行为方式、价值取向更是当下盛行的时尚。影片里的主人公之所以赢得了那场她与朋友们的辩论，是因为她引用了麦尔·基普逊（哈姆雷特扮演者）的台词，而不是莎士比亚原著中的"必须对你自己忠实"。[2] 显然，这是流行文化对经典文化的胜利。

---

[1] 约翰·斯道雷：《文化理论与通俗文化导论》，第281页。
[2] 莎士比亚：《哈姆雷特》第一幕第三场，《莎士比亚全集》，朱生豪等译，北京：人民文学出版社，1984年。

最后，从传播的角度看，影视改编作品在传播过程中产生了多重文本的互文性。

所谓互文性，通常被用来指示两个或两个以上文本间发生的互文关系。正如法国当代文艺理论家克里斯蒂娃指出的那样：

> 任何文本都是引语的镶嵌品构成的，任何文本都是对另一文本的吸收和改编。[1]

换言之，任何文艺作品都必然会融入过去与现在的系统，对过去和现在的互文本发生作用。从改编的影视作品来看，其中就包含了两个或两个以上的文本并且彼此间发生交叉和互动的关系。法国文艺理论家吉拉尔·热奈特把这种跨文本性的关系归为五种类型：第一种是互文性，即在引用、抄袭、暗指的形式里，两种文本有效的同时出现。在这种意义上，影视改编参与了文字和影像的双重互文性。在早期的名著改编中大多利用这种方式，即从翻开小说的画面和朗读的画外音开始切入电影。第二种是副文本性，表现在改编作品里的是为文本的解读提供一种氛围和背景，即通常在影视剧开始时的介绍等以表现创作者的意图。第三种是元文本性，即在一种文本与另一种文本之间构成的批评关系，或者精确地引用或者默默地提及被评论的文本，如许多后现代的戏仿、恶搞、解构的影片，《威廉·莎士比亚的罗密欧与朱丽叶》就是一例。第四种是承文本性，是对已有文本的重新写作，如《夜宴》和《喜马拉雅王子》等。第五种是广义文本性，其中包括语言类型、文学体裁、叙事

---

[1] 王谨：《互文性》，桂林：广西师范大学出版社，2005年，第1页。

模式等。五种类型之间并非是孤立的，往往是互为交叉、影响的。互文性是在后现代语境下的创作特征，以传播媒介的技术做支持，是文本商品化的最佳策略。互文性为文学阐释与研究方法提供了崭新、多元的视角，对文学的文化延伸建构了意义，对作家的唯一性和作品的独创性提出了挑战。此外，影视改编作品在传播中所产生的多重文本的互文性，打破了文本的封闭静止的格局而进入开放流动的状态，其产生新的理解和意义是丰富的、多意的和包容的。即使是"误读"或者"背叛"也是具有积极性和创造性的。[1]

结　语

总之，改编成功地运用现代技术的大众媒介来承载展现传统经典的戏剧文学，这似乎在高雅文化与通俗文化之间架起了一座桥梁。改编不仅延续了像莎士比亚一样伟大的作家们的艺术生命，还诞生了新的莎士比亚们。莎翁有一句著名的台词：

全世界是一座大舞台。[2]

伴随着技术的不断发展，在当今全球化的语境里，似乎全世界又是一个大银幕、一台大电视，不同国家、民族、地区和语言的人们通过影视的传播能够即时共享同样的信息和艺术作品。然而，当我们还在谈论莎剧

---

[1] 参见王谨：《互文性》。
[2] 莎士比亚：《皆大欢喜》第二幕第七场，《莎士比亚全集》，朱生豪等译，北京：人民文学出版社，1984年。

的影视改编时，莎士比亚已经进入了网络时代。也许不久的将来，人们还能在手机上看莎剧。的确，很多人已经开始在个人电脑上自行创作或改编莎剧和其他的文学作品，并且通过类似YouTube这样的网站将自己的作品传遍世界，使更多的网友们一起分享或者某种意义上消费这种文化产品，如点击率极高的 *Dr. Who*。其实，无论以何种艺术媒介，包括在网上改编名著，也无论以怎样的观点去诠释经典，其真正的意义在于不断地挑战人类的想象力和创造力，而且这种创造力不仅仅属于大师和艺术家，还应属于每一个人。

跨文化电影改编
——从《哈姆莱特》到《夜宴》[1]

张 瑛

哈罗德·布鲁姆在《西方正典》(The Western Canon)中说:"福斯塔夫并不局限于《亨利四世》上下本中,哈姆莱特王子也并不只在剧中活动,你同样也不能把莎士比亚禁锢于英国文艺复兴。"[2]四百年来,莎翁的作品犹如一朵朵奇葩,开放在全球的各个角落。20世纪的视觉时代更是让莎翁剧作一次又一次地被搬上银幕,其历史已逾百年,几乎与电影的历史等长。其中《哈姆莱特》一剧的电影改编为数众多。据不完全统计,单正片的电影改编业已超过五十部,此外含有此题材的影片更是不胜枚举。2006年,华谊兄弟和香港寰亚联合斥资两千万美元制作、中国著名导演冯小刚执导、大批电影明星担纲主演的影片《夜宴》,将《哈姆莱特》以华语电影的形式呈现在中国观众眼前。影片在票房收入上大获成功,上映首日票房便突破一千两百万元。

在此之前,中国对《哈姆莱特》的跨文化改编已经有过许多尝试。除了话剧舞台时常上演《哈姆莱特》之外,中国传统戏曲也将此剧纳入

---

[1] 本文选自《艺术百家》2012年第3期。
[2] Harold Bloom, The Western Canon, New York: Riverhead Books, 1994. p.50.

改编范畴。早在民国初年,四川淮安川剧团王国仁先生就曾将其改编为川剧《杀兄夺嫂》上演。1986年首届中国莎士比亚戏剧节之后,戏曲改编莎剧日益增多。1994年的越剧《王子复仇记》与2005年的京剧《王子复仇记》均展示了对《哈姆莱特》改编的探索与创新。用中国戏曲的艺术形式进行本土化改编,不仅全面运用戏曲之唱念做打,程式化风格鲜明,戏曲节奏感强,又将莎士比亚剧作的精髓交融其中,注重戏剧情节的演绎,并加强人物性格描绘,让两种文化戏剧的基本特色得到了很好的留存与结合。如艾利卡·费舍尔-李希特在谈到跨文化戏剧理论时所说:

> 在这些演出当中,一切的要素都经历转变。不仅文本被改编以符合不同戏曲表演程式的要求,而且这些程式本身也改变了。对于观众而言,这些改变的结果是他们几乎很难区分什么是中国的,什么是莎士比亚的。[1]

电影《夜宴》的出品在中国开创了《哈姆莱特》一剧跨文化、跨媒体改编的先河。《夜宴》一片无论在情节发展、人物设置,还是悲剧基调方面都与源文化中的文本有着基本的契合。故事虽然从丹麦的战火纷飞转换成了中国五代十国时期的烽火连天,但弑君的叔父厉帝、改嫁的王后婉儿、复仇的太子无鸾、谋算的老臣殷太常、痴情的恋人青女、体贴的兄长殷隼等一系列人物通过其爱恨情仇演绎了一段宫廷纷争的故事。细

---

[1] 何成洲:《"跨文化戏剧"的理论问题——与艾利卡·费舍尔-李希特的访谈》,《戏剧艺术》2010年第6期,第89页。

读之下,《夜宴》作为跨文化改编范例,影片在艺术框架、故事重心、戏剧主题和文化观念上都进行了改变,产生了位移。正如导演冯小刚坦言:"哈姆莱特的形象经过了千锤百炼,如果只是换成中国人说着中国话,我觉得没什么意思。因此我想做一个大手术,与莎士比亚'做一次爱',我们要塑造另一个哈姆莱特。"冯氏版本的《哈姆莱特》,力求获得中国观众的心理接受,也在争取海外观众的文化认同。

《夜宴》的框架被本土化,成了中国式的武侠电影。武侠电影之于中国,犹如西部片之于美国,已成为中国民族类型电影的标识之一。学者陈平原将其研究武侠小说的专著冠名为"千古文人侠客梦"[1]。这场梦录于笔墨,发展了源远流长的中国武侠文学,这场梦化作银幕上的光影,成就了数十年来经久不衰的中国武侠电影文化。在武侠电影刀光剑影的蒙太奇中,描绘的是中国人推崇的"江湖"——侠客们的世界。这个世界有着自己的法则,推崇恩义,无惧生死,忠肝义胆。《哈姆莱特》是英国伊丽莎白时代复仇悲剧的经典代表。

> 复仇,曾经普遍而长期地存在于人类的社会历史、文化伦理和文学艺术之中。杀父(子、兄弟)之仇与夺妻(母、姐妹)之恨及其衍生,构成了复仇的基本内涵。[2]

宫廷惊变,国王驾崩,王弟继位,王后改嫁新王,王子哈姆莱特从求学生涯中匆匆赶回,老王鬼魂出现,透露王弟谋杀始末;面对叔父杀

---

[1] 陈平原:《千古文人侠客梦》,北京:新世界出版社,2002年。
[2] 潘知常:《我的爱永没有改变——从〈哈姆莱特〉看〈夜宴〉》,《探索与争鸣》2007年第1期,第26页。

父之仇、夺母之恨，哈姆莱特对复仇的思虑和行动构成了原剧的主线。而这条复仇的主线恰恰也和中国武侠片中的伦理秩序产生了交集。《礼记·曲礼上》云："父之仇，弗与共戴天。""替父报仇"是武侠电影中常见的叙事母题，是诱导观众向银幕认同的重要路径，已经成了中国武侠电影一种伦理编码。[1]影片《夜宴》被纳入中国武侠电影的框架合情合理。

　　由于剧情的需要，影片虽然以武侠电影作为大背景，但是武功与动作并没有占据影片的主要位置。在电影叙事发展的过程中，导演冯小刚用武侠情节进行了恰当的穿插，使得紧张打斗的急促氛围与宫廷阴谋的凝重氛围交织并重。但导演对武侠场景的处理在画面效果上相当精彩，可以说是暴力与审美的出色结合与体现。影片开片不久，导演就为观众呈上了一场东方武侠的视觉盛宴。与求学德国的王子哈姆莱特相仿，太子无鸾在远离王国的吴越山野之中清修歌舞之艺，老王暴毙，王后婉儿派信使召太子回朝。不料篡位皇叔厉帝为了稳固王位，派遣羽林卫紧随信使而至，诛杀太子。艺馆位于青山环抱之中的竹林深处，建筑艺馆的褐黄色枯竹与周围环境中的翠竹形成鲜明的视觉反差。艺人们皆着粗布白衣，脸戴面具，伴着清幽的古曲《越人歌》，舞蹈动作古老而神秘。然而此间的宁静幽深即将被打破，玄服盔甲的羽林卫纵马而至，踏过白水小溪，在竹林之中，厮杀已然展开。翠竹刚柔相济的特性，兵器破竹的如虹气势，信使在艺馆门外倒下，武打动作紧张的正常镜头与舒缓的慢镜头相互交织，伴随的是刀枪刺入身体的鲜血飞溅。《越人歌》的曲调陡然变成了金戈铁马的鼓点铿锵，镜头从上俯视，羽林卫攻入艺馆，艺人们却没有惊慌失措地四下奔逃，而是依然继续着舞者的

---

[1] 贾磊磊：《中国武侠电影史》，北京：文化艺术出版社，2005年，第8页。

身姿，善武之人与之对弈，在高低参差的建筑之间周旋，终却不敌，一个接一个地被屠戮，唯有太子藏于水下，躲过一劫。竹林间的打斗是中国武侠电影的经典场景之一，传递着东方武侠电影特有的诗画意境。在《夜宴》之前，胡大为的《白发魔女传》、徐克的《青蛇》、李安的《卧虎藏龙》中都有不同风格的竹林大战。冯小刚在影片中加入竹林打斗一场，不仅仅是跟风与效仿，其目的更在于凸显太子无鸾试图远离尘嚣，寄情于音乐，隐居于翠竹间的禅意，以及太子的逃避最终躲不过宫廷里明争暗斗所带来的杀戮，柔韧的竹子和苍翠的背景烘托出了人物拼杀的暴力性，使得观众能更好地领略打斗所带来的真实感与冲击力，暴力美学的视觉效果浑然天成。

相比于竹林大战，影片中另一场武术场景却为观众带来了全然不同的感受。太子无鸾与皇后在皇宫中初会一场，武术带给观众的不是血腥与杀戮，而是导演铺陈片中人物回忆的叙事。与原剧中皇后乔特鲁德不同，《夜宴》中的婉皇后原是太子无鸾青梅竹马的玩伴，也是他的初恋情人。然而阴差阳错，老王看中了婉儿，册封为妃，新王篡位后又封其为后，婉儿与无鸾之间似乎形成了一条不可逾越的鸿沟。太子回宫后直呼婉儿为"母后"，冰冷的称谓透显着太子无鸾的戒备与不满，击碎了婉皇后对无鸾的热情。但当婉儿拿起无鸾剑筒中的越女剑，主动出手，逼使无鸾与她格斗时，此前的压抑氛围一扫而空。这一场打斗与其说是舞剑，莫若说是剑舞，无鸾与婉儿配合得天衣无缝。前者的白衣飘飘，后者的鹅黄轻纱飞舞，两者的肢体与剑术融为一体，俯拍的镜头展现了绝美的对称以及有如中国画泼墨般的气势，优美的音乐中伴随着短剑破空的清越之声，武术在此被演绎成了别具匠心的舞蹈。婉后以越女剑直抵无鸾咽喉，一招结束了格斗，一句"当初你父王教我们剑术时，你可是学得比我好"唤起了无鸾对过往的回忆。若不是年少时候耳鬓厮磨的相处，时时刻刻的练习，这一场剑舞哪里可能如此丝丝入扣？此后，两人才得以重拾温情。

源于此前李安的《卧虎藏龙》在奥斯卡上的大获全胜，同时也引发了西方市场对中国武侠功夫的瞩目，将莎士比亚的《哈姆莱特》演绎成东方的武侠片，或者最起码说加入了中国的武侠元素，导演冯小刚在叙事框架、戏剧效果和视觉画面上都呈现出精彩之处，无论是在吸引中国观众还是在开拓海外市场方面都起到了一定的作用。

如果说将莎士比亚悲剧演绎成东方武侠巨制只是流于形式的改变的话导演在细节上对中国元素的增添则可谓是独具匠心。影片里对中国傩戏面具及其变体的使用贯穿始末，无处不在，成了一种具备高度象征意义的中国文化符号。傩，亦称"大傩"，是中国古代一种驱疫逐鬼避邪的祭仪，这种原始的巫术活动基于我国古代万物有灵的观念，约略形成于商周。傩的主要特点是其戴面具的仪式。一般在傩祭时，由称作"方相氏"的巫师，头戴面具，手执法器，击鼓呼号，手舞足蹈，来驱除鬼疫，所以傩也俗称"跳傩"。方相氏被认为是专职的傩神，《周礼·夏官》中就曾记载："方相氏掌蒙熊皮，黄金四目，执戈扬盾，帅百隶以索驱疫。"[1] 从商周到唐宋，傩祭与傩舞在宫廷之中非常盛行。而傩戏正是在傩祭与傩舞的基础上演变而来的一种戏剧形式。在傩戏中，演员代替了专职的方相氏，头戴面具（也称"脸子"），进行戏剧表演。傩戏面具"由于其原始古朴，被人们称为中国戏剧的活化石"[2]。

---

[1] 段微和石昆:《傩·傩面·傩祭·傩文化》,《中国文物报》2003年6月4日, 第5版。
[2] 马书田:《华夏诸神——鬼神卷》, 台北: 云龙出版社, 2000年, 第36页。

《夜宴》中对傩戏面具最为因地制宜的使用出现在与《哈姆莱特》原剧相对应的王子导演"戏中戏"来证明叔父罪行一场。导演将号称捕鼠器的"戏中戏"直接置换成了中国傩戏。皇后加冕,厉帝与婉后大宴群臣,太子无鸾脸蒙面具持小鼓上,身着黑衣的杂耍演员腾挪翻滚,无鸾借其口道明来意:带来小戏一出,为新王与皇后助兴。鼓点响起,戏子着浅金色厚重戏服上,服饰宽大繁复,肩部红色箭袖,胸前金色装饰,突出其尊贵地位,头戴红色高大冠冕,上插羽毛,显示其皇帝身份。此角色脸部所戴面具,造型威严,双眉斜飞入鬓,轮廓分明,线条有力而夸张,双目之处只留小孔,却显得目光如隼,狮鼻大口,整体效果凌厉且略带凶悍。尤其是该面具在色彩上运用了重彩,选取如血的赤色,根据面具色彩的传统,红色这是血气与胆识的颜色,表现忠勇耿直的性格,威武刚猛的形象,符合戏子所饰演的老国王身份。老王在花园中小憩,随后另一戏子上场,身着白衣,头上无冠,脸上的面具与老王的面具造型相同,唯一的区别是面具为惨白色,显得十分诡异,给人以奸诈、阴险、多疑的感觉。白衣戏子行动鬼祟,将毒药吹入老王耳朵,谋杀场景重现眼前。小戏以老王暴尸于戏台中央结束,镜头加以特写,举座一片死寂,而太子则冷眼旁观。这一场景中导演对面具的选择,尤其是对面具颜色的选择,依照了中国傩戏面具的色彩程式,给予了"戏中戏"极富东方意味的解读。

除了对傩戏以及傩戏面具的直接运用,《夜宴》中还出现了许多傩戏面具的变体。在吴越竹林艺馆中,太子无鸾和同窗所戴的面具一色素白,造型简洁柔和,几乎没有任何装饰,只是在口和眼的相应位置开出孔洞,以供视物以及发声所用。按照傩戏面具的分类,此面具偏向于凶面、善面和丑面中的善面一类,但在造型上又与西方戏剧中的中性面具有异曲同工之妙。中性面具为素色面具,通常为皮质,是一种脸上毫无喜怒哀乐表情的面具,面部造型简单规整。

> 中性面具有自身的特性。面具的脸部是中性的,是完美平和的,辐射出祥和的感觉。一旦戴上这种面具,你可以体会到行动之前的平静,对周遭的一切全然接受,毫无抗拒。[1]

白衣的伶人戴上这样的面具,面对乐谱翩翩起舞,周围是青山翠竹环绕,充分表述了太子试图远离宫廷纷扰,归隐于山林,寄情于乐舞间的无为理念。白色面具展示出一种冰冷孤独的形象,封闭了所有脸部情感交流,一方面解放了对身体的限制,让伶人能够对自己的身体拥有更好的控制,舞动的肢体时而扭曲,时而颓然坠下,程式化的舞蹈带有空灵的象征性和强烈的神秘色彩,传递着专注与孤寂;另一方面,大批相同服饰、头戴相同面具的伶人形成了一个没有个性的群体,展示出一种共通的群像;在这个人群中,没有太子与平民的地位高下,没有矛盾与纷扰,没有情感与欲望,有的只是音乐与舞蹈。羽林卫杀至时,面具乐舞依然没有中断,王子即是伶人,每一个伶人也都像是王子,无鸾隐藏在这样一种去个性的面具之下,才能得以幸存。

无鸾躲过追杀,秘密潜回王宫,背囊中只有三件物品:一把越女剑、一卷乐谱和一张面具。此时的面具已然不是之前的一色素白,由于激烈的嚣战,面具上落下了斑斑污迹。被污秽了的面具失去了之前的宁静祥和,显得有点残酷与凌厉。无鸾很少用本来面目示人,即使是与初

---

[1] Jacques Lecoq, "Jean-Gabriel Carasso and Jean-Claude Lallias," *The Moving Body: Teaching Creative Theatre*, Translated by David Bradby, London: Methuen, 2000, p.36.

恋情人婉后相见,也将自己隐藏在面具之下。这张面具起到了两种作用,其一,它象征了太子无鸾的第二幅面孔,是他外在的自我。太子的回宫是为了处理国恨家仇,发泄对厉帝的杀父夺情之痛,略带残酷而凌厉之气的面具,是在这样的外部条件的逼迫之下所投射的规范性形象,是伦理纲常强迫他所必须达到的形象。而这种形象是同无鸾的不问政事,寄情于山水音乐间的内心愿望与平和不好战的实质性格相背离、相矛盾的,与他的潜意识中的本我起着冲突。面具在外在的自我与内里的本我之间起到了很好的屏障作用,本我中的情感因此没有外泄的可能。脸戴面具,人就似乎逃离了现实,而是在上演一出戏,戏中的真假,外人难以分辨。其二,面具在遮掩无鸾情感的同时,也为其提供了良好的保护。在《哈姆莱特》原剧中,监视与窥探的意象全面存在。老臣波罗涅斯派女儿奥菲莉娅试探哈姆莱特,他自己则同国王克劳狄斯在帘幕后窥视;国王急召王子的同窗回国,为的是刺探哈姆莱特是否装疯;戏中戏后,哈姆莱特去母亲寝宫,波罗涅斯在帘后偷听,终被误杀。《夜宴》中,监视与窥探的意象没有被淡化,譬如在无鸾与婉后初会时,厉帝便窥伺于一旁,但是导演通过为太子无鸾戴上面具,将哈姆莱特装疯转换成了无鸾的戴面具,利用面具来表达疯癫与怪诞。戴面具的太子吸引了众人诧异和猜测的目光,但面具也为无鸾提供了很好的反窥视的武器,在无鸾"被看"的同时,他也能透过不能被人看穿的面具去"看"。

傩戏面具的另一个变体是象征着老王鬼魂的黄铜面具。和原剧本中不同,老王的鬼魂并没有直接出现,向王子讲述那"最骇人听闻而逆天害理的罪行",要求王子"报复那逆伦惨恶的杀身的仇恨"。[1] 在《夜

---

[1] 莎士比亚:《莎士比亚全集》,朱生豪译,南京:译林出版社,1998年,第298页。

宴》中，老王鬼魂的化身仅是置于宫殿某室中的一尊人立的铠甲，是他身前在沙场上战斗时所穿的。青铜的头盔下是黄铜的面具，面具的主人已亡，眼睛的部位只留下两个幽深的空洞。铜制面具的质感与造型，虽然与传统傩戏面具有所相异，但正如世界许多民族认为的那样，面具可以是神灵与精灵寄居之处，中国的古人亦认为，面具有着存亡者魂气的作用，从这个意义上来说，这一面具，正是老王鬼魂的寄身之所。于是乎，在新王与婉后共效鱼水之欢、情欲弥漫之际，面具对着前来凭吊的太子无鸾，突然从空洞的眼眶中涌出两行血泪，寓意着老王阴魂不散，怒的是厉帝的篡位，悲的是婉后的下嫁，宽慰的是太子无鸾的回宫，复仇的希望无疑是对亡灵的告慰。

面具在电影中的不同角色身上多次出现，无一不反映了导演的精心设计。羽林卫被厉帝派出暗杀，身穿玄色盔甲，戴青黑色金属面具，冷冰冰毫无生气，尽显肃杀之感，烘托他们的凶恶与无情，他们只是皇帝政治争斗的爪牙，在金属面具的掩盖下，仿佛没有自己的生命，为了使命厮杀。厉帝与婉后打马球一场，婉后皮质镂空的面具造型精美，除了是防止马球伤到脸的护具，也掩饰着她内心为了保护太子的急切与惶惑。而厉帝的面具则颜色黝黑，状若鬼怪，投射着他的嫉妒和狠毒。小小的一个面具作为道具，在导演的运筹之下，变得意义深刻，堪称新奇。

琳达·哈钦在《改编的理论》（*A Theory of Adaptation*）一书中提及：在跨媒体以及跨类别的改编中，主题是最简单的改编目标，人物角色也很容易在不同的媒体与文本之间转换，故事的节奏和叙事的视角都可以成为改编的对象；但是，在改编过程中，这一切都可能发生位移与改变。[1] 冯小刚执导的《夜宴》在对主题与中心人物角色的改编中，制造了明显的位移与改变，这是继武侠片的外壳、傩戏面具元素的添加之外影片的第三大亮点。

复仇与延宕是《哈姆莱特》原剧的主题。在复仇与否的思虑中，在夺回王位与否的犹豫间，在爱情与现实冷酷的背离中，人的生存状态得到了描绘与展示。辗转于权力和情欲之间的各色人等，在对天地宗教的思考，在对灵魂的拷问中看清楚自己的面目。在《夜宴》中，复仇的主题已经成功外化成了功夫电影的框架。在这个框架下，电影的剧情淡化了对天地以及对宗教的思考，而是将重心移到了权力和欲望的本身，突显对权力的贪婪和对肉欲的沉迷是人性最原始的欲望。于是乎，围绕欲望这一新的主题，人物的角色也就有了全新的演绎。无鸾一心向往没有欲求的生活，然而太子的身份和恋人变身为母后的现实逼迫其点燃复仇的烈火。厉帝说：

> 江山美人，从来困惑着百代帝王。今夜之前不困惑，因为我心里惟有江山，今夜之后困惑了，有了嫂嫂。

江山美人希望同时拥有的厉帝，弑君篡位、杀兄娶嫂，得到了美人的身体，还希冀得到美人的心。老谋深算的大臣殷太常，为了保住在朝政上的地位，不惜偕同儿子一起忍辱负重，为了野心伺机而动。

然而，在对角色进行改编的过程中，导演给予最多侧重的并不是太子无鸾，而是将笔墨灌注在婉后这一女性角色上，将《夜宴》从一个

---

[1] Linda Hutcheon, *A Theory of Adaptation*. New York: Routledge, 2006, pp.10-11.

王子复仇的悲剧，移植成了一个女人为欲望所毁灭的悲剧。婉后的角色对应着《哈姆莱特》原剧中的王后乔特鲁德。原剧本中，莎士比亚并没有赋予王后太大的施展空间。原剧3786行台词她仅占128行。乔特鲁德依赖于周围的权力结构而存在，而这一权力结构则由众多男性构成。在传统的文本所界定的人物关系中，她是完全被淡化的。但是在《夜宴》中，婉后作为中心人物存在，由名扬国际的影星章子怡担纲，赋予了这个角色极大的发挥空间。相比于其他人物，导演将婉后塑造成了欲望的化身。爱情对于婉后是欲望的工具。委身于先帝，得到的是一人之下万人之上的地位和荣耀；下嫁于新王，得到的是地位的延续和情欲的满足；对太子不能忘情与割舍激起了她更大的占有欲。仇恨对于婉后是欲望的内因。她恨老王，因为老王终结了她对太子的爱欲；她恨厉帝，因为厉帝曾经毁灭了她高高在上的地位；她恨太子，因为他的懦弱不能带给她所应得到的一切；她恨青女，因为她不能像青女那样去光明正大地爱。权力对于婉后是欲望的核心。放弃了爱情的婉后选择的是权力，从觊觎权力到走向权力之巅，婉后走得是一条不归之路。影片结束之时，刺在婉后心口的越女剑，很好地展示了被欲望侵蚀的女人的结局。

  大制作的《夜宴》票房过亿，并申请参加奥斯卡最佳外语片的角逐。它的成功，其实最终应该是东西方文化的交融的成功。在跨文化的语境中，全球化的舞台上，以中国电影改编的形式重写《哈姆莱特》经典，不仅表现着文本与电影媒体的互动以及不同媒介之间的转换，而且还体现了东西方文化符号的移植以及从西方文化到东方文化的转型。经过中国电影导演之手，电影改编《夜宴》在《哈姆莱特》经典的内部进行着瓦解和重建，在同源文化和源文本的相似性之上呈现着差异和对立，实现了对经典莎剧的致敬与升华，在戏剧跨文化改编中独树一帜，有着深刻的意义。